Elisabeth Dreisbach, Du hast mein Wort

ELISABETH DREISBACH

Du hast mein Wort

CHRISTLICHES VERLAGSHAUS
STUTTGART

© 1964 Christliches Verlagshaus GmbH, Stuttgart
Umschlaggestaltung: Dieter Betz, Weissach
Umschlagfoto: W. Rauch
Gesamtherstellung: Druckhaus West GmbH, Stuttgart
ISBN 3-7675-7019-X

15   14   13   12   11

„Ich fürchte, heute habe ich den größten Fehler meines Lebens begangen!"

Ricarda stand mitten in ihrem Zimmer. Sie war allein, jedoch so betroffen von dieser über sie kommenden Erkenntnis, daß ihre Gedanken ungewollt zu Worten wurden und nun schreckhaft den Raum füllten.

Dabei war es trotz des Abschieds ein so schöner Abend gewesen. Ricarda hatte die Freunde, wie schon oft, zu sich eingeladen: Daniel, Wilfred, Herbert, Ruth, Magdalene und Gudrun. Sie alle hatten sich bemüht, trübe Gedanken angesichts der bevorstehenden Trennung nicht aufkommen zu lassen. Es war Krieg. Daniel sollte morgen einrücken. Schon lange hatte Ricarda es auf sich zukommen sehen und davor gebangt. Aber sie durfte ihm den Abschied nicht schwer machen. Er ging ohne Begeisterung. Viel lieber hätte er sich ins Studium gestürzt.

Nun waren sie also noch einmal zusammengekommen. Was war natürlicher gewesen, als über das zu sprechen, was sie in den letzten Wochen immer wieder stark bewegt hatte? Man hätte blind und taub sein müssen, wenn es einem nicht aufgefallen wäre, daß die Tendenz, die von der Führung des Volkes ausging, antichristlich war, wenn es auch nicht gerade offen zutage trat. War es die der Jugend eigene Opposition, oder konnte man darin ein ernst zu nehmendes Begehren, die Wahrheit zu erkennen, erblicken — jedenfalls hatten diese jungen Menschen es sich zur Regel gemacht, miteinander in der Bibel zu lesen. Führend dabei war die sonst so stille Ricarda Dörrbaum gewesen. Sie hatte den anderen voraus, daß sie, veranlaßt durch allerlei hinter ihr liegende Erlebnisse, längst sich nicht mehr begnügte mit einem bloßen Mitläuferchristentum, sondern bemüht, allen Dingen auf den Grund zu gehen, eine bewußte Christin geworden war. Auch an diesem Abend vor

Daniels Einberufung — man hatte fröhlich bei einem einfachen, aber für die Kriegsverhältnisse beinahe festlichen Abschiedsmahl zusammengesessen — war die Rede auf die tiefsten Lebensfragen gekommen.

„Ich meine, es sei nie so nötig gewesen, sein Christsein zu bekennen, wie in unserer Zeit", hatte einer der jungen Männer gesagt.

„Manchmal ist es mir, als würde uns das von oben herunter bewußt schwer gemacht."

„Vorsicht!" hatte Ruth gemahnt. „Seid ihr eurer Dienstboten sicher, Rica?"

„Ich habe doch nichts Staatsfeindliches gesagt!" hatte sich Wilfred gewehrt. „Man wird auf dem Gebiet seiner religiösen Überzeugung noch seine Meinung sagen dürfen!"

„Eben nicht!" war Ruths Antwort gewesen. „Schließlich ist es auch nicht nötig, daß man sich grundlos in Gefahr begibt."

„Jedenfalls haben wir Ricarda viel zu verdanken." Herbert hatte sich direkt an sie gewandt. „Deine klare Stellungnahme hat uns doch zu mancher guten, nein, ich möchte sagen, zu der einen klaren Entscheidung verholfen."

Daniel hatte ihr spontan die Hand entgegengestreckt. „Ja, du bist in der Tat unser gutes Gewissen gewesen — oder vielleicht ist es besser, zu sagen, die gute Stimme in unserem Freundeskreis, die einfach nicht überhört werden kann, weil wir alle beobachten, daß dein Leben mit deinen Worten in Einklang steht. Das hat uns beeindruckt, und somit halfst du uns, ohne es selbst zu wissen, zu dieser Entscheidung."

„Daniel, du hast den rechten Beruf erwählt!" Ruths Spottlust war auch jetzt wieder zum Durchbruch gekommen. Einlenkend hatte sie ihm jedoch die Hand auf die Schulter gelegt: „Du verstehst doch Spaß? Aber in der Tat, das hast du großartig gesagt. Ich sehe dich schon auf der Kanzel stehen."

Ricarda aber hatte, ohne auf Ruths Bemerkung einzugehen, sich gewehrt. „Ich weiß nicht, was ihr da redet. Erstens trägt jeder sein eigenes Gewissen in sich, und die mahnende Stimme Gottes kann man einfach nicht überhören. Wenn es mir geschenkt war, euch ein wenig Wegweisung zu geben, dann soll es mich freuen. Aber ich würde es geradezu als gefährlich ansehen, wenn ihr euch nach mir richten wolltet. Und was deine Beobachtung anbelangt, Daniel, so muß ich dir widersprechen. Ich wünschte, ich könnte gelassener und gleichmäßiger hinnehmen, was sich mir oft an Unerwartetem und Unerwünschtem in den Weg stellt. Wenn einer weiß, wie unsicher und ängstlich ich oft bin, dann bist du es."

Ganz selbstverständlich und schlicht hatte sie das gesagt. Dabei hatte sie ihm freimütig in die Augen geblickt. Es entging auch niemand, mit welcher Innigkeit er ihren Blick erwidert hatte, war es doch ein offenes Geheimnis, wie die beiden zueinander standen. Eigentlich hatten sie alle erwartet, daß Daniel und Ricarda sich heute verloben würden.

Die Freunde ließen ihre Entgegnung nicht gelten. „Nein, Ricarda", hatte Gudrun gesagt, „du darfst nicht selbst schmälern, was du für uns gewesen bist. Deine Bescheidenheit in Ehren! Wem von uns wäre es ohne dein mahnendes Wort zum Bewußtsein gekommen, daß ein so lässiges Christentum, wie wir es lebten, nicht ausreicht!"

„Du hast uns einfach mitgerissen!"

„Es war, als wenn eine Flamme von dir nach uns gegriffen und in uns ein Feuer entfacht hätte!" Herbert, der von den anderen „der Dichter" genannt wurde, hatte es gesagt. Er konnte es nicht verstehen, daß Ricarda sich ganz energisch wehrte.

„Bitte, hört auf! Ihr bringt mich in die größte Verlegenheit."

Dann hatte sich Ruth noch einmal eingeschaltet. „Laßt uns um alles in der Welt nüchtern bleiben! Mir ist manches

Mal bange, wir könnten in eine ungesunde Schwärmerei verfallen."

Für einen Augenblick war eine peinliche Stille gefolgt, die Daniel dann mit lebhaftem Protest unterbrach: „Schwärmerisch, Ruth? Extrem? — Nein, das muß ich ganz entschieden ablehnen. Daß ich morgen, wenn nicht gerade mit Begeisterung, aber doch mit froher Zuversicht einrücke, habe ich in erster Linie den neu gewonnenen Erkenntnissen zu verdanken, und es wäre unrecht, wollte ich nicht sagen, daß Ricarda mir dazu verholfen hat."

„Ich meine, wir sollten nun zum Schluß noch eines unserer schönen Abendlieder singen", hatte Ruth dann vorgeschlagen.

Kurz nach elf Uhr hatten sich die Freunde verabschiedet. Nur Daniel hatte gebeten, noch einige Minuten bleiben zu dürfen. „Es dauert nicht lange, Rica", hatte er gesagt, „aber es ist wichtig."

Es war Ricarda nicht so recht gewesen. Was würden die Hausangestellten denken, wenn alle anderen heimgingen und der junge Mann allein bei ihr zurückbliebe, zumal die Eltern heute abend ausgegangen waren? Aber Daniel, dieser große Junge mit den braunen Augen, die so treuherzig bitten konnten, hatte mit einem Gesichtsausdruck vor ihr gestanden, als wollte er sagen: „Du kannst mich jetzt nicht einfach fortschicken, nachdem es doch mein Abschiedsabend ist." Was war ihr anderes übriggeblieben?

Sie hatten sich noch einen Augenblick gesetzt. Erwartungsvoll hatte Ricarda ihn angeblickt. Bevor er noch ein weiteres Wort gesprochen hatte, war es ihr klargeworden, was der Grund seines Zurückbleibens war. Seltsam, welch ein Zwiespalt im gleichen Augenblick in ihr aufgebrochen war: glückhaftes Bejahen dessen, was ihr eigenes Herz ihr schon lange zugesichert hatte, und unruhiges Verneinen des plötzlich auf sie Zukommenden. Es ist noch zu früh! — Auch das muß ausreifen! Und er muß sich erst bewähren.

Daniel hatte zu sprechen begonnen. „Ricarda, es bedarf zwischen uns eigentlich keiner Worte mehr. Wir wissen beide, was wir füreinander empfinden. Wir sind als Nachbarskinder aufgewachsen, aber aus der Kinderfreundschaft ist eine tiefe Liebe geworden."

Sie hatte ihn unterbrechen wollen, aber er hatte mit der Hand abgewehrt: „Laß mich aussprechen, Rica! Es ist mir klar, daß wir uns jetzt im Krieg nicht verloben können, zumal ein langes Studium vor mir liegt und niemand weiß, ob ich überhaupt zurückkehre. Aber laß mich die Gewißheit mitnehmen, daß du mir gut bist — daß du auf mich wartest — daß du einmal, wenn auch erst nach Jahren, meine Frau, meine Pfarrfrau werden willst. Bittend hatte er ihre Hand ergriffen.

Ricarda hatte sie ihm zwar nicht entzogen, aber sie hatte ihm auch keine Zusage gegeben.

„Daniel, daß ich dir gut bin, weißt du, darüber brauche ich keine Worte zu verlieren. Aber ich halte es für verfrüht, daß wir uns gegenseitig durch ein Versprechen binden. Wer weiß, wie lange der Krieg dauert. Außerdem liegt dein Studium noch vor dir. Du wirst vielen Menschen begegnen, neue Eindrücke werden auf dich einstürmen. Eine derartige Bindung könnte dir zur drückenden Fessel werden, die du eines Tages gerne los sein würdest."

„Ricarda!" hatte er schmerzlich empört ausgerufen. „Das hättest du nicht sagen dürfen."

Sie hatte sich erhoben und ihm, der nun auch aufgestanden war, beide Hände auf die Schultern gelegt. Nun standen sie so nahe beieinander, daß es ihn — sie empfand es deutlich — Überwindung kostete, sie nicht an sich zu ziehen. Aber er bezwang sich.

„Ich wollte dir nicht wehe tun, Daniel", sagte sie und fühlte gleichzeitig, daß auch ihr Herz wie rasend zu klopfen begann und daß sie sich am liebsten in seine Arme geschmiegt hätte. Aber nein, sie mußte jetzt vernünftig sein.

Sie ließ die Hände sinken. „Daniel, meine Gedanken und meine Gebete sind bei dir. Laß dir dies vorerst genügen! Und noch eins: Meine Eltern würden es nicht verstehen, wenn ich mich jetzt schon, wo du doch noch ganz am Anfang deines Weges stehst —"

Daniel war einen Schritt zurückgetreten, und auf seinem Gesicht hatte sich ein Ausdruck gezeigt, den Ricarda nie vorher gesehen hatte.

„Natürlich — ich begreife, ich besitze nichts — ich bin noch nichts — sie haben zwar nichts gegen den Pfarrerssohn, der schon oft an ihrem Tisch gesessen hat — aber sie warten eben doch auf eine standesgemäße Partie."

Schreckhaft hatten sich ihre Augen geweitet. „Daniel, das darfst du nicht sagen!" Nun hatte sie doch wieder nach seiner Hand gefaßt. „So soll dieser letzte Abend nicht ausklingen! Komm, spiele noch etwas — vielleicht das erste Praeludium aus Bachs ‚Wohltemperiertem'? Laß uns dann auseinandergehen."

Trotz und tiefe Traurigkeit hatten in ihm gewogt. Deutlich hatte Ricarda es empfunden, daß er mit sich kämpfte, ob er das Haus sofort verlassen oder ihren Wunsch erfüllen solle. Dann aber hatte er sich ans Klavier gesetzt. Sie hatte sich halb hinter seinem Rücken, die Hände im Schoß ineinandergelegt, in einem Sessel niedergelassen. Tränen hatten ihr den Blick getrübt, und nur mit großer Mühe vermochte sie den Aufruhr ihres Herzens niederzuzwingen.

Schließlich war er gegangen. Sie hatte ihn bis an die Haustüre begleitet.

„Leb wohl, Daniel! Gott sei mit dir! Und denke daran, daß kein Tag vergeht, an dem meine Gedanken dich nicht suchen. Du wirst während der Ausbildungszeit ja noch einige Male auf Urlaub kommen und nachher hoffentlich auch."

Die Haustüre hatte sich hinter ihm geschlossen. Langsam war Ricarda in den zweiten Stock des geräumigen Hauses hinaufgestiegen. Auf Annas Frage, ob sie noch irgend etwas für sie tun könne, hatte sie nur stumm den Kopf geschüttelt. Sie mußte es hinnehmen, daß das alte Mädchen, das schon viele Jahre im Dienst der Eltern stand, für sie gut vernehmlich zu der Köchin sagte: „Na, sehr glücklich sieht das Fräulein nach diesem Abend mit ihren Freunden gerade nicht aus!"

Und nun stand Ricarda in ihrem hübschen Jungmädchenzimmer mit den weißen Lackmöbeln und all den netten Sachen, die sie im Laufe der Zeit zusammengetragen oder auch geschenkt bekommen hatte, und wiederholte aus wehem Herzen: „Ich habe es bestimmt falsch gemacht! Wie konnte ich ihn so gehen lassen?"

Ricarda, jetzt zwanzig Jahre alt, war die einzige Tochter des Lederwarenfabrikanten Dörrbaum. Zum großen Kummer des Vaters war das erste Kind ein Mädchen gewesen, und er hatte doch so sehr mit einem Sohn gerechnet, der das Geschäft einmal weiterführen würde. Ricarda war das einzige Kind geblieben und zeigte je länger desto weniger Interesse an der Fabrik, die der Vater aus kleinsten Anfängen zu einem gutgehenden Geschäftsunternehmen entwickelt hatte. Schon lange hatte er mit steigender Besorgnis beobachtet, daß die Gedanken und Ansichten seiner Tochter völlig andere Wege gingen als die seinen. Sie kam ihm oft geradezu fremdartig vor. Dabei hatte man doch alles, was nur menschenmöglich war, für sie getan. Sie hatte gute Schulen besucht, durfte in den Ferien Reisen machen — man konnte es sich ja leisten! Jeder Wunsch wurde dem Kind erfüllt. Das Merkwürdige aber war, daß es ganz selten einen Wunsch äußerte, oder nur solche, die der Vater als völlig töricht betrachtete: Geld, um einer unbemittelten Schulkameradin ein Geschenk zu machen — die Genehmigung, den schwachsinnigen kleinen Sohn der Waschfrau nachmittags im Wagen ausfahren zu können — dem blinden

Großvater des Milchjungen manchmal vorlesen zu dürfen, und ähnliches. Der Vater, der keinerlei Verständnis für solche Liebhabereien hatte, nahm sich immer wieder vor, energisch gegen diese sentimentalen Torheiten seiner Tochter anzugehen, kapitulierte aber gewöhnlich vor den großen, blauen Kinderaugen, die stumm bittend auf ihn gerichtet waren, und erfüllte dann doch ihre Wünsche. Daß Ricarda einmal trotzig aufbegehrt und ihren Willen durchgesetzt hätte, konnte er sich nicht entsinnen. Hätte sie es nur getan! Dann wäre es ihm möglich gewesen, sie anzudonnern, ihr die Meinung zu sagen oder ihr einmal ein paar um die Ohren zu geben, wie es seiner Art mehr entsprochen hätte.

Schon als kleines Kind hatte sie kein Wort erwidert, wenn er ihr etwas verboten oder eine ihrer Bitten einmal nicht erfüllt hatte. Stumm war sie vor ihm gestanden, nur der Mund hatte fast unmerklich gezittert, dann waren diese tiefblauen Sterne übergelaufen, und Tränen hatten eine Spur auf ihren Wangen hinterlassen, ohne daß ein Laut aus ihrem Mund gekommen wäre. Dieses stille, ergebene Weinen konnte ihn fast rasend machen. Lieber wäre ihm ein handfester Junge, ein Draufgänger, sogar ein richtiger Frechdachs gewesen — und nun war da dieses zierliche, kleine, für seine Begriffe viel zu weichherzige Geschöpf. Was sollte er als Fabrikbesitzer mit einem solchen Kräutlein Rührmichnichtan? In der Regel landete Ricarda dann doch in den Armen des Vaters, der für die Tränenströme seiner kleinen Tochter gewohnheitsmäßig ein zweites Taschentuch bei sich trug. Natürlich, das war schon lange her. Jetzt sollte sie dem Alter nach längst eine junge Dame sein. Aber das war sie eben auch nicht, obgleich sie bereits mit siebzehn Jahren in die Gesellschaft eingeführt worden war. Zwar war sie nicht mehr so empfindlich wie in ihrer Kinderzeit, sie hatte gelernt, ihre Gefühle zu beherrschen oder doch zu verbergen, aber sie reagierte in den meisten Fällen eben doch völlig anders, als der Vater es gewünscht hätte.

Das Schlimmste von allem aber waren ihre religiösen Anwandlungen. Eine Neigung dazu hatte sie immer schon gehabt. Kurz vor ihrer Konfirmation hatte sie die Eltern in große Verlegenheit gebracht, indem sie erklärte, sich unter keinen Umständen einsegnen lassen zu wollen. So eine verrückte Idee! Da wäre man in ein schönes Gerede gekommen, wo einen doch jeder in diesem kleinen Nest kannte. Zudem wurden die Namen aller Konfirmanden jedes Frühjahr in der Zeitung bekanntgegeben. Allerdings waren seit der Machtübernahme Hitlers schon viele aus der Kirche ausgetreten. Wenn der Vater es nicht tat, geschah es nicht etwa aus Überzeugung, sondern im Andenken an seine Mutter, die eine fromme Frau gewesen war.

Sie könne nicht versprechen, was die Kirche von ihr fordere, hatte Ricarda vor der Konfirmation erklärt, und sie wolle nicht, daß Vater und Mutter nur zum Schein, oder weil es eben so üblich sei, mit ihr zum Abendmahl gingen, zumal sie sonst äußerst selten einen Gottesdienst besuchten und im Grund genommen nichts glaubten. Sie sei fest entschlossen, sich nicht einsegnen zu lassen.

Damals hatte Richard Dörrbaum mit der Faust auf den Tisch geschlagen. „Das wäre ja noch schöner! Du meinst wohl, du könntest mit deinem himmelblauen Augenaufschlag immer deinen Willen durchsetzen? Jetzt ist's genug! Ich befehle dir, dich konfirmieren zu lassen."

Da waren nach langer Zeit wieder einmal Tränen über ihr Gesicht gelaufen: „Vater, bitte zwinge mich nicht! Ich kann nicht!"

Schließlich war er völlig ratlos gewesen. „Mädchen, nimm doch Vernunft an! Denk doch, diese Schande!" Dann hatte er seine Frau angeschrien: „Bist du denn nicht imstande, sie zur Einsicht zu bringen?"

Aber hier war es immer dasselbe. Die Mutter hatte je länger desto weniger Kontakt mit der Tochter. Nachdem die Zeit vorüber war, in der sie die Kleine, aufgeputzt wie eine

Puppe, ihren Verwandten und Freunden vorführen und mit der Kinderpflegerin und dem „süßen Kind" Staat machen konnte, hatte sie sich unerklärlicherweise immer mehr von ihrem eigenen Fleisch und Blut zurückgezogen.

Der Vater hatte es längst aufgegeben, diese an sich erschreckende Situation ändern zu wollen. Es hatte ja doch keinen Sinn — und schließlich wußte er um die wirkliche Ursache. Er konnte dem Hausarzt nicht länger verschweigen, daß seine Frau süchtig war, und zwar doppelt und dreifach süchtig! Ob es sich um Alkohol, Schlaftabletten oder Zigaretten handelte, sie kannte kein Maß und Ziel. Richard Dörrbaum entsetzte sich, so oft er feststellte, welch furchtbare Zerstörung die Sucht in und an seiner Frau anrichtete. Daß es Ricarda unter diesen Umständen immer seltener zum Herzen der Mutter zog, war nicht zu verwundern.

Damals, vor sechs Jahren, war es dem Ortspfarrer schließlich doch geglückt, Ricarda, die doch die Aufmerksamste unter seinen Schülern im Unterricht gewesen war, zu bewegen, sich konfirmieren zu lassen. Aber der Tag, den Herr Dörrbaum seinem einzigen Kind zu einem großen Festtag gestalten wollte, war anders verlaufen. Ricarda war äußerst still und in sich gekehrt gewesen. Zwar hatte sie sich den Gästen gegenüber liebenswürdig und für die vielen zum Teil kostbaren Geschenke dankbar gezeigt. Aber mehr wie einer der Festgäste hatte den Vater beiseite genommen und gefragt: „Was ist nur mit eurer Tochter? Ist sie schwermütig oder leidend?" Das krasse Gegenteil war seine Frau, Ricardas Mutter, gewesen in ihrer beinahe ausgelassenen Fröhlichkeit, die sich bis zu abstoßendem Benehmen steigerte; je mehr Alkohol sie zu sich nahm, desto weniger dachte sie daran, daß man zur Feier der Konfirmation ihrer Tochter zusammengekommen war. Schon am frühen Abend hatte ihr Mann sie betrunken in ihr Schlafzimmer bringen müssen. Ricarda schien nach diesem Erlebnis der Schwermut nahe zu sein.

Wenn auch erst nach und nach, so war doch eine Wendung eingetreten, nachdem Richard Dörrbaum seine gelähmte Schwester zu sich ins Haus geholt hatte. Bis zum Tod der Eltern war sie bei diesen gewesen. Kurz nach dem Vater war nun auch ihre Mutter gestorben. Es bedurfte für ihn, den Sohn, nicht erst der Bitte der Sterbenden, seine Schwester, die seit ihrem fünften Lebensjahr an Kinderlähmung darniederlag, in sein Haus aufzunehmen. Er hätte Liane nie fremden Händen übergeben, hing er doch an dieser wesentlich jüngeren Schwester in einer seltsamen Mischung von Mitleid und Bewunderung. Vielleicht hoffte er auch, seine Frau würde, durch die ihr damit auferlegten Verpflichtungen der gelähmten Schwägerin gegenüber, sich auf sich selbst besinnen und sich von ihren Süchten frei machen. Diese Annahme hatte sich allerdings als ein großer Irrtum herausgestellt. Nun, man war schließlich nicht auf sie angewiesen. Es gab genug Dienstboten im Haus. Für Ricarda aber war es die Wende geworden.

Ricarda betrat das Zimmer der Gelähmten und legte ihr ein Sträußchen Schneeglöckchen auf die Bettdecke.

„Oh — wie schön!" Liane hob die Blumen wie eine kleine Kostbarkeit zu sich empor. „Die ersten Schneeglöckchen! Aber sie sind wohl nicht aus unserem Garten? Oder doch?"

„Nein, ich habe sie der Blumenfrau an der Ecke abgekauft. Sie saß ganz erfroren da und machte mit ihren eiskalten Händen nicht den Eindruck, als ob es bald Frühling werden wolle." Ricarda setzte sich an das Bett der Kranken. Liane betrachtete sie eine Weile schweigend. Sie sah, die Nichte war bedrückt.

„Du hast einen Kummer!"

Ricarda antwortete nicht gleich. Offenbar war sie mit ihren Gedanken nicht ganz zugegen. Schließlich sagte sie: „Wir haben Daniel an die Bahn gebracht — alle, die wir gestern abend beisammen waren."

„Du hast mir noch gar nichts von eurem Zusammensein erzählt. War es schön?"

„Ach ja." Zögernd kam die Antwort. „Weißt du, Liane, ich glaube sicher, daß sie erfaßt haben, um was es geht. Und wenn ich mir vorstelle, daß jeder von ihnen bestrebt sein wird, an seinem Platz seinen Auftrag zu erfüllen, vor allem auch die drei Jungen als Soldaten, dann sollte ich mich von Herzen freuen."

„Du solltest? Warum tust du es nicht?"

Ricardas Gesicht errötete. Aber war Liane nicht längst ihre Vertraute geworden? So fuhr sie fort: „Eigentlich müßte ich nun das Persönliche von dem anderen trennen können, und die Freude an der inneren Haltung meiner Freunde müßte vorherrschend sein. Ich war auch den ganzen Abend richtig froh, obgleich es Daniels und der anderen Abschiedsabend war. Aber dann —"

„Sprich ruhig weiter, Ricarda! Ich weiß, daß du ihn liebhast."

„Er blieb noch zurück und wollte, daß ich ihm ein Versprechen gäbe. Im Grunde ist das völlig unnötig. Wir wissen doch, wie wir zueinander stehen. Ich sollte ihm mein Wort geben, daß ich auf ihn warte und daß ich einmal seine Frau werden wolle."

Ricarda schien auf eine Stellungnahme Lianes zu warten. Als diese ausblieb, sprach sie weiter. „Ich konnte es nicht — irgendwie hatte ich Angst davor — oder ich wollte es nicht, bevor ich nicht noch einmal mit Vater gesprochen hatte. Auch meinte ich, Daniel sei freier und ungebundener, wenn ich ihn nicht verpflichte durch meine Zusage."

„Und nun, Ricarda?"

„Ich glaube, daß ich es ganz verkehrt gemacht habe. Ich ließ ihn ohne die Kraft meiner Liebe, ohne meine klare Stellungnahme ziehen. Ich weiß, daß er sehr traurig abgereist ist. Mein Jawort wäre ihm Freude und Trost, vielleicht auch Ansporn gewesen."

„Vielleicht hätte es ihm auch zur Bewahrung dienen können."

„Bewahrung?" Beinahe erschrocken blickte das Mädchen die Freundin an — das war Liane ihr längst geworden. „Du meinst doch nicht —"

„Ich meine gar nichts, Rica. Daß ich Daniel schätze, weißt du. Er ist ein Mensch mit viel Gemüt, und ich könnte mir denken, daß ihm das einmal sehr zugute kommt, wenn er Pfarrer sein wird. Und doch scheint er mir manchmal noch zu weich — oder vielleicht ist es besser, zu sagen: ein wenig ungeformt. Das aber kann sich geben; er ist ja noch jung."

„Eben das habe ich mir auch gesagt. Sind wir nicht beide noch zu jung, um uns durch ein bindendes Wort zu verpflichten? Und jetzt im Krieg, dessen Ausgang niemand kennt!"

„Hast du ihm dies Wort in deinem Herzen nicht längst gegeben?"

Ricarda dachte einen Augenblick nach. „Doch, ich glaube schon! Aber du weißt doch, Liane, wie es bei meiner Konfirmation war. Ich wollte mich nicht einsegnen lassen, weil ich fürchtete, das Versprechen, das ich vor dem Altar geben sollte, nicht halten zu können."

„Inzwischen hast du ja erkannt, daß du es aus dir selber nicht halten kannst, und daß du einen anderen dazu brauchst. Aber weil du diesen anderen kennengelernt hast und ihn liebst, drängt es dich, das gegebene Wort zu halten. — Doch ich weiß nicht, Ricarda, ob wir hier Zusammenhänge suchen dürfen. Andererseits ist es doch wohl so: wenn du dir über deine Liebe zu Daniel klar bist, dürfte das, wozu du dich in deinem Herzen bereits entschlossen hast, meines Erachtens auch ausgesprochen werden. Aber ich will dich in keiner Weise beeinflussen. Hier geht es wirklich um deine ganz persönliche Auffassung."

„Ich hatte gehofft, du würdest mir raten, wie schon so oft."

„Du hast meine Meinung gehört. Die Entscheidung mußt

du selbst treffen. Wenn du in dir selber unsicher bist, ist es gewiß besser, du wartest noch und läßt die Sache ausreifen."

„Daß ich Daniel liebhabe, weiß ich gewiß, aber ich fürchte mich davor, einen Weg einzuschlagen, von dessen Richtigkeit ich noch nicht völlig überzeugt bin, selbst wenn mein Herz es noch so sehr wünscht, ihn zu gehen."

Ein Weile war es wieder still zwischen den beiden. Liane hob die Schneeglöckchen Ricarda entgegen. „Bitte, stelle sie in eine Vase!" Nachdem dies geschehen war, setzte Ricarda sich noch einmal. Sie wurde mit ihren Gedankengängen allein nicht fertig.

„Du weißt doch auch, daß Vater meine Verbindung mit Daniel gar nicht gern sieht."

„Und deine Mutter?"

Ricarda hob in hilfloser Gebärde die Hände. Ihre Augen verdunkelten sich. Liane hatte an die große Not ihres jungen Lebens gerührt.

„Mutter? Sie hat noch nie im Ernst mit mir darüber gesprochen. Sie macht sich höchstens über Daniel und mich lustig und verletzt meine Gefühle dadurch."

Ein liebevoller Blick der Kranken umfaßte das junge Mädchen. Sie war lange genug im Hause des Bruders, um zu wissen, welche Not die Haltlosigkeit der süchtigen Frau in ihrer Familie aufgerissen hatte, und wie Vater und Tochter sich dauernd bemühten, die daraus entstehende Schande zu verheimlichen. Aber wahrscheinlich war schon viel mehr in die Öffentlichkeit gedrungen, als sie ahnten.

Ricarda hatte schon manchen Kummer an das Krankenbett Lianes getragen. Sie war nicht nur die Schwester des Vaters, sondern ersetzte ihr die Mutter, war ihr Schwester und Freundin zugleich. So sprach Ricarda sich auch jetzt die Last von ihrem Herzen.

„Kannst du es verstehen, Liane, wenn ich dir sage, daß auch der Gedanke an meine Mutter mich zögern ließ, Daniel schon jetzt ein verpflichtendes Wort zu geben? Ich glaube zwar, daß er etwas ahnt von dem, was an Tragik in Mutters Leben ist — er war ja oft genug in unserem Hause, um sich selbst ein Bild machen zu können, wenn er das Schreckliche auch nicht in seinem ganzen Ausmaß erlebte. Nie aber hat er mit mir darüber gesprochen. Oft war ich versucht, mich ihm anzuvertrauen. Aber wie könnte ich aburteilend über Mama sprechen? Früher wäre es mir vielleicht eher möglich gewesen — aber nachdem ..."

„Sprich nur weiter, Ricarda."

„... nachdem ich die inneren Zusammenhänge mit deinen Augen zu sehen gelernt habe —"

„Ich würde lieber sagen: Nachdem mir Gott in den Weg getreten ist."

„Das ist ein großes Wort, Liane."

„Und doch ist es so. Du darfst das ganz kindlich glauben."

„Jedenfalls sehe ich jetzt vieles mit anderen Augen. Ich weiß, daß ich kein Recht habe, Mutter zu verurteilen. Als ich jünger war, habe ich mich manches Mal innerlich gegen sie aufgelehnt. Oft haben bittere Gefühle ihr gegenüber mich beherrscht. Aber nun weiß ich, daß es falsch war. So vermochte ich auch Daniel gegenüber darüber zu schweigen — wenigstens jetzt noch. Einmal muß er es ja wissen, wenn unsere Wege zusammenführen sollten. Aber du verstehst doch sicher, daß ich mir Gedanken darüber mache, was etwa Daniels Eltern, besonders seine Mutter, die wohl als fromm, aber ebenso als engherzig bekannt ist, sagen würden, wenn ihr Sohn eine Schwiegermutter bekommt, die manchmal betrunken ist."

Ricarda hatte sich erhoben und war ans Fenster getreten. „Es ist schrecklich, Liane, und viel schlimmer, als ein Mensch ahnt."

Bekümmert blickte die Gelähmte zu ihr herüber. „Ich verstehe dich, Rica, und kann dir nur den Rat geben: Laß dich von Gott leiten! Du hast recht, es geht hier in der Tat nicht nur um die Liebe zwischen zwei Menschen. Ich glaube fest daran, daß Gott dir deinen Weg zeigen wird."

„Du sagst, daß Gott mir meinen Weg zeigen wird; warum sagst du nicht, daß du fest daran glaubst, daß er Daniel und mich zusammenführen wird?"

„Weil ich in meinem eigenen Leben zu oft erfahren habe, daß seine Gedanken nicht unsere Gedanken sind."

Ricarda hatte eine Weile schweigend am Fenster gestanden. Jetzt wandte sie sich um. „Es fängt wieder an zu schneien, Liane. Die Schneeglöckchen trügen. Es ist noch längst nicht Frühling."

„Aber er kommt, Rica, ganz sicher, er kommt!"

Mit sechzehn Jahren war Ricarda aus der Schule gekommen. Sie hätte zu gerne studiert, jedoch hielt ihr Vater dies für unnötig.

„Wozu? Du wirst einmal unserem Hause vorstehen müssen. Du weißt, mit Mama ist je länger desto weniger zu rechnen. So mußt du die Fabrik weiterführen. Wenn du ein Junge wärest, ginge es dir leichter von der Hand. Aber ich hoffe, daß du einen Mann nehmen wirst, der kaufmännische Kenntnisse besitzt und geschäftstüchtig ist. Du wirst wohl verstehen, daß es mir nicht einerlei ist, was aus dem Werk geschieht, das ich mit dem Einsatz meiner Kraft und Zeit aufgebaut habe." Der Vater hielt inne.

„Du antwortest nicht? Aber weder dein Schweigen noch dein Seufzen werden es dir ersparen, diesen Weg einzuschlagen. Hier kann ich nicht nachgeben!"

Schon damals war Ricarda mit Daniel befreundet gewesen. Sie wohnten ja beinahe Haus an Haus und hatten schon als kleine Kinder miteinander im Sandkasten gespielt. Zusammen waren sie in die Schule gegangen und am gleichen Tag konfirmiert worden.

„Was willst du einmal werden?" hatte Ricarda Daniel gefragt, als die Berufswahl noch in weiter Ferne lag.

Er hatte sich nicht lange besinnen müssen. „Ich werde Pfarrer."

„Warum?"

„Na, weil mein Vater einer ist. Außerdem will es meine Mutter. Ich bin der Älteste, und schon bei meinem Urgroßvater, ebenso bei meinem Großvater, war es so, daß die ältesten Söhne Theologie studiert haben. Meine Mutter ist doch auch eine Pfarrerstochter. Aber sie war die einzige Tochter. Wäre sie ein Junge gewesen, wäre sie bestimmt auch Pfarrer geworden. Ihre drei Brüder sind im ersten Weltkrieg gefallen. Aber sie hat ja einen Pfarrer geheiratet. Und nun bin ich an der Reihe."

„An der Reihe?" hatte die damals Zwölfjährige gefragt.

„Nun ja, ich habe es dir doch eben erklärt."

Zum Glück war die Zeit gekommen — allerdings war es noch gar nicht sehr lange her —, daß Daniel erkannt hatte, wie wenig es damit getan war, „an der Reihe zu sein".

Ricarda hatte den Anstoß dazu gegeben, nachdem zuvor bei ihr selbst ein Neues geworden war. Wie war es gekommen? Je länger desto mehr hatte sich über das Mädchen eine Wolke der Schwermut gelegt. Die Schule hatte sie verlassen müssen, obgleich sie gern und gut lernte. Was ihr der Vater zubilligte, war der Besuch der Handelsschule. Aber Maschinenschreiben, Stenographieren und Buchführung, das alles schien ihr kein Lebensinhalt. Für den Haushalt waren Dienstboten da. Der Vater verbrachte den größten Teil des Tages im Büro oder auf Geschäftsreisen; und die Mutter hatte weder Geduld noch Interesse daran, sich mit den hirnverrückten Ideen ihrer Tochter zu befassen. Von wem Ricarda diese unmögliche Art nur hatte? Außerdem brachte Frau Dörrbaum jedes Jahr viele Wochen in Bädern und Kurorten zu. War sie zu Hause, so bestand ihre Liebhaberei darin, die Geschäfte in der Stadt zu besuchen und mit ihren Bekannten in den Cafés zu sitzen. Mit Achselzucken beantwortete sie Fragen nach dem Ergehen ihrer Tochter.

„Das Mädchen ist völlig artfremd. Ich weiß nichts mit ihr und sie nichts mit mir anzufangen."

Daß Ricarda viel entbehrte und darunter litt, kam ihr nicht in den Sinn. Vielleicht wollte sie es auch nicht wissen. Früher hatte sie die Stimme ihres mahnenden Gewissens damit zum Schweigen zu bringen versucht, daß sie dem Kind oft recht unnötige und törichte Geschenke mitbrachte. Aber nun war Ricarda ja erwachsen. Nach ihrer Meinung wurde sie immer langweiliger und verschrobener.

Als Liane ins Haus kam, war Ricarda eben siebzehn Jahre alt geworden. Mit Schrecken nahm die Gelähmte wahr, wie freudlos das Dasein der Nichte verlief und daß das junge Mädchen immer schweigsamer wurde. Auch Richard Dörrbaum war nicht blind gegenüber dem Zustand seiner Tochter. Er klagte seine Beobachtungen Liane.

„Das Mädchen bringt mich zur Verzweiflung. Was ich ihr auch schenke, ob es ein kostbarer Schmuck oder eine Theaterkarte ist oder ob ich ihr die Erlaubnis zu einer Ferienreise oder zu sonst einem Vergnügen gebe — mehr wie ein kläglicheres ‚Danke' kommt nicht über ihre Lippen. Nie habe ich den Eindruck, daß sie sich über etwas wirklich freut. Der einzige, der dann und wann noch ein spärliches Lächeln auf ihr Gesicht zaubern kann, ist der Pfarrerssohn von nebenan, und das gerade ist mir nicht recht. Ich wünsche nicht, daß aus dieser Kinderfreundschaft eine Jugendliebe und noch mehr wird."

„Du wünschst es nicht?" hatte Liane gefragt und des Bruders Blick ausgehalten. „Glaubst du, daß wir soviel Macht über einen anderen Menschen besitzen, selbst wenn er das eigene Kind ist?"

„Ich habe meine bestimmten Pläne mit Ricarda."

„Bist du sicher, daß es die richtigen und daß sie für die Art und für das Leben deiner Tochter gut sind?"

„Unter allen Umständen für die Fabrik."

„O Richard — ist das alles?"

Er hatte mit der Hand abgewinkt. „Deine religiösen Ansichten in Ehren, Liane — ich verstehe, daß du sie brauchst, du lebst abseits vom wirklichen Dasein. Du mußt bei allem, was ich für dich zu tun versuche" — er sagte es nicht ohne Selbstbewußtsein — „auf vieles verzichten. Aber ich bitte dich, laß Ricarda damit ungeschoren. Sie neigt ohnehin schon viel zu sehr zu einer Art Pessimismus. Ich bin froh, daß ich die Konfirmation hinter uns gebracht habe. Jetzt ist es mir gar nicht wichtig, daß sie fromm ist und noch mehr zum Kopfhänger wird. Wenn ich sie nur bewegen könnte, mehr an festlichen Veranstaltungen teilzunehmen. Ich habe ihr ein teures Ballkleid gekauft — aber seitdem ich sie in die Gesellschaft einführte, hat sie es nicht mehr getragen.

„Versuche nicht, sie zu zwingen, Richard. Mir aber mußt du gestatten, deiner Tochter weiterzugeben, was mir das kostbarste geworden ist und was mir hilft, mit dem Leid meines Lebens fertig zu werden. Ich bin überzeugt, daß hier die einzige Möglichkeit ist, daß Rica aus ihrer Neigung zur Schwermut herausfindet."

Ein dringender Telephonanruf hatte das Gespräch beendet.

Nicht lange danach saß Ricarda mit Liane im Garten. Herr Dörrbaum hatte für seine gelähmte Schwester einen besonderen Fahrstuhl konstruieren lassen, mit dem sie bei gutem Wetter ins Freie geschoben werden konnte. Liane machte das junge Mädchen auf die sie umgebende Schönheit aufmerksam.

„Sieh nur, Rica, wie die Rosen blühen! Ihr habt einen tüchtigen Gärtner, der alles in mustergültiger Ordnung hält." Als aus dem Mund der Nichte kein Echo kam, fragte Liane: „Freust du dich nicht auch daran?"

„Ach ja —", gab sie zur Antwort, „aber es ist alles so sinnlos."

„Sinnlos, Ricarda? Kein Leben ist sinnlos. Auch das deine hat eine Aufgabe. Du bist unglücklich, daß du nicht studieren darfst, du findest keinen Inhalt in deinen Tagen, die Arbeit wird ja von euren Angestellten geleistet, und die Tätigkeit im Büro deines Vaters befriedigt dich nicht. An den Vergnügungen, bei denen er dich zu sehen wünscht, hast du keine Freude. Ich verstehe, daß dir dies alles inhalts- und nutzlos vorkommt. Aber hast du Gott schon einmal nach dem Sinn deines Lebens gefragt?"

„Gott gefragt? Ach, Liane, wenn er wirklich existiert, dann kümmert er sich bestimmt nicht um ein junges Mädchen, das hinter den Mauern der Fabrik seines Vaters zugrunde geht."

„Es scheint mir, daß diese Vorstellung dir in deiner augenblicklichen Verfassung zusagt."

„Es ist mir alles gleichgültig, Liane."

„Aber du bist Gott nicht gleichgültig. Er ist Wirklichkeit, und er hat Interesse an dir. Er hat dich in dieses Leben gerufen."

„Gott?" Ungläubig wiederholte es das Mädchen.

„Ja, ohne seinen Willen kommt kein Menschenkind auf die Welt."

„Frauen wie meine Mutter sollten keine Kinder haben!" Nicht ohne Bitterkeit sagte es Ricarda.

Liane ging nicht darauf ein. „Gott hat dich lieb, Ricarda, und er hat einen Lebensauftrag für dich. Beginne einmal danach zu fragen und zu forschen. Es ist notwendig, daß du ihn erkennst. Dann wird dein Leben ausgefüllt sein."

„Aber wie soll ich ihn erkennen? — Schau, Liane, das hat mich ja schon bei meiner Konfirmation umgetrieben. Ich konnte das alles nicht verstehen und wollte unter keinen Umständen zur Heuchlerin werden. Es wäre schön, wenn Gott sich um mich kümmern würde — anders als meine Eltern es tun."

„Er will es, Ricarda, aber du mußt nach ihm fragen."

„Wie soll ich das tun? — Als ich damals unserem Pfarrer sagte, ich könne das alles nicht begreifen, da versuchte er mich zu beruhigen und meinte, ich solle nur mit mir selbst Geduld haben. Aber ich glaube, es war ihm vor allem darum zu tun, daß er mich nicht als Konfirmandin verlöre. Ich habe mich dann auch von ihm überreden lassen. Aber ehrlich war es nicht von mir. Und seitdem ist nichts, aber auch gar nichts von selbst gekommen."

„Es kommt auch nicht von selbst. Du mußt dich auf den Weg zu Gott machen und ihn suchen. Kannst du dir vorstellen, daß du einen Brief von einem lieben Menschen ungelesen liegenläßt oder ihn gar ungeöffnet zurücksendest, seine Annahme also verweigerst?"

„Wenn er von einem Menschen käme, von dessen gutem Willen ich überzeugt bin, von einem Menschen, der mich ehrlich liebt — weißt du, nicht nur vorgibt, mich zu lieben —, dann würde ich den Brief nicht ungeöffnet lassen, sondern ich würde ihn immer wieder aufs neue lesen."

„Siehst du. Solch ein Brief Gottes an uns ist die Bibel. Bisher ist sie dir vielleicht verschlossen gewesen. Das, was du im Unterricht und vor der Konfirmation daraus gehört hast, reicht nicht aus. Nun mußt du selber darangehen, diesen Brief, der an dich persönlich gerichtet ist, zu lesen, darin zu forschen. Und, Rica, ein solcher Brief muß beantwortet werden."

Groß waren die Augen des jungen Mädchens auf die Gelähmte gerichtet gewesen. Eine stumme Sehnsucht sprach aus ihnen.

„Woher weißt du das alles, Liane?"

Diese besann sich einen Augenblick. Es war nicht ganz leicht, diesem Kind — als solches kam ihr Rica trotz ihrer siebzehn Jahre noch oft vor — Einblick in ihr eigenes Leben zu geben. Bisher hatte sie es wie eine Kostbarkeit vor anderen verborgen, es gehütet als ihr persönliches Eigentum. Aber die Schwermut, die über Ricarda lag und sie bei aller Kindlichkeit oft älter erscheinen ließ, als sie in Wirklichkeit war, legte eine Verpflichtung auf sie. War sie wohl deswegen in das Haus ihres Bruders gekommen? Öffnete sich ihr vielleicht hier ein Aufgabengebiet, nach dem sie sich oft gesehnt hatte?

Und nun sprach die Kranke zu der jungen Freundin von der Zeit, in der auch sie sich innerlich aufgelehnt hatte gegen das ihr auferlegte Joch, wo das „Warum" in ihr nicht zum Schweigen kam und sie meinte, die Fesseln ihrer Gefangenschaft abstreifen zu müssen; wie sie durch einen Leidensgenossen, den sie auf eigenartige Weise, und zwar durch den „Bund der unheilbar Kranken", kennengelernt hatte, zur Erkenntnis geführt worden war, daß auch ihr Dasein Sinn und Aufgabe habe; wie ihr Gott zur Wirklichkeit geworden sei und sie im Wissen um das Erlösungswerk Jesu Christi seine Führung verstehen und bejahen gelernt habe.

Schweigend hatte Ricarda zugehört. Aber in ihrer Seele war eine große Sehnsucht aufgebrochen, all dies ebenfalls zu erleben. Ricarda spürte deutlich: hier war Kraft, Freude, Licht, stärker als die Krankheit und das Verzichtenmüssen. Es ging um ein Geheimnis, das merkte sie deutlich. Ob auch sie ihm wohl auf die Spur kommen würde?

Das war der Anfang gewesen. Aus ihm war nach und nach ein persönliches Erlebnis geworden. Und Ricarda hatte es weitergeben können in schlichter, kindlicher Weise. Und nun waren es schon einige ihres Freundeskreises, die von diesem Geheimnis und seiner Kraft wußten. Das Leben hatte einen Sinn bekommen.

Die Mahlzeit war beendet. An dem runden Tisch im Eßzimmer des Pfarrhauses war bis auf den ältesten Sohn die ganze Familie versammelt. Die Tür zur Terrasse stand weit offen. Aus der Jasminlaube strömte süßer Duft ins Haus.

„Wir gehen heute nachmittag ins Schwimmbad", kündeten David und Jonathan, die neunzehnjährigen Zwillinge an.

„Heute am Sonntag?" Frau Zierkorn schüttelte mißbilligend den Kopf. „Dazu habt ihr doch während der Woche Zeit."

„Eben nicht, liebe Mutter! Wenn du uns auch nur eine halbe Stunde untätig siehst, erinnerst du uns an unsere Pflichten." Jonathan hob den Zeigefinger und ahmte die Stimme der Mutter nach: „Vergeßt nicht, daß ihr vor dem Abitur steht!"

David, in den gleichen Ton verfallend, mahnte: „Nutzt eure Zeit! Nehmt es nicht zu leicht! Es wird heute viel verlangt!"

Nun sah die Mutter direkt bekümmert aus. „Wie respektlos ihr doch seid!"

„Sie meinen es nicht so", lenkte der Pfarrer ein.

„Aber was werden die Leute sagen, wenn ausgerechnet ihr Pfarrerskinder heute am Sonntag im Schwimmbad seid?"

David erhob sich ärgerlich. „Du weißt, Mutter, wie ich solche Argumente liebe!"

Jonathan unterstützte ihn. „Wir schwitzen doch genauso wie die anderen."

Die Mutter gab nicht nach. „Aber auf euch achtet man mehr als auf die anderen."

Auch Jonathan war aufgestanden. „Die Zeiten sind vorbei, wo man sich einreden ließ, daß es zum Christsein gehöre, den Sonntagnachmittag mit einem Erbauungsbuch, von dessen Inhalt man nicht viel verstand oder im Grunde kaum Notiz nahm, zu verbringen. Jedenfalls gehen wir jetzt."

„Ihr habt keine Ehrfurcht und seid pietätlos! Das ist der Einfluß des Dritten Reiches." Die Pfarrfrau war jetzt sichtlich empört und warf ihrem Mann einen hilfeheischenden Blick zu.

„Laß sie gehen, Mutter!" erwiderte dieser gelassen.

„Magda, kommst du mit?" Die Brüder wandten sich an ihre Schwester.

Die Siebzehnjährige schüttelte den Kopf.

„Es ist mir recht, wenn ich die Eltern heute ein bißchen für mich allein habe. Ich möchte etwas mit ihnen besprechen."

„Oh! — Herzensgeheimnisse?"

„Vielleicht!" gab das junge Mädchen lachend zur Antwort.

„Die Neugierde zerreißt mich! Wenn ich nicht einen so unwiderstehlichen Drang hätte, mich ins Wasser zu stürzen, würde ich mich tatsächlich zu euch setzen", heuchelte Jonathan.

David wurde ungeduldig. „Kommst du jetzt, oder soll ich allein gehen?"

„Ich komme!" Mit einem Satz war Jonathan die vier Stufen, die zur Terrasse führten, hinab in den Garten gesprungen. Er bückte sich, um eine Rose zu pflücken.

„Halt!" wehrte die Mutter. „Du siehst doch, daß sich erst ein paar Knospen geöffnet haben. Für wen willst du sie pflücken?"

„Für meine Herzallerliebste!" Übermütig warf Jonathan der Mutter einen Handkuß zu. Dann verließen die beiden den Garten, der wohlgepflegt das Pfarrhaus umgab.

Besorgt blickte die Mutter ihnen nach.

„Hat er wirklich — eine — eine —?" Nein, sie brachte es nicht fertig, das Wort ihres Sohnes zu wiederholen.

„Eine Freundin meinst du, Mutter? Ich glaube nicht, daß es etwas Ernstes ist. Du weißt ja, Jonathan hat immer mal wieder eine kleine Freundschaft. Aber es ist bis jetzt ganz harmlos."

„Das will ich hoffen! So unreif, wie er noch ist!"

„Er ist nicht zu unreif, um bald mit seiner Einberufung in den Kriegsdienst rechnen zu müssen." Pfarrer Zierkorn erhob sich nach diesen Worten. „Ich lege mich im Liegestuhl in den Schatten. Wir können heute den Kaffee in der Laube trinken."

Seine Frau wehrte aufs neue. „Dort sehen uns alle Leute,

die hier am Haus vorbeigehen. Es ist nicht nötig, daß sie meinen, wir hätten nichts anderes zu tun, als uns im Liegestuhl zu räkeln und den Sonntagnachmittag mit Kaffeetrinken zu verbringen."

„Na hör mal, Maria, jeder wird doch begreifen, daß der Pfarrer sich auch einmal ausruhen muß."

„Du weißt, wie die Leute sind und was sie gleich sagen."

„Wir müssen uns davon frei machen, abhängig von ihrem Gerede zu sein."

Frau Zierkorn erhob sich seufzend und griff nach den Schüsseln. „Du hast gut reden. Es ist doch nun einmal so, daß wir Pfarrersleute auf dem Präsentierteller sitzen."

Magdalene war in der Küche gewesen und brachte das Tablett. „Mutter, leg dich auch in den Garten. Ich wasche unterdessen das Mittagsgeschirr ab. Nachher trinken wir Kaffee in der Laube, und dann wäre es mir recht, wenn ihr ein wenig Zeit für mich hättet."

„Ich hoffe nicht, daß es — wie sagte David? — in Wirklichkeit um Herzensgeheimnisse geht." Lachend blickte der Pfarrer seine Tochter an. Er war ihr in besonderer Weise zugetan.

„Unsinn!" Mißbilligend schüttelte seine Frau den Kopf. „Was redest du da! Wo sie doch noch ein richtiges Kind ist! — Ich lege mich jetzt im Wohnzimmer aufs Sofa. Wenn du den Kaffee fertig hast, Magdalene, kannst du mich wecken."

Als sie später miteinander in der Laube saßen, begann das junge Mädchen da, wo die Mutter vorhin aufgehört hatte. „Ich bin kein Kind mehr, wie ihr vielleicht meint. Mit siebzehn Jahren muß man sich schließlich schon Gedanken über seine Zukunft machen."

„Darüber sind wir uns ja wohl einig", unterbrach die Pfarrfrau die Tochter. „Wenn du jetzt dein Jahr in der Haushaltungsschule beendet hast, wirst du Säuglingspflege lernen. Nach dem Examen kannst du meinetwegen eine Zeitlang in deinem Beruf arbeiten, aber dann kommst du nach Hause, damit wir auch noch ein wenig von unserer einzigen Tochter haben. Und dann wird sich bestimmt jemand gefunden haben, den du heiratest."

Mißbilligend schüttelte ihr Mann den Kopf. „Wollen wir nicht einmal auch Magdas Ansicht hören?" Ermunternd blickte er die Tochter an.

„Ich habe mich entschlossen, Diakonisse zu werden, und möchte später, wenn es geht und wenn der Krieg zu Ende ist, in den Missionsdienst."

„Wa — was?" Frau Zierkorn vergaß den Mund zu schließen. „Seit wann hast du denn solche Ideen? Das kommt gar nicht in Frage. — Wie kommst du mir vor, Magdalene? Nichts gegen die Diakonissen, die müssen sein, wir brauchen sie sogar nötig — aber du? Erstens bist du körperlich viel zu zart, zweitens bist du unsere einzige Tochter, drittens müßtest du dann auf die Ehe verzichten, viertens möchte ich wissen, wer sich unserer annehmen und uns pflegen soll, wenn dein Vater und ich einmal krank und hilfsbedürftig sind. Was nützt es uns dann, eine Tochter in der Mission zu haben? Jetzt während des Krieges dulde ich es schon gar nicht!"

„Fünftens möchte ich jetzt auch einmal etwas sagen!" Pfarrer Zierkorn war erregt aufgesprungen. Er stand nun in seiner ganzen Größe vor seiner Frau und hieß sie allein durch den Ausdruck seiner Augen schweigen. Oh, sie kannte diesen Blick nur zu gut. Ihr Mann war ja von einer bewundernswürdigen Ruhe und Geduld, aber hin und wieder brach etwas aus ihm hervor, daß sie ihn beinahe fürchtete.

„Ich möchte mich jetzt noch nicht zu dem Vorhaben Magdas äußern. Ich nehme an, daß man von einem feststehenden Entschluß noch nicht reden kann, aber sie hat Anspruch darauf, daß wir sie anhören, ihre Meinung ernst nehmen und — ich denke, wir sollten uns darüber freuen, wenn unsere Tochter den Wunsch hat, in den Dienst Gottes zu treten."

„Sie ist noch viel zu jung, um sich über die Tragweite eines solchen Entschlusses klar zu sein."

„Maria! — Bitte, laß jetzt Magdalene sprechen!" Pfarrer Zierkorn setzte sich wieder. Er war sichtlich bemüht, Ruhe zu bewahren. Dennoch entging es seiner Frau nicht, wie erregt er war.

Er wandte sich an seine Tochter. „Willst du uns nicht erzählen, wie du zu diesem Entschluß gekommen bist?"

„Ja, Vater. Du weißt, daß ich schon mehr als ein Jahr zu dem Kreis gehöre, der sich alle vierzehn Tage bei Ricarda Dörrbaum trifft."

Frau Zierkorn wollte die Tochter unterbrechen, aber ihr Mann gab ihr ein unzweideutiges Zeichen, zu schweigen.

Magdalene fuhr fort: „Eigentlich ist Daniel die Ursache, daß ich diesen Kreis aufsuchte. Er hatte mir immer begeistert davon erzählt. Ich weiß, Mutti, was du jetzt sagen willst — es mag sein, ja, ich glaube sogar, daß er ernste Absichten gegenüber Ricarda hat und hofft, daß sie einmal seine Frau wird."

„Das ist ja allerhand", fuhr Frau Zierkorn auf, „ich —"

„Bitte, Maria, laß Magdalene weitersprechen."

„Ihr wißt ja, daß Daniel eines Tages nach Hause kam und sagte, es sei ihm klargeworden, daß es nicht ausreiche, nur aus Tradition Pfarrer zu werden, eben weil es in Muttis Familie Sitte ist, daß immer der älteste Sohn diesen Beruf ergreife. Er hätte aber erkannt, daß er eine Verpflichtung Gott gegenüber habe, und aus dieser neuen Erkenntnis heraus wolle er nicht nur Pfarrer, sondern ein guter Pfarrer, ein rechter Seelsorger werden."

Magdalene machte eine kleine Pause. Die Mutter hätte auch jetzt am liebsten sofort zu dem Gesagten Stellung genommen, aber nach einem Blick in das Gesicht ihres Mannes schien es ihr geraten, zu schweigen.

Die Tochter fuhr fort: „Du meintest damals, Vater, Daniel solle achtgeben, daß er nicht in Schwärmerei hineingerate. Als Pfarrer müsse er bei aller Glaubensfreudigkeit nüchtern bleiben und einen klaren Kopf behalten.

„An dieser Stelle darf ich dich unterbrechen, Magda. Du hast ganz recht, so habe ich damals gesagt. Es sind jetzt sicher schon drei Jahre her. Inzwischen konnte ich mich aber davon überzeugen, daß Ricarda einen wirklich guten Einfluß auf die jungen Leute, die bei ihr zusammenkamen, ausgeübt hat. Einige stehen seitdem mit Freuden in der Gemeindejugendarbeit, und sie selbst leitet den Mädchenkreis. Aus dem etwas schwermütig veranlagten Mädchen, das mir vor der Konfirmation allerlei Probleme aufgab, ist ein fröhlicher und gewandter junger Mensch geworden. Sie muß etwas Umwälzendes erlebt haben. Unter ihrem Einfluß scheint mir auch Daniel, der ja lange Zeit keine klare Linie hatte —"

„Bitte, er wußte immer, daß er Pfarrer werden wollte."

„Wollte, Mutter? — Meintest du nicht: sollte?"

„Magdalene, vergiß nicht, mit wem du sprichst!" Frau Zierkorn warf ihrer Tochter einen strengen Blick zu.

Ihr Mann lenkte ein. „Wir wollten nicht von Daniel, sondern von dir sprechen, Magda."

„Ja, Vater, durch Ricardas Wandlung und ihr Vorbild ist es mir klargeworden, daß auch ich mein Leben in den Dienst Gottes stellen soll. Kranke zu pflegen und vielleicht auch einmal Kinder im Missionsgebiet zu unterrichten, das würde ich mir schon zutrauen. Wenn ihr nichts dagegen habt, würde ich gerne, wie ich es mir vorgenommen habe, zuerst Säuglingspflege lernen. Das kann ich auf alle Fälle immer brauchen. Und dann möchte ich in ein Mutterhaus eintreten, aber nicht als freie Schwester, sondern als Diakonisse."

„Ich freue mich über deinen Vorsatz, im Dienst am Menschen Gott dein Leben darzubringen. Aber ehe ich mich dazu äußere, laß mir einige Tage Zeit, darüber nachzudenken. Mutter und ich wollen in aller Ruhe das Für und Wider bereden. Wenn du glaubst, sicher von einem Auftrag Gottes zu wissen, dann wollen wir dir gewiß nichts in den Weg legen."

„Danke, Vater."

Tochter und Mutter empfanden, daß das Familienoberhaupt jetzt nicht weiter darüber zu reden wünschte. Schweigend saß man noch eine Weile zusammen, Magdalene in frohem Nachsinnen. Seitdem sie sich zu diesem Weg entschlossen hatte, war eine große Freude in ihr. Sie sah nicht nur ein Ziel vor sich, sondern wußte auch etwas von dem Sinn ihres Lebens.

Daß die Mutter ihr nicht ohne weiteres zustimmen würde, hatte sie gewußt, aber im stillen hatte sie auch Gegenargumente von seiten des Vaters befürchtet, obgleich dieser in der Gemeinde schon oft gebeten hatte, daß die Eltern junger Mädchen, die sich zum Dienst der Diakonisse aufgerufen fühlten, diesen keine Schwierigkeiten machen, sondern sie dazu ermutigen sollten. Aber schließlich war sie die einzige Tochter, und der Vater hing besonders an ihr. Es wäre begreiflich gewesen, wollte er sie nicht ziehen lassen. Aber nach dem vorausgegangenen Gespräch glaubte sie mit seiner Zustimmung rechnen zu können. Sie dankte es ihm in ihrem Herzen.

Aber auch Ricarda gegenüber empfand Magdalene in diesen Augenblicken tiefe Dankbarkeit, hatte sie doch vor allem dieser die innere Führung zu ihrem Entschluß zu verdanken. Zwar hatte Ricarda mit keinem Wort den Versuch gemacht, sie zu beeinflussen, aber die Haltung der um drei Jahre älteren Freundin hatte ihr, Magdalene, größte Hochachtung abgezwungen. Noch nie war ihr ein junger Mensch begegnet, der es so ernst nahm mit seinem Glaubensleben wie Ricarda. Und wie selbstverständlich war alles bei ihr! Zwar hatte Ricarda ihr einmal anvertraut, daß es noch vor wenigen Jahren auch für sie keineswegs eine Selbstverständlichkeit gewesen sei, diesen Weg zu gehen. Aber als sie einmal begonnen habe, die Bibel ernstzunehmen und als einen Brief Gottes zu betrachten, der beantwortet werden wolle, sei ihr vieles klargeworden. Vor allem habe sie Christus als eine Wirklichkeit, nicht nur als eine historische Gestalt aus früheren Zeiten erkannt, und nun sei es ihr zum Bedürfnis ihres Lebens geworden, ihm nachzufolgen und wie er gesinnt zu sein. So einfach hatte Ricarda darüber gesprochen, so schlicht, daß Magdalene alles gut verstehen konnte und deutlich empfand, daß die Freundin etwas besaß, was sie noch nicht aus eigenem Erleben kannte.

Ein wenig ängstlich hatte sie gefragt: „Aber Ricarda, wenn du nun so fromm bist, dann darfst du wohl gar nichts mehr mitmachen?"

„Wie meinst du das?" wollte diese wissen.

„Na ja, Mode und Kino und Theater und so..."

Da hatte Ricarda gelacht. „Magdalene, natürlich darf ich mich nett kleiden, und was Film und Theater anbelangt, muß ich eben unterscheiden, was zu bejahen und was zu verwerfen ist. Aber du wirst staunen, es ändert sich da etwas ganz von selbst in dir. Du bekommst eine völlig neue Auffassung vom Leben, von der Freude, du hast andere Bedürfnisse und Anschauungen. Vieles, was dir vorher wichtig war, brauchst du jetzt einfach nicht mehr. Es ist kein schmerzliches Entsagen und Verzichten, sondern du läßt manches einfach los, weil dafür kein Raum mehr in deinem Leben ist, weil du Wertvolleres besitzest."

Staunend hatte Magdalene sie damals angesehen. In der Tat, Ricarda war eine andere geworden. Auch sie erinnerte sich daran, daß es Jahre hindurch wie Schwermut über der Freundin gelegen hatte. Wahrscheinlich hing es auch mit der Mutter zusammen; man flüsterte ja in der ganzen Stadt über sie. Aber seit zwei oder drei Jahren war Ricarda völlig verändert. Sie machte einen frohen, gelösten Eindruck. Ihr Wesen und ihr Bekenntnis war nicht ohne Wirkung auf Magdalene geblieben. Eines Tages hatte sich diese in einer stillen Stunde dem Vater anvertraut und gesagt: „Ich habe mich entschlossen, ein ganzer Christ zu sein." Bewegt hatte er sie an sich gezogen. Sie hatte es wohl bemerkt, daß Tränen in seinen Augen schimmerten.

„Das freut mich, mein Kind", hatte er geantwortet, „aber hüte dich vor ungesunder Schwärmerei."

Wenig später hatte der Vater den Eindruck gewonnen, daß auch in Daniels Leben eine Wandlung eingetreten war. Vorher hatte er gerade an seinem Ältesten so manches auszusetzen gehabt, wenn er es auch vermied, ihm immer wieder Vorhaltungen zu machen, wie die Mutter es dauernd tat: „Und du willst Pfarrer werden?" Oder: „Dies und jenes schickt sich nicht für dich, wenn du Theologie studieren willst." Bis ihr Daniel eines Tages voller Wut entgegengehalten hatte: „Hast du mich schon einmal gefragt, ob ich will? Ich muß doch nur, weil es in deiner Familie so Sitte ist." Damals hatte die Mutter weinend das Zimmer verlassen. Der Vater hatte nie so geredet, obgleich auch er mit seinem Ältesten oft unzufrieden gewesen war. Aber unter dem Einfluß Ricardas schien er sich nun vorteilhaft verändert zu haben.

Ob Pfarrer Zierkorn sich aber damit einverstanden erklären würde, daß Daniel Ricarda heiratete? Magdalene wäre die Freundin als Schwägerin lieber als irgendeine andere. Aber jetzt im Krieg waren solche Zukunftspläne ja kaum angebracht, wenn Magdalene auch im stillen gewünscht hatte, Daniel würde sich mit Ricarda nach Beendigung seiner Ausbildungszeit, bevor er an die Front kam, verloben. Natürlich waren beide noch jung, aber sie wußte von vielen Kriegstrauungen sogar noch jüngerer Leute. Doch das mußten die beiden selber wissen. Außerdem — was würden die Eltern dazu sagen? Zumindest die Mutter würde nicht einverstanden sein. —

Nein, unter keinen Umständen war Frau Zierkorn gewillt, dieser Verbindung zuzustimmen, und sie würde nicht nachlassen, ihren Mann entsprechend zu bearbeiten. Was war das denn schon — die Tochter eines Lederfabrikanten? Die Pfarrfrau warf einen scheuen Blick hinüber zu ihrem Mann, als fürchte sie, ihre Gedanken könnten auf ihn überspringen. Sie wußte, er konnte sehr hartnäckig sein, und sie mußte diplomatisch vorgehen, wenn sie ihn überzeugen wollte. Natürlich, Geld hatten die Dörrbaums, aber schließlich gab es noch andere gute Partien für Daniel. Nein, niemals würde sie dulden, daß diese mondäne Dame, über die allerlei Gerüchte im Ort kursierten, die Schwiegermutter ihres Sohnes wurde. Außerdem war es ein ganz unchristliches Haus. Von der Gelähmten hörte man zwar allerlei Gutes, aber die war schließlich nicht maßgebend, und wenn Ricarda ihrem Mann in der Gemeinde auch eine Hilfe werden könnte — sie wollte gewiß nicht ungerecht sein —, aber als Schwiegertochter kam sie nicht in Frage.

Niemand konnte ihr schließlich verargen, daß sie sich für ihre Kinder ihre eigenen Zukunftspläne machte. In erster Linie sollten sie natürlich in christliche Familien einheiraten. Nie hatte sie ihre Einstellung verleugnet. Hatte sie nicht all ihren Kindern einen biblischen Namen gegeben, obgleich ihr Mann jedesmal seine Bedenken geäußert hatte, besonders bei den Jungen! Doch sie hatte sich durchgesetzt gegen seine Argumente, daß man ja nie wissen könne, ob sie ihren biblischen Vorbildern wirklich einmal Ehre machen würden.

„Würdest du die Zwillinge vielleicht lieber Max und Moritz nennen?" hatte sie damals gereizt gefragt.

„Wenn du es gerne möchtest, dann wollen wir sie David und Jonathan nennen."

Sie hatte sich schon immer durchzusetzen gewußt. Allerdings, wenn sie geahnt hätte, daß einmal eine andere Zeit käme, wo man ihren Jungen wegen ihrer biblischen Namen „elende Judenbengel" nachrufen würde, dann hätte sie sich schließlich doch anders besonnen. David hatte sogar kürzlich gedroht, er werde sich einen anderen Namen zulegen.

Ja, wenn man immer alles im voraus wüßte! Die Pfarrfrau seufzte. Aber das eine stand bei ihr fest, und da wußte sie nun wirklich im voraus: Nie würde sie ihre Einwilligung geben, daß Daniel Ricarda Dörrbaum zur Frau nahm. Außerdem wußte man ja nicht, was sich alles in diesem schrecklichen Krieg noch begeben würde. Daniel war in der vergangenen Woche an die Front gekommen. Bangend wartete sie auf die erste Nachricht. Wenn ihm nur nichts zustieß! Wenigstens konnte sie über seine innere Einstellung beruhigt sein.

Nicht so gut schien es mit den Zwillingssöhnen zu stehen. Der Einfluß der Zeit war nicht spurlos an ihnen vorübergegangen. Schon längst besuchten sie nicht mehr regelmäßig die sonntäglichen Gottesdienste. Zum Leidwesen des Vaters, der zur „Bekennenden Kirche" gehörte, hatte sich Jonathan, nachdem er vom Arbeitsdienst gekommen war, den „Deutschen Christen" angeschlossen, während David überhaupt kaum noch zur Kirche ging. Immer wieder kam es deswegen am Familientisch zu mehr oder weniger heftigen Auseinandersetzungen. So lehnten beide Söhne das Alte Testament ab, und neuerdings ging es so weit, daß sie sich nicht scheuten, ihre Zweifel an der Gottheit Jesu Christi auszusprechen. Und das in einem Pfarrhaus, in dem man immer darauf bedacht gewesen war, die Kinder christlich zu erziehen!

Da zeigte Magdalene, so jung sie noch war, doch eine ganz andere, klare und erfreuliche Haltung. Aber daß sie sich jetzt dazu entschlossen hatte, Diakonisse zu werden! Nein, das behagte der Mutter trotz allem nicht. Sie konnte doch auch in einem anderen Beruf und später als verheiratete Frau eine gute Christin sein. Das war alles nur dem Einfluß dieser Ricarda Dörrbaum zu verdanken. — So bewegten sich die Gedanken der Pfarrfrau im Kreislauf. Anscheinend waren sie nun in der Tat auf ihren Mann übergesprungen. Jedenfalls wußte er ihr Seufzen zu deuten.

Mit einem kleinen Anflug von Ironie fragte er: „Versuchst du wieder, dem lieben Gott ins Handwerk zu pfuschen, Maria, und Schicksal zu spielen?"

Magdalene erhob sich, um den Kaffeetisch abzudecken. Es war gewiß jetzt richtiger, die Eltern allein zu lassen.

„Ich begreife nicht, daß du alles so auf die leichte Schulter nimmst!" erwiderte Frau Zierkorn gereizt ihrem Mann. „Die Sorgen um die Kinder nehmen kein Ende."

Der Pfarrer sah, daß sie wirklich bekümmert war, und es tat ihm leid, vorhin so schroff gewesen zu sein. Er legte seine Hand auf ihren Arm. „Maria, daß manche deiner Sorgen wirklich begründet sind, ist mir klar; aber mir scheint, als habest du es noch immer nicht gelernt, zu unterscheiden, was klein und was groß, was wichtig und was unwesentlich ist. Hast du nicht heute morgen im Gottesdienst mitgesungen:

,Ewigkeit, in die Zeit
leuchte hell herein,
daß uns werde klein das Kleine
und das Große groß erscheine,
selge Ewigkeit!'"

Sie schwieg und schlug die Augen nieder. Oh, ihr Mann wußte genau, daß sie gegen solche Argumente nicht ankam.

Er fuhr fort: „Daß du dich um Daniel sorgst, der nun an der Front kämpft, ist verständlich, wenn wir uns auch sagen müssen, daß Tausende Eltern ihre Söhne in solchen Gefahren wissen."

„Als ob das eine Beruhigung für mich wäre!"

Er überging ihren Einwand. „Daß du dir aber Gedanken darüber machst, die Leute könnten über uns reden, wenn sie uns hier am Sonntagnachmittag in der Laube sitzen sehen oder wenn deine Jungen heute im Schwimmbad sind, das ist töricht und unnötig."

„Daß es mir fast das Herz abdrückt, wenn die beiden deine Gottesdienste nicht mehr besuchen, das scheint dich nicht zu bekümmern." Heftig und vorwurfsvoll sagte es die Pfarrfrau.

„Du irrst dich, Maria. Ich sähe es auch lieber anders. Es wäre aber sinnlos, wollte ich sie zwingen. Muß ich ihnen nicht Zeit lassen, ihren Weg zu finden, sich selbst zu entscheiden und zu erkennen, wo in Wirklichkeit die Wahrheit ist?"

„Ich finde, du behandelst diese Dinge reichlich lässig."

„Unsere Kinder sind aus dem Alter heraus, wo wir noch über sie bestimmen können."

„Dann hast du also auch vor, Magdalene gewähren zu lassen, wenn sie sich in den Kopf gesetzt hat, Diakonisse zu werden?"

„Ja, gewiß, wenn sie glaubt, daß dies ihr Weg ist."

„Das Mädchen ist noch viel zu jung und zu unreif, um die ganze Tragweite eines solchen Entschlusses zu begreifen. Wie kann sie heute beurteilen, was ihr vielleicht schon nach ein paar Jahren unerträgliche Last ist: auf die Ehe zu verzichten, dauernd Kranke um sich zu haben, sich ein Leben lang den Bestimmungen eines Mutterhauses zu unterstellen und jeder persönlichen Freiheit zu entsagen?"

„Das alles werde ich mit ihr besprechen. Aber sie soll auch Verständnis bei uns finden, wenn ihr Herz sie dazu treibt, Leidenden zu dienen."

Frau Zierkorn ließ sich nicht umstimmen. Erregt fuhr sie fort: „Über kurz oder lang müssen auch die beiden Jungen einrücken. Dann haben wir drei Söhne draußen." Aufsteigende Tränen machten ihre Stimme unsicher: „Glaubst du, ich kann vergessen, daß meine drei Brüder aus dem ersten Weltkrieg nicht mehr heimgekehrt sind?"

„Aber Maria, was für dunkle Bilder malst du dir wieder aus? Das muß doch nicht auch bei uns so sein!"

„Natürlich muß es nicht — Gott möge es verhüten! Ich glaube, ich würde es nicht überleben. Aber wissen wir, was noch alles über uns hereinbricht? Ist es da einer Mutter zu verdenken, wenn sie ihre einzige Tochter zu behalten wünscht und hofft, durch sie einmal Enkelkinder zu haben?"

„Nein, zu verdenken ist es ihr nicht", erwiderte der Pfarrer und fuhr ernst fort: „Maria, müssen wir uns nicht trotzdem fragen, ob solche Gedanken nicht aus der Ichbezogenheit unserer Herzen kommen?"

Sie stand heftig auf. „Du brauchst nicht ‚wir' zu sagen und dich mit einzubeziehen — ich weiß ja, daß du mich allein meinst. Dauernd bist du mit mir unzufrieden, obgleich ich wirklich alles tue, was in meiner Macht steht, um den Kindern ein gutes Vorbild zu sein."

„Das weiß ich, Maria!" Pfarrer Zierkorn hatte seine Frau bei der Hand genommen und sie wieder neben sich auf die Bank gezogen. „Geh jetzt nicht fort! Wir müssen die Sache mit Magdalene zu Ende besprechen. Bei all deinem guten Willen und deiner mütterlichen Fürsorge mußt du bereit sein, die Kinder loszulassen."

„Sie loslassen? Wie meinst du das?"

„Du willst ihnen nicht nur die Steine aus dem Weg räumen, du willst ihnen auch den Weg vorschreiben, den sie zu gehen haben. Und damit tust du unrecht."

„Muß ich sie nicht warnen vor den Gefahren, die auf sie zukommen, nachdem sie diese in ihrer Jugend noch nicht erkennen?"

„Maria, warum machst du es mir so schwer? Willst du mich eigentlich nicht verstehen? Merkst du nicht, wie paradox du handelst? Daß Daniel Pfarrer wird, ist bei dir abgemachte Sache, weil es deine Familientradition so vorschreibt. Ich bin froh, schon um deinetwillen, daß er sich selbst dazu entschlossen. hat. Nun aber, wo deine Tochter dir erklärt, daß auch sie ihr Leben in den Dienst Gottes stellen will, bist du dagegen. — ‚Martha, Martha, du machst dir viel Sorgen und Mühe!' Bemühe dich doch, deinem biblischen Vorbild Ehre zu machen und nicht in den Fußstapfen ihrer Schwester zu gehen, die der Meister zurechtweisen mußte."

Ohne auf die letzten Worte ihres Mannes einzugehen, fuhr Frau Zierkorn fort: „Du meinst also, wir sollen die Kinder ihren Weg gehen lassen! — Und was würdest du dazu sagen, wenn Daniel Ricarda Dörrbaum heiraten wollte?"

Der Pfarrer antwortete nicht gleich. Er pflückte eine welkende Jasminblüte von dem Laubengitter, um Zeit zu gewinnen. Dann sagte er: „Die Freundschaft zwischen den beiden ist uns ja längst bekannt, und auch mir ist natürlich schon der Gedanke gekommen, daß mehr daraus werden könnte."

„Und?" Die Pfarrfrau hatte sich steil aufgerichtet, eisige Abwehr in Haltung und Gesichtsausdruck.

„Daniel hat mit mir über solche Pläne noch nicht gesprochen. Ich kann gut warten, bis er selbst damit zu mir kommt."

„Und wenn er es tut?"

„Ricarda ist ein feines, edles Mädchen. Ich weiß niemand in der jungen Gemeinde, der es so ernst nimmt mit seinem Christentum wie sie. Ich könnte mir vorstellen, daß sie eine ausgezeichnete Pfarrfrau abgibt und daß Daniel einmal eine gute Gehilfin im Amt an ihr haben würde. Außerdem ist sie sehr fraulich und besitzt mütterliche Eigenschaften."

„Du scheinst dich schon sehr genau mit ihren Eigenschaften auseinandergesetzt zu haben."

„Ich kenne sie seit Jahren. Ich habe sie im Religionsunterricht gehabt, habe sie konfirmiert, und sie ist eine meiner besten Mitarbeiterinnen in der Jugendarbeit."

„Und es würde dir nichts ausmachen, wenn dein Sohn zu einer Frau Dörrbaum, die einen so schlechten Ruf genießt, ‚Mutter' sagen müßte?"

Nachdem ihr Mann darauf keine Antwort gab, stand sie mit einem Ruck auf und wandte sich, um ins Haus zu gehen. Über die Schulter rief sie ihm noch zu: „Nie -- nie sage ich ‚ja' dazu!"

Bis jetzt war die kleine Stadt von Angriffen feindlicher Flieger verschont geblieben. Trotzdem konnten ihre Bewohner nicht sich in Sicherheit wiegen. Die Nachrichten von den grauenvollen nächtlichen Bombenangriffen auf andere Orte versetzte die Menschen je länger desto mehr in einen Zustand gesteigerter Angst: „Wann kommen wir an die Reihe?" Nacht für Nacht wurde man aus dem Schlaf, der schon längst nicht mehr erholsam zu nennen war, gerissen.

Richard Dörrbaum bangte um seine Fabrik. Immer wieder hörte man, daß die Feinde genau orientiert waren über Werke, die kriegswichtige Produkte herstellten. Aber etwas anderes durfte ja überhaupt nicht mehr fabriziert werden. Auch er hatte sich umstellen müssen. Nichts war es mehr mit eleganten Handtaschen und Luxuslederwaren!

Seinem Alter nach hätte auch er noch mit der Einberufung rechnen müssen, aber nun war er natürlich in seiner Fabrik unabkömmlich. Das war ihm gerade recht, wenn er sich auch verbeten hätte, ein Feigling genannt zu werden. Daß er in den vielen Nächten, in denen die feindlichen Flieger in Scharen und oft erschreckend niedrig über die kleine süddeutsche Stadt flogen, nicht nur um seine Fabrik, sondern auch um sein Leben und das seiner Angehörigen bangte, war verständlich. Kein Wunder, daß er oft äußerst gereizt war.

Mit seiner Frau wurde es immer schlimmer, ja geradezu unerträglich. Und doch war er es selbst, der ihr immer wieder, wenn auch auf verbotenen Wegen, zu Rauschgiften verhalf. Wie lange er auf Grund seiner Beziehungen dazu noch imstande sein würde, wußte er nicht. Jedoch war sie geradezu ungenießbar, wenn er ihr nicht Zigaretten, Tabletten, Wein oder Kaffee besorgte.

Normalerweise hätte er heute mit seiner Frau darüber sprechen müssen, mit welchem Anliegen der junge Prokurist seiner Firma an ihn herangetreten war. Es ging sie als Mutter genausoviel an wie ihn. Aber sie war in einem eigenartigen Dämmerzustand gewesen, als er sie in ihrem Zimmer aufgesucht hatte. Sie schien ihm völlig unansprechbar.

Aber da kam sie ja gerade über den Hof, um die es ging: Ricarda! — Er trat auf den Balkon und rief seiner Tochter: Bitte, komm doch einmal zu mir herauf."

„Ins Büro?"

„Nein, komm ins Wohnzimmer. Da sind wir ungestörter."

Mit frischen, roten Wangen trat Ricarda vor den Vater, einen bunten Herbststrauß in der Hand. Wohlgefällig betrachtete er sie. Das blonde Haar hatte sie im Nacken zu einem Knoten aufgesteckt. Das zartgeblümte Kleid hob ihre Gestalt vorteilhaft hervor.

„Hast du einen Waldspaziergang gemacht?" fragte er.

„Ich war zuerst bei Schmittkens. Ihr einziger Sohn liegt seit letzter Woche mit einem Kopfschuß im Lazarett. Es ist fraglich, ob er durchkommt."

„Du und dein Samariterdienst! Aber komm, setze dich, ich habe mit dir zu reden."

„Darf ich den Strauß nicht erst in eine Vase stellen?"

„Aber bitte, beeile dich. Ich habe nicht viel Zeit."

Dann saßen sie sich gegenüber.

Fragend blickte Ricarda den Vater an. Sie hätte es sich nicht erklären können, aber es war ihr zumute, als käme etwas Schweres auf sie zu. Es würde doch nichts mit Daniel passiert sein?

Seiner Art entsprechend ging Richard Dörrbaum direkt aufs Ziel los. „Heute früh hat Günther Hertrich bei mir um deine Hand angehalten." Er machte eine Pause, um sich der Wirkung seiner Worte auf die Tochter zu vergewissern.

Wie erwartet wurde sie schreckensbleich, und ihre Augen weiteten sich angstvoll.

Ehe sie nur ein Wort erwidern konnte, fuhr er fort: „Hertrich ist ein ehrenhafter, fleißiger Mann. Er ist geschäftstüchtig und wird, nachdem er bereits zwei Jahre als Prokurist in der Fabrik ist, sie einmal in meinem Sinne weiterführen können — natürlich erst, wenn ich nicht mehr kann. Aber der kluge Mann baut vor. Außerdem ist er genau wie du ein Kirchenläufer, und so, wie ich dich einschätze, wirst du das ja zur Bedingung machen. Also, wann darf er kommen, um mit dir selbst zu sprechen?"

Noch immer nicht vermochte Ricarda auch nur ein Wort zu erwidern. War der Vater tatsächlich fähig, einfach über sie zu bestimmen? Aber das tat er ihr gewiß nicht an, außerdem war sie mündig. Wenn er sie auch nie danach gefragt hatte, so wußte er doch um ihre Freundschaft mit Daniel und hatte es geduldet, daß er in ihrem Hause aus und ein gegangen war. Sollte er wirklich keine Ahnung haben, daß Daniel ihr mehr war als nur ein ehemaliger Schulkamerad und Freund?

„Nun, möchtest du mir gefälligst Antwort geben?" Nervös trommelte Herr Dörrbaum mit seinen Fingern auf der polierten Tischplatte herum.

Jetzt hatte Ricarda sich gefaßt.

„Vater, ich kann und werde nie Hertrichs Frau werden. Ich achte ihn und freue mich darüber, daß er in dieser Zeit, wo so viele aus der Kirche ausgetreten sind, seinen christlichen Standpunkt gewahrt hat, aber ich liebe ihn nicht. Wenn ich mich verheirate, dann nur mit einem —"

„Und das wäre?" Lauernd und doch bereits wissend, schob der Vater seinen Kopf vor. „Nun, möchtest du mir nicht Antwort geben?"

Ricarda senkte die Augen. Zögernd und leise kam es über ihre Lippen: „Daniel Zierkorn."

Mit der Faust schlug Dörrbaum auf den Tisch. Dann sprang er auf und ging erregt im Zimmer hin und her.

„Hab' ich mir's doch gedacht — der Zierkorn! Aber das kann ich dir sagen: Daraus wird nichts! Das kannst du dir ein für alle Mal aus dem Kopf schlagen. Du bist schließlich unser einziges Kind. Wenn es dir bis heute noch nicht klar gewesen ist, so will ich es dir jetzt deutlich sagen: Nur für dich habe ich geschuftet, spekuliert und mit dem Einsatz aller meiner Kräfte es zu etwas gebracht. Das legt auch auf deine Schultern eine Verpflichtung. Heimlich habe ich immer gewünscht, Hertrich würde dich zur Frau haben wollen. Ich hätte ihn nie mit der Nase daraufgestoßen, aber nachdem er jetzt ganz von selbst zu mir kommt und mich fragt, bin ich darüber hoch erfreut. Er ist mir recht als Schwiegersohn. Zwar ist er zehn Jahre älter als du, und gewiß wäre er auch schon längst einberufen, wenn er nicht durch den Unfall das steife Bein hätte. Das aber ist kein Hindernis, daß ihr miteinander glücklich werden könnt. Zwar ist er auch schon für eine Schreibstube zum Militär angefordert worden, aber ich habe ihn reklamieren lassen. Wir sind ein kriegswichtiger Betrieb, und ich kann Hertrich nicht entbehren."

Selbstgefällig spielte Richard Dörrbaum mit seiner goldenen Uhrkette. „Mädchen, sei vernünftig! Schlage dir den Zierkorn aus dem Kopf und gib Hertrich dein Jawort."

„Vater, ich kann nicht."

Da stand sie wieder vor ihm, wie einst als kleines Mädchen, die großen blauen Augen bittend auf ihn gerichtet, nur daß sie sich beherrschte, und keine Tränen Spuren auf ihren Wangen zurückließen.

Er schrie sie an. „Herrschaft noch einmal, Ricarda, sei doch nicht so starrköpfig! Schlag dir den Pfarrer aus dem Kopf! Das hat doch heute keine Zukunft mehr. Wenn du nicht blind bist, siehst du, wie die Austritte aus der Kirche sich mehren, wie die Gottesdienste schlecht besucht sind und wie die Partei nichts mehr übrig hat für das ganze christliche Gesäusel."

Ricarda wich einen Schritt zurück. Fast tonlos verhallten ihre Worte: „Das sagst du, der du mich bei meiner Konfirmation unter allen Umständen dazu bestimmen wolltest, mich einsegnen zu lassen, als ich aus Gewissensgründen glaubte, es ablehnen zu müssen?"

Er machte eine lässige Handbewegung, als wolle er etwas völlig Unwichtiges wegwischen: „Ach, Unsinn! Die Zeiten haben sich eben geändert. Wenn ich nicht an dich und Liane denken würde, hätte ich längst meinen Kirchenaustritt erklärt. Vielleicht tu' ich's auch noch. Ich warte höchstens noch bis nach deiner Hochzeit mit Hertrich. Ihr werdet beide nicht auf Glockengeläut und Orgelspiel verzichten wollen. Meinetwegen, das könnt ihr haben. Nachher werde ich tun, was ich für richtig halte. Die Partei ist wenig an Leuten interessiert, die sich nicht frei machen können von veralteten und längst überholten Überlieferungen. — Doch ich habe keine Zeit mehr. Ich werde heute nachmittag Hertrich zu dir schicken."

Ricarda schrie auf. „Nein Vater, das wirst du nicht tun. Es ist völlig zwecklos!"

„Mädchen, ich warne dich! Reize mich nicht zum Zorn! Es genügt mir, was ich mit Mutter durchzumachen habe."

Krachend fiel die Tür hinter ihm ins Schloß.

Ricarda aber flüchtete in Lianes Zimmer. Es dauerte eine ganze Weile, bis sie sich gefaßt hatte. Noch immer schluchzend fragte sie: „Liane, glaubst du, daß das vierte Gebot von mir fordert, auch jetzt den Willen meines Vaters zu tun? Wie kann ich einem Mann mein Jawort geben, den ich nicht liebe? Ich achte Hertrich, aber das allein genügt doch nicht!"

Liane, die auf ihrem langen Krankenlager warten gelernt hatte, antwortete nie vorschnell. Auch jetzt überlegte sie, bevor sie antwortete: „Du mußt dich jetzt noch für gar nichts entscheiden, Rica. Laß es an dich herankommen! Wenn Herr Hertrich mit dir spricht, so bist du ihm vor allem unbedingte Offenheit schuldig. Du mußt ihm sagen, daß du keine Liebe für ihn empfindest und daß du dich in deinem Herzen, auch wenn noch kein bindendes Wort gesprochen wurde, einem anderen gegenüber verpflichtet fühlst."

Ricarda schlug die Hände vors Gesicht.

„O Liane, warum habe ich dieses eine Wort nicht gesprochen, als Daniel so sehr darauf wartete? Inzwischen war er, bevor er an die Front kam, noch zweimal auf Urlaub hier. Er hat mich nicht mehr danach gefragt. Wohl hat er mir einige Male aus dem Feld geschrieben. Aber seine Briefe sind unfroh und entbehren jeder Herzlichkeit. Es ist, als drücke ihn etwas zu Boden."

„Wie kann es anders sein angesichts dessen, was er dort erlebt! Er ist nicht so robust, daß all das Grauenvolle, was ihm an der Front begegnet, ihn unberührt ließe. Daran sind schon andere Naturen wie Daniel zerbrochen."

„Ich schreibe ihm regelmäßig, und immer wieder sende ich ihm ein Päckchen mit Süßigkeiten und anderen Dingen, von denen ich weiß, daß er sie braucht. Er bedankt sich wohl, aber ich vermisse den warmen, herzlichen Ton der Freude in seinen Briefen und noch mehr als das. O Liane, ich weiß — ich bin selbst schuld daran."

„Laß ihn in diesen Notzeiten zum Manne reifen, Ricarda — er war ein großer Junge, noch ein Kind, als er in den Krieg zog."

„Wie schrecklich ist das alles!"

„Vergiß nicht, was die größte Macht ist! Wir können nichts Besseres tun für einen Menschen, um den wir uns sorgen, als für ihn zu beten. Worte sind eine Macht — Gedanken sind Kräfte — stärker als beides ist das Gebet."

Günther Hertrich kam weder an diesem Nachmittag noch an einem der nächsten Tage, um mit Ricarda zu sprechen. Vielleicht hatte sein Chef ihm geraten, noch damit zu warten. Wahrscheinlich aber waren es die aufregenden Ereignisse, die im Hause Dörrbaum alles Persönliche zurückdrängten. In der Nacht, nachdem die Aussprache zwischen Vater und Tochter stattgefunden hatte, war die Kreisstadt von einem schweren Fliegerangriff heimgesucht und bis auf wenige Straßenzüge dem Erdboden gleichgemacht worden. Meilenweit hatte man das Dröhnen der aufschlagenden Bomben vernommen und das Beben der Erde verspürt.

Auch in der Villa hatte man im Luftschutzkeller gesessen. Liane war wie schon oft von ihrem Bruder hinuntergetragen worden. Man hatte ihr ein Bett im ehemaligen Weinkeller, der am tiefsten war und als sicher galt, aufgestellt. Seine Frau, die wieder einmal angetrunken in ihrem Zimmer lag, hatte Richard Dörrbaum aus dem Bett gezerrt und fast gewaltsam in den Keller schleppen müssen. Lallend und Schlager summend hatte sie sich in einen alten Sessel fallen lassen — ein widerlicher Anblick! Wie hatte Ricarda sich vor den Hausangestellten ihrer Mutter geschämt!

Es war naheliegend, daß Ricardas Gedanken sich wieder auf den Weg zu Daniel machten. Wenn es schon so schrecklich war, hier im Keller auf einen Bombenangriff zu warten, was mußte er dagegen durchmachen!

Ihr Blick fiel auf die Mutter, die mit glasigen Augen vor sich hinstarrte. Sie war vom Sessel heruntergeglitten. Das halbwüchsige Zimmermädchen und der Gärtnerjunge kicherten bei ihrem Anblick. Anna, die langjährige Hausgehilfin, rügte ihr Benehmen, und Herr Dörrbaum fuhr sie an: „Laßt euer blödes Grinsen, oder ich schmeiße euch hier heraus!"

Ricarda aber fühlte so stark wie nie zuvor ein tiefes Mitleid mit der Mutter in sich aufsteigen. War sie nicht zu bedauern? Wenn man ihr nur aus ihrer Gebundenheit heraushelfen könnte! Aber sie fühlte sich keineswegs dessen bedürftig und erkannte nicht, wie sehr sie ein Sklave ihrer Süchte war.

Ricarda stand auf und ging zu ihr hin. „Du sitzt so unbequem, Mama. Komm, ich helfe dir!"

Sie versuchte die Schwankende aufzurichten, aber diese gab lallend zurück: „Unbequem, Rica? — Hier im Weinkeller? Das ist der schönste Platz im ganzen Haus. Reiche mir eine Flasche, ich — ich habe einen un—unbändigen Durst!"

Die Tochter schüttelte den Kopf und sprach leise auf sie ein. „Mutter, kannst du dich nicht ein wenig zusammennehmen? Was sollen unsere Leute von dir denken?"

„Von mir? — Haha, das ist mir völlig gleichgültig. Du — du willst mir also keinen Wein — keinen Wein geben? — Dann we—wenigstens eine Zi—Zigarette!"

Herr Dörrbaum hatte bis jetzt in unruhiger Spannung dem unheimlichen Geschehen dieser Nacht gelauscht. Die Fabrik! — Jetzt herrschte er seine Frau an: „Nimm dich gefälligst zusammen! Es ist ja nicht mit anzusehen, wie du dich gehenläßt!"

Ricarda spürte, wie ihr Gesicht sich vor Scham rot färbte. Dies alles vor den Angestellten! Sie blickte zu Liane hinüber. Diese lag still, mit gefalteten Händen und geschlossenen Augen, auf ihrem Lager. Sie betet, dachte Ricarda. Wahrlich, sie ist der gute Engel unseres Hauses. Und es war, als ginge von der Gelähmten eine Kraft auf sie über. Sie spürte, wie sie ruhiger wurde. Nach einigen vergeblichen Versuchen gelang es ihr endlich, die Mutter aufzurichten und bequem in den Sessel zu betten. Sie zog einen Stuhl heran, setzte sich neben sie und legte den Arm um ihre Schulter. Da lehnte die Mutter den Kopf an sie und war schon in den nächsten Augenblicken eingeschlafen.

„Sie ist krank!" sagte Ricarda und wandte sich damit an die Angestellten, mit dem Bemühen, das Benehmen der Mutter zu entschuldigen. War sie es nicht wirklich?

Ricarda bekam keine Antwort, aber in den Augen der Angestellten las sie, was diese dachten: Wir wissen Bescheid!

Das Entwarnungssignal ertönte. Man konnte den Luftschutzkeller verlassen, aber an ein Zubettgehen war nicht zu denken. Zuerst mußten Liane und die Mutter versorgt sein. Als sie auf die Straße traten, kam lähmendes Entsetzen über sie. Der ganze Himmel war gerötet. Die Kreisstadt stand in Flammen. Feuerwehr und Sanitätsauto rasten durch die Straßen. Beim Morgengrauen fuhr man Verwundete auf Lastwagen in das bald hoffnungslos überfüllte Krankenhaus. Die Bewohner der Stadt wurden aufgefordert, zusammenzurücken und die Evakuierten aufzunehmen. In aller Eile wurden Strohlager in Schulsälen und Turnhallen aufgeschüttet. Verzweifelte Menschen, meist Frauen, Kinder und Greise, ließen sich darauf nieder. Sie waren aus den brennenden Häusern geflüchtet. Der Ortsgruppenleiter, eine Liste in der Hand, gab Befehle. Bald stand ein Mann der Partei auch vor Herrn Dörrbaum.

„Sie müssen eine neunköpfige Familie aufnehmen."

„Ich? Wieso?"

„Befehl vom Ortsgruppenleiter! Ihr Haus steht auf der Liste. Sie haben noch unbewohnte Räume."

„Wie kommen Sie mir vor? Meine Sechszimmerwohnung reicht gerade für uns aus. Meine Frau ist krank! Ich habe außerdem meine gelähmte Schwester bei mir. Die Kammern im oberen Stockwerk sind für die Dienstboten —"

Der Mann ließ sich nicht abspeisen. Er hielt dem Fabrikbesitzer einen Zettel hin. „Hier ist die Anweisung. Die Leute sind schon unterwegs zu Ihnen. Jungen der Hitler-Jugend bringen sie."

Richard Dörrbaum stieß einen Fluch aus. „Wie kommt ihr mir denn vor? Ich leite einen kriegswichtigen Betrieb! Ich benötige alle Räume dafür."

„Vater!" Ricarda hatte ihm die Hand auf den Arm gelegt. „Denk doch, die armen Menschen! Sie haben in dieser Nacht alles verloren. Morgen können w i r an der Reihe sein. Laß uns zusammenrücken! Die Parterreräume werden nicht unbedingt gebraucht. Die dort gelagerten Sachen kannst du in die Fabrik schaffen lassen. Der Gärtnerjunge kann zu Franz hinauf in die **Kammer. So können wir zwei Zimmer frei machen. In der Waschküche können die Leute kochen. — Bitte, Vater, sage ja!"**

Dörrbaum sah seine Tochter an. So oft hatte er darauf

gewartet, daß sie einen Wunsch ausspräche. Ihre ständige Zufriedenheit hatte ihn manches Mal geradezu gereizt. Und nun waren ihre blauen Augen auf ihn gerichtet, und sie äußerte einen Wunsch, aber wieder nicht für sich, sondern für andere. Was der Beauftragte der Partei nicht fertigbrachte, gelang seiner Tochter.

„So tu, was du für gut findest", antwortete er schließlich. „Aber verlange nicht von mir, daß ich mich um deine Schützlinge kümmere."

„Danke, Vater!" Er mußte es sich gefallen lassen, daß Ricarda ihn spontan vor dem daneben stehenden Mann in den Arm nahm und küßte.

„Na, na — schon gut", sagte er und bemühte sich, seine Rührung zu verbergen. Hatte sie nicht recht? Es konnte ihnen genau so gehen wie diesen heimatlos Gewordenen. —

„Ich gehe, um die Zimmer in Ordnung zu bringen. Franz und Michel, Anna und Rose werden mir helfen. Möbel haben wir noch in der Bodenkammer."

Sie eilte davon. Der Vater rief sie noch einmal zurück. Er zog sie zu sich heran und sah ihr wie beschwörend in die Augen.

„Rica, auch ich habe eine Bitte an dich. Du weißt, was ich meine. Hertrich wartet darauf, mit dir zu sprechen."

Mit der Ruhe im Hause Dörrbaum war es vorbei. Wenn die Mutter der sechs Kinder sich auch redlich Mühe gab, Ordnung zu halten und Lärm zu vermeiden, irgendwo lachten oder stritten ständig einige. Obgleich der „Herr", wie sie den Fabrikanten nannten, ihnen den Hof, der von der Villa zum Werk führte, als Spielplatz zugewiesen und ihnen streng verboten hatte, den Garten zu betreten, fanden die Kinder es doch viel schöner, unter den weit ausladenden, schattigen Bäumen zu spielen und über den Rasen und die Blumenbeete zu tollen. Allerdings hatte der Garten sein parkähnliches Aussehen bereits ziemlich eingebüßt, denn

Anna hatte mit dem Gärtner manches Stück umgearbeitet und Gemüse und Kartoffeln gepflanzt. Ricarda fiel ständig die Vermittlerrolle zwischen dem Gärtner und den Kindern zu. Dem alten Franz hatte es schon nicht behagt, daß etliche seiner wohlgepflegten Ziersträucher und Blumenrabatten Kohlköpfen, Zwiebeln und Tomaten Platz machen mußten. Nun tobten auch noch fremde Kinder im Garten umher, als seien sie hier zu Hause. Michel, der Gärtnerjunge, begnügte sich nicht mit Schelten und Drohen; er teilte Ohrfeigen aus und zog sich damit nicht nur die Feindschaft der Kinder, sondern auch des achtzigjährigen Großvaters zu, der sich nur noch mühsam von der Stelle bewegen konnte. Den ganzen Tag saß er am Fenster, von wo er die Geschehnisse im Garten aus nächster Nähe wahrnehmen konnte.

War es nicht schon schlimm genug, daß er und seine Leute in der grauenvollen Nacht um all ihr Hab und Gut gekommen waren, während der Schwiegersohn an der Front kämpfte? Nun sollten die Enkelkinder nicht einmal ein Plätzchen an der Sonne haben, auf dem sie sich tummeln konnten? Seine Frau und seine Tochter, die Mutter der Kinder, versuchten ihn immer wieder zu beschwichtigen. Sie waren froh, eine Bleibe gefunden zu haben, und waren vor allem dem Fräulein dankbar. Sie hatten buchstäblich nur das, was sie in jener Schreckensnacht auf dem Leibe trugen, retten können. Ricarda hatte ihnen an Möbeln, Geschirr und Wäsche mehr gegeben, als sie je besessen hatten.

Ricarda war über alle Maßen stark beschäftigt. Sie wuchs in dieser Zeit über sich selbst hinaus. Was sie nie empfunden hatte, wenn sie etwa einmal im Büro des Vaters mithalf, das wußte sie jetzt: Hier war sie nötig! Hier wurde sie gebraucht! Sie hatte ein so reichhaltiges Tagesprogramm zu bewältigen, daß sie abends todmüde in ihr Bett sank und weder Zeit noch Kraft besaß, Probleme zu wälzen.

Das Zimmermädchen hatte gekündigt. Es wurde, nachdem der einzige Bruder eingezogen war, auf dem elterlichen

Hof gebraucht. So lag der ganze Haushalt auf Annas Schultern. Mit Frau Dörrbaum war je länger desto weniger zu rechnen. Es war ihrem Mann einfach nicht mehr möglich, ihr die Mengen von Zigaretten und Tabletten zu besorgen, die sie bis dahin täglich zu sich genommen hatte. Der an das Gift gewöhnte Körper streikte. Es stellten sich besorgniserregende Begleiterscheinungen ein. Der Magen lehnte jede feste Speise ab. Eine erschreckende Gewichtsabnahme setzte ein. Tag und Nacht lechzte und jammerte die Süchtige nach den gewohnten Mitteln. Wenn sie sich Alkohol beschaffen konnte, war sie einigermaßen friedlich. Ricarda hatte die Betreuung der Mutter nun ganz übernommen. Anna schaffte es einfach nicht mehr. Auch Liane wurde von ihr umsorgt. Dankbar nahm sie das Anerbieten der Frau Merkten an, ihr die grobe Arbeit, das Reinigen der Zimmerböden und des Treppenhauses abzunehmen, während die Großmutter auf die Kleinsten aufpaßte.

Wenn es Richard Dörrbaum zuviel werden wollte, daß ihm immer wieder eines der sechs Kinder, von denen das älteste erst elf Jahre alt war, vor die Füße lief, so versuchte Ricarda ihn zu beschwichtigen. „Sieh doch, Vater, welch ein Glück es für uns ist, daß wir die Leute im Haus haben. Jetzt, wo Anna allein ist und man kaum eine Putzfrau bekommt, ist uns Frau Merkten eine wertvolle Hilfe."

„Du hast eine merkwürdige Auffassung von Hilfe", gab er dann mürrisch zur Antwort. Es war ihm klar, daß er die Leute nicht so schnell loswerden würde, denn je länger desto mehr drängten obdachlos gewordene Menschen aus den zerstörten Städten in die noch nicht durch Fliegerangriffe heimgesuchten Ortschaften.

Ein Gutes schienen die letzten unruhvollen Wochen jedoch zu haben. Zwischen Ricarda und Hertrich schien sich etwas anzubahnen. So glaubte er wenigstens zu bemerken. Er hütete sich jetzt, zu drängen. Es würde ganz von selbst zu dem kommen, was sein sehnlicher Wunsch war.

In jener Nacht war es gewesen, als die Kreisstadt in Flammen aufging und sie Platz machen mußten für die neunköpfige Familie. Ricarda hatte eine Kittelschürze über ihr Kleid gezogen. Mit Anna und dem Gärtner hatte sie die Bodenkammern nach brauchbaren Möbeln für die Obdachlosen durchstöbert. Als sie mit Anstrengung aller Kräfte versuchten, einen Schrank die Treppen herunterzutransportieren, hatte sich plötzlich eine Hand auf ihren Arm gelegt: „Lassen Sie das, Fräulein Dörrbaum! Das ist doch viel zu schwer für Sie."

Errötend war sie zur Seite getreten und hatte Hertrich Platz gemacht. Dann war er nicht fortgegangen, bis die unteren Zimmer eingerichtet, die Betten aufgeschlagen und bezogen waren, so daß man die übermüdeten und verängstigten Kinder hineinlegen konnte. Er blieb auch da, bis die vor Aufregung und Kälte Zitternden einen warmen Kaffee bekamen und bis die verstörte Mutter insofern beruhigt werden konnte, als man ihr versprach, sie dürfe mit ihrer Familie hierbleiben.

Ricarda hatte zwischen Dankbarkeit und Angst geschwebt. Wie kam es nur, daß Hertrich gerade im rechten Augenblick erschienen war und mit Hand anlegte, als habe er sein Leben lang nichts anderes getan, als Möbel geschleppt, schreiende Kinder versorgt, alte Leute beruhigt und aufgeregte Chefs — denn als solcher zeigte sich Herr Dörrbaum — beschwichtigt? Ricarda war unendlich froh für seine Hilfe. Wenn nur der Gedanke an das andere nicht gewesen wäre! Verrichtete er etwa all diese Hilfeleistungen um ihr zu imponieren? Aber nein, diesen Gedanken verwarf sie sofort wieder. Sie hatte noch nie einen Mann gesehen, der so umsichtig und selbstverständlich zugriff. Mit Milde und zugleich mit Festigkeit hatte er die aus allen Geleisen gerissenen Kinder beruhigt, den alten gedächtnisschwachen Großvater, der immer verlangte, zurück nach Hause gefahren zu werden, endlich dahin gebracht, sich hinzulegen, und seiner Frau versprochen, morgen nach ihrer verlorenen Katze zu suchen.

Wenn er nur nicht auf den Gedanken kam, sie nach diesen nächtlichen Erlebnissen zu bitten, seine Frau zu werden! Bei aller Hochachtung für sein tatkräftiges Einspringen müßte sie ihn enttäuschen.

Aber Hertrich dachte nicht daran, ihr jetzt einen Heiratsantrag zu machen. Er ging an diesem Morgen erst gar nicht mehr nach Hause. Es gab ohnehin genug zu tun bis zum Beginn der Arbeitszeit. Er bat nur, sich waschen und seinen Anzug in Ordnung bringen zu dürfen. Dankbar nahm er am Morgenfrühstück des Chefs und seiner Tochter teil. Dann saß er pünktlich an seinem Schreibtisch, als habe er nicht die ganze Nacht gewacht und schwer gearbeitet.

Ricarda dankte ihm in ihrem Herzen für sein rücksichtsvolles Schweigen. Es ergab sich nun ganz von selbst, daß er des öfteren von der Fabrik in die Villa herüberkam, denn immer wieder benötigte man einen Mann oder brauchte einen Rat. Nie war er aufdringlich oder gar lästig. Taktvoll zog er sich zurück, wenn er glaubte, nicht mehr vonnöten zu sein. Bald war das Wissen um seine Nähe für alle im Hause eine Beruhigung.

Ricarda konnte es nicht leugnen: Günther Hertrich war ihr sympathisch. Aber mehr noch als das: Sie erkannte mit dem feinen Empfinden ihres Herzens, daß er ein entschiedener Christ war, ohne daß sie bisher über religiöse Dinge gesprochen hätten. Um dies zu erkennen, hätte es nicht des Ausspruches des Vaters bedurft, daß Hertrich ein Kirchenläufer sei. Es ging einfach etwas von ihm aus, das unverkennbar war. „Es gibt ein untrügliches Kennzeichen der Bruderschaft Christi", hatte Liane einmal zu Ricarda gesagt. Dies war es, und dadurch fühlte sie sich irgendwie zu ihm hingezogen. Es hatte nicht das Geringste mit Liebe zu tun, wie eine Frau sie für einen Mann empfindet, es war größer, es war einfach göttlicher Natur. Deutlich erkannte es

Ricarda. Gern hätte sie ihn einmal daraufhin angesprochen. Aber der Gedanke, daß er es falsch deuten könnte, hielt sie davon zurück.

Da ergab es sich eines Tages von selbst. In der provisorisch eingerichteten Küche der Evakuierten qualmte der Herd. Ricarda hatte sich längst daran gewöhnt, derartige Kümmernisse nicht dem Vater, sondern Herrn Hertrich zu sagen.

Hertrich versprach, einen Arbeiter von der Fabrik herüberzusenden. Wenige Minuten später als dieser erschien er selber. Die Arbeit zog sich in die Länge. Der Prokurist redete dem Arbeiter zu, den Schaden zu beheben, obgleich es gleich Feierabend war. Er würde für die Zeit entschädigt werden. „Ich selbst muß jetzt leider gehen", sagte Hertrich zu Ricarda. „Ich soll heute abend die Männerstunde in unsrer Gemeinde leiten und habe noch nicht Zeit gefunden, mich vorzubereiten."

„Die Männerstunde? In welcher Gemeinde sind Sie denn, Herr Hertrich? Ich habe Sie noch nie in unsrer Kirche gesehen."

„Das ist wohl möglich. Ich gehöre zu den Methodisten."
„Ach!?"

Günther Hertrich spürte wohl das Bedauern in diesem Ausruf.

„Wir stehen auf gleichem Boden, Fräulein Dörrbaum", sagte er. „Vielleicht kann ich Ihnen ein anderes Mal Näheres darüber sagen. Heute habe ich leider keine Zeit mehr, denn ich kann nicht unvorbereitet vor die Männer treten. Wir sind zwar nur noch wenige — die meisten sind im Kriegsdienst. Außerdem —", flüsternd fuhr er fort, damit der Arbeiter ihn nicht verstehen konnte: „Sie kennen ja die Tendenz unserer Zeit. Die wenigen aber, die noch wöchentlich einmal zusammenkommen, wissen, um was es geht. Sie vertreten ihren Standpunkt trotz aller Anfeindung von außen. Das Wissen darum legt eine Verantwortung auf meine Schultern, der ich mich nicht entziehen will noch kann."

Er reichte ihr die Hand. „Bis morgen, Fräulein Ricarda!" Zum ersten Mal hatte er sie beim Vornamen genannt. Sie errötete. Da war wieder die Angst vor dem bisher Unausgesprochenen. Und ebenso ihre unausgesprochene Antwort: Ich kann nicht — nein, ich kann nicht! Und dann meinte sie ihn aufs neue zu hören: „Wir stehen auf gleichem Boden!" Mit Freuden wollte sie davon Kenntnis nehmen, vom anderen aber nicht.

Daniel — ich bin so froh, daß auch wir auf gleichem Boden stehen. Plötzlich hielt sie in ihrem Gedankengang inne. Wußte sie das ganz sicher? Aber natürlich! Wie konnte ihr nur ein Zweifel daran aufsteigen?

Auf dem gleichen Boden! Aber warum hatte Daniel, wenn er auf Urlaub kam, nie mehr darüber gesprochen? Warum schrieb er in seinen Briefen nicht ein einziges Mal etwas von dem, was ihm damals so wichtig geworden war, ja, was das wichtigste sein mußte — von dem, was ihm allein in den schweren Kriegserlebnissen Halt, Trost und Hilfe zu bieten vermochte? O Daniel, ich vermisse nicht nur die Äußerungen deiner Liebe, ich warte auch vergeblich auf ein Wort, das mir sagt, wie es innerlich um dich steht. Daß dieser entsetzliche Krieg dich nicht froh werden läßt, verstehe ich. Aber du müßtest doch mehr noch als die anderen von einer Kraftquelle, von einem tieferen Sinn in all der scheinbaren Sinnlosigkeit dieser Zeit wissen. Warum läßt du mich nicht daran teilnehmen?

„Fräulein Dörrbaum, jetzt ist der Ofen in Ordnung. Nun können ihre Schützlinge wieder Kaffee kochen."

„Danke, Herr Müller."

„Mit denen haben Sie sich aber was Schönes aufgeladen!"

„Wir wissen nicht, wann wir selbst an die Reihe kommen, Herr Müller, und dann werden wir froh sein, wenn auch uns jemand aufnimmt!"

„Da haben Sie nun auch wieder recht, Fräulein, und außerdem — wenn die Partei befiehlt..."

Es blieb nicht bei den neun Mitbewohnern. Weinend stand Anna eines Tages vor Ricarda.

„Meine einzige Nichte hat ihre Eltern bei einem der letzten Fliegerangriffe verloren. Ihr Mann ist gefallen. Ihr Haus ging bei dem Angriff in Flammen auf. Sie weiß nicht wohin. Notdürftig ist sie mit ihrem zweijährigen Jungen bei Nachbarsleuten untergekommen. Dort ist es aber so eng, daß sie nur vorübergehend bleiben kann. Ihre Mutter war meine einzige Schwester. Bitte, Fräulein Ricarda, sprechen Sie mit ihrem Vater. Ich bin bereit, mein Zimmer mit meiner Nichte und dem Kind zu teilen. Wenn Ihr Vater es mir nicht erlaubt, sehe ich keinen anderen Weg, als mit den beiden irgendwohin aufs Land zu ziehen, so daß ich für das Kind sorge, während die Mutter in die Fabrik geht."

Anna hielt weinend die Schürze vor die Augen. „Wie schwer es mir fallen würde, von Ihnen fortzugehen, nachdem ich schon so viele Jahre im Hause bin, brauche ich Ihnen nicht zu sagen. Andererseits ist es mir auch schleierhaft, wie Sie es alleine schaffen wollen, wenn ich nur an Ihre Mutter denke, mit der es von Tag zu Tag schlimmer wird, und an Fräulein Liane, die so hilflos ist."

Ricarda war wirklich erschrocken. Daß Anna das Haus verlassen sollte, das war einfach undenkbar. Was aber würde der Vater sagen? Natürlich verstand sie das alte treue Mädchen nur zu gut. Im Gedanken an ihre Schwester durfte sie deren Tochter und das Enkelkind nicht im Stich lassen.

„Ich will mit Vater sprechen", sagte sie, „und ich werde mich für Sie einsetzen, Anna." —

„Seid ihr denn verrückt?" fuhr Herr Dörrbaum auf. „Mein Haus ist doch kein Obdachlosenasyl und ebensowenig eine Kinderbewahrungsanstalt."

„Ist es dir lieber, Vater, wenn Anna geht?"

„Ach, laß dich doch nicht einschüchtern! Die weiß ganz genau, daß sie so schnell keinen Platz findet, wo sie es so gut hat wie bei uns."

„Sie ist aber fest entschlossen, mit ihrer Nichte irgendwohin aufs Land zu ziehen, wenn wir sie mit dem Kind nicht aufnehmen."

„Das ist ja die reinste Erpressung."

„Vater, auch wir könnten unser Hab und Gut in einem einzigen Augenblick verlieren. Auch deine Fabrik könnte durch Bomben zerstört werden."

„Hör auf, ich kann es nicht hören. So laß diese Person mit ihrem Jungen eben kommen. Das kann ja was Schönes geben! Unten ein Stall voller Kinder, über uns Geschrei und Lärm, und wir Leidtragende sitzen mittendrin. Aber die sollen mich alle kennenlernen, wenn sie nicht parieren!"

Die junge Witwe kam mit ihrem Kind, und Herr Dörrbaum bot ihr einen Arbeitsplatz in seiner Fabrik an. Für Anna war es allerdings nicht ganz einfach, neben der vielen Arbeit in Haus und Garten auch noch auf den lebhaften Jungen aufzupassen, aber die Frauen wechselten sich in seiner Betreuung ab. Erlaubte es Annas Arbeit nicht, daß sie sich mit dem Kleinen beschäftigte, so nahm Ricarda ihn zu sich. War diese verhindert, so stellte man das Laufgitter einfach in Lianes Zimmer, und diese war glücklich, gebraucht zu werden. Der alte Mann aus dem Gartenzimmer machte von Zeit zu Zeit einen Besuch bei der Gelähmten. Auch seine Frau stellte sich hin und wieder, wenn sie nicht gerade auf die Enkelkinder achtgeben mußte, bei ihr ein. Wie oft schütteten beide der Kranken ihr Herz aus. Unzählige Male mußte Liane anhören, wie schrecklich die Fliegernacht gewesen war und daß sie alles verloren hatten. In unermüdlicher Geduld ließ Liane diese Ergüsse über sich ergehen, sprach den alten Leuten immer wieder Mut zu und verstand es, den verzagten Menschen mit der Zeit etwas von dem klarzumachen, was sie in Wirklichkeit als unvergänglichen Besitz anzusehen hatten. Dann stimmte die alte Frau ihr wohl zu: „Sie haben recht — wir haben uns zuwenig darum gekümmert. Vielleicht hat alles so kommen müssen, daß wir die Dinge mit anderen Augen ansehen lernen."

Sogar die Kinder aus den unteren Räumen kamen zu Liane. Sie sang mit ihnen, erzählte ihnen Geschichten und lehrte sie, mit denen bis dahin niemand gebetet hatte, die Hände falten und ihr schlichte Gebetsverse nachsprechen.

Einmal kam Herr Dörrbaum dazu. Kopfschüttelnd blieb er in der offenen Türe stehen. „Nun ist's also tatsächlich soweit gekommen, daß in meinem Hause eine Missionsstation für arme Heidenkinder eröffnet wird! Aber das kann ich dir sagen, Liane, sobald dieser Krieg zu Ende ist — nach den neuesten Berichten wird es nicht mehr allzulange dauern —, fliegt mir die ganze Bande zum Haus hinaus, die von oben wie auch die von unten. Darauf kannst du dich verlassen!"

Die Kinder hatten sich bei diesen Worten ängstlich um Lianes Bett gedrängt. Diese aber lächelte dem Bruder zu. „Richard, kannst du es nicht begreifen, wie es mich glücklich macht, auf diese Weise ein wenig helfen zu können?"

Brummend verließ er das Zimmer.

„Ist er böse, daß wir hier sind?" fragte eines der Kinder und blickte besorgt zur Türe, die sich eben hinter dem Fabrikanten geschlossen hatte.

„Nein, nein", beruhigte die Gelähmte. „Er meint es nicht so."

Und tatsächlich kam, als müsse er die Worte seiner Schwester bestätigen, Herr Dörrbaum noch einmal zurück, um jedem der Kinder einen rotbackigen Apfel zu bringen. Das war in dieser Zeit eine Kostbarkeit.

„Du bist ja gar nicht so bös, wie du immer tust!" bestätigte der Fünfjährige zum Entsetzen seiner größeren Geschwister, die ihm hastig den Mund zuhalten wollten.

„Danke!" erwiderte Richard Dörrbaum und kniff dem Verdutzten in die Wange. „Dafür bekommst du noch einen Apfel."

Auch David und Jonathan mußten einrücken. Wieder saß man im Pfarrhaus um den runden Tisch. Frau Zierkorn gab sich redliche Mühe, tapfer und beherrscht zu sein, konnte es jedoch nicht verhüten, daß ihr von Zeit zu Zeit eine Träne über das Gesicht lief. Auch dem Pfarrer ging der Abschied von seinen Zwillingssöhnen nahe. Magdalene, die dieses Anlasses wegen einen freien Tag im Säuglingsheim erhalten hatte, ging hin und her, trug auf und ab und war besorgt, die Wünsche der Brüder nach Möglichkeit zu erfüllen. David und Jonathan waren sehr vergnügt oder taten wenigstens so, wahrscheinlich um den Eltern die Trennung nicht noch schwerer zu machen.

„Was, Pudding gibt es auch noch, Magda? Wie hast du den denn plötzlich hergezaubert? Und er scheint nicht einmal aus übriggebliebenem Malzkaffee fabriziert zu sein!"

„Spotte nicht, Jonathan!" Magdalene drohte mit dem Finger. „Ich weiß zwar nicht genau, woraus das Puddingpulver hergestellt ist. Mir schenkte es eine Frau, die in der Munitionsfabrik arbeitet. Ihr Säugling liegt auf meiner Station. Die Mutter scheint den Eindruck zu haben, daß ich ihn gut versorge. Von Zeit zu Zeit bringt sie mir irgend etwas Eßbares. Die Arbeiter in diesen Fabriken erhalten ja Sonderzuteilungen." Magdalene bot auch ihrer Mutter von dem Pudding an. „Komm, nimm dir doch davon."

„Nein, danke! Die beiden sollen sich meine Portion teilen. Wer weiß, wann sie wieder etwas Derartiges bekommen!"

Als sie aufs neue das Taschentuch an die Augen führte, versuchte David ihr mit einem Scherz über die Trauerstimmung hinwegzuhelfen.

„Mutter, täusche dich nicht! Wenn schon die Arbeiter in den Munitionsfabriken Sonderzuteilungen bekommen, wieviel mehr wir, für deren Gebrauch die Munition hergestellt wird!"

„Hör auf, ich kann so etwas nicht hören!" schluchzte die Pfarrfrau.

Ihr Mann legte den Arm um ihre Schultern. „Maria, wir dürfen es den beiden nicht unnötig schwer machen. Ich bitte darum, bei allem Verständnis für deinen Schmerz, Mutter!"

Jonathan hatte Mühe, sich zu beherrschen. „Du sprichst dauernd von Gottvertrauen. Nun beweise es doch! Wenn du daran glaubst, daß kein Haar von unserem Haupt fällt ohne Gottes Willen, dann kannst du wirklich beruhigt sein. Dann wird uns auch an der Front nichts passieren, es sei uns denn vorherbestimmt. Andernfalls kann ich auch vom Stuhl fallen und mir das Genick brechen."

„Wie du das sagst!" Noch an den Tränen schluckend, antwortete Frau Zierkorn ihrem Sohn. „Wenn ich wenigstens wüßte, daß ihr beide nach wie vor glaubt, was ihr von Kindesbeinen an gelernt habt — aber so..."

„Ich glaube auch, Mutter— aber wahrscheinlich anders als du!"

„Was heißt anders? Es gibt nur e i n e n wahren Glauben."

Ungeduldig blickte David auf seine Armbanduhr. Jetzt verfiel die Mutter wieder in ihre frömmelnde Sentimentalität. Und er hatte doch noch eine Verabredung, von der die Eltern nicht unbedingt etwas zu wissen brauchten. Wie unsinnig, wieder die alte Platte aufzulegen!

Jonathan aber nahm heute noch weniger als sonst das, was die Mutter sagte, gelassen hin. Ihre Art reizte ihn in letzter Zeit immer stärker zu Widerspruch. Natürlich wollte er sie jetzt am Abschiedstag nicht kränken, aber schließlich waren sie keine kleinen Kinder mehr, die unbesehen alles hinnehmen mußten, was man ihnen vorsetzte.

„Was heißt, es gibt nur einen wahren Glauben?" erwiderte er. „Wie willst du beweisen, Mutter, daß der christliche Glaube der allein richtige ist? Die Anhänger des Hinduismus, dessen Anfänge an die viertausend Jahre zurückliegen, sind davon überzeugt, daß er nicht nur die älteste, sondern auch die Quelle aller anderen Religionen ist. Vor Tausenden von Jahren, lange vor Mose, Buddha oder Christus, standen weise Männer an den Ufern der Flüsse Indiens und sangen Lieder, die nach der Meinung der Hindus vom Odem Gottes inspiriert waren. Aus diesen Gesängen und der Weisheit späterer Jahrhunderte erwuchs das, was wir heute Hinduismus nennen, eine Religion, zu der sich mehr als dreihundert Millionen Menschen bekennen."

David hob in komischem Entsetzen die Hände. „Mensch, was soll das Gerede?"

Die Mutter aber starrte ihren Sohn entgeistert an. So etwas sagte er, der christlich getauft und konfirmiert war?

Jonathan aber befand sich in Fahrt. Vielleicht wollte er auch nur, durch seinen Widerspruchsgeist gedeckt, seine Kenntnisse anbringen. So fuhr er fort: „Und der Buddhismus, Mutter! Diese sanfte und friedliche Religion zählt einige hundert Millionen, wahrscheinlich sogar eine halbe Milliarde Anhänger. Diese Glaubenslehre geht auf einen der größten religiösen Führer der Menschheit zurück, der um 563 vor Christus geboren wurde. Der Buddhismus ist eines der erhabensten Gedankengebäude, die von Menschen je errichtet worden sind. Glaube nur nicht, Mutter, daß allein der christliche Glaube Anspruch auf Weisheit und Ethik hat. Ich könnte dir noch einiges über die Philosophie Chinas sagen oder über die Welt des Islam. Es gibt zum Beispiel dreihundertdreißig Millionen Mohammedaner auf der Welt. In zweiunddreißig Nationen ist die überwiegende Mehrheit mohammedanisch."

Kopfschüttelnd sah David seinen Bruder an. „Sag einmal, woher weißt du denn das alles? Habe ich eigentlich dauernd in der Schule gefehlt oder war ich zeitweise leicht bekloppt?"

„Es gibt schließlich auch ein Privatstudium", erwiderte Jonathan in leicht überheblichem Ton. „Aber ich weiß, dein Interessengebiet liegt woanders. Darum drängst du auch so, daß wir jetzt endlich die Tafel aufheben. Aber du kannst ja gehen, wenn es dir zu langweilig wird."

Aufs neue wandte er sich der Mutter zu.

„Wer gibt uns das Recht, darauf Anspruch zu erheben, daß wir den alleinseligmachenden Glauben haben? Es gibt unendlich viele Anhänger des Hinduismus und des Buddhismus, ebenso ungezählte Mohammedaner, die in einer uns beschämenden Weise ihrer Überzeugung leben und vorbildlich sind in ihrer Lebensauffassung."

Frau Zierkorn blickte ihren Mann beinahe vorwurfsvoll an. „Und du schweigst dazu?"

„Das alles ist mir nicht neu, aber es war mir interessant, es aus dem Munde meines Sohnes zu hören. Es freut mich, Jonathan, daß du dich mit diesen Fragen auseinandersetzt", antwortete der Pfarrer.

„Aber du kannst ihm doch nicht zustimmen, Karl, daß diese Religionen dem Christentum gleichwertig sind!"

Ohne auf den Einwand seiner Frau einzugehen, fuhr er fort: „Paul Le Seur hat einmal gesagt: ,Die Religionen sind die bangen schweren Fragen der Menschheit an Gott. Christus ist die rettende Antwort.' Nach einer Schätzung stehen rund achthundert Millionen Christen etwa 1,6 Milliarden Nichtchristen gegenüber. Achthundert Millionen getaufte Christen — aber der Taufschein ist in unserer Zeit weit weniger Ausdruck des inneren Glaubensstandes als in früheren Jahrhunderten. Über die Zeichen der Zeit darf man sich nicht hinwegtäuschen. Die Gottlosigkeit nimmt überhand. Jedoch muß man sich darüber klar sein, um was es beim Glauben an Jesus Christus geht. Er ist keine Weltanschauung, sondern persönliche Teilnahme an einer Tatsache, an etwas, das geschehen ist, geschieht und geschehen wird. Bei der Auseinandersetzung zwischen den verschiedenen

Religionen, mein lieber Jonathan, muß man eines wissen: Keine andere Religion hat jemals betont, daß Gottes Verhältnis zu den Menschen das eines Vaters zu seinen Kindern ist. So ist das ‚Unser Vater' zu dem am weitesten verbreiteten Gebet auf Erden geworden. Christ ist ein jeder, der an Jesus Christus als seinen Herrn und Heiland glaubt und sich ihm unterstellt. Das Apostolische Glaubensbekenntnis sagt mit aller Klarheit aus, was Katholiken und Lutheranern, Reformierten und anderen Christen als der Inhalt des christlichen Glaubens gilt. Du sagst, Jonathan, andere Religionen seien älter als das Christentum. Du darfst aber nicht übersehen, daß am Anfang aller Dinge Gott war, wie die Bibel ihn uns kündet. Und schon nach dem Sündenfall wies er auf das Kommen Jesu als des Erretters der durch die Sünde von ihrem Schöpfer abgefallenen Menschheit hin."

„Vater, hast du vor, uns eine Bibelstunde zu halten?" fragte David nicht gerade respektvoll. „Dann darf ich dich bitten, mich zu entschuldigen." Er wollte sich erheben.

„David!" Mit erhobener Stimme wies ihn die Mutter zurecht. „Hast du eigentlich keine Ehrfurcht vor Gottes Wort?"

Er warf einen komisch verzweifelten Blick zur Decke und dann wieder auf seine Armbanduhr, blieb aber dann doch sitzen.

Der Vater fuhr fort: „Ich bin gleich soweit, David, will nur noch Stellung nehmen zu dem, was dein Bruder sagt. Als Paulus in Athen war, sah er die verschiedenen Tempel, in denen die Griechen ihren Göttern huldigten. Unter vielen anderen fand er einen Altar, auf dem die Worte zu lesen waren: ‚Dem unbekannten Gott.' Die Griechen fürchteten nämlich, einen vergessen zu haben. Da wußte sich Paulus gerufen, ihnen den einen wahren Gott zu offenbaren. Er sagte: ‚Nun verkündige ich euch, was ihr unwissend verehrt.' Hier liegt der Unterschied, Jonathan. Wenn Völker, denen nie das Evangelium verkündet wurde, andere Götter anbeten, dann tun sie das in Unwissenheit. Aber du, David, und ich und alle, die in einem christlichen Lande aufwachsen, wir können nicht sagen, wir hätten es nicht gewußt. Ihr erinnert euch, daß Paulus weiter zu den Athenern sagte: ‚Die Zeit der Unwissenheit zwar hat Gott übersehen; nun aber gebietet er den Menschen, daß alle an allen Enden Buße tun.' Jonathan, wenn du meinst, daß du die anderen Religionen, von denen du gesprochen hast, erst erproben mußt, so steht dir das frei. Meiner Meinung nach wird niemand, der Jesus Christus einmal ernst genommen und durch ihn eine Wandlung in seinem Dasein erlebt hat, von irgendeiner anderen Religion etwas erwarten, weil es in der Tat nichts Größeres gibt, als das, was uns die Lehre Christi vermitteln kann. Von daher verstehen wir den Auftrag unseres Herrn: Gehet hin in alle Welt und lehret alle Völker das Evangelium!"

David griff in die Tasche und legte ein Zehnpfennigstück auf den Tisch: „Für die Missionskasse!"

„Sei nicht so frech!" tadelte ihn Magdalene. „Es geht hier doch nicht um einen Scherz."

Aber Pfarrer Zierkorn war keineswegs gekränkt. „Wird dankend angenommen!" sagte er und nahm das Geldstück lächelnd an sich. „Dieser Groschen könnte ein kostbares Saatkorn sein, das einmal seine Frucht bringt." Dann blickte er seine Zwillingssöhne an. „Daß Mutter nicht nur um euer äußeres Wohl besorgt ist, das versteht ihr doch, besonders jetzt, wo sie euch in den Krieg ziehen lassen muß."

„Aber natürlich verstehen wir das!" erwiderte Jonathan und legte den Arm um ihre Schultern. „Das schließt aber nicht aus, daß sie uns unseren eigenen Weg gehen lassen muß."

David hatte sich erhoben. „Ihr entschuldigt mich jetzt. Ich will mich noch mit ein paar Freunden treffen. Mutter, sei nicht traurig! Ich stehe auf dem Standpunkt: Tue recht und scheue niemand! Da wird es wohl nicht so wichtig sein, ob ich den Glauben der Buddhisten oder der Mohammedaner teile. Hauptsache, daß ich ein anständiger Mensch bin."

Entsetzt schüttelte Frau Zierkorn den Kopf. „Wie kannst du so reden? Daniel hätte mir das nie angetan!"

„Ich glaube, er meint es nicht so, wie er es daherredet", versuchte ihr Mann sie zu beruhigen. „Im übrigen, David, du hast den wichtigsten Teil des Sprichwortes weggelassen. Es heißt: ‚Fürchte Gott, tue recht und scheue niemand!'"

Und das hat Daniel mir angetan?

Ricarda saß in ihrem Zimmer und hatte die Hände über dem Brief in ihrem Schoß gefaltet. Sie konnte es nicht fassen, was da stand. Zwar schien ihr dieses Schreiben nur eine Bestätigung dessen, was sie nun schon länger als ein Jahr bange ahnend empfand. Vergeblich hatte sie in Daniels immer seltener werdenden Briefen nach einer Bestätigung seiner Liebe gesucht. Es nützte nichts, daß sie ihn vor sich selbst zu rechtfertigen suchte: Er steht täglich in Todesgefahr, er erlebt so viel Grauenvolles — ich muß ihm Zeit lassen, sich wieder zurechtzufinden. — Ach, ihr Herz hatte es ihr ja längst gesagt, daß sich zwischen ihr und Daniel eine Kluft aufgetan hatte. Aber warum? Und wodurch? Hatte sie ihn damals so verletzt, als sie ihm ihr Jawort nicht gab? Hatte er ihre Beweggründe nicht verstanden? Ach, sie hatte sich ja selbst im stillen schon so viele Vorwürfe gemacht, daß sie es unterlassen hatte. Irgendeine Scheu in ihr hielt sie jedoch davon zurück, ihm das zu gestehen. Wenn er sie wirklich liebte, wußte er ohnehin, daß sie auf ihn wartete und sich ihre Zukunft nur an seiner Seite denken konnte. Aber wenn das Tatsache war, was in diesem Brief stand, dann hatte all ihr Grübeln keinen Sinn mehr, ob sie es fassen konnte oder nicht. Nein, sie begriff es nicht, obwohl sie das Geschriebene wieder und wieder las, als müsse es sich zu guter Letzt doch noch herausstellen, daß sie sich geirrt hatte, daß es sich um ein Mißverständnis handele.

Und so las sie aufs neue:

Liebe Ricarda!

Ich darf Dich nicht länger im unklaren lassen über das, was geschehen ist, ebensowenig über meinen unumstößlich gefaßten Entschluß, daß ich nicht Pfarrer werden kann. Auch wenn das andere nicht vorausgegangen wäre, das, was Du nicht verstehen wirst — das, was ich selber nicht begreife, was aber ebenfalls nicht mehr ungeschehen gemacht werden kann, womit ich Dich zutiefst verletze und wodurch ich Dich für alle Zeiten verliere.

Aber zuerst zu dem anderen: Warum ich nicht mehr Pfarrer werden kann? Ricarda, alles, was ich seit Monaten Tag für Tag erlebe, ist so grauenvoll, so entsetzlich, daß ich, sollte ich überhaupt noch aus der Hölle dieses Krieges lebendig und ohne Verlust meines Verstandes herauskommen, nicht mehr wagen würde, auf eine Kanzel zu steigen und den Menschen einen Gott der Liebe und Barmherzigkeit zu predigen. Wie kann er das zulassen? Nicht allein, daß wir hier in der vordersten Linie schon wer weiß wie lange Tag und Nacht in einen Abgrund von Blut und Jammer starren, nicht nur, daß wir sinnlos Städte und Dörfer zerstören, im sogenannten Selbsterhaltungstrieb und in Notwehr niedermetzeln, was sich uns in den Weg stellt — hätten wir hier draußen nur die Gewißheit, daß wir Euch in der Heimat wenigstens schützen könnten! Aber während wir hier versuchen, die Stellung zu halten, werden unsere Städte durch grauenvolle Bombenangriffe zerstört. Es geschehen die entsetzlichsten Dinge, und für alles findet man stichhaltige Gründe und Erklärungen. Wie kann Gott so etwas zulassen? Ungezählte Unschuldige, ich denke an all die Frauen und Kinder, leiden darunter und gehen zugrunde. Es ist alles so sinnlos, so aussichtslos.

Glaube mir, Ricarda, ich habe schon oft gewünscht, mich

würde eine Granate zerreißen. Wie oft habe ich schon meine Kameraden beneidet, die rings um mich her gefallen sind. Wäre ich nicht zu feige, so hätte ich schon selbst Hand an mich gelegt. Was hält mich eigentlich noch davor zurück, nachdem ich doch nichts mehr vom Leben erwarte?

Ich bin mir dessen bewußt, daß ich vor das Kriegsgericht gestellt werde, wenn dieser Brief durch die Zensur geht; denn es gibt noch genügend Fanatiker, die an unseren Sieg glauben. Ich aber sage Dir: Wir verlieren den Krieg, und zwar in aller Kürze. Ob ich das schmähliche Ende überlebe? Ich weiß es nicht, es ist auch bedeutungslos. Was soll ich noch? Ich bin nichts, ich habe nichts gelernt, die Welt, in der ich mir meine Zukunft aufbauen wollte, liegt in Scherben zerbrochen zu meinen Füßen. Das Ideal, nach dem ich strebte, ist mir wie ein Kartenhaus zusammengebrochen. Ich kann nicht mehr glauben. Ach Ricarda, was waren wir doch für Schwärmer! Du hast es bestimmt ernst gemeint, die anderen vielleicht auch. Die einzig Nüchterne unter uns war Ruth. Mich brachte im letzten Grunde nur die Liebe zu Dir soweit. Ich sah Dich in einem verklärten Licht vor mir. Meine Liebe zu Dir hat mich blind und wirklichkeitsfremd gemacht. Aber das Leben hier draußen hat mir die Augen geöffnet. Das schlimmste aber ist, daß ich Deine Liebe verloren, ja verscherzt habe. Ich sehe Deine entsetzt geweiteten Augen vor mir. Ehe aber Deine Lippen verneinen, was Dein Herz nicht fassen kann − denn ich weiß, Du hast mich bisher unverändert geliebt −, laß mich Dir mein Bekenntnis ablegen. Viel früher hätte ich es tun sollen, aber ich gestehe, mir fehlt der Mut. Kein Mensch kann ahnen, was mich die Gewißheit, Dich zu verlieren, kostet. Eigentlich sollte ich in den hinter mir liegenden Monaten damit fertig geworden sein, aber es ist nicht so. Ich weiß nicht, ob ich es je verwinden werde. Daß ich Dich verloren hatte, wußte ich bereits an jenem Morgen, als ich aus wirrem Schlaf ernüchtert zu mir kam und vor mir selbst die Achtung verlor, weil ich Dir untreu geworden war. Ja, untreu, obgleich Du Dich mir mit keinem bindenden Wort verpflichtet hattest.

Aber was soll das lange Drumherumreden? Ricarda, während meiner Ausbildungszeit lernte ich ein Mädchen kennen. Es war die Nichte der Wirtin, in deren gemütlichem Gasthaus am Rande des Schwarzwalds etliche meiner Kameraden und ich oft verkehrten. Käthe war ein sauberes, unverdorbenes Mädchen. Ich freute mich an ihrer unberührten Ursprünglichkeit. Das Soldatenleben sagte mir nicht zu. Ich hatte Heimweh, ich sehnte mich nach Dir, obgleich ich Dir immer noch grollte, weil Du mir an jenem Abschiedsabend das Jawort verweigert hattest. Ich hatte nicht vor, in nähere Beziehungen zu Käthe zu treten, ich wußte mich Dir verpflichtet. Meine Kameraden höhnten mich: „Du mit deiner platonischen Liebe!" Erst später erfuhr ich, daß sie untereinander gewettet hatten, daß sie den „Pfarrer", wie sie mich nannten, hereinlegen würden.

Eines Abends, nach strengem Dienst, war ich am Ende meiner Kraft. Alles war mir zuwider, alles gleichgültig. Meine Kameraden erkannten meinen Zustand besser als ich. Sie gestalteten einen lustigen Abend. Ich trank mehr, als mir gut tat, wenn ich auch nicht betrunken war. Käthe war nett zu mir. Ich wurde schuldig an ihr und an Dir. Sie hätte wissen müssen, daß ich sie nicht heiraten würde. Aber sie behauptete, mich zu lieben, und wahrscheinlich hoffte sie doch, ich würde sie zur Frau nehmen. Ich weiß, ich war der erste Mann, der in ihr Leben trat. Darum ist in mir auch kein Zweifel darüber, daß das Mädchen, dem sie das Leben schenkte, mein Kind ist. Einer meiner Kameraden, der in einem Nachbardorf wohnt, war seitdem einige Male dort in Urlaub. Von ihm weiß ich es. Ich selbst habe ihr nie geschrieben. Weil aus unserer Verbindung nach meiner Meinung keine Ehe werden konnte, habe ich den Kontakt mit ihr abgebrochen.

Verstehst du, Ricarda, daß ich wünsche, nie mehr nach

Hause zu kommen? Ich weiß, daß ich feige bin. Ich habe nicht den Mut, mich zu meiner Schuld zu bekennen. Aber überlege selbst: Ich breche meiner Mutter ohnehin das Herz, wenn sie erfährt, daß ich nicht Pfarrer werden kann. Und dann noch ein uneheliches Kind!

Ich weiß, was Du mir antworten wirst. Mit blutendem Herzen wirst Du sagen: Du mußt das Mädchen heiraten. Du mußt Dich zu Deinem Kind bekennen. An Dich selbst wirst Du zuletzt denken, und doch weiß ich genau, was ich Dir angetan habe. Ach Ricarda — ich war kein Kämpfer, ich bin es nie gewesen, und nun bin ich soweit, daß ich sogar Gott absage. Aber wahrscheinlich ist auch das Feigheit von mir. Es scheint mir leichter, dies zu tun, als mich von ihm zur Rechenschaft ziehen zu lassen.

Ricarda — o Ricarda — ich weiß nicht mehr, was ich tue und was ich schreibe. Ich bin krank an Leib und Seele. — Verzeihe mir alles und schließe dieses mein Bekenntnis ein in Dein treues Herz, dem ich solches Weh zugefügt habe.
Daniel

Ricarda starrte tränenlosen Auges vor sich hin. Jetzt wäre es eine Wohltat gewesen, wenn sie hätte weinen können. Ihre Hände verkrampften sich ineinander, und über ihre Lippen kamen einem Stöhnen gleich die Worte: „Mein Gott, was soll ich nur tun?" In der Tat, es war das Gebet eines zu Tode verwundeten Herzens. Und doch dachte sie nicht in erster Linie an sich selbst und an den Schmerz, der Daniel ihr zugefügt hatte, sondern an ihn, der den Boden unter den Füßen verloren hatte, dessen Leben nun ohne Ziel und ohne Hoffnung war. Wie konnte sie ihm helfen? Dann stand vor ihr das Mädchen Käthe mit ihrem Kind, das vaterlos durchs Leben gehen sollte. Als sie in der folgenden Nacht nicht schlafen konnte, kam es ihr zum ersten Mal auch zum Bewußtsein, was Daniel ihr als Frau angetan und wie sehr er sie durch seine Handlungsweise in ihrer Frauenehre verletzt hatte. Hin und her wurde sie von ihren

Empfindungen gerissen. Wie konnte Daniel so an ihr handeln?

Oder war sie mitschuldig? Wie hatte Liane damals gesagt? „Vielleicht hätte ihm dein zusagendes Wort zur Bewahrung gedient!"

Ja, Liane hatte recht gehabt; er war noch so ungefestigt, als er in den Krieg ziehen mußte, zu weich, zu nachgiebig. Aber wie war es nur möglich, daß er Gott absagte? Das war noch das schlimmste von allem. Oh, wenn sie ihm doch wieder zurechthelfen könnte! Sollte sie ihm schreiben, daß sie dennoch auf ihn warte, daß sie trotz des Kindes bereit sei, ihn zu heiraten? Aber da stieg ein bisher unbekanntes Empfinden in ihr auf. „Nein — nein — jetzt nicht mehr, er hätte mir das nicht antun dürfen! Ich kann es ihm vielleicht verzeihen — wer gibt mir ein Recht, ihn zu verurteilen? Aber seine Frau kann ich nicht mehr werden, jetzt, nachdem ich von diesem Mädchen Käthe und deren Tochter weiß." Endlich kamen die erlösenden Tränen.

Als nach Mitternacht die Fliegersirene mit ihrem unheimlichen Ton die Stille der Nacht durchbrach, wäre Ricarda am liebsten liegengeblieben, obgleich sie nicht damit rechnete, bis zum anderen Morgen in erquickenden Schlaf versinken zu können. Aber dann dachte sie an Liane, an ihre Mutter, an die Kinder im Haus. Nein, sie hatte kein Recht, sich ihrem Schmerz hinzugeben. Die anderen warteten auf sie. Die anderen brauchten sie.

In der Tat, Ricarda wurde gebraucht, und die Arbeit war es, die ihr zur Hilfe kam, denn sie fand einfach keine Zeit mehr, sich in ihren Jammer zu vertiefen. Alle sechs Merktens-Kinder waren an Masern erkrankt. Bei dem jüngsten war eine bösartige Bronchopneumonie dazugekommen. Das Kind schwebte in Lebensgefahr. Die Großmutter hatte sich den Fuß verbrüht und konnte weder der Tochter bei der Pflege der Kinder helfen noch sich um ihren ewig nörgelnden Mann kümmern. Frau Dörrbaums Zustand war ebenfalls schlimmer geworden. Je schwieriger es wurde, ihr die gewohnten Reizmittel zu verschaffen, desto ungenießbarer war sie. Ricarda schauderte oft davor, welch abgrundtiefe Worte der Auflehnung, ja des Hasses aus ihrem Innern aufstiegen. Beschwichtigendem oder gar ermahnendem Zuspruch gegenüber reagierte sie mit Wutausbrüchen und grauenvollen Flüchen. Dem Vater durfte Ricarda nicht mit Klagen kommen. Beinahe Tag und Nacht brachte er in der Fabrik zu. Die Heeresaufträge häuften sich, die Ware sollte termingemäß abgeliefert werden, das Material war schwer zu beschaffen. Tauchte der Chef irgendwo auf, gingen ihm die Arbeiter möglichst aus dem Weg, da er immer in gereizter Stimmung war. Nur Hertrich blieb ruhig und gelassen und wagte es sogar, stets jedoch in respektvoller Weise, Herrn Dörrbaum zu widersprechen, wenn er seine Auffassung nicht teilen konnte.

Nein, dem Vater durfte Ricarda mit keiner ihrer vielen Kümmernisse kommen. Bei aller Liebe zu ihr wurde er leicht ungerecht. So hatte sie tagelang die in ihr aufgebrochene Not allein mit sich herumgetragen. Auch zu Liane vermochte sie bisher nicht von Daniels Brief zu reden. Sie würde es ihr sagen, wenn sie selbst erst etwas ruhiger darüber geworden war. Aber vorzustellen vermochte sie sich dies überhaupt nicht. Wie konnte sie je mit dieser Enttäuschung fertig werden!

Es war an einem der nächsten Tage. Liane lag unter einem der blühenden Apfelbäume im Garten. Unbekümmert um das schwere Kriegsgeschehen wölbte sich ein strahlendblauer Himmel über der kleinen Stadt. Flieder und Goldregen entfalteten ihre Schönheit in üppiger Pracht, Bienen und andere Insekten erfüllten die Luft mit emsigem Summen, ein Zitronenfalter setzte sich einen Augenblick in seinem fröhlichen Flug ausruhend auf die schmale Hand Lianes, die an einem Kleidchen für eines der Kinder der Evakuierten nähte.

Ricarda trat mit einer Tasse Tee zu ihr. „Hier, Liane, habe ich dir eine Kleinigkeit zurechtgemacht. Iß das Brötchen! Du hast heute mittag nur wenig zu dir genommen."

Die Gelähmte wehrte kopfschüttelnd ab. „Du weißt, Rica, ich brauche nicht viel. Aber ich würde mich freuen, wenn du dich ein Weilchen zu mir setzen würdest. Ich sorge mich um dich. Du siehst in der letzten Zeit so elend, so übernächtig aus. Du mutest dir zuviel zu. Wenn wir auch nicht hungern müssen, so sind doch die rationierten Lebensmittel knapp gehalten. Meinst du, ich wüßte nicht, daß du das meiste von dem, was dein Vater dann und wann durch seine Beziehungen bekommt und dir bringt, weitergibst?"

„Du weißt, Liane, die Kinder unten sind alle krank. Sie waren schon vorher unzureichend ernährt und benötigen jetzt erst recht Zusätzliches. Dann der alte Mann —"

„Aber du mußt wirklich auch einmal an dich selbst denken."

„Ach, Liane, es ist besser, wenn ich das jetzt eine ganze Weile nicht tue."

„Wie meinst du das?"

„Es ist gut, daß die Arbeit mir keine Zeit zum Nachdenken läßt."

„Worüber willst du nicht nachdenken?"

Ricarda, die einen Gartenstuhl herbeigezogen und sich neben Liane niedergelassen hatte, antwortete nicht gleich. Die Kranke sah mit Sorge, deutlicher als zuvor, welche Schatten sich unter die Augen ihrer Nichte gelegt hatten, wie das frohe Leuchten, das sonst immer wieder aus ihren Augen brach, jetzt völlig erloschen schien und durch tiefe Traurigkeit verdrängt war.

„Hast du schon lange keine Nachricht von Daniel?" fragte sie vorsichtig tastend.

„Am Montag kam ein Brief von ihm."

„Geht es ihm gut?"

„Es ist alles aus, Liane — er — Ich kann nicht darüber reden, sei mir nicht böse, du weißt: wenn ich einem Menschen vertraue, dann bist du es. Aber es ist so schrecklich, so unfaßlich! Ich benötige alle Kraft, Liane, um durchzuhalten. Laß mir bitte Zeit! Wenn ich ein wenig Abstand gewonnen habe, will ich mit dir darüber sprechen." Sie war aufgestanden. Liane sah, daß sie wankte. Totenblaß war ihr Gesicht.

„Liebe, ich kann gut warten, aber du sollst wissen, daß ich für dich immer da bin und daß dein Leid auch das meine ist."

„Ich danke dir, Liane!"

Voller Sorgen blickte die Gelähmte der Freundin nach. Ach, daß sie jetzt nicht aufstehen und sie in ihre Arme schließen konnte!

Nur kurze Zeit verging, dann kam Ricarda zurück und legte wortlos Daniels Brief in Lianes Schoß.

Ein Kindersarg wurde aus der Villa getragen. Das jüngste der Merktens-Kinder war gestorben. Der schwache Körper hatte der schweren Krankheit nicht standhalten können. Die übrigen fünf Kinder lagen noch alle mit Masern darnieder, und beim jetzt Kleinsten war die Gefahr der Bronchopneumonie ebenfalls noch nicht vorüber.

Kopfschüttelnd blickte Herr Dörrbaum vom Fenster seines Büros dem kleinen Trauerzug nach, der sich aus seinem Hause dem Friedhof zu bewegte. Natürlich war es Ricarda, die, den Arm um die Schulter der weinenden Frau gelegt, mit ihr hinter dem kleinen weißen Sarg einherging. Liebe Zeit, die Frau hatte noch genug zu tun mit ihren fünf übrigen Bälgern. Sollte froh sein, daß sie eins weniger zu versorgen hatte. Was war das schon, wenn ein so kleines Kind starb, in einer Zeit, wo täglich Tausende von kräftigen, gesunden Männern aus dem Leben gerissen wurden, wo Nacht für Nacht ganze Städte in Schutt zerfielen und ihre Bewohner unter den Trümmern der Häuser elend erstickten oder gleich lebendigen Fackeln vom Feuer der Phosphorbomben aufgezehrt auf den nächtlichen Straßen verbrannten! Was sollte da das Gejammer um ein Kind, das noch nichts vom Leben wußte? Aber natürlich, Ricarda, seine Tochter, dachte anders darüber. Immer floß ihr Herz über von Mitleid und Nächstenliebe. Von ihm hatte sie das wahrhaftig nicht und von ihrer Mutter noch weniger. Aber Liane war ähnlich veranlagt und — ach, es war töricht darüber nachzudenken, wer von den Vorfahren den beiden ein solches Erbe hinterlassen hatte. Was gingen ihn die sentimentalen Anwandlungen der Weibsleute an!

Aber wer sah jetzt wohl nach den Kindern, die alle noch krank in den Betten lagen? Die Großmutter hatte es sich nicht nehmen lassen, trotz des noch immer nicht geheilten Fußes mit zum Friedhof zu humpeln. Und der alte Mann wurde immer kindischer. Auch Anna hatte sich verpflichtet gefühlt, an der Beerdigung teilzunehmen. Welch ein unnötiges Getue bei einem so unwichtigen Todesfall! Annas kleiner Schützling war im Laufgitter bei Liane, da blieb ihm wohl nichts anderes übrig, als selbst einmal in den Kaninchenstall — so nannte er das Zimmer, in dem Merktens Kinder sich aufhielten — zu gehen und nach der maserngesprenkelten Bande zu sehen.

Er traf sie alle fünf heulend in ihren Betten. „Nanu, was ist denn hier los?" donnerte er die erschrockenen Kinder an. „Was flennt ihr so jammervoll?"

„Weil — weil — weil doch unsere kleine Marianne gestorben ist!" schluchzte der Älteste.

Als die Leidtragenden vom Friedhof zurückkehrten — bei der Beerdigung eines so kleinen Kindes dauerte es nicht so lang, zumal Menschenansammlungen wegen der Tieffliegergefahr verboten waren —, saß Herr Dörrbaum mitten im Zimmer bei den getrösteten Kindern, die alle, bis auf das Kleinste, seelenvergnügt dabei waren, sich an einer Handvoll Dörrobst gütlich zu tun, die der „Herr" jedem von ihnen auf die Bettdecke gestreut hatte.

„Herr Dörrbaum!" Ganz erschrocken rief es Frau Merkten aus. „Sie bei den Kindern?"

„Na, wer denn sonst?" fuhr er hoch. „Das nächstemal laßt ihr die Banditen nicht mehr allein, zumindest nicht, wenn sie krank sind."

Ricarda, die auch das Zimmer betreten hatte, ging auf ihn zu. „Vater, du hast auf die Kinder aufgepaßt? Wie lieb von dir!"

„Aufgepaßt? Unsinn! Es fiel mir nur ein, daß sie in eurer Abwesenheit irgend etwas aushecken, das Haus in Brand stecken oder sonst auf eine verrückte Idee kommen könnten. So habe ich halt eben mal zu ihnen hereingeschaut."

„Ja, und Birnenschnitz' hat er uns gebracht und den Hansi auf den Topf gesetzt."

„Halts Maul!" schrie Herr Dörrbaum den Jungen an und verließ mit hochrotem Kopf den Raum.

Acht Tage später tummelten sich die vier größeren Merktens-Kinder wieder im Garten und ärgerten den Gärtner. Sie waren wiederhergestellt bis auf den Zweijährigen, der sich nach der Krankheit einfach nicht erholen konnte.

„Das Kind sollte Luftveränderung haben", sagte der Arzt und überließ es der Mutter, wie sie dies zuwege bringen würde. Bekümmert blickte Frau Merkten auf den Kleinen, der bleich und apathisch in seinem Bettchen lag. Sie würde doch nicht auch dieses Kind noch hergeben müssen?

Am Nachmittag dieses Tages unternahm Herr Dörrbaum einen direkten Angriff auf seinen Prokuristen. „Sagen Sie mal, Hertrich, haben Sie immer noch nicht mit meiner Tochter gesprochen?"

Ruhig blickte dieser seinen Chef an. „Nein, Herr Dörrbaum."

„Haben Sie Ihre Absicht Ricarda gegenüber etwa geändert?"

„In keiner Weise, aber es ist mir klargeworden, daß die Sache einfach noch nicht ausgereift ist."

„Ach, das sind Redensarten! Seien Sie ruhig etwas aggressiver — Sie wissen, mit mir können Sie rechnen."

„Danke, Herr Dörrbaum. Aber gestatten Sie eine Frage! Hat Ricarda — ich meine Ihre Tochter — irgendwie Beziehungen zu einem anderen Mann?"

„Was heißt Beziehungen? — Nein, sie ist in keiner Weise gebunden. Es mag sein, daß sie noch nicht ganz fertig ist mit einer kleinen Backfischschwärmerei. Aber dabei war an eine Bindung nie ernsthaft zu denken. Soviel ich weiß, hat sie auch gar keinen Kontakt mehr mit diesem Menschen, der überhaupt schon längst an der Front ist. Ich kann es Ihnen ja sagen: es ist der Sohn unseres Pfarrers, ein ganz netter Kerl, will selbst einmal Theologie studieren. Aber Ricarda weiß genau, daß so etwas für sie nicht in Frage kommt. Wofür hätte ich denn sonst mein Leben lang geschuftet? Nein, nein, Hertrich, darüber ist kein weiteres Wort zu verlieren. Halten Sie sich mal 'ran, ehe ein anderer kommt und sie Ihnen wegschnappt."

Der Prokurist schwieg, und Dörrbaum warf ihm von der Seite einen prüfenden Blick zu. „Sie sagen ja gar nichts mehr."

Günther Hertrich, der gerade telephonieren wollte, legte den Hörer zurück auf die Gabel. „Daß Sie mich als Ihren Schwiegersohn annehmen würden, ehrt mich, Herr Dörrbaum, aber wichtiger ist doch wohl, daß Ihre Tochter zu meiner Werbung ja sagt. Meine Empfindungen ihr gegenüber haben sich in keiner Weise geändert, aber wenn sie sich in ihrem Herzen für einen anderen entschlossen haben sollte, so muß ich mich wohl damit abfinden."

„Unsinn! Ich sagte Ihnen doch ..."

Es klopfte.

Unwillig rief Herr Dörrbaum: „Herein!" Er war nicht wenig erstaunt, Ricarda zu sehen. „Nanu, läßt du dich auch wieder einmal in der Fabrik blicken: Tritt nur näher! Wir haben gerade von dir gesprochen.

Ricardas Blick ging vom Vater zu Herrn Hertrich. Sie errötete. Der Prokurist erhob sich und wollte den Raum verlassen.

Sein Chef wehrte ihm. „Bleiben Sie ruhig, Hertrich. Meine Tochter wird nichts zu sagen haben, was Sie nicht hören könnten, zumal Sie ja hoffentlich in Kürze..."

„Vater!" fast beschwörend klang Ricardas Stimme. Ruhig blickte Günther Hertrich sie an, so als wolle er ihr sagen: Hab keine Angst! Es geschieht nichts, was dir unangenehm sein könnte!

„Na also, was ist los? Beeile dich, ich habe nicht viel Zeit."

„Vater, der kleine Artur von Merktens ist so elend. Der Arzt hat gesagt, er brauche unbedingt Luftveränderung."

Herr Dörrbaum legte die Stirne in Falten. „Und was habe ich damit zu tun, wenn ich fragen darf?"

„Frau Merkten kann doch nicht von den Kindern und ihren alten Eltern fort. Ich wollte dich bitten, mir zu erlauben, daß ich eine oder zwei Wochen mit dem Kleinen in den Schwarzwald fahren darf."

Der Vater stemmte die Hände in die Seiten. „Ja sag einmal, bist du von allen guten Geistern verlassen? In einer Zeit, wo alles drunter und drüber geht, willst du wegen eines wildfremden Kindes eine Ferienreise antreten? Wie soll denn das hier ohne dich weitergehen? Nein, meine Beste, schlag dir das nur aus dem Kopf! Deine Nächstenliebe geht zu weit. Wofür gibt es denn die Nationalsozialistische Frauenschaft oder Kinderhilfe oder was weiß ich, was noch? Dahin soll sich die Mutter wenden, wenn ihr Kind erholungsbedürftig ist. Ich habe genug getan, daß ich die ganze Bande in mein Haus genommen habe."

„Darf ich wirklich nicht, Vater?" Ricarda fragte so leise, daß ihre Worte kaum vernehmlich waren. Ehe Herr Dörrbaum antworten konnte, setzte Günther Hertrich sich für sie ein.

„Herr Dörrbaum, entschuldigen Sie, es ist zwar nicht meine Sache, aber wenn ich Ihre Tochter ansehe, dann meine ich, sie selbst hätte vor allem einmal nötig, auszuspannen. Schon seit einiger Zeit fällt mir auf, wie schlecht sie aussieht."

„Dann scheinen Sie meine Tochter genauer angesehen zu haben als ich. Komm zu mir, Ricarda, und laß dich beäugen." Wie damals, als sie noch ein kleines Mädchen war, zog der Vater sie nahe zu sich heran. „Tatsächlich, der Hertrich hat recht! Du siehst erbarmungswürdig aus. Bist du krank? Oder was ist los mit dir? Heraus mit der Sprache!"

„Nein, Vater, ich bin nicht krank. Aber vielleicht täten mir ein paar Tage Ruhe wirklich gut. Denke doch an die vielen gestörten Nächte, die hinter uns liegen."

„Und du glaubst, daß du im Schwarzwald ungestörte Nächte hast, wenn du so ein kleines Balg mitnimmst?"

„Ich glaube sicher, es wird recht, Vater. Wenn du willst, komme ich auch schon nach acht Tagen wieder. Dann kann Frau Merkten noch für eine oder zwei Wochen mit dem Kleinen dort bleiben. Vielleicht finde ich eine Frau, die inzwischen bei ihren Kindern und den alten Leuten bleibt. Der Großmutter geht es jetzt mit dem Fuß besser, so daß sie wenigstens einige Aufgaben im Haushalt übernehmen kann."

Wieder schaltete sich Günther Hertrich ein. „Ich könnte die Gemeindeschwester fragen, ob sie nicht jeden Tag ein- oder zweimal nach Merktens sieht."

„Also ein Komplott gegen mich!" Drohend hob Herr Dörrbaum die Faust. In seinen Augenwinkeln saß jedoch ein zufriedenes Lächeln.

„Du kannst dich bei Herrn Hertrich bedanken, Ricarda."

„Ich darf fahren, Vater?"

„Mach, daß du wegkommst!" Herr Dörrbaum schob seine Tochter zur Türe. „Heute abend gebe ich dir das nötige Kleingeld und morgen bringt dich der Herr Prokurist zur Bahn — halt — wir sollten noch nach einer Lieferung in

Pforzheim sehen. Da können Sie den kleinen Umweg machen, Hertrich, und meine Tochter mit dem Auto in den Schwarzwald bringen. Wohin willst du denn eigentlich, Ricarda?"

Sie nannte, nicht ohne aufs neue zu erröten, das kleine Dorf am Rande des nördlichen Schwarzwalds.

„Da hast du dir ja ein schönes Kaff ausgesucht. Ein Kurort ist es jedenfalls nicht. Sonst würde ich es kennen. Aber das ist deine Sache. Also, Hertrich, Sie nehmen morgen meine Tochter und, wenn es denn nicht anders sein kann, auch das arme Heidenkind mit."

„Gerne, Herr Dörrbaum. Wann darf ich Sie morgen vormittag mit dem Wagen abholen, Fräulein Ricarda?"

„Ich will sehen, daß ich um zehn Uhr fertig bin."

Ricarda begann fieberhaft die Vorbereitungen zu treffen. Sie hatte gar nicht zu hoffen gewagt, daß der Vater sie freigab für eine Woche oder gar vierzehn Tage. Es war ihr klar: ohne den Zuspruch des Herrn Hertrich hätte er kaum seine Einwilligung gegeben. Nun mußte sie Anna bewegen, in der Zeit ihrer Abwesenheit sich um die Mutter zu kümmern, nach Liane zu sehen, den Vater zu versorgen, wie er es wünschte, sich Merktens anzunehmen. Ach, ihr schwirrte der Kopf, wenn sie daran dachte, was in den kurzen Stunden bis zu ihrer Abfahrt noch alles geschehen sollte. Aber sie mußte es schaffen!

Es ahnte ja niemand, warum sie diese Reise plante und was sie damit bezweckte. Nur Liane hatte sie in ihr Vertrauen gezogen, und diese hatte ihre Beweggründe verstanden. Wie gut, daß sie Liane hatte!

Plötzlich durchzog ein Gefühl der Dankbarkeit ihr Herz, wenn sie an Günther Hertrich dachte. Ihm hatte sie es in erster Linie zu verdanken, daß sie ihren Plan durchführen konnte. Und wie zurückhaltend und vornehm war er, obgleich es ihm, ihrem Benehmen nach, klar sein mußte, daß seine Liebe zu ihr hoffnungslos war.

Pünktlich am nächsten Vormittag stand Günther Hertrich mit dem Auto vor der Villa. Frau Merkten brachte den kleinen Artur, in Decken gehüllt, in den Wagen. „Wie soll ich Ihnen nur danken, Fräulein Ricarda, daß Sie sich meiner Kinder so annehmen!"

„Ich hoffe, daß Sie selbst auch noch ein wenig Ferien machen können nach all dem, was hinter ihnen liegt", gab diese zur Antwort. „Wenn alles klappt, komme ich in acht bis zehn Tagen zurück. Vielleicht können wir es so einrichten, daß Herr Hertrich Sie bringt und mich dann nach Hause mitnimmt. Ich habe bereits mit Ihrer Mutter gesprochen. Sie meint, daß sie für eine oder zwei Wochen schon mit den Kindern und dem Haushalt fertig wird."

Wo der Vater nur die guten Sachen organisiert hatte, die er ihr, sorgsam verpackt, in den Wagen reichte? Er hatte eben Beziehungen!

„Vielen Dank, Vater, daß ich fahren darf."

„Komm mir mit roten Backen wieder, mein Mädchen!"

Tief atmete Ricarda auf, als sie die Stadt hinter sich hatten. Der Kleine schlief in ihrem Arm ein. Hertrich sprach eine ganze Weile kein Wort. Wie gut tat es, einmal alles hinter sich zu lassen! Hinter sich? Und was stand ihr bevor? Sie wußte es selber nicht. Kein sicheres Planen ging diesem Unternehmen voraus, es war ihr nur klar, daß sie so und nicht anders handeln durfte.

„Haben Sie ein gutes Quartier im Schwarzwald, Fräulein Ricarda?" fragte Herr Hertrich, als sie die dunklen Höhenzüge in der Ferne auftauchen sahen.

„Ich habe überhaupt noch keins!"

Erschrocken blickte er sie an. „Ich verstehe nicht — noch kein Logis, und Sie reisen mit einem kranken Kind?"

„Es ging alles so furchtbar überstürzt. Als ich gestern meinen Vater fragte, wagte ich nicht zu hoffen, daß er mir die Erlaubnis zur Reise geben würde. Ich habe es ja auch nur Ihnen, Herr Hertrich, zu verdanken."

„Ricarda, wollen Sie nicht Günther zu mir sagen? Sie würden mir eine große Freude damit machen."

Sie war froh, das Kind in ihren Armen fester umfassen zu können. Es war ihr, als müsse sie nach einem Halt suchen. Jetzt kam also das, was sie schon lange befürchtet hatte. Nur darum war der Vater auf den Gedanken verfallen, Hertrich mitzuschicken. Aber vielleicht war es auch gut, wenn zwischen ihr und ihm Klarheit geschaffen wurde.

„Sie antworten nicht? fragte er. „Ich will Sie natürlich nicht drängen. Ich dachte nur, nachdem wir in letzter Zeit doch schon so manches Problem miteinander gelöst haben, und vor allem, nachdem wir doch innerlich auf gleichem Boden stehen, wäre es schön, wenn das steife Sie zwischen uns fallen würde. Es gibt eine innere Bruderschaft, Ricarda, die unabhängig von dem, was sonst Mann und Frau miteinander verbindet, bestehen kann. Ich denke jetzt an eine solche."

Sie hatten soeben ein Dorf verlassen. Hertrich fuhr den Wagen an ein dahinter liegendes Wäldchen und hielt.

Noch immer erwiderte Ricarda kein Wort, aber sie spürte den Edelmut des Mannes an ihrer Seite und sein aufrichtiges Bemühen, sie zu verstehen und ihr zu helfen.

„Ihr Vater hat mit Ihnen gesprochen. Natürlich soll allein Ihr Herz entscheiden. Aber wie diese Entscheidung auch ausfallen mag, eines ist mir klar, daß Sie einen Freund brauchen, der Ihnen zur Seite steht, einen Freund, wie ihn die Bibel im Buch Jesus Sirach beschreibt. Kennen Sie den Vers: ‚Ein treuer Freund ist ein Trost des Lebens; wer Gott fürchtet, der kriegt solchen Freund'?"

Ricarda nickte. „Ja, ich kenne diesen Vers. Es heißt dort weiter: ‚Ein treuer Freund ist mit keinem Geld noch Gut zu bezahlen.' Ich habe das Gefühl, Günther, daß Sie — daß du in Wirklichkeit ein solcher Freund bist. Und ich danke dir dafür. Laß mich offen zu dir sprechen. Ja, es stimmt; schon vor längerer Zeit hat mein Vater mir gesagt, daß du mit ihm wegen mir gesprochen hast. Günther, du bist mir lieb und wert. Ich habe dich in den letzten Wochen kennengelernt — aber ich muß dir sagen, daß mein Herz seit Jahren einem anderen gehört. Du sollst jedoch wissen, daß diese Liebe hoffnungslos ist. Sie wird nie ihre Erfüllung finden. Ich ringe darum, damit fertig zu werden, aber es ist unsagbar schwer. Jahrelang habe ich gemeint, mein Lebensweg vereine sich mit dem meines Jugendfreundes. Nun aber weiß ich, daß es nicht sein kann. Ich bemühe mich, auch darin Gottes Willen zu erkennen. Es ist nicht jede Frau zur Ehe berufen. Mir ist, als warte ein anderer Auftrag auf mich. Nach diesem Krieg wird es viele heimatlose Kinder geben. Wenn Gott mir auf diesem Gebiet eine Aufgabe zeigt, will ich sie dankbar übernehmen. Wenn ich nun trotz dieses Geständnisses, daß ich nicht deine Frau werden kann, mit deiner Freundschaft rechnen darf, will ich dafür dankbar sein." Sie reichte ihm über das schlafende Kind hinweg die Hand.

„Du darfst es, Ricarda!" — Einen Augenblick hielt er ihre Rechte in der seinen. Was hätte er darum gegeben, ihren Händedruck als eine Bestätigung für ihr gemeinsames zukünftiges Leben werten zu dürfen! Aber er achtete ihre Offenheit und war schon über die Zusicherung ihrer Freundschaft glücklich.

„Immer sollst du wissen, daß ich für dich da bin."

Jetzt war es ausgesprochen. Wie ein Stein fiel es von Ricardas Herzen. Nun mußte sie nicht immer in Furcht davor leben. Sie hatte einen wahren Freund gefunden, das fühlte sie genau, einen Bruder von der großen Bruderschaft derjenigen, die sich entschlossen hatten, den Weg einzuschlagen, der als einziger zu Gott führte: Jesus Christus. Der Vater würde natürlich nicht damit zufrieden sein, aber darüber wollte sie sich jetzt noch keine Sorgen machen.

Hertrich fuhr gegen Abend befriedigt zurück. Ricarda hatte in dem kleinen Schwarzwalddorf, das sie sich unerklärlicherweise für ihren Aufenthalt wählte, in dem einzigen Gasthaus ein schönes, sonniges Zimmer für sich und das Kind gefunden.

Beide kamen ein wenig in Verlegenheit, als die Wirtin wohlwollend und zugleich geschäftstüchtig fragte, ob der junge Herr nicht bei seiner Frau und dem Kleinen bleiben könne, wo es doch ein so schönes Doppelzimmer sei.

„Fräulein Dörrbaum ist die Tochter meines Chefs", hatte Günther geantwortet. Dieser habe ihn beauftragt, die beiden hierher zu bringen und darauf zu sehen, daß sie auch gut untergebracht seien.

„Bestens, wie Sie sehen, mein Herr", hatte die Wirtin in verständlichem Stolz geantwortet. Es entging Hertrich jedoch nicht, daß sie einen fragenden Blick auf Ricarda warf. Fräulein Dörrbaum mit ihrem Kind?...

Irgendwie ertrug Günther die Richtung der Gedankengänge dieser Frau nicht.

„Der Kleine ist das Kind der Evakuierten, die in der Villa meines Chefs untergekommen sind. Das jüngste, ein nur wenige Monate altes Mädchen, ist erst vor kurzem gestorben, und da der Junge ebenfalls ernstlich krank war und dringend Luftveränderung brauchte, hat Fräulein Dörrbaum sich entschlossen, wenigstens für einige Tage, solange sie zu Hause entbehrlich ist, mit dem Kind hierher zu kommen, zumal sie selbst Erholung sehr nötig hat. Wenn möglich, wird dann die Mutter des Kleinen noch für ein bis zwei Wochen kommen und sie ablösen."

Es vergingen Tage, bis Ricarda Gelegenheit bekam, das Mädchen Käthe anzusprechen. Was versprach sie sich eigentlich davon? Wenn sie jemand danach gefragt hätte, wäre es ihr wahrscheinlich nicht einmal möglich gewesen, zu antworten. Sie wußte nur eins: Sie mußte dieses Mädchen kennenlernen, in dessen Arme Daniel in seinem Jammer geflüchtet war, und vor allem: sie mußte das Kind sehen — Daniels Kind, um das er sich bis jetzt nicht gekümmert hatte, das vielleicht nie seinen Vater kennenlernen würde, und sie mußte wissen, ob und wie es versorgt war.

Ein Stein fiel ihr vom Herzen, als sie Käthe zum ersten Mal sah. Nein, sie hätte das Wissen nicht ertragen, daß Daniel sich mit einem leichtfertigen Mädchen eingelassen hatte, mit einer, die für viele zu haben war. Aber diese Käthe war nicht schlecht. Noch heute sah sie aus wie ein unerfahrenes Kind. Sie hatte Daniel geliebt und gehofft, daß er sie zu seiner Frau machen würde. Er hatte ihr bestimmt nichts von seiner Beziehung zu ihr, der Kindheitsgespielin, gesagt.

Die Wirtin sah, wie Ricarda, die mit dem kleinen Artur unter den Bäumen im Garten saß, Käthe ansprach, als sie Wäsche aufhängte. Das Mädchen war freundlich, aber zurückhaltend.

„Du könntest wohl ein wenig zugänglicher sein, wenn wir Gäste haben", tadelte die Tante später ihre Nichte. „Ich habe am Fenster gestanden und beobachtet, wie das Fräulein dich angesprochen hat. Mehr als ein klägliches Ja oder Nein bringst du nicht über die Lippen. Liebe Zeit, das können wir uns wahrhaftig nicht leisten. Du weißt ganz gut, daß wir auf die Gäste angewiesen sind."

„Aber ich war bestimmt nicht unfreundlich, Tante."

„Das habe ich auch nicht behauptet, aber etwas entgegenkommender könntest du schon sein."

Als Käthe mit dem zweiten Korb Wäsche in den Garten kam, bemerkte sie, daß die Fremde sich über den Wagen beugte, in dem ihr kleines Mädchen schlief.

Ricarda richtete sich auf. „Ist das Ihr Kind?"

„Ja!"

„Ein kleines Mädchen?"

„Ja."

„Welch ein hübsches Kind! Wie heißt es denn?"

„Friedhelma."

„Ein seltener Name! Aber er gefällt mir gut."

„Meine Mutter hieß Frieda und mein Vater Wilhelm. Sie sind beide tot. In Erinnerung an sie habe ich der Kleinen diesen Namen gegeben."

Sie ist kein gewöhnliches Mädchen, dachte Ricarda. O Daniel, so schmerzlich dies alles für mich ist, so bin ich doch froh, daß sie es war und keine andere, und irgendwie fühle ich mich mitschuldig und mitverantwortlich, nachdem ich dich ohne den Trost und die Zusicherung meiner Liebe und meines Wartens auf dich habe in den Krieg ziehen lassen. — Oder war es vielleicht doch besser, daß ich Daniel nicht das Wort gab, das ihn mir gegenüber verpflichtet hätte? Wäre er dann wirklich stark genug gewesen, der Versuchung zu widerstehen? Ach, sie wußte es nicht.

Über eines war sie froh: nicht Groll und Empörung empfand sie diesem Mädchen gegenüber, nur Schmerz und Trauer. Irgendwie fühlte sie sich mit Käthe in der Gewißheit verbunden, daß sie beide Daniel verloren hatten. War es nicht verständlich, daß für einen Augenblick der Gedanke sie beherrschte: Sie hat wenigstens ein Kind von ihm. Doch es war nur für den Bruchteil einer Sekunde, denn so — auf diese Weise — nein — so nicht!

Am Abend dieses Tages saß sie noch mit der Wirtin im Nebenzimmer der Gaststube, das in seinem Schwarzwaldstil sehr gemütlich wirkte. Der kleine Artur schlief. Es war eine Freude zu sehen, wie sich das Kind von Tag zu Tag mehr erholte. Dankbar sprach Ricarda zu der Wirtin davon.

„Ja", erwiderte diese redselig. „Wenn man aber auch sieht, wie Sie sich um das Kind annehmen und es pflegen, als wäre es Ihr eigenes. Wenn ich da an unsere kleine Friedhelma denke..."

„Wieso?" Ricardas Herz klopfte stärker. Bisher hatte sie es vermieden, direkt nach Käthe und dem Kind zu fragen, aber nun kam es von selbst auf sie zu.

„Die Käthe hätte Gelegenheit, sich gut zu verheiraten", fuhr die Wirtin fort. „Ein reicher Bauernsohn möchte sie zur Frau haben. Er würde schließlich über das Kind hinwegsehen, aber seine Mutter, die bisher das Regiment auf dem Hof geführt hat, will es nicht dulden, daß Käthe es mitbringt. Der alte Bauer ist vor etlichen Jahren verunglückt. Nur dieser eine Sohn und Erbe ist da. Die Bäuerin konnte ihn vom Kriegsdienst befreien lassen, weil sonst kein Mann auf dem Hof ist. Nun will sie, daß er heiratet, am liebsten natürlich eine reiche Frau. Er aber hat sich die Käthe in den Kopf gesetzt, obgleich sie nichts mit in die Ehe bringt. Sie selber will nicht so recht. Sie hängt an dem Kind, aber ich rede ihr immer zu, sich nach einer ordentlichen Pflegestelle umzusehen, noch besser, Adoptiveltern zu suchen, damit sie und auch das Kind versorgt ist. Sie zögert noch immer. Vielleicht hofft sie im stillen, daß der Vater ihres Kindes doch noch zu ihr zurückkommt."

„Sie kannten ihn?"

Nur mühsam brachte Ricarda die Worte hervor. Mußte sie nun hier sitzen und etwa mit anhören, wie diese Frau Daniel schmähte? Würde sie dazu schweigen können? Sie fühlte, wie ihr Herz heftig zu klopfen begann. Einen Augenblick war sie versucht, aufzustehen und sich zur Ruhe zu begeben, um das Gespräch zu beenden.

Aber die Wirtin sprach bereits weiter: „Käthe ist unglaublich verschlossen. Auch beim Jugendamt hat sie den Namen des Mannes nicht angegeben. Lieber hat sie auf sich genommen, in den Ruf zu kommen, sich mit etlichen Männern eingelassen zu haben und somit nicht zu wissen, wer der Vater Friedhelmas ist. Aber ich kenne doch die Käthe. Ein zurückhaltenderes Mädchen gab es gar nicht als sie. Mir war es nur recht, denn ich möchte mein Haus nicht in Verruf bringen. Aber dann kam eines Tages mit anderen Rekruten einer, der anders war als seine Kameraden. Ich hörte einige Male, wie seine Kameraden ihn aufzogen und hänselten. Anscheinend hatte er ihnen gesagt, daß er Pfarrer werden wolle. Ich merkte wohl, daß die beiden sich gerne mochten, die Käthe und eben dieser Rekrut. Er machte mir einen hochanständigen Eindruck. Aber an so etwas hatte ich nie im Leben gedacht — und nun läßt er sie sitzen!

Als ich es endlich merkte, war der Kerl natürlich längst an der Front. Mir ist nicht bekannt, daß er ihr auch nur einmal geschrieben hätte. Daß ich über den zu erwartenden Zuwachs nicht erfreut war, können Sie sich denken. Stumm ließ die Käthe meine Vorwürfe über sich ergehen und sagte nur: ‚Er hat mir nie versprochen, mich zu heiraten.' Ob Sie es glauben oder nicht, Fräulein, ich bin nicht einmal ganz sicher, ob sie wußte, woher er kam. Womöglich hat sie nicht einmal seinen Familiennamen gekannt, so unerfahren und weltfremd, wie sie war. Ich bringe nichts aus ihr heraus. Allerdings scheint sie jetzt die Hoffnung aufgegeben zu haben, noch jemals etwas von diesem Menschen zu hören.

Ich habe ihr deutlich erklärt, daß sie froh sein muß, wenn der reiche Bauernsohn sie nimmt. Gut versorgt wäre sie bei ihm, das ist sicher. Natürlich muß sie als Bäuerin auf so einem großen Anwesen auch mächtig ran — aber geschenkt wird heute keinem etwas. Immer bei mir Dienstmädchen spielen, das wird sie auch nicht mögen. Andererseits kann ich das Kind auch nicht bei mir behalten. Sie wird sich in Kürze entscheiden müssen, die Käthe, denn die alte Bäuerin will eine junge Frau auf dem Hof haben, damit sie entlastet ist. Leicht wird sie es bei dieser Schwiegermutter nicht haben."

Die Wirtin, die fast pausenlos geredet hatte, schwieg, um Atem zu schöpfen. Diese Gelegenheit benutzte Ricarda, sich zu erheben und gute Nacht zu sagen. Es genügte ihr vorerst, was sie gehört hatte.

In dieser Nacht lag Ricarda Stunde um Stunde schlaflos. Auf und ab wogten die Gedanken. Hätte sie nicht lieber fernbleiben sollen, anstatt sich um diese unglückselige Sache zu kümmern? Daniel war so oder so für sie verloren. Und was ging sie das Schicksal des fremden Mädchens an? Mochte es sehen, wie es mit sich und ihrer Sache fertig wurde! Aber da war etwas, was sich in ihr gegen solche Gedankengänge sträubte. Verpflichtete sie nicht das Wissen um die Not eines anderen Menschen? Wie aber sollte sie den rechten Weg erkennen? Durfte sie, die einstige Jugendfreundin Daniels, an ihn schreiben: „Ich habe dein Kind und seine Mutter aufgesucht. Du mußt sie heiraten, damit das Kind seinen Vater und das Mädchen seine Ehre wiederbekommt"? Nein, so heroisch war sie nun auch wieder nicht. Sie schalt sich selbst. Die Würfel waren ja bereits gefallen. Daniel würde weder Käthe noch sie heiraten. Das hatte er deutlich genug in seinem letzten Brief geschrieben. Aber um was ging es in Wirklichkeit? Mußte nicht diesem Mädchen, das Daniel geliebt und ihm vertraut hatte, geholfen werden, zumal es keine Eltern hatte, zu denen es mit seinem Kummer flüchten konnte?

Wäre es nicht am besten, Käthe zuzureden, sie solle den reichen Bauernsohn heiraten? Aber war es der jungen Mutter zuzumuten, sich von dem Kind zu trennen, an dem sie doch sichtlich hing? Wieder meldete sich eine andere Stimme im Innern Ricardas: Gibst du diesem Gedanken Raum, weil du letztlich hoffst, Daniel könnte sich dir wieder zuwenden? Aber sogleich lehnte sich etwas in ihr dagegen auf: Nein, nein, jetzt nicht mehr, nicht nach all dem, was vorausgegangen ist!

Aber das Kind! Tränen liefen über ihr Gesicht, als sie sich vorstellte, daß die Tochter des Mannes, den sie einst geliebt hatte, den sie noch heute, wenn auch hoffnungslos, liebte, vielleicht von einer Pflegestelle zur andern geschoben würde. War es nicht schrecklich, daß Daniel von diesem Kinde wußte und sich doch in keiner Weise um es kümmerte? Der Krieg hatte ihm in der Tat völlig den Boden unter den Füßen weggezogen. Ob sich nicht doch noch manches zum Guten wenden würde, wenn er wieder zu Hause war? Aber wenn er dann trotzdem dabei blieb, Käthe nicht zu heiraten? War es nicht für Käthe doch das richtige, die Frau dieses Jungbauern zu werden, der ihr Heimat und Liebe bot, wenn sie auch ihr Kind noch nicht mitbringen durfte? Vielleicht würde es später doch noch eine Änderung geben!

Ricarda war seit Jahren gewöhnt, nach dem Wort der Bibel ihr Anliegen auf Gott zu werfen. Daniels Anliegen und das des Mädchens Käthe machte sie zu ihrem eigenen. Daraufhin wurde sie ruhiger und fand, wenn auch erst gegen Morgen, für einige Stunden Schlaf.

Am nächsten Tag glaubte sie ihren Weg klar vor sich zu sehen. Hatte sie also aus diesem Grund in das kleine Schwarzwalddorf kommen müssen?

Sie suchte Gelegenheit, Käthe allein zu sprechen. Diese hatte im Nachbardorf für die Wirtin eine Besorgung zu machen. „Darf ich Sie begleiten?" fragte Ricarda. Unsicher blickte das Mädchen sie an.

„Gerne, aber ich wollte meine Kleine im Wagen mitnehmen."

„Gut so, ich kann Artur auch nicht allein zurücklassen. Allerdings werde ich ihn, weil er nicht so weit laufen kann, hin und wieder ein Stückchen tragen müssen. Dann wird es wohl nicht so rasch vorwärtsgehen."

„Wir können ihn doch am Fußende auf den Wagen setzen, wenn er müde ist."

„Fein — dann können wir uns auf dem Weg über einiges unterhalten, Käthe."

Das Mädchen schlug die Augen nieder. Immer war sie irgendwie in Angst, nie fühlte sie sich frei und schon längst nicht mehr froh. Was würde das fremde Fräulein von ihr wollen? Aber hatte Käthe nicht mit jedem Tag mehr ein gütiges Wohlwollen ihr gegenüber verspürt?

Eine ganze Weile gingen die beiden jungen Frauen

stumm nebeneinanderher. Am Waldrand entlang führte der Weg. Streckenweise stieg er etwas an, so daß beide vereint den Wagen schoben, auf dem sehr bald auch Artur Platz gefunden hatte. Wohltuende Stille umgab sie. Ein Eichhörnchen huschte über den Weg und kletterte an einem Baumstamm empor. Sonnenstrahlen fielen, goldene Spuren hinterlassend, quer durch den Tannenwald zu ihrer Rechten. Auf der anderen Seite bahnte ein Bergbächlein sich einen Weg durch die saftiggrünen Wiesen. In üppiger Pracht breiteten sich Sumpfdotterblumen und die ersten Vergißmeinnicht an seinem Rande aus. Neckisch rief der Kuckuck aus der Ferne, und eine Lerche schwang sich, ihre Kreise ziehend, jubilierend in den blauen Himmel.

„Wie friedlich ist hier alles, und es ist doch Krieg!" Mit diesem Wort brach Ricarda schließlich das Schweigen. Sie mußte diese Gelegenheit ausnutzen und mit Käthe ins Gespräch kommen.

„Wie friedlich könnte alles sein!" erwiderte diese. Ein Seufzer hob ihre Brust.

„Dort auf der Höhe ist eine Bank!" Ricarda wies mit der Hand zum Waldrand, ein Stück weiter oben. „Ob Ihre Tante sehr böse ist, wenn wir etwas später zurückkommen?"

„Ach nein, sie ist herzensgut, man muß sie nur kennen. Hinter ihrem Schimpfen und Schelten verbirgt sich ein weiches Herz. Wir können hier schon ein wenig rasten, zumal beide Kinder eingeschlafen sind."

Wenig später saßen die beiden auf der Bank, von der man einen herrlichen Blick ins Tal genoß.

Beide dachten jetzt dasselbe, ohne es voneinander zu wissen. Daniel! In welcher Not mochte er sich gerade jetzt befinden!

„Sie werden in Kürze heiraten?" fragte schließlich Ricarda. „Ihre Tante hat mir davon erzählt."

Käthe antwortete nicht gleich. Ein scheuer Blick streifte

die Fremde. Was mochte die Tante in ihrer mitteilsamen, um nicht zu sagen geschwätzigen Art ihr alles gesagt haben!

Aber das Fräulein wartete bestimmt auf Antwort. Sie war so nett zu ihr, Käthe durfte nicht unhöflich sein!

„Heiraten? — Ja — nein —"

Was kam nur über Käthe, daß sie plötzlich in Tränen ausbrach? In großer Verlegenheit suchte sie sich zu beherrschen. „Verzeihen Sie, Fräulein Dörrbaum — ich — ich —"

„Weinen Sie ruhig, Käthe", sagte Ricarda und legte ihr in tröstendem Verstehen den Arm um die Schultern. „Das wirkt befreiend und lindernd. Sie brauchen mir nichts anzuvertrauen, was Sie nicht wollen."

Nach einer Weile hatte das Mädchen sich soweit gefaßt, daß es weitersprechen konnte.

„Was müssen Sie von mir denken, daß ich Ihre Frage so unschlüssig beantworte? Aber glauben Sie mir, ich weiß wirklich nicht, was ich tun soll. Dabei will Hans-Jörg nicht länger warten, was ich verstehen kann. Wenn ich nur wüßte, was das Richtige ist."

„Lieben Sie ihn?"

Käthes Gesicht überzog sich mit flammender Röte. „Ich weiß nicht, was ich sagen soll. Lieben? Nein, ich glaube, das ist anders." Leise sprach sie weiter: „Geliebt habe ich den Vater meiner Friedhelma, ich meinte es wenigstens. Jetzt frage ich mich manchmal, ob ich mich damals getäuscht habe. Was wußte ich schon von alledem! Ich war ja so jung, so unerfahren. Ich fühlte mich so allein, meine Eltern waren beide gestorben. Meine Tante hatte nie Zeit für mich. Und er war auch so einsam und so unglücklich als Soldat, all das Rohe und Laute paßte gar nicht zu ihm, und der Gedanke an das Gräßliche, was an der Front seiner wartete, erfüllte ihn mit Entsetzen." Aufs neue stürzten Tränen aus ihren Augen. „Ich weiß nicht, warum ich Ihnen das erzähle. Noch zu keinem Menschen habe ich darüber gesprochen — aber ich meine, Sie könnten mich verstehen."

War es Ricarda nicht, als müsse sie ihr Herz in beide Hände nehmen? Ließ sie sich nicht geradezu auf ein Abenteuer ein?

„Wir wollten es gar nicht!" fuhr Käthe leise fort. „Aber eine Rechtfertigung ist es nicht, wenn ich sage, es waren unsere Einsamkeit, unsere Verlassenheit und unser Unglücklichsein, die uns einander in die Arme trieben."

Ricarda mußte die Augen schließen. Unsere Verlassenheit! Unsere Einsamkeit! Hätte ihr Wort nicht doch genügt, um ihn davor zu bewahren? War nicht sie schuld an all dem? Oder war es das Schicksal der beiden, sich zu begegnen, war es nicht auch ihr Schicksal, daß alles so gekommen war? Aber glaubte sie nicht an Führung? Demnach hatte Schicksal doch nichts mit Zufall zu tun! Mußten sich die beiden begegnen, um vor eine Bewährungsprobe gestellt zu werden? Und hatte etwa sie ihre Bewährungsprobe bestanden? Ach, wäre es nicht besser gewesen, sie hätte nie dieses Dorf aufgesucht, nie das Mädchen Käthe kennengelernt? Aber das Kind, Daniels Kind!

„Was ist Ihnen?" fragte unvermittelt Käthe. „Sie sind plötzlich so bleich geworden!"

„Reden Sie nur weiter! Das geht vorüber."

„Sie hätten mir nicht helfen dürfen, den Wagen den Berg hinaufzuschieben."

„Es geht schon besser! Und wie ist es nun mit Ihrer Heirat?"

„Wenn ich nur wüßte, was das Richtige ist. Gewiß, meine Tante hat recht, wenn sie sagt, es sei eine einmalige und unverdiente Gelegenheit, zumal Hans-Jörg es wirklich gut mit mir meint. Er spricht nicht von Liebe, aber die spürt man ja einem Menschen ab. Er könnte ganz andere, reiche Mädchen haben. Aber daß ich mein Kind, meine kleine Friedhelma nicht behalten soll! Wie kann ich ihr später in die Augen blicken, wenn ich sie fremden Leuten gebe, nur um dadurch eine gute Partie zu machen?"

„Könnte es nicht sein, daß dieser Hans-Jörg Ihnen später erlaubt, das Kind zu sich zu nehmen?"

Hilflos zuckte Käthe die Achseln. „Ich weiß es nicht."

„Würden Sie sich wohl entschließen, Ihr Kind mir zu geben, wenigstens so lange, bis Sie es selbst zu sich nehmen könnten?"

Fassungslos blickte Käthe Ricarda an. „Fräulein Dörrbaum – Sie wollten...?"

Ricarda erschrak vor sich selbst und ihren Worten. Aber sie waren ausgesprochen und nicht mehr zurückzunehmen. Im gleichen Augenblick wußte sie, daß dies ihre Aufgabe war. Zwar wußte Ricarda nicht, wie es nun weitergehen sollte. Bei aller Entschlossenheit, dem Mädchen zu helfen, indem sie das Kind zu sich nahm, erfüllte gleichzeitig Bangigkeit ihr Herz. Und wenn es nicht gut ging in der Ehe, die Käthe nun wohl zu schließen bereit war? Ihr Blick fiel auf das schlafende Kind im Wagen. Friedhelma, Daniels Tochter! War ihr die Aufgabe zugedacht, dieses Kind in ihr Haus und an ihr Herz zu nehmen, weil sie schuldig an seinem Vater geworden war, weil sie nicht den Mut zum Bekenntnis ihrer Liebe gefunden hatte? Aber war sie in Wirklichkeit schuldig geworden? Sie wußte es nicht – sie wußte nur, daß sie so und nicht anders handeln konnte!

Günther Hertrich war nicht wenig erstaunt, als er zwei Wochen später Ricarda aus dem Schwarzwalddorf holte, wohin er die Mutter des kleinen Artur gebracht hatte, daß die Tochter seines Chefs ein fremdes kleines Kind, in Decken und Kissen gehüllt, auf den Fond des Wagens bettete. Es mußte wohl der jungen Mutter gehören, die weinend dem fahrenden Auto nachsah.

„Du siehst etwas besser aus", eröffnete Günther nach einer Weile, die Ricarda in tiefem Sinnen zugebracht hatte, das Gespräch. „Hast du dich trotz der Pflege des kranken Kindes etwas erholen können?"

„Ja, ich fühle mich ausgeruht. Vor allem geht es dem kleinen Artur besser. Ich bin froh, daß seine Mutter noch eine Woche mit ihm im Schwarzwald sein kann. Das wird beiden gut tun."

Nicht ohne Besorgnis warf Hertrich einen kurzen Blick vom Steuer weg auf das Kind. Ricarda verstand die unausgesprochene Frage. „Ich hatte eine Mission zu erfüllen, indem ich einer unglücklichen jungen Mutter das Kind abnahm, um ihr den Weg in eine geordnete Zukunft frei zu machen."

Gerne hätte Günther gefragt, was wohl ihr Vater dazu sagen werde, aber er beherrschte sich.

Der Vater daheim tobte. „Bist du verrückt? Hab' ich in meinem Hause überhaupt nichts mehr zu sagen? Ein fremdes Kind nach dem andern schleppst du mir heran, anstatt dafür zu sorgen, daß du mir einen Enkel beschaffst, einen Erben, der einmal das, was ich mühsam aufgebaut habe, weiterführt! Ich verlange, daß du diese Göre auf dem schnellsten Weg wieder dahin bringst, wo du sie hergeholt hast, andernfalls kannst du sehen, wo du unterkommst."

Unsicher ob der Wirkung seiner harten Worte blickte der Vater auf Ricarda, die wie einst vor ihm stand, nur daß sie jetzt keine Puppe in den Armen hielt, sondern ein lebendiges Kind. Er wartete geradezu darauf, daß ihre Augen wieder überliefen. Aber auch dieses Mal wartete er vergeblich auf ihr stilles, ergebenes Weinen. Ruhig hob sie die Augen zu ihm empor. „Vater, ich weiß, daß deine Worte härter sind als dein Herz. Ich mußte einer verzweifelten jungen Mutter helfen, indem ich ihr zumindest für eine Zeitlang das Kind abnahm. Ich hoffe, daß es nicht allzu lange dauern wird, bis sie es zu sich nehmen darf. Nichts ersehnt sie mehr als das."

„Bist du denn wenigstens dem Hertrich einen Schritt näher gekommen?"

„Wir haben miteinander gesprochen, Vater."

„Und — wann ist die Verlobung?"
„Er kennt meine Ansicht und würdigt sie."
„Was soll das nun wieder heißen?" Dörrbaum stieß einen kräftigen Fluch aus. „Hab' ich mir einen Waschlappen zum Nachfolger ausersehen? Oder führst du uns alle an der Nase herum? Ich werde mir den Herrn Prokuristen vorknöpfen." Damit ließ er seine Tochter mit dem Kind stehen und verschwand in der Fabrik. Ricarda aber trug die Pflegetochter hinauf in ihr Schlafzimmer. Die Betreuung dieses Kindes übernahm sie allein. Vorerst legte sie es in ihr eigenes Bett. Sobald sie nach Liane und der Mutter gesehen hatte, wollte sie aus der Bodenkammer das weiße Gitterbettchen holen, in dem sie selbst in den ersten fünf Jahren ihres Lebens gelegen hatte. „Friedhelma, Daniels kleine Tochter — du sollst nicht ohne Heimat sein!"

Erschüttert beugte Ricarda sich über ihre Mutter, die in ihrem Zimmer auf dem Ruhebett lag. Wie war es möglich, daß sie sich in der kurzen Zeit ihrer Abwesenheit so verändert hatte? Ihre Wangen waren ausgehöhlt, die Backenknochen standen hervor.

Anna war gerade bei ihr gewesen, um ihr einen Teller Suppe zu bringen. Hysterisch schlug sie danach, so daß die Suppe über deren Hand lief. „Sie verweigert seit Tagen jede Nahrung!" sagte Anna.

„Mutter, wie geht es dir?" fragte Ricarda. „Du fühlst dich nicht wohl?"

Da hob die Süchtige die gefalteten Hände zu ihr empor. Gier sprach aus ihren Augen, während sie keuchend murmelte: „Zigaretten, Zigaretten, Zigaretten!"

Ricarda, entsetzt über den sichtbaren Zerfall der Mutter, versuchte diese zu umfassen und ihr beruhigend, wie einem Kinde, zuzureden. „Wäre es nicht besser, du würdest etwas zu dir nehmen, etwas Kräftigendes? Sieh, Anna hat dir eine gute Suppe gekocht."

Frau Dörrbaum ging mit keiner Silbe darauf ein. Statt dessen schrie sie wieder: „Zigaretten, Zigaretten!" Dabei machte sie den Eindruck eines lechzenden Tieres. Verzweifelt schüttelte Ricarda den Kopf. „Ich habe keine, Mutter, und ich weiß auch nicht, wie ich sie beschaffen soll."

Da schlug diese ihr mit der knochigen Hand mitten ins Gesicht. Mit einem Wehlaut sank Ricarda nach hinten, aber es war nicht der Schlag, der sie so schmerzlich traf, sondern das Unfaßliche des Augenblicks. Nie hatte die Mutter sie geschlagen, und nun trieb die Sucht sie zu solch rohem Tun.

Es war fast mehr, als sie ertragen konnte. Wie gerne hätte sie sich der Mutter anvertraut und sie teilnehmen lassen an dem, was in den letzten Tagen über sie hereingebrochen war. Wie gern hätte sie zu ihr von Daniel, Käthe und der kleinen Friedhelma gesprochen, aber daran war nicht zu denken. Im Gegenteil, für einen kurzen Augenblick überfiel sie der Gedanke, ob es nicht Torheit gewesen sei, das Kind mitzubringen und sich zu allen anderen Aufgaben noch eine weitere Last aufzubürden.

Hätte ich mich nicht mehr um die Mutter kümmern müssen? fragte sie sich. Wann aber hat sie sich je um mich gekümmert, wenn ich ihren Rat und Zuspruch benötigte? Ricarda konnte es nicht verhindern, daß bittere Gedanken und innere Auflehnung sich ihrer bemächtigten. Als sie aber in das von der Sucht gezeichnete und entstellte Gesicht ihrer Mutter blickte, wurde alle Bitternis von Mitleid und Erbarmen verdrängt.

Irgendwie schien ihre Gegenwart die Mutter zu beruhigen. Nach einer Weile fiel sie in einen leichten Schlummer. Als ihre Atemzüge gleichmäßiger wurden und sich der verkrampfte Ausdruck ihres Gesichtes entspannte, wagte Ricarda es, sie allein zu lassen und Liane aufzusuchen. Wenigstens ihr gegenüber konnte sie sich aussprechen.

Zuerst sprach sie zu der Freundin von ihrer Sorge um die Mutter. „Ich bin entsetzt, wie sie abgenommen und sich verändert hat. Was soll denn werden, wenn sie jede Nahrung verweigert?"

Ohne auf diese Frage einzugehen, antwortete Liane: „Die Ursache vieler Leiden sind die unbesiegten Leidenschaften. Menschlich gesprochen sehe auch ich kaum eine Möglichkeit, daß deiner Mutter noch geholfen werden kann. Seit Jahren beobachte ich den zunehmenden körperlichen und seelischen Zerfall. Du warst noch ein Kind, als ich die ersten Spuren bei deiner Mutter entdeckte. Später versuchte ich mit ihr über meine Befürchtungen zu reden. Sie lachte mich aus. Du kennst ja meine Überzeugung, die für uns beide maßgebend ist: Immer neue Prüfung unseres Lebens vor Gott ist nötig und tägliche Buße. Wo dies geschieht, kann ein Mensch nie der Sklave seiner Leidenschaften werden. Wie gerne hätte ich deiner Mutter zu dieser Erkenntnis geholfen. Aber du weißt ja selbst, sie war je länger desto weniger ansprechbar."

Ricarda schwieg. Bei allem, was sie in der letzten Zeit durchgemacht hatte — der Gedanke an ihre Mutter ließ alles andere zurücktreten. Wenn es so weiterging, würde sie nur noch kurze Zeit leben. Und dann? Wie schrecklich, zu denken, daß sie unvorbereitet in die andere Welt ging!

Liane las ihre Gedanken. „Bei Gott ist möglich, was uns unmöglich erscheint, Ricarda. Noch dringlicher als bisher wollen wir für sie beten und sie mit Liebe umgeben. Mehr können wir nicht tun. Aber nun erzähle mir, wie es dir im Schwarzwald ergangen ist."

„Ich habe Daniels kleine Tochter gefunden und mitgebracht."

Völlig ruhig nahm Liane diese Eröffnung hin. Wohl dachte sie sogleich an die vermehrte Arbeit und an die Schwierigkeiten, die Ricarda damit auf sich nahm, aber wie hätte sie ihr den Mut und die Freudigkeit zu solchem Tun rauben können, wenn das junge Mädchen glaubte, von einem inneren Auftrag zu wissen?

„Ich habe mich ernstlich geprüft, Liane, welches die tiefsten Gründe für diese meine Handlungsweise sind. Ist es mir wichtig, Käthe verheiratet zu wissen, um Daniel für mich zurückzugewinnen? Habe ich sein Kind zu mir genommen, um ihn trotz allem an mich zu ketten? Ach, Liane, halbe Nächte habe ich über all dies nachgedacht. Ich liebe Daniel noch immer, und es kommen Augenblicke, wo ich nichts so sehnlich wünsche, als dennoch seine Frau zu werden. Aber wenn ich über all diesem stille geworden bin vor Gott, dann ist es mir, als müsse ich einen Schlußstrich unter dieses Kapitel meines Lebens ziehen. — Wenn ich Friedhelma zu mir nehme, dann tue ich es, um dieser armen, unglücklichen Käthe den Weg in die Ehe zu ebnen. Sie hat keine Ahnung und soll es auch nicht wissen, daß ich die Jugendfreundin Daniels war.

Der zweite Grund ist, daß ich etwas gutmachen möchte an Daniel, an dem ich vielleicht doch schuldig wurde — du weißt: am Tage, bevor er einrücken mußte. Wie es weitergehen wird, weiß ich noch nicht. Ob ich ihm bei seiner Rückkehr sagen muß, daß Friedhelma sein Kind ist, oder ob ich alles daransetzen werde, daß der zukünftige Mann Käthes ihr erlaubt, das Kind, ohne das sie doch nie recht glücklich sein wird, zu sich zu nehmen — ich sehe heute noch nicht den richtigen Weg. Ich weiß nur, daß ich Friedhelma mit mir nach Hause nehmen mußte."

„Sorge dich nicht darum, Rica! Laß alles an dich herankommen! Traue Gott zu, daß er dir zeigen wird, was du weiterhin zu tun hast!"

Ricarda erhob sich. Wie gut verstand Liane sie doch!

„Ich hole jetzt mein Gitterbett von der Bodenkammer herunter, und nachher bringe ich dir Friedhelma. Ich meine, sie sähe Daniel ähnlich. Schon jetzt habe ich das Kind von Herzen lieb. Ich fürchte, es wird mir einmal schwerfallen, mich von ihm zu trennen."

An einem warmen Herbsttag sah sich Ricarda Dörrbaum umringt von einer Schar Kinder im Garten. Das Jüngste saß auf ihrem Schoß und blickte mit großen Augen den fallenden Blättern nach, die sich langsam von den Ästen lösten und in der sie noch umgebenden herbstlichen Farbenpracht müde zur Erde sanken.

Zu Ricardas Füßen spielte der kleine Artur. Seine Geschwister saßen ausnahmsweise manierlich an einem Gartentisch, bemüht, unter ihrer Anleitung aus Eicheln und Kastanien allerlei kleines Spielzeug, Körbe und Tiere zu basteln.

„Tante Ricarda — du bekommst Besuch. Schick die fremde Frau nur gleich wieder fort! Die können wir jetzt nicht brauchen, die stört uns nur."

„Frau Pfarrer Zierkorn!" Überrascht und beunruhigt zugleich blickte Ricarda ihr entgegen. Anna hatte sie in den Garten geführt. Ricarda erschrak. Wie hatte auch diese Frau, die sie schon länger nicht mehr gesehen, sich verändert! Aber natürlich, ihre drei Söhne waren im Feld. Und dann die vielen Bombennächte und die Lebensmittelknappheit!

Ricarda erhob sich mit dem Kind auf dem Arm und ging ihrem Besuch entgegen. „Frau Pfarrer, Sie kommen zu mir? Ich freue mich über Ihren Besuch."

Frau Zierkorn ergriff die ihr gereichte Hand. Nervös überflogen ihre Augen die vor ihr Stehende.

„Es sieht ja fast aus, als hätten Sie hier ein Kinderheim eröffnet."

„Ja, so ähnlich ist es auch."

„Was sind denn das für Kinder?"

„Die fünf hier gehören unseren Evakuierten. Schon bei den ersten Fliegerangriffen auf die Kreisstadt wurden uns neun Personen zugeteilt. Dann ist hier der kleine Neffe unserer Hausgehilfin Anna, deren Mutter ebenfalls bei uns lebt, und diese Kleine hier" — sie blickte auf Friedhelma und zögerte einen Augenblick weiterzusprechen, denn erst jetzt kam ihr zum Bewußtsein, daß die Pfarrfrau ja die Großmutter war — „heißt Friedhelma und ist aus dem Schwarzwald."

„Was für ein seltsamer Name!" Frau Zierkorn ging aber nicht weiter darauf ein. „Ich habe gehört, Ihre Mutter sei recht krank. Nun wollte ich ihr gerne einen Besuch machen."

„Das ist sehr freundlich von Ihnen, Frau Pfarrer. Nein, es geht ihr nicht gut und —" Ricarda zögerte einen Augenblick weiterzusprechen — „ich weiß nicht, wie sie auf Ihren Besuch reagieren wird."

„Das tut nichts zur Sache." Die Stimme der Frau Zierkorn nahm an Schärfe zu. „Ich habe dann jedenfalls meine Pflicht getan."

Nur zögernd ging Ricarda neben ihr ins Haus. Irgend etwas an der Art dieser Frau machte sie unsicher.

Kaum öffnete sie die Tür zum Schlafzimmer ihrer Mutter, als diese ihr wieder die abgezehrten Hände entgegenhob: „Zigaretten! Zigaretten!"

„Mutter, Frau Pfarrer Zierkorn kommt, um dich zu besuchen." Sie bot dieser einen Stuhl an. Hochaufgerichtet saß sie nun da, in ihrem Gesicht mehr Ablehnung als Zuneigung oder auch nur das geringste Mitleid.

„Wie geht es Ihnen, Frau Dörrbaum?"

„Der Arzt soll kommen", keuchte diese. „Ich brauche dringend eine Spritze."

„Sie meint Morphium", stellte die Besucherin kaltblütig und ohne Rücksicht auf die Gefühle der anwesenden Tochter fest, und dieser zugewandt: „Sie wird ohne solche Mittel nicht mehr existieren können. Das ist schlimm!"

„Frau Pfarrer", wagte Ricarda mahnend zu sagen, „meine Mutter ist bei klarem Bewußtsein, sie versteht jedes Wort."

„Ja, ich will mich auch nicht lange aufhalten." Sie mochte sich daran erinnern, daß sie hier wohl doch noch eine andere Mission zu erfüllen hätte, und beugte sich noch einmal über die Kranke. „Ich wünsche Ihnen gute Besserung, Frau Dörrbaum. Wie Sie sehen, habe ich Ihnen weder Zigaretten noch Morphium mitgebracht, aber selbst, wenn ich es beschaffen könnte, würde ich es nicht tun, denn Ihr Elend wird dadurch nur noch größer. Wenn Sie das einsehen würden, könnte Ihnen vielleicht noch geholfen werden. Aber hier", sie nestelte in ihrer Handtasche, „hier habe ich Ihnen drei frische Eier mitgebracht. Sie wissen, das ist jetzt im Krieg ein rarer Artikel. Ich habe sie selbst geschenkt bekommen, aber ich will Sie Ihnen gerne geben. Ihre Tochter soll sie Ihnen mit etwas Zucker schlagen. In einem anderen Fall würde ich raten, sie in einem Glas Wein zu nehmen, aber bei Ihnen — nein, das hieße das Unglück nur noch größer machen."

Soll ich sie nun taktlos oder ehrlich nennen? fragte sich Ricarda, die noch immer mit dem Kind auf dem Arm neben der Pfarrfrau stand. Einesteils schämte sie sich für die Mutter, andererseits hätte sie in diesem Augenblick am liebsten die Arme um sie gelegt. Wer gab Frau Zierkorn das Recht, so mit ihr zu sprechen?

Die Pfarrfrau hatte sich erhoben. „Ich werde für Sie beten, Frau Dörrbaum."

Seltsam, dachte Ricarda. Dasselbe hatte auch Liane gesagt: Wir müssen mehr denn je zuvor für deine Mutter beten. Es war dasselbe und doch wieder ganz anders. Woran lag das nur?

Nachdem Ricarda die Pfarrfrau hinausbegleitet hatte, sagte diese: „Sie wundern sich vielleicht, daß ich so unzweideutig mit Ihrer Mutter gesprochen habe. Ich hoffe nicht, daß ich Sie, Ricarda, damit verletzte, aber Sie müssen wissen, daß ich eine Wahrheitsfanatikerin bin. Im Grunde tut mir Ihre Mutter leid. Aber wenn es um Lasten geht, die sich ein Mensch selbst auferlegt, dann muß er es auch hinnehmen, daß man ihm die Wahrheit sagt, wenn dies auch schmerzt."

Ricarda vermochte kein Wort zu erwidern. Was hätte sie auch sagen sollen? Sie fragte sich in diesem Augenblick, warum Frau Zierkorn sie, die doch in ihrer Jugendzeit im Pfarrhaus als Daniels Gespielin aus und ein gegangen war, stur mit „Sie" anredete, während ihr Mann sie als seine ehemalige Konfirmandin ganz selbstverständlich beim Vornamen nannte und mit dem vertrauten „Du" ansprach.

Schon halb im Gehen wandte Frau Zierkorn sich noch einmal um. „Fräulein Dörrbaum, haben Sie — hat Ihnen Daniel — wann haben Sie zum letzten Mal Post von ihm bekommen?"

Ricarda spürte, wie sie errötete. Plötzlich war es ihr klar. Nicht um ihrer Mutter willen war diese Frau gekommen. Sie verfolgte einen anderen Zweck.

„Es ist schon länger her als ein Vierteljahr."

„Ich meine nur — ich dachte — wir wissen nämlich auch schon länger nichts von ihm." Die sonst so hart klingende Stimme wurde weich, als sie von ihrem Lieblingssohn sprach, ja, die Pfarrfrau rang mit aufsteigenden Tränen. „Wir, mein Mann und ich, sind in großer Sorge um ihn. Hoffentlich ist ihm nichts zugestoßen. Die letzte Nachricht kam vor etwa sechs Wochen. Ihnen hat er also schon ein Vierteljahr nicht mehr geschrieben?" Irgendwie klang Genugtuung aus ihren Worten. „Nun ja, er kann ja nicht mit allen im Briefwechsel stehen."

Sie blickte Ricarda an, als erwarte sie eine widersprechende Antwort. Aber diese schwieg.

„Ach, wenn dieser unselige Krieg nur endlich ein Ende nähme!" fuhr Frau Zierkorn fort. „Wann soll Daniel denn sonst mit seinem Theologiestudium fertig werden!"

Also weiß sie noch nichts von seinem Entschluß, dachte Ricarda. Unwillkürlich drückte sie Friedhelma fester an sich. Nein, diese Frau ahnte auch nicht im geringsten, daß ihr Sohn ein Kind besaß. Schreckhaftes Ahnen überkam sie. Wie sollte das Ganze ausgehen? War es vielleicht doch ihre

Pflicht, die Pfarrfrau aufzuklären und zu sagen: „Dies ist Ihr Enkelkind, Daniels Tochter"? — Aber durfte sie dies ohne Käthes Erlaubnis oder ohne die des Vaters? Ricarda war so benommen von den auf sie einstürmenden Gedanken, daß sie die nächste Frage erst einmal überhörte.

Frau Zierkorn wiederholte: „Haben Sie allen Ernstes vor, noch mehr Kinder aufzunehmen und ein Kinderheim zu eröffnen? Man spricht in der Nachbarschaft darüber. Aber was wird daraus, wenn Sie sich einmal verheiraten?"

Jetzt war es Ricarda plötzlich klar, warum diese Frau gekommen war. Sie wollte Gewißheit haben, wie Ricarda zu ihrem Sohn stand. Groß waren ihre Augen auf sie gerichtet, als sie langsam und völlig ruhig antwortete: „Ich habe nicht vor, mich zu verheiraten."

Schien es nicht, als atme die Pfarrfrau auf? Ihr Gesicht entspannte sich merklich, als sie in völlig anderem Ton fortfuhr: „Gewiß, es kann ja nicht jede Frau heiraten. Es muß auch solche geben, die sich, wie Sie, um die Kinder kümmern, die aus irgendeinem Grund nicht bei ihren Eltern sind. Jetzt im Krieg ist ja manches erklärlich, aber sonst ist es mir einfach unbegreiflich, wie Mütter und Väter ihre Kinder fremden Händen anvertrauen können. Meine Kinder sind mir immer das Wichtigste gewesen, der Dienst an ihnen stand mir stets an erster Stelle. Aber nun habe ich Sie lange genug aufgehalten. Leben Sie wohl, Fräulein Dörrbaum! Übrigens ein ganz herziges Geschöpfchen, die kleine — wie heißt sie doch?"

„Friedhelma."

„Wie ernst sie einen ansieht! Ach ja, du Kleines, es ist gut, daß du noch nicht weißt, was alles auf dich wartet. — Mein Mann läßt Sie grüßen, Fräulein Ricarda!" —

„Kommst du jetzt endlich wieder zu uns in den Garten?" riefen die Kinder. „Das war doch die Frau Pfarrer von nebenan. Was wollte die denn von dir?"

Darüber war Ricarda nicht länger im Zweifel. Sie versprach den Kindern, am andern Tag wieder mit ihnen zu spielen und rief damit empörtes Protestgeschrei hervor.

„Was, erst morgen? Hättest du doch die olle Frau gleich weggeschickt!"

Ricarda wehrte ihnen: „So dürft ihr nicht sprechen! Es ist eine arme Frau. Nun aber muß ich Friedhelma zu Bett bringen. Sie ist müde."

Eine arme Frau hatte sie gesagt? Frau Zierkorn hätte sich dieses bestimmt energisch verbeten. Aber war sie es nicht in der Tat? Drei Söhne im Krieg! Der älteste durchkreuzte ihre Lieblingspläne. Seit Jahren sah sie ihn als Pfarrer vor sich. Nun würde sie wohl nie unter seiner Kanzel sitzen. Und hier war dieses liebliche Kind, ihre Enkeltochter. Wie würde Frau Zierkorn die Nachricht von ihrer Existenz auffassen? Einmal mußte sie es doch erfahren. Und außerdem — Ricarda dachte über die Ursache nach —, nie hatte die Pfarrfrau ihr einen wirklich frohen und gelösten Eindruck gemacht. Und sie wollte doch bestimmt eine gute Christin sein! Woran das wohl lag?

Jedenfalls war sie sichtlich beruhigt aus der Villa gegangen, nachdem sie nicht mehr befürchten mußte, daß Ricarda ihre Schwiegertochter würde...

Wenn sie erst die Zusammenhänge wüßte!

Ricardas dreiundzwanzigster Geburtstag war gekommen. Früh am Morgen war sie aufgestanden, um zu einer besinnlichen Stunde zu kommen, bevor die mancherlei Pflichten des Tages sie wieder mit Beschlag belegten. Oft wunderte sie sich, daß ihre Kraft ausreichte, alles zu bewältigen. Mit der Mutter ging es offensichtlich zu Ende. Der Arzt vermutete Magenkrebs. Aber Frau Dörrbaum weigerte sich, in ein Krankenhaus zu gehen.

„Bei diesem geschwächten körperlichen Zustand würde sie auch kaum eine Operation überstehen", sagte der Arzt. „Ich kann es Ihnen nicht verhehlen, Fräulein Dörrbaum,

Ihre Mutter hat sich selbst ruiniert. Das einzige, was wir jetzt noch für sie tun können, ist, ihr schmerzstillende Mittel zu verschaffen."

„Danach lechzt sie geradezu, Herr Doktor", hatte Ricarda geantwortet. „Oft befinde ich mich in einem großen inneren Zwiespalt. Einerseits weiß ich, daß meine Mutter seit Jahren versucht hat, sich durch all die Rausch- und Betäubungsmittel über ihren Zustand hinwegzutäuschen. Sie hat sich damit selbst zugrunde gerichtet, also müßte man ihr diese fernerhin entziehen. Andererseits habe ich den Eindruck, daß sie ohne diese Mittel nicht mehr sein kann, und es drängt mich, ihr Linderung und soweit als möglich Wohlbehagen zu verschaffen. Sie ist eben krank."

„Auch Sucht ist Krankheit, wenn auch in erster Linie Krankheit der Seele." Damit hatte der Arzt sich verabschiedet. Nun kam er jeden zweiten Tag.

Daß es kein Aufhalten des Dahinschwindens gab, war bereits für den Laien zu erkennen. Wenn ich ihr nur innerlich zurechthelfen könnte! dachte Ricarda und sprach immer wieder mit Liane darüber.

„Gott selbst ist noch viel mehr daran interessiert", war ihre Antwort. „Traue es ihm zu, daß er auch jetzt noch eine Sinnesänderung bei deiner Mutter vollbringen kann."

Es fiel Ricarda schwer, dies zu glauben. Immer wenn sie auch nur den schwächsten Versuch machte, die Gedanken ihrer Mutter auf Göttliches zu lenken, wehrte diese ab. „Laß mich in Ruhe damit! Ich bin nun einmal nicht fromm."

Aber lag es nicht vielleicht gerade daran, daß ihre Versuche schwach und kraftlos waren, vornherein in diesem Fall von Zweifel durchdrungen? Mußten sie nicht viel überzeugender sein? — Gebot ihr aber nicht die Kindespflicht, rücksichtsvoll und trotz allem ehrerbietig zu sein? Worte wie Sucht, Laster und Gebundenheit, die hier wahrlich am Platze gewesen wären, würden von ihr gewiß als pharisäerhafte Überheblichkeit aufgefaßt werden. Auf Hilfe und

Verständnis seitens des Vaters konnte Ricarda überhaupt nicht rechnen. Entweder donnerte er die Mutter an, oder er brachte ihr Alkohol und Zigaretten, damit er seine Ruhe hatte. Beides aber, das fühlte Ricarda, war nicht das Richtige. Es blieb ihr nichts anderes zu tun, als die Mutter mit Liebe und Fürsorge zu umgeben.

Über dies und anderes dachte Ricarda am Morgen ihres Geburtstages nach. Nein, erhebende Gedanken waren es nicht, die sie erfüllten. Was würde das neue Lebensjahr bringen?

Ob Daniel daran dachte, daß sie Geburtstag hatte? In all den vergangenen Jahren war er der erste und liebste Gratulant gewesen. Ob er überhaupt noch lebte?

Wenn er sein Kind sehen könnte! Mit jedem Tag wurde Friedhelma lieblicher. Jetzt versuchte sie an Ricardas Hand die ersten Schritte zu machen, die ersten lallenden Worte zu formen. Wenn Ricarda sich über das Bettchen beugte, beschenkte das strahlende Lächeln des Kindes sie immer wieder aufs neue. Die Kleine gedieh prächtig. Nur mit Bangen dachte Ricarda daran, wie es sein würde, wenn sie Friedhelma wieder hergeben sollte. Eines Tages würde sie sich von ihr trennen müssen. Zwar sah es bis jetzt nicht so aus, als bekäme Käthe die Erlaubnis, sie zu sich zu holen. Heimlich hatte sie an Ricarda geschrieben:

„Ich habe so Sehnsucht nach meinem Kind. Mein Mann ist gut zu mir, aber er meint, das Heimweh würde zu groß, wenn ich Friedhelma erst wieder sähe. Und meine Schwiegermutter ist sehr streng. Vor ihr darf ich es gar nicht wagen, von meinem Kind zu sprechen. Ich erwarte wieder ein Kind. Mein Mann ist sehr glücklich darüber. Im stillen habe ich gewünscht, in den nächsten Jahren käme keins, damit er mir erlaube, die Kleine zu holen — aber nun ist meine Hoffnung geschwunden. Ich bin innerlich hin und her gerissen. Natürlich freue ich mich auf mein zweites Kind. Erst wenn es geboren ist, werde ich anfangen, mich auf dem großen Hof heimisch zu fühlen. Andererseits aber bin ich so unglücklich, daß ich Friedhelma nicht bei mir haben und für sie sorgen kann. O Fräulein Dörrbaum, nie kann ich Ihnen genug danken, daß Sie sich meines armen Kindes angenommen haben. Muß es nun schon ohne Vaterliebe aufwachsen, und strecke ich Tag und Nacht voller Sehnsucht vergeblich nach ihm die Hände aus, so seien Sie ihm eine Mutter! Gott vergelte es Ihnen!"

Magdalene Zierkorn kam, um Ricarda zu gratulieren. „Oh, Rica, wie war es doch immer so schön, wenn wir alle an deinem Geburtstag bei dir waren, die Jungens, Ruth, Gudrun und ich. Ob wir noch jemals diese Freude haben dürfen? Was weißt du übrigens von den anderen?"

„Gudrun hat Kriegstrauung gehabt, das wirst du wissen. Sie kam mit ihrem Verlobten zu mir, um ihn mir vorzustellen. Er hat mir gut gefallen. Er ist ein junger Handwerker und gehört zum Jugendbund für Entschiedenes Christentum. Ein fröhlicher junger Mann."

„Und Ruth?"

„Sie wollte ja gern Lehrerin werden, aber ihr Vater benötigt sie jetzt in seinem Architektur-Büro. Und wie geht es dir selbst, Magda?"

„Es geht mir gut, Ricarda. Du weißt, daß ich mich entschlossen habe, Diakonisse zu werden. Vom Vater habe ich die Erlaubnis, aber er hat mich gebeten, mit meinem Eintritt ins Mutterhaus zu warten, bis der Krieg vorbei ist. Mutter scheint den Eindruck zu haben, daß ich ihr von dem Augenblick an verlorengehe, da ich die Diakonissentracht anziehe. Wenn auch wehen Herzens, so habe ich mich doch gefügt. Mutter trägt an allem so schwer. Nun sind die drei Jungens an der Front." Sie zögerte einen Augenblick weiterzusprechen. Dann fuhr sie fort: „Von Daniel haben wir schon wer weiß wie lange keine Nachricht, weder eine Vermißtenanzeige noch die Bestätigung einer Verwundung oder gar..." Jetzt redete sie nicht weiter. Auch Ricarda schwieg.

Nach einer Weile richtete die junge Säuglingsschwester ihren Blick auf Ricarda, unsicher, ob sie sagen dürfe, was sie auf dem Herzen hatte.

„Wir waren alle der Meinung, daß ihr, du und Daniel, einmal heiraten würdet, und ich habe mich gewundert, daß ihr euch während seines Urlaubs nicht verlobtet."

„Du sagst: ihr waret alle der Meinung, Magdalene? — Deine Mutter hätte es bestimmt nicht gerne gesehen."

„Aber Vater hat, glaube ich, nichts anderes erwartet. Er mag dich gern."

Mit abgewandtem Gesicht und gegen aufsteigende Tränen ankämpfend, fuhr Ricarda fort: „Ich werde nie Daniels Frau sein."

„Ich will nicht indiskret werden, Rica — aber schließlich hatte auch ich gehofft, daß du meine Schwägerin würdest... Willst du mir nicht sagen, warum du nie Daniels Frau sein wirst?"

„Nein, Magda, das kann ich dir nicht sagen. Das muß Daniel selber tun." Ricarda sah es der Freundin an, wie schmerzlich diese Nachricht sie traf. Plötzlich wandte Magdalene sich schluchzend ab. Ricarda trat zu ihr und legte den Arm um sie. „Wir müssen tapfer sein, Magdalene. Vielleicht wartet noch Schwereres als dies auf uns."

„Laß mich deine Schwester sein!" bat Magdalene, noch immer unter Tränen. „Vielleicht können wir uns gegenseitig helfen."

„Dieses Wort ist mein schönstes Geburtstagsgeschenk", erwiderte Ricarda, „ich danke dir dafür!"

Einen Augenblick überlegte Ricarda, ob sie Magdalene nicht ins Vertrauen ziehen und ihr das Geheimnis um Friedhelma preisgeben solle. Dann aber sah sie davon ab. Sie durfte und wollte Gott und auch Daniel nicht vorgreifen.

Magdalene hatte das Haus kaum verlassen, da stürmte Herr Dörrbaum ins Zimmer seiner Tochter. „Ricarda — das ist ja überhaupt noch nie dagewesen, daß ich deinen Geburtstag vergessen habe — vor lauter kriegswichtigen Lieferungen! Und Mutti — hat die wenigstens daran gedacht?"

„Ach nein, Vater, dazu ist sie wirklich zu elend. Das macht doch auch nichts."

„Das macht nichts? Na hör mal, wo ich dir früher jeden Wunsch von den Augen abgelesen habe!"

„Das tust du doch auch heute noch."

„Ach, dummes Zeug! Wann läßt du mich überhaupt noch in deine Augen blicken?" scherzte er. „Dauernd sind sie auf dieses junge Gemüse gerichtet, das unter deiner mütterlichen Pflege trotz Krieg und Kriegsgeschrei erstaunlich gut gedeiht. Ich bin direkt angenehm überrascht, dich jetzt einmal anzutreffen, ohne daß eines der Kinder an deinem Rock hängt. Das sind direkt Momente mit Seltenheitswert."

„Ach Vater, sie machen mir nicht nur Mühe, sondern auch viel Freude."

„Sorge dafür, daß du so bald als möglich eigene bekommst. — Weißt du übrigens, wer mich daran erinnert hat, daß du Geburtstag hast?"

„Wer?" fragte Ricarda, obgleich sie es ahnte.

„Na, wer denn sonst als der Hertrich."

„Er war heute morgen auch schon bei mir und brachte mir wundervolle, langstielige Rosen."

„So ist's recht. Und?"

„Was, und?"

„Dumme Frage! Habt ihr euch nun endlich verlobt?"

„Nein, Vater!"

„Wenn du nicht Geburtstag hättest, würde ich jetzt regelrecht wütend werden."

„Bitte nicht!" Ricarda schmiegte sich wie in früherer Zeit an ihn. „Es ist alles schwer genug."

Der Ton ihrer Stimme ging ihm zu Herzen. Er griff in die Tasche. „Brauchst du ein Taschentuch?" Unter Tränen lächelnd schüttelte sie den Kopf. Als er ihr ein paar große Geldscheine reichte, nahm sie diese freudig.

„Darf ich sie nach Belieben verwenden?"

„Es ist dein Geburtstagsgeschenk, Rica. Ich weiß ja, daß du wieder für deine armen Heidenkinder Einkäufe machen willst."

„Soweit man etwas bekommt. Aber du hast es schon richtig erraten. Ich danke dir, Vater!"

Ruth kam noch gegen Abend. „In meinem Terminkalender sah ich vorhin eine Notiz: Ricardas Geburtstag! Da mußte ich doch schnell noch zu dir kommen. Ich gratuliere dir von Herzen. Sag, ist es wahr, was man sich in der Stadt erzählt, daß du ein Kinderheim eröffnet hast?"

„Nein, Ruth! Es handelt sich nur um die Kinder unserer Evakuierten und noch zwei andere, die in unserem Hause sind. Aber in der letzten Zeit ist mir wiederholt der Gedanke gekommen, ob ich später nicht ein Heim eröffne. Ich erkenne mit jedem Tag mehr, wie befriedigend es ist, mit Kindern umzugehen."

„Na, da wirst du wohl erst Daniels Meinung abwarten müssen. Aber wie ich von Magda gehört habe, weiß man überhaupt nichts von ihm. Es wird dem Jungen doch nichts zugestoßen sein! Du tätest mir wirklich leid, Ricarda. Ihr wolltet doch sicher bald heiraten?"

„Davon war noch nie die Rede. Aber du trinkst doch eine Tasse Tee mit mir, Ruth? Es ist zwar ein Wald-und-Wiesen-Tee, gesundheitsschädigend ist er auf keinen Fall."

Jedoch Ruth war zäh. Sie ließ sich nicht vom Thema abbringen. „Gern, wenn du ein wenig Zeit für mich hast. Aber Ricarda, das ist doch ein offenes Geheimnis, daß ihr, Daniel und du, so gut wie verlobt seid."

„Wir sind es nicht mehr — aber bitte Ruth, es wäre mir recht, wenn wir jetzt von etwas anderem reden würden."

„Wie du willst! Nun ja, es liegt auch schon etliche Zeit dazwischen. Wir sind alle älter geworden. Im Abstandnehmen voneinander klärt sich manches, und es ist wohl gut so. Weißt du, ich hatte auch schon einige Male Beziehungen zu jungen Männern. Bei dem einen oder dem anderen meinte ich wohl eine Zeitlang, das sei jetzt der richtige, aber nach näherem Hinsehen hab' ich mich zurückgezogen. Ich bin wählerisch geworden. Und dann weiß ich auch gar nicht, ob ich zur hauswirtschaftlichen Arbeit und zum Kinderkriegen geeignet bin."

Wenn sie doch bald wieder gehen würde, dachte Ricarda. Ich kann und will nicht zu ihr von dem sprechen, was mich innerlich bewegt. Aber Ruth genoß sichtlich das ungestörte Beisammensein. „Ja, wir sind, wenn auch nur ein paar Jahre, aber doch älter geworden", stellte sie fest. „Heute lächelt man über manches, auf was man damals geschworen hätte! Wenn ich nur an unsere religiösen Anwandlungen denke!"

„Wovon sprichst du?" fragte Ricarda befremdet.

„Na ja, du erinnerst dich doch bestimmt noch daran. Es war kurz bevor Daniel einrücken mußte. Wir redeten von persönlicher Entscheidung! Es fiel sogar das Wort Bekehrung. Irgendwie hattest du uns alle in den Bann deiner Schwärmereien gezogen, sogar die Jungen. Aber ich weiß auch noch, wie ich euch davor gewarnt habe, den Boden unter den Füßen nicht zu verlieren. Schon damals kam mir manches so unwirklich vor, was ihr sagtet. Ich bin nur gespannt, wie unsere Soldaten sich dazu äußern, wenn sie heimkehren. Da draußen werden ihnen die Illusionen vergangen sein!"

Beinahe entsetzt sah Ricarda Ruth an. „Illusionen? Du kannst doch unmöglich alles, was uns damals groß, ja heilig war, mit einer lässigen Handbewegung abtun? Mir geht es gerade umgekehrt. Wenn sich das, wozu ich mich damals entschlossen habe, nicht bewährt hätte, nicht in den letzten Jahren noch größer und überzeugender geworden wäre, hätte ich nicht durchhalten können und wäre an einigem, was ich erlebte, wahrscheinlich zerbrochen."

„Und wozu hast du dich damals entschlossen?" Ruth fragte, obgleich sie es genau wußte, was in jener Zeit ihrer aller Herzen bewegt hatte. Aber irgend etwas reizte sie, die mit diesen schwärmerischen Ideen längst glaubte fertig geworden zu sein, Ricarda herauszufordern.

Obgleich Ricardas Wangen sich rot färbten, antwortete sie doch mit fester Stimme: „Ich habe mich damals entschlossen, Jesus Christus als den Herrn meines Lebens zu betrachten, dem ich mich in allen Dingen unterstellen will. Und dies ist noch heute mein unumstößlicher Vorsatz."

Ruth betrachtete die ehemalige Freundin und schüttelte den Kopf. „Eine Neigung zum Extremen hast du schon immer gehabt, Ricarda. Wenn ich noch daran denke, was für ein Theater du gemacht hast, als wir kurz vor der Konfirmation standen. Obgleich du die Aufmerksamste im Unterricht warst und immer die besten Antworten gabst, verfielst du plötzlich zu unser aller Verwunderung auf die Idee, dich nicht einsegnen zu lassen und von der Konfirmation zurückzutreten. Erinnerst du dich noch?"

„Gut erinnere ich mich. Damals hatte ich Angst, ich könne nicht halten, was von mir gefordert wird. Heute weiß ich, daß ich es auch jetzt ebensowenig aus eigener Kraft kann, aber ich weiß von einer verborgenen Hilfe. Die Schwester meines Vaters hat sich später unendlich Mühe mit mir gegeben. Sie half mir über manche innere Not hinweg, indem sie mir riet, mit mir selber Geduld zu haben. Als ich sie während eines ernsten Gesprächs fragte, ob sie mir beweisen könne, daß es einen Gott gäbe, und als ich ihr sagte, daß ich nicht begreifen könne, warum es denn nötig sei, Jesus Christus als Vermittler anzuerkennen, da antwortete sie mir: ‚Beweisen kann ich es dir nicht, Ricarda — Gottes Dasein kann kein Mensch beweisen, aber wir können ihn erfahren, und dahin kommst du, wenn du Christus ernst nimmst. Ich möchte dir einen Rat geben: Nimm dir vor, ein ganzes Jahr lang jeden Tag einen Abschnitt im Neuen Testament zu lesen, und laß keinen Tag vergehen, ohne über deine Anliegen in kindlicher Weise mit Gott zu reden, das heißt zu beten. Dann versuche, dir die Gedanken, die du in der Bergpredigt findest, zu eigen zu machen. Wenn du dies ein ganzes Jahr gewissenhaft durchgeführt hast, dann sage mir, ob sich in deinem Leben nichts geändert hat.' Diesen Rat habe ich befolgt, Ruth, ein ganzes Jahr lang, und es ist etwas an mir geschehen. Später half mir meine gelähmte Tante zu weiteren wertvollen Erkenntnissen. Nein, Ruth, das alles hat mit Schwärmerei nichts zu tun. Du bist zu bedauern, wenn du heute in dieser Weise über das redest, was auch du einmal bejahtest. Auch du hast damals einen guten Anfang gemacht."

„Das mag sein, aber ich bin froh, daß ich heute klarer und nüchterner sehe. Ich habe mich auf mich selbst besonnen. Deswegen bin ich nicht ungläubig oder gar gottlos."

„Und Jesus Christus, Ruth – was bedeutet er dir?"

„Sag mal, Rica, hast du eigentlich außerhalb der Zeit gelebt? Was ich damals nur gefühlsmäßig empfand, bestätigen mir heute deine Worte. Mir scheint – verzeih mir, wenn ich so deutlich werde, du bist noch verkrampfter als vor einigen Jahren, wo du meintest, uns alle bekehren zu müssen."

„Wenn ich euch bekehrte, dann konnte es allerdings nicht gut gehen – wahre Sinnesänderung kann nur von Gott selbst kommen."

„Hör mal, du tust, als seiest du mit ihm auf du und du!"

„Das bin ich auch, Ruth – das darf ich sein, weil er in Christus mein Vater geworden ist."

Ruth rang in komischer Verzweiflung die Hände. „Sag mal, kann man denn gar nicht mehr vernünftig mit dir reden? Mir scheint, daß du völlig weltfremd bist und die Dinge um dich her nicht real betrachtest."

„Wenn ich dir nun mit einem Bibelwort antworte, Ruth, wirst du wieder nicht damit einverstanden sein. Aber es fällt mir gerade ein und ist gewiß die beste Entgegnung auf deine Worte. Vor seinem Tode spricht Jesus im hohenpriesterlichen Gebet mit Gott über seine Jünger und sagt von ihnen: ‚Sie sind wohl in der Welt, aber nicht von der Welt.'"

Ruth erhob sich kopfschüttelnd. „Nein, Rica, das ist mir zu hoch — oder zu primitiv. Auch ich nenne mich einen Christen, aber ich war noch nie veranlagt zu übersinnlichen oder unnatürlichen Dingen. Da steht mir meine Vernunft im Wege."

Auch Ricarda war aufgestanden.

Ernst waren ihre Augen auf Ruth gerichtet. „Du nennst dich Christ, aber du hast mir meine Frage nicht beantwortet: Was bedeutet dir Jesus Christus?"

„Ich muß schon sagen, Ricarda, du bist zäh und gehst aufs Ganze. Aber wenn du es nun schon wissen willst: ich weiß nichts mit ihm anzufangen. Gott? Ja, das ist mir klar, daß ein höheres Wesen existieren muß — aber alles, was ich mir darunter vorstelle, entspringt schließlich menschlichen Vorstellungen und Begriffen und wird in Wirklichkeit doch ganz anders sein. Ich finde es unnötig, mir darüber den Kopf zu zerbrechen. Wenn es einen Gott gibt, so ist er nicht abhängig von mir oder meinem Glauben."

„Aber wir, du und ich, Ruth — wir sind abhängig von ihm. Und er selbst sagt uns, daß wir allein durch seinen Sohn Jesus Christus zu ihm hinfinden. Hier entscheidet sich alles."

„Hör auf, Rica — ich mag nicht mehr darüber sprechen. Jedenfalls wünsche ich dir alles Gute für das neue Lebensjahr. Wenn du so ein gefestigter Christ bist, wie du es geschildert hast, dann kann es dir ja bringen, was es will: du bist gewappnet, es wird dich nichts aus dem Geleise werfen."

Recht bekümmert sah Ricarda der Davoneilenden nach. — Hatte sie auf Ruth einen überheblichen, selbstsicheren Eindruck gemacht? Das wäre schrecklich. Ach nein, es war keineswegs so, daß sie in ihrem Innern unantastbar war. Wie mußte sie oft um Zuversicht und innere Gelassenheit ringen. Es war nur gut, daß die viele Arbeit sie nicht zum Grübeln kommen ließ. Aber all das änderte doch nichts an der Tatsache, daß Jesus Christus der Inhalt ihres Glaubens, das Zentrum ihres Lebens und das unumstößliche Ziel war, dem sie zustrebte. Ohne das Wissen um ihn schien ihr alles andere sinnlos. Sie empfand beschämt, daß es ihr nicht gelungen war, überzeugend und in fröhlicher Zuversicht davon zu Ruth zu sprechen.

Als sie am Abend Liane gegenüber ihre Sorge äußerte, sagte diese in ihrer ruhigen Art: „Ricarda, überlasse es doch jetzt einfach Gott. Er kann dein schlichtes, vielleicht sogar unbeholfenes Bekenntnis wandeln und es zu einem kraftvollen Samenkorn werden lassen, das auch im Leben Ruths aufgeht und Frucht bringt."

Dann brach eine unheilvolle Nacht über sie herein. Es war, als hätten sich die Pforten der Hölle geöffnet, und ein dämonisches Grauen sei aus ihrem Abgrund gestiegen. Ein furchtbarer Fliegerangriff zerstörte den größten Teil der Stadt. Ganze Straßenzüge wurden dem Erdboden gleichgemacht, Häuserreihen sanken wie abgemäht in Schutt und Trümmer nieder. Auch die Lederfabrik Dörrbaum ging in Flammen auf. Wie schon so oft, war Ricarda vom Heulen der Sirene erwacht. Noch ehe sie sich fertigmachen und das schlafende Kind aus dem Bett reißen konnte, fielen die ersten Bomben, drang der Feuerschein der brennenden Fabrik zu ihr herein. Auch ein Teil der Villa wurde von den Flammen zerstört.

„Die Kinder!" Das war Ricardas erster Gedanke. „Friedhelma!" — Dann die Mutter — Liane — wo um alles in der Welt ist der Vater? Ricarda wußte nicht, wo sie zuerst helfen, was am nötigsten retten sollte, nachdem sie mit Hilfe von Anna und Frau Merkten die Kinder im Pfarrhaus, das unversehrt geblieben war, untergebracht hatte. Daß dies nicht von Dauer sein konnte, war ihr vom ersten Augenblick an klar, denn die Räumlichkeiten waren nicht groß und wurden alle benötigt. Aber Gott sei Dank, daß sie vorerst einmal Unterkunft gefunden hatten! Der Pfarrer und seine Frau zeigten sich besorgt und hilfsbereit. „Schauen Sie nach Ihrer Mutter, Fräulein Ricarda! Anna und die beiden Frauen sollen sehen, was sie noch retten können. Ich will mich um die Kinder kümmern", sagte Frau Zierkorn.

Ricarda hatte ihr Friedhelma in die Arme gelegt. Die Pfarrfrau war im Augenblick der ersten Not nichts anderes als eine Mutter, die es drängte, das Hilflose und Bedrohte zu schützen. Vielleicht wäre dies der richtige Augenblick gewesen, ihr zu offenbaren, daß das Kind, das sein Köpfchen angstvoll in ihren Armen barg, die Tochter ihres ältesten Sohnes sei. Aber auch jetzt blieb es unausgesprochen.

Aus dem Fabrikgebäude schlugen die Flammen in den nächtlichen Himmel. Kommandorufe erfüllten die Luft. Für den Bruchteil einer Sekunde stand Ricarda unschlüssig. Wer brauchte sie jetzt am nötigsten? Der Vater, die Mutter oder Liane?

Beißender Qualm zwang sie, die Augen zu schließen. In diesem Augenblick fühlte sie sich von zwei Armen umfaßt und vernahm eine Stimme an ihrem Ohr: „Ricarda, Gott sei Dank, daß ich dich finde! Wie habe ich dich gesucht! Nachdem die Feuerwehr und der Luftschutzdienst mit anderen Hilfskräften eingetroffen waren, schickte dein Vater mich, nach dir zu suchen. Wie froh bin ich, daß du lebst! Alles andere ist nicht so wichtig." Es war Günther Hertrich, der die Wankende stützte und ganz einfach, als sei dies der einzig richtige Platz, an sein Herz nahm. Hier brach sie in hilfloses Weinen aus. Aber es währte nur wenige Augenblicke. Sie entwand sich seinen Armen und hob ihr Gesicht zu ihm empor. „Ich muß zur Mutter und dann nach Liane sehen. Ist Vater nichts passiert?"

„Er hat mich geschickt, dir beizustehen!" erwiderte Hertrich. Ricarda merkte in ihrer Erregung nicht, daß er ihre Frage nicht beantwortete. Sie eilten beide in das Zimmer der Mutter. Eine Außenwand war eingestürzt. Wimmernd, wie ein ängstliches Kind, lag die zum Skelett abgezehrte Frau auf dem Fußboden vor ihrem Bett. In ihrer Todesangst hatte sie versucht, aufzustehen, war aber nicht imstande gewesen, sich auf den Füßen zu halten. Ricarda beugte sich über sie und rief ihr zu: „Mutter, hab keine Angst, wir holen dich jetzt; es wird alles gut!" Da schlang die Frau ihre mageren Arme um den Hals ihrer Tochter. Kaum zu vernehmen waren ihre Worte, als sie zu Ricarda sprach: „Hätte es mich doch getroffen! Was soll ich noch hier?" Hertrich nahm Frau Dörrbaum auf seine Arme und trug sie hinaus. An seiner Seite ging, die Hand der Mutter haltend, Ricarda.

Männer und Frauen des Roten Kreuzes waren überall eingesetzt, reichten aber nicht aus. Es gelang Hertrich, einen Sanitäter anzuhalten. „Diese Frau muß sofort ins Krankenhaus gebracht werden."

„Das geht mich nichts an. Das ist Sache des Blockwarts. Ich bin nur für Verwundete zuständig." Hilflos blickte Ricarda Hertrich an. Dieser besann sich kurz: „Hier kann sie nicht bleiben. Ich bringe sie zu meiner Mutter."

Kurz darauf stand Ricarda in Lianes Zimmer am Bett der Gelähmten. Sie war tot. Ricarda konnte es fast nicht fassen. Das Zimmer war unversehrt, weder Bomben- noch Feuerschaden war zu entdecken. Hatte der große Schrecken, den der blutrote Feuerschein gewiß in Lianes schwachem Herzen auslöste, ihrem Leben ein Ende gemacht, nachdem sie sich außerstande sah, aufzustehen und sich in Sicherheit zu bringen? Aber wer wollte das jetzt noch feststellen? Ricarda sank vor dem Bett der Freundin in die Knie. Es war zu viel, was in dieser Stunde über sie hereinbrach!

So fand sie Hertrich, der voller Sorge nach Ricarda gesucht hatte. Auch er war erschüttert. Behutsam richtete er

Ricarda auf. „Komm, das Leben geht weiter! Deine Mutter ist bei uns gut untergebracht. Wir haben sie ins Bett meiner Mutter gelegt. Diese wird jetzt mein Zimmer bewohnen."

„Und du?"

„Darum mach dir keine Sorgen! Unsere Wohnung ist groß genug für uns alle. Aber ich meine, du solltest jetzt nach deinem Vater sehen." Mit einem schmerzvollen Blick nahm Ricarda Abschied von Liane. Günther Hertrich führte die Wankende hinaus.

„Ricarda, nun mußt du dein Herz in beide Hände nehmen. Lianes Tod ist noch nicht das letzte, was in dieser Nacht auf dich wartet."

„Der Vater!" Angstvoll richtete sie ihre Augen auf den Mann, der ihr in diesen Stunden echten Freundesdienst erwies. Bis in die Lippen erbleichte sie, als sie ihn fragte: „Ist er auch tot?"

„Nein, Ricarda, aber er ist schwer verwundet. Tatkräftig hat er sich beim Löschen der Feuersbrunst eingesetzt. Der größte Teil der Fabrik ist allerdings zerstört. Dein Vater wurde von brennenden Balken, die niederstürzten, zu Boden gerissen und konnte sich nicht mehr erheben. Ich kam glücklicherweise gerade dazu. Wir haben ihn in den Schuppen getragen. Von dort wird er, so hoffe ich, in Kürze ins Krankenhaus gebracht werden." Ricarda vermochte kaum noch auf ihren Füßen zu stehen.

Hertrich umfaßte Ricarda fester. Er beugte sich über sie. „Was hast du gesagt?"

Sie hob ihr verzweifeltes Gesicht zu ihm empor: „Schlag zu, Faust Gottes, triff uns beide — mach End mit Qual und allem Leide!"

Irgendwo hatte auch Hertrich einmal diese Worte gehört, die Ricarda jetzt in ihrem Jammer aussprach. Meinte sie sich und den Vater?

„Du darfst jetzt nicht verzweifeln, Ricarda, hörst du!" Flehentlich bat er sie. Ach, was hätte er darum gegeben, ihr in diesen trostlosen Augenblicken Worte der Liebe sagen und sie mit diesen aufrichten zu können! Aber das durfte nicht sein. Es mußte ihm genügen, ihr brüderlicher Freund und Beschützer zu sein.

„Ricarda — Ricarda!" rief er lauter als er wollte und so, als könne er sie damit aus der tödlichen Starre reißen. Er ahnte nicht, daß sie gerade jetzt in sich eine Stimme zu hören vermeinte, die sie mit Entsetzen erfüllte, obwohl sie genau erkannte, daß sie aus dämonischen Abgründen emporstieg. Erst kürzlich hatte sie diese Worte in ihrer Bibel gelesen. Wie sagte Hiobs Frau zu ihrem Mann? „Sage Gott ab und stirb!"

Ja, wäre es jetzt nicht das beste, sterben zu können, wie Liane — all diesen Jammer hinter sich zu lassen? Aber: Sage Gott ab! — „Nein, nein", schrie sie und klammerte sich, geschüttelt von Angst und Entsetzen, an den Freund: „Hilf mir, Günther, hilf mir! Ich habe Angst! Gott hat mich verlassen!"

„Nein, Ricarda, niemals!" Still und zuversichtlich sprach er die Worte aus. „Auch in der Hölle, die uns jetzt umgibt, ist er da. Denke an die Worte des 49. Psalms: ‚Gott wird meine Seele erlösen aus der Hölle Gewalt!'" Umgeben von den noch immer lodernden Feuerflammen, von qualmenden Trümmern und angstvoll durch die Nacht flüchtenden Menschen, betete Hertrich, die Arme um das wankende Mädchen gelegt, mit bebender Stimme: „Und führe uns nicht in Versuchung, sondern erlöse uns von dem Übel!"

Ricarda wurde ruhig. Die Anfechtung hatte ein Ende gefunden. „Bring mich zu meinem Vater", bat sie.

Richard Dörrbaum war ohne Besinnung, als sie sich wenig später über ihn beugte. „Vater! Vater!" rief sie. „Ich, Ricarda, bin bei dir! Und Mutter lebt auch. Vater, öffne doch deine Augen und sprich ein einziges Wort zu mir!"

Im selben Augenblick stand ihr vor Augen, daß sie seinen immer wieder geäußerten Wunsch, Hertrichs Frau zu werden, nicht erfüllt hatte. Nun verließ sie auch der Vater, nachdem er vergeblich auf ihr Jawort für Günther gewartet hatte. Sie zitterte am ganzen Körper.

Ob Hertrich ihre Gedankengänge erriet? Fest sah er ihr in die Augen. „Ricarda, quäle dich jetzt nicht mit Vorwürfen! Alles wird recht werden, alles soll so werden, wie Gott es für dich — für mich — für uns alle bestimmt hat. Nicht anders." Sie verstand ihn und dankte ihm wortlos.

Bald darauf kamen die Männer des Roten Kreuzes mit der Tragbahre, um Herrn Dörrbaum zu holen.

Nein, es sei völlig unmöglich, daß Fräulein Dörrbaum den Vater begleite. Sie wüßten noch nicht einmal, wohin mit ihm, ob ins Krankenhaus oder in eine Notunterkunft. Es habe derartig viele Verletzte gegeben, daß schon jetzt alle Häuser überfüllt seien. Man bereite schon in der Turnhalle und in Tanz- und anderen Sälen Notlager vor. Zuerst würde Herr Dörrbaum auf einen Sammelplatz für Kranke und Verwundete gebracht und von dort weitergeleitet werden, wenn es noch nötig sei. In ihrem Schmerz wollte sie sich an den Vater klammern. Sie war völlig fassungslos. Aber Hertrich hielt sie fest.

„Ricarda, du mußt nun tapfer sein! Morgen in aller Frühe gehe ich mit dir, den Vater zu suchen. Solltest du jetzt nicht nach den Kindern sehen?"

„Ja, bringe mich zu den Kindern! Zu Friedhelma!" Und auf einmal vermochte sie das Geheimnis nicht länger allein zu tragen. In dieser Nacht, wo der Boden unter ihren Füßen schwankte und die Grundfesten ihres bisherigen Lebens erschüttert waren, brauchte sie einen Menschen, den sie teilnehmen ließ an dem, was sie seit Monaten bewegte und umtrieb.

Die ganze Not ihres Herzens sprach aus ihren Augen, als sie Günther anvertraute: „Friedhelma ist Daniels Kind."

Er blickte sie an, als fasse er es nicht. Daniels Kind? Plötzlich war es ihm, als drehe sich alles im Kreis um ihn.

Er konnte nur noch kombinieren: Daniel und Ricarda! Das? Nein, das war einfach unmöglich! Plötzlich erlebte er noch einmal die Rückreise aus dem Schwarzwald, das fremde Kind im Auto! Sollte sie es dort verborgen gehabt haben und nun unter dem Vorwand, daß es einer anderen gehöre... Nein, niemals, Ricarda war zu keinem derartigen Betrug fähig. Aber wie sollte er denn das verstehen: Daniels Kind!

Trotz allen Schmerzes, der sie erfüllte, erriet Ricarda mit dem feinen Spürsinn ihres sensiblen Wesens, was Günther dachte. Fast erschrak sie vor diesem Gedanken. Aber konnte sie es ihm verargen? Sie blieb stehen und sagte, wenn auch noch unter Tränen, ruhig: „Nein, Günther, das, was du denkst, ist nicht geschehen. Friedhelma ist nicht mein Kind. Ihre Mutter ist das Mädchen, das uns weinend nachblickte, als du mich mit dem Kind aus dem Schwarzwald nach Hause holtest. Zu keinem Menschen außer Liane habe ich bisher darüber gesprochen. Dir vertraue ich es nun an. Es muß unter uns bleiben. Ich werde dir später alles erklären. Jetzt ist nicht die Zeit dazu. Nun aber führe mich zu den Kindern! Morgen in aller Frühe wollen wir den Vater suchen, und dann möchte ich zu deiner Mutter gehen, um ihr zu danken, daß sie Mama aufgenommen hat. Nie kann ich gutmachen, was du in dieser Nacht für mich warst, Günther."

„Wir könnten morgen an der Reihe sein und uns glücklich fühlen, wenn uns jemand aufnimmt", hatte Ricarda in jener Nacht zu ihrem Vater gesagt, als dieser sich weigerte, die obdachlos gewordene Familie zu beherbergen.

Noch immer kam es ihr wie ein Wunder vor, daß sie mit Anna, deren Großneffen Alfred und Friedhelma im Pfarrhaus des kleinen Dorfes auf der Hochebene der Schwäbischen Alb Aufnahme gefunden hatte.

Staunend überdachte sie immer wieder die Geschehnisse

der Tage nach der unvergeßlichen Nacht des Grauens, in der es ihr gewesen war, als müsse ihr Herz stillstehen. Aber das Leben ging weiter und erlaubte ihr kein Zurückbleiben.

Auch Ricarda hatte damals zunächst im nachbarlichen Haus bei Pfarrer Zierkorn Aufnahme gefunden. In den ersten Tagen hatte sie keine Zeit, sich Gedanken darüber zu machen, ob sie mit den Kindern und Anna dort gerne gesehen war oder nicht. Noch waren die vielen Verwundeten und Toten des verheerenden Fliegerangriffs nicht registriert. Die ganze, zum großen Teil zerstörte Stadt war in Aufruhr. Nach stundenlangem Suchen hatten Hertrich und Ricarda den schwerverletzten Vater in einer Privatklinik gefunden. Ohne Hertrichs Hilfe wäre sie wahrscheinlich noch lange vergeblich umhergeirrt. Er aber war zielbewußt und tatkräftig mit Ricarda von einem Haus zum anderen gegangen, bis sie Herrn Dörrbaum endlich fanden. Er war so schwach, daß er nur mühsam sprechen konnte. In seinen Augen aber war trotz allem die Freude zu lesen gewesen, daß die beiden ihn gesucht und gefunden hatten. Ach, und Ricarda hatte ohne jedes Wort verstanden, was er sagen wollte, während seine Augen mühsam von einem zum anderen gingen.

Der behandelnde Arzt hatte ihr gesagt, daß es sehr ernst um ihn stehe. Es bestände kaum Hoffnung, daß er gesund würde, und wenn je, dann müsse man damit rechnen, daß er gelähmt bleibe. Die auf ihn gestürzten Balken hätten schwerste innere Verletzungen hervorgerufen.

Schweigend war Ricarda auf dem Rückweg neben Hertrich hergeschritten. Sie hatte sich wieder gefaßt und schämte sich vor ihm ihrer Schwäche und Verzagtheit in der vergangenen Nacht. Aber im Gedanken an den Vater hatte sich aufs neue eine Last auf ihre Seele gelegt, die sie schier zu Boden drücken wollte. Wie sollte es weitergehen, wenn er sterben würde? Was würde aus der Fabrik? Und Mutter? Und wenn es der Kunst der Ärzte gelingen sollte, das Schlimmste abzuwenden, wie schrecklich, wenn der Vater gelähmt bleiben würde! Er, der immer tätige Mann, dessen Leben bisher von Unrast gekennzeichnet war! Unvorstellbar! Mußte man ihm da nicht wünschen, daß er sterben könnte! Ja, wenn mit dem Tode alles aus wäre! Aber es hieß deutlich in der Schrift: Und nach dem Tode das Gericht! Vater hatte besonders in den letzten Jahren kein Hehl daraus gemacht, daß er an nichts glaubte. „Nein, Herr, laß ihn nicht so sterben!" hatte Ricarda in ihrem Herzen gebetet. „Gib ihm, o Gott, noch die Möglichkeit, dich zu erkennen und in seinem Leben Ordnung zu schaffen!"

Als sie am Nachmittag dieses Tages wiederum am Bett ihres Vaters gestanden hatte, war der Zustand schlechter gewesen. Dieses Mal war sie ohne Hertrich bei ihm. Am liebsten wäre sie bei ihm geblieben, aber sowohl der Arzt als auch die pflegende Schwester hatten ihr davon abgeraten, zumal noch weitere Verletzte gebracht wurden.

Auch in der darauffolgenden Nacht war Ricarda kaum zur Ruhe gekommen. Ein Glück, daß die Mutter sich bei Frau Hertrich wohl zu fühlen schien. Sie hatte gegen Abend einen kurzen Besuch bei ihr gemacht, um ihr zu danken für ihre Hilfsbereitschaft. Frau Hertrich hatte abgewehrt. „Das ist doch selbstverständlich, Fräulein Dörrbaum. Wann sollen wir zusammenstehen und uns gegenseitig helfen, wenn nicht in solchen Notzeiten? Heute brauchen Sie mich, vielleicht morgen schon ich Sie. Und für einen Christen gibt es doch gar kein Überlegen, wenn der Nächste sich in Not befindet." Eine fast überirdische Kraft und Ruhe ging von dieser Frau aus.

Frau Hertrich fuhr fort: „Erst kürzlich las ich ein Wort, das mir zu denken gab:

,Ich suchte meine Seele — sie war nicht hier.

Ich suchte Gott — und er entzog sich mir.

Ich suchte meinen Bruder — und fand nun alle drei.'

Es steckt eine verborgene Wahrheit darin. Der Weg zu Gott führt vielfach über den Nächsten, und von dorther werden wir auch unser eigenes Wesen besser kennenlernen. Jedenfalls sagt Christus: ‚Was ihr getan habt einem meiner geringsten Brüder, das habt ihr mir getan.' Machen Sie sich also keine Sorgen, Fräulein Dörrbaum, dies alles ist nicht ohne Sinn und hat seine Richtigkeit. Im übrigen freue ich mich, daß Sie ebenfalls unsere Lebensauffassung teilen. Mein Sohn hat es mir gesagt."

Bestimmt weiß sie auch, daß Günther mich gern zur Frau habe möchte, hatte Ricarda gedacht und die Augen vor Frau Hertrich niedergeschlagen.

Am nächsten Morgen in aller Frühe hatte man im Pfarrhaus angerufen, Ricarda möge sofort kommen, da es sehr schlecht um den Vater stehe. Hertrich, der schon auf dem Fabrikgelände tätig war, hatte sie aus dem Haus treten sehen.

„Wo gehst du schon so früh hin?" hatte er beunruhigt gefragt.

„Es geht dem Vater schlecht, sie haben angerufen."

„Ich komme mit dir."

Als sie an sein Bett traten, war es, als wolle das Lebenslicht des Vaters erlöschen. Sowohl Hertrich als auch Ricarda hatten das Gefühl, als ständen sie vor einem gähnenden Abgrund. Wie sollte alles weitergehen, wenn dieses Herz aufhörte zu schlagen? Es war nur natürlich, daß Ricarda bangend erwog: Was wird aus uns, der Mutter und mir? Unser Haus ist zum Teil abgebrannt — wovon sollen wir leben? Auch Hertrich war es nicht zu verargen, daß seine Gedanken ähnliche Wege einschlugen: Was wird aus der Fabrik, in der so großer Schaden angerichtet wurde?

Das Stöhnen des Schwerverletzten riß sie aus ihrem Sinnieren, und beide klagten sich im geheimen an, während dieser Augenblicke nicht andere Gedanken zu bewegen.

Ricarda hatte sich über ihren Vater gebeugt. „Es geht dir nicht gut?" Es war ihr ein Anliegen, seine Gedanken auf das Wesentliche zu lenken. „Vater, dürfen wir noch mit dir beten?" Ihren fragenden Blick hatte Hertrich mit zustimmendem Nicken beantwortet. Aber Richard Dörrbaum hatte, soweit es seine schwache Kraft erlaubte, abwehrend mit dem Kopf geschüttelt. Sein Blick war von Ricarda zu Hertrich gewandert, immer wieder. Dann hatte er mit großer Mühe sich zu äußern versucht. Kaum konnten die beiden ihn verstehen. Aber sie wußten nur zu gut, was er meinte...

Nein, hieß es im Innern Hertrichs, eine Bindung fürs Leben nur als Folge und Frucht dieser Stunde? Weil es der letzte Wunsch eines Sterbenden ist? Nein, so sehr ich Ricarda liebe und mich nach ihr sehne.

Nun kommt es also doch auf mich zu, hatte Ricarda gedacht, und es überfiel sie ein Zittern, daß sie sich kaum auf den Füßen halten konnte. Ich achte Günther, ich habe ihm unendlich viel zu danken. Was täte ich in den Schrecknissen dieser Tage und Nächte ohne ihn? Sind aber damit die Voraussetzungen für eine Ehe gegeben?

Die Augen des Sterbenskranken waren flehentlich auf beide gerichtet. Sein Mund bewegte sich, ohne daß ein Wort über seine Lippen kam. Jedoch konnte man es deutlich ablesen: „Günther und Ricarda!" Und nun hatte sich eine Träne aus dem Auge des Mannes gelöst, der nicht nur um das Fortbestehen seiner Fabrik bangte, sondern dem das Wohl und Wehe seiner einzigen Tochter am Herzen lag.

Noch nie hatte Ricarda den Vater weinen sehen. Es brach ihr fast das Herz. Nein, sie durfte ihm nicht den letzten Wunsch versagen, ganz gleich, was daraus wurde. Wenn Hertrich nach wie vor entschlossen war, sie zur Frau zu nehmen, obgleich er wußte, daß nur Achtung und schwesterliche Liebe zu ihm ihr Herz erfüllte, dann wollte sie sich nicht länger dagegen sträuben.

So hatte sie aufschluchzend gesagt: „Ja, Vater, ich bin bereit! Ich will Günthers Frau werden, wenn er mich haben will."

Ein Ausdruck der Erleichterung war auf dem vom Tode

gezeichneten Gesicht erschienen. „Meine Kinder", hatte er mühsam geflüstert. Dann war er wieder in tiefe Bewußtlosigkeit gesunken.

So also waren sie Brautleute geworden! Aber weder das Herz Ricardas noch das ihres Verlobten waren von Freude erfüllt. Beide empfanden, es habe sich auf sie eine neue unsichtbare Last gelegt. Selbstverständlich hatte Günther nach wie vor gehofft, seine Liebe zu Ricarda würde von dieser eines Tages erwidert werden. Daß sie ihm in Freundschaft zugetan war, hatte sie ihm gesagt, sie war aber auch ehrlich genug gewesen, ihn wissen zu lassen, daß mehr als dies nicht vorhanden war. Genügte das? Seine Bedenken waren noch verstärkt worden, sobald er an das Kind, Friedhelma, dachte. Daniels Kind! Was bewog Ricarda dazu, es zu sich zu nehmen? War es nicht doch — vielleicht nur im Unterbewußtsein — das heimliche Hoffen, trotz allem noch mit ihm vereint zu werden? Und selbst wenn es nicht so war, so hing Ricarda derart an dem kleinen Mädchen, daß es ihr schwerfallen würde, sich von ihm zu trennen! Aber war es ihm da zuzumuten, das Kind des ehemaligen Freundes seiner Frau in seinem Hause zu dulden, heranwachsen zu sehen und zu erziehen? Und was sollte werden, wenn Daniel aus dem Krieg zurückkehrte? Bis zum heutigen Tag war eine Bestätigung seines Todes oder seines Vermißtseins nicht gekommen.

Auch Ricarda befand sich in innerem Aufruhr. Nun war sie also Günthers Braut. In seiner Obhut und unter seinem Schutz zu sein, war beruhigend, menschlich sogar der einzige Halt in diesen schweren Tagen. Daß sie sich ihm jedoch verpflichtet hatte, ohne wirklich Liebe für ihn zu empfinden, belastete sie unerhört und kam ihr wie ein Betrug vor.

So bestand zwischen den beiden Verlobten von vornherein eine Spannung, unter der sie beide mehr litten, als sie vor sich selbst zugestehen wollten. Allerdings stand anderes jetzt im Vordergrund. Liane hatte beerdigt werden müssen. Auch Annas Nichte war bei dem Fliegerangriff tödlich verunglückt und ließ ihren kleinen Jungen zurück. Daß Frau Dörrbaum noch lebte, war allen wie ein Wunder erschienen.

Der einzige Lichtblick in jenen Tagen war, daß Ricardas Vater sich entgegen allen Vermutungen wieder etwas erholte. War es aber wirklich ein Lichtblick? Wie würde er es aufnehmen, wenn die Ärzte ihm sagten, daß er gelähmt sein würde, wenn er am Leben bliebe?

Trotz allem stieg in Ricardas Herzen ein heißes Dankgebet auf. Sie besaß wenigstens noch ihren Vater.

Auch Hertrich war froh darüber, wenn er auch für einen kurzen Augenblick dem Gedanken Raum gab, daß Ricarda die Verlobung, zu der sie sich verpflichtet gefühlt hatte, eher wieder lösen könnte, wenn der Vater gestorben wäre. Er trug schwer an dem Gedanken, daß ihr Herz diesen Schritt nicht voll und ganz bejahte.

Ricarda, feinfühlig wie sie war, vermochte seine Gedankengänge wohl zu erfassen. Es tat ihr weh, ihn traurig zu sehen. Sie trat zu ihm und faßte scheu nach seiner Hand. „Günther, es bleibt dabei. Du hast mein Wort!"

Er spürte ihr ehrliches Bemühen, eine Brücke zu schlagen.

„Es bleibt zwischen uns, wie es war", antwortete er. „Ich bin dein bester Freund" — er zögerte einen Augenblick weiterzusprechen, aber es mußte gesagt sein — „und ich werde nichts anderes für dich sein, bis auch dein Herz ja sagt zu diesem Schritt."

Einen Augenblick senkte sie die Augen, während eine heiße Welle ihr in diesen Tagen so bleich gewordenes liebliches Gesicht erröten ließ. Dann blickte sie ihn offen an. „Günther, meine erste Liebe konnte nicht bestehen, weil nicht mehr die volle Achtung vor Daniel vorhanden war. Ich weiß es nicht — aber vielleicht — vielleicht mag doch aus meiner Achtung vor dir Liebe zu werden."

Wie sie so vor ihm stand, mußte er sich bezwingen, daß

er sie nicht in seine Arme schloß. Wie gerne hätte er ihr jetzt den Brautkuß gegeben! Deutlich aber empfand er, daß sie angstvoll zurückweichen würde. Ihr Herz mußte erst das gegebene Wort bejahen.

Vier Wochen lebte Ricarda mit Anna und den beiden Kindern jetzt schon in dem kleinen Dorf auf der Schwäbischen Alb. Immer wieder kam es ihr wie ein Wunder vor, daß sie hier, wo sie völlig fremd waren, Zuflucht gefunden hatten. Wie war es nur gekommen?

Es war etwa eine Woche nach Lianes Beerdigung gewesen. Nur zögernd hatte man Herrn Dörrbaum den Tod seiner Schwester, an der er doch sehr hing, mitgeteilt. Es schien beinahe, als wäre es ihm nicht so nahegegangen, wenn er die Nachricht vom Tode seiner Frau bekommen hätte. Sie war nach wie vor in Frau Hertrichs Obhut geblieben. Bewegt hatte diese Ricarda in ihre Arme geschlossen: „Mein liebes Kind. Wie glücklich bin ich, in dir eine Tochter zu bekommen! Gott segne dich und Günther! Laß ihn die Mitte eures Lebens sein, dann wird alles recht!" Ein Gefühl der Geborgenheit hatte Ricarda an diesem Mutterherzen erfüllt, wenngleich sie auch kein Wort zu erwidern vermochte.

Im Pfarrhaus hatte es wieder einmal eine Auseinandersetzung gegeben. „Was gedenkst du mit Fräulein Dörrbaum und den Kindern zu tun?" hatte Frau Zierkorn ihren Mann gefragt. „Ihr Hiersein kann ja kein Dauerzustand sein."

„Ricarda bleibt mit Anna und den Kindern im Haus. Ich bin froh, daß du sie alle so mütterlich umsorgt hast nach dem schweren Unglück, das sie betroffen hat", war des Pfarrers gelassene Antwort gewesen.

„Das war eine Selbstverständlichkeit in jener Nacht. Aber was nun?"

„Ich habe dir ja gesagt, Ricarda bleibt hier."

Was war es nur, das da über die Frau kam, die in der

Schreckensnacht, ohne sich lange zu besinnen, den so schwer Betroffenen ihr Haus öffnete und sich in fürsorglicher Weise ihrer annahm? — War es das Wissen um die Gefahr gewesen, der sie und ihre Familie ebenfalls ausgesetzt gewesen war und der sie noch einmal hatten entrinnen können? Kein Zweifel, ihr Mitleid war echt und ihre Fürsorge herzlich gewesen. Jetzt aber war ihre ichbezogene Art wieder zum Vorschein gekommen, so sehr, daß ihr Mann erschrak. Vielleicht wäre sie auch bereit gewesen, einem anderen Menschen länger Obdach und Hilfe angedeihen zu lassen, aber Ricarda? Nein! Sie befürchtete, ihr Hiersein könne schließlich doch noch ihre Pläne zunichte machen. Das durfte nicht sein. „Ich tue nichts Unrechtes", verteidigte sie sich vor sich selbst, „und habe die besten Gedanken und Absichten für die Meinen, die mir ja schließlich in erster Linie anvertraut sind." In dieser Weise hatte sie sich auch ihrem Mann gegenüber geäußert. „Du mußt doch selbst einsehen, daß Fräulein Dörrbaum nicht hierbleiben kann. Erstens ist unser Haus für so viele Menschen zu klein, und dann die unruhigen Kinder! Man kann es den Leuten, die zu dir zur Aussprache oder aus anderen Gründen kommen, nicht zumuten, immer ihr Geschrei anzuhören."

„Sonst noch etwas?" forschte ihr Mann in leicht gereiztem Ton. „Ich bin gespannt, was für weitere Argumente du noch bringst."

„Ich hatte gehofft, daß du selbst daraufkommst, aber wenn es bei dir dazu nicht reicht, will ich dir auf die Spur helfen. Nein, es paßt mir nicht, diese — diese Ricarda im Haus zu haben. Wir sind keinen Tag sicher, ob nicht Daniel nach Hause kommt. Darum ist es einfach unmöglich, daß Fräulein Dörrbaum hier wohnt."

Im Gedanken an Daniel, von dem sie nichts wußten, der vielleicht in Gefangenschaft oder gar schon tot war und um den seine Frau sich Tag und Nacht bangte, hatte der Pfarrer, der nicht weniger unter dieser Ungewißheit litt, sich beherrscht, und die herbe Entgegnung, die ihm auf der Zunge lag, war unausgesprochen geblieben. Seine Frau konnte nicht anders. Selbst jetzt noch glaubte sie, den Weg ihres Sohnes bestimmen zu müssen, obgleich es mehr als fraglich war, ob er je wieder ins Elternhaus zurückkehren würde.

„Du mußt das doch einsehen", hatte sie weiter an ihrem Faden gesponnen, „daß Daniel, sobald er zurückkehrt, unverzüglich mit seinem Studium beginnen muß. Die Anwesenheit Ricardas würde ihn nur ablenken und hindern, außerdem wäre sie eine Versuchung für ihn."

„Laß den Jungen doch erst einmal zurückkommen", hatte der Pfarrer gemahnt.

„Wie du das sagst!" war sie aufgefahren. „Hast du etwa eine Nachricht bekommen, daß ihm etwas zugestoßen ist, und wagst es, sie mir zu verschweigen?"

Angstvolles Entsetzen hatte aus ihren Augen gesprochen. „Karl sage mir die Wahrheit! Ist Daniel etwas passiert?" Sie hatte wieder zu weinen begonnen.

„Nein, gewiß nicht", war seine Antwort gewesen. „Wie könnte ich dir so etwas verheimlichen?"

Im Laufe des Gesprächs war es dem Pfarrer klargeworden, daß es für Ricarda, die so feinfühlig und hellhörig war, auf die Dauer unmöglich gewesen wäre, hier zu bleiben. Ihm selbst war es ein Bedürfnis, diesen nachbarlichen Dienst, den er wirklich als einen Freundesdienst betrachtete, zu erfüllen. Aber er kannte die herbe Art seiner Frau, die auch durch Schweigen verletzen konnte. Dem durfte Ricarda, die durch den Tod Lianes und die schwere Verwundung ihres Vaters wahrlich Lasten genug trug, nicht ausgesetzt werden. Und wenn Daniel wirklich zurückkehrte und noch daran dachte, Ricarda zur Frau zu nehmen — er zweifelte keinen Augenblick daran, daß sich an seinem Vorhaben nicht das geringste geändert hatte —, dann war es noch früh genug, daß die unvermeidlichen Auseinandersetzungen zwischen

Schwiegermutter und Schwiegertochter kamen. Allerdings glaubte er nicht, daß Ricarda ihr Recht heftig verfechten würde. Dazu kannte er seine ehemalige Konfirmandin zur Genüge.

Günther Hertrich und Ricarda hatten zu niemand von ihrer Verlobung gesprochen. Das eilte nach ihrer Meinung in keiner Weise. Nach einigen Wochen, in denen Ricarda sich bemühte, dem Pfarrhaus so wenig wie möglich Mühe zu machen und im Haushalt mithalf, wo sie nur konnte, war sie von Pfarrer Zierkorn in dessen Studierstube gerufen worden.

„Ricarda", hatte er das Gespräch begonnen, „ich habe mich hin und her besonnen, was für dich in der nächsten Zukunft das Richtige ist. Ich persönlich würde dich sehr gerne im Hause behalten. Du bist mir lieb" — er zögerte einen kleinen Augenblick, unsicher, ob er aussprechen dürfe, was ihn bewegte — „wie eine Tochter." War es nicht, als solle dieses Wort die folgenden abschwächen? Ricarda wandte den Blick. Es war ihr klar gewesen, daß nicht er, sondern seine Frau ihr Fortgehen wünsche. Sie wußte auch den Grund.

Der Pfarrer hatte fortgefahren: „Ich besitze auf der Alb einen lieben Freund. Mit ihm habe ich gesprochen. Neben dem Pfarrhaus, das früher einmal ein Bauernhof war und der Kirchengemeinde vererbt wurde, befindet sich ein kleines Ausgedinghäuschen. Das stand bisher leer. Es hat zwei kleine Stuben und eine Kammer. Mein Freund, Pfarrer Fröhlich, und seine Frau sind bereit, dich, Fräulein Anna und die Kinder dort aufzunehmen. Im übrigen machen Fröhlichs ihrem Namen Ehre. Es herrscht eine gute Atmosphäre bei ihnen. Sie haben sieben Kinder, die alle noch im Hause sind. Auf etwas mehr oder weniger Lärm, den deine beiden Kleinen machen, kommt es dabei nicht an."

Deine beiden Kleinen! hatte Ricarda in Gedanken sinnend wiederholt. Und wenn ich ihm nun sagen würde, daß Friedhelma sein Enkelkind ist? Ob dann nicht wenigstens für die Kleine Platz im Pfarrhaus wäre? Aber wenn sie sich vorstellte, wie Frau Zierkorn darauf reagieren würde — nein, sie vermochte es nicht.

„Nun, Ricarda, wie denkst du über meinen Vorschlag?" hatte der Pfarrer gefragt.

„Ich danke Ihnen, daß Sie sich so für uns einsetzen", war ihre Antwort gewesen. „Ich nehme Ihren Vorschlag an und hoffe, daß es Herrn Hertrich gelingen wird, etliche Räume unseres Hauses bald wieder so instand zu setzen, daß wir zurückkehren können. Selbst wenn Vater wieder soweit hergestellt werden sollte, daß er nach Hause darf, so wird er kaum wieder arbeiten können. Es wäre aber denkbar, daß er hier zu wohnen wünscht, selbst wenn die Hälfte unseres Hauses eine Ruine ist. Er wird den Prokuristen, Herrn Hertrich, mit dem Wiederaufbau der Fabrik und des Hauses betrauen und es sich nicht nehmen lassen, in der Nähe zu sein."

So war Ricarda also mit Anna und den beiden Kleinen auf die Schwäbische Alb gekommen. Es war nicht von Bedeutung, ob es ihr gefiel oder nicht. Sie hatte überhaupt keine Zeit, sich darüber Gedanken zu machen, denn ihre Tage waren ein einziges Hin- und Herpendeln zwischen ihrer Heimatstadt und dem kleinen Dorf hier oben. Wie gut, daß Anna zuverlässig war und auf die Kinder achtete! In Selbstverständlichkeit hatte Frau Fröhlich alle an ihren Tisch geladen. „Wir teilen miteinander, was wir haben, und es wird für uns alle reichen." Es ging überhaupt von dieser Frau mit den abgearbeiteten Händen und den hellen Augen eine Fröhlichkeit aus, die einfach mitreißend war. Nur selten sprach sie von ihrem Christentum, aber sie lebte es.

Ohne daß sie es darauf abgesehen hätte, war diese Frau für Ricarda Hilfe und Ansporn. Ihr Mann, der wegen eines chronischen Leidens nicht kriegstauglich war, litt immer wieder an fast unerträglichen Migräneanfällen, die ihn keinerlei Lärm ertragen ließen. Oft hatte Ricarda Gelegenheit, die Pfarrfrau zu bewundern, wie sie es ohne Stimmaufwand und Aufregung meisterte, die sieben lebhaften Kinder an solchen Tagen ruhig zu halten, sie zu beschäftigen, sie klug und umsichtig einzuteilen, daß etwa die größeren Kinder mit den kleinen spazierengingen oder mit ihnen spielten, damit der Vater nicht gestört wurde.

Bei all ihrer Arbeit hatte Frau Fröhlich immer noch Zeit, sich um das Wohl und Wehe anderer zu kümmern. Geduldig hörte sie die Frauen des Dorfes an, die mit ihren Anliegen zu ihr kamen, gab Rat, ermutigte und tröstete, wie es gerade nötig war. Sie ließ, ohne unwillig zu werden, auch einmal eine Arbeit liegen, weil eines der Kinder sie einfach benötigte, war ohne Murren zur Stelle, wenn ihr Mann nach ihr rief, und leistete dabei in Haus und Garten Erstaunliches.

„Wie schaffen Sie das nur alles, Frau Pfarrer?" fragte Ricarda sie eines Tages. „Man hat Zeit für das, was einem wichtig ist", gab diese zur Antwort. „Und man lernt mit den Jahren zu unterscheiden, was wesentlich und was unwesentlich ist, und dabei kann man dann ganz getrost auch einmal eine Arbeit liegenlassen."

Bereits nach den ersten vier Wochen erkannte Ricarda deutlich, daß ihr Aufenthalt im Albdorf ein Versetztworden-Sein in eine neue Klasse der Schule des Lebens bedeutete, und gern wollte sie auch die neuen Lektionen lernen. Obgleich Ricarda weder Zeit noch Kraft hatte, sich neben ihren vielfältigen Aufgaben um das sie umgebende Dorfleben zu kümmern, vermochte sie doch die Augen nicht völlig vor ihm zu verschließen, wenn sie schon in aller Morgenfrühe durch den Ort zur Haltestelle eilte, um den Autobus zu erreichen, der sie zur nächsten Bahnstation brachte. Von dort fuhr sie mit der Bahn in die Stadt, um den Vater zu besuchen, nach der Mutter zu sehen und mit Günther über den Wiederaufbau zu sprechen.

Auf diesen morgendlichen Wegen beobachtete Ricarda die Frauen des Dorfes. Auch ihre Männer waren in den Krieg gezogen, und sie mußten zu der eigenen noch deren Arbeit bewältigen. Ihre durchfurchten, früh gealterten Gesichter sprachen deutlich genug von der Überforderung durch die ihre Kräfte oft weit übersteigenden Pflichten. Vom frühen Morgen bis zum späten Abend waren sie auf dem Acker, im Stall und im Garten, im Backhaus und in der Waschküche tätig. Dazu waren die Kinder zu versorgen und das Hauswesen in Ordnung zu halten. Wie schafften sie das nur? Mit beispielhafter Selbstverständlichkeit taten sie ihre Pflicht. Was hätte es auch genützt, sich dagegen aufzulehnen? Die Arbeit mußte getan werden.

Wenn Ricarda an ihnen vorbeieilte, um den Autobus zu erreichen, blickten sie wohl kurz von der Arbeit auf und erwiderten freundlich ihren Gruß. Sie mochten sich auch ihre Gedanken machen über dieses fremde Fräulein, das mit zwei Kindern und seiner Hausgehilfin ins Dorf gekommen war. Es war bekannt geworden, daß es bei einem Fliegerangriff Schweres erlebt hatte und obdachlos geworden war. Deshalb folgten Ricarda teilnahmsvolle Blicke, aber zu weiterem blieb keine Zeit. Schweigsam waren sie hier oben auf der Alb, schweigsam und herb wie die Landschaft, in der sie lebten. Ihre Äcker waren besät mit Steinen. Mühsam wurden diese in jedem Frühjahr aufs neue aufgelesen. Darüber zu jammern und deswegen zu resignieren, wäre zwecklos gewesen. Immer wieder kamen jedes Jahr unzählbare Steine neu aus dem Boden an die Oberfläche. Man mußte sich damit abfinden.

Über dieses und manches andere dachte Ricarda nach, wenn sie in der Bahn saß, um in die Stadt zu fahren. Da sie kein zu Oberflächlichkeit neigender Mensch war, suchte sie nach Zusammenhängen und Parallelen für ihr eigenes Leben.

Wie behütet war es bisher verlaufen! In sorgenloser Geborgenheit hatte sie ihre Tage verbracht. Natürlich gab es Kümmernisse, in den letzten Jahren waren auch mancherlei Aufgaben zu erfüllen. Untätig war sie nie gewesen, das lag ihrem Wesen nicht; aber wie gut hatte sie es doch immer gehabt! Jeden Wunsch hatte der Vater ihr von den Augen abgelesen und erfüllt. Alles, was sie brauchte, war zu ihrer Verfügung gewesen. Nie hatte sie sich etwas mühsam erarbeiten müssen.

Welche von diesen Frauen war wohl vor der Eheschließung gefragt worden: „Was sagt dein Herz dazu? Bejaht es diesen Schritt?" Gewiß gab es solche, die aus Liebe geheiratet hatten. Die Pfarrfrau hatte ihr jedoch einmal gesagt, daß bei einer Heirat auf dem Lande meist völlig andere Erwägungen im Vordergrund standen: Der Hof benötigt eine junge Bäuerin, eine frische, unverbrauchte Arbeitskraft, die Alten können es einfach nicht mehr allein schaffen. Also muß Hilfe her. Oder die Frage war ausschlaggebend: Wie können wir unseren Besitz vergrößern? Es muß also ein vermögender Schwiegersohn oder eine Schwiegertochter ins Haus, die etwas mitbringt. Und so wird geheiratet. Nicht immer ist es eine glückliche Lösung — aber ist das Glücklichsein immer die notwendige Grundlage zu innerem Reifen und Wachsen? War nicht schließlich jede Eheschließung ein Risiko? Wie oft hatte es Frau Fröhlich erlebt, daß junge Frauen, wenn sie aus einem anderen Dorf hereinheirateten, in den ersten Wochen und Monaten ihrer Ehe sehr schweigsam wurden, weil Heimweh sie fast verzehrte und sie sich das Verheiratetsein anders, leichter, vorgestellt hatten. Oft wurde ihnen ein Maß an Arbeit zugemutet, dem sie fast erlagen. Aber es gab nichts anderes als durchzuhalten.

Die Pfarrfrau hatte von einer jungen Bäuerin berichtet, die in der Anfangszeit ihrer Ehe zwei-, dreimal auf den elterlichen Hof zurückgekehrt war, weil sie meinte, es einfach nicht aushalten zu können. Jedesmal hatte der Vater sie wieder zurückgebracht. „Du gehörst jetzt zu deinem

Mann, und da bleibst du!" Als dann Kinder gekommen waren, hatte sich das Heimweh gelegt, und die junge Frau hatte sich mit diesem neuen, oft harten und beschwerlichen Leben abgefunden. Von Liebe war da nie die Rede gewesen. Sie hatte ihrem Mann untertan zu sein, den Haushalt zu versorgen, ihm auf dem großen Hof zur Seite zu stehen. Und nun, nach Jahren, waren die beiden so zusammengewachsen, daß eine Trennung undenkbar gewesen wäre. Nichts wünschte die Bäuerin sehnlicher, als daß ihr Mann aus dem Krieg zurückkehre. Liebe war geworden und gewachsen auch unter den Steinen des mühevollen Ackerlandes ihres Alltags.

Des Sonntags saßen die Frauen in ihren dunklen Kleidern in der kleinen Dorfkirche. Mehr wie einer fielen während der Predigt vor Übermüdung die Augen zu. Auch der sonntägliche Kirchgang gehörte zu ihrem Leben, und es wäre vermessen gewesen, zu behaupten, daß er nichts anderes als eine Gewohnheit und daß ihr Inneres nicht beteiligt sei. Wenn sie auch keine Worte darüber verloren, so empfanden sie den Gottesdienst doch als Kraftquelle und reiften unter Last und Mühe ihres Lebens zu mancher Erkenntnis. Ausnahmen gab es natürlich auch unter ihnen.

Achtung und Bewunderung erfüllte Ricardas Herz diesen Frauen gegenüber. Ohne auch nur die geringste Ahnung davon zu haben, beeinflußten diese immer tätigen, ihrem Schicksal ergebenen Frauen Ricarda in wirksamer Weise. Durch sie erkannte sie, daß es verkehrt und verwerflich sei, sich selbst zu wichtig zu nehmen. Ihr selbst vorerst unbewußt veränderte sich dadurch auch ihr Verhältnis zu Günther. Er empfand es frohen Herzens, hütete sich jedoch, aus seiner Zurückhaltung ihr gegenüber herauszutreten, um sie nicht zu erschrecken und zu zerstören, was gleich einem winzigen, kaum zu bemerkenden Keim aus dem Boden ihres Herzens emporstrebte.

Wenn Ricarda ihr Gefühl Günther gegenüber auch nicht

Liebe, sondern Dankbarkeit nannte, so wäre es für sie doch unvorstellbar gewesen, in diesen schweren Zeiten ohne ihn zu sein.

Herrn Dörrbaum ging es besser. Jedenfalls wußten die Ärzte, daß er am Leben bleiben würde. Keiner von ihnen aber wagte ihm zu sagen, daß er nie wieder würde gehen können. Ungeduldig drängte er immer wieder: „Wann darf ich denn aufstehen? Gebt mir zwei Krücken, ich werde meine Füße schon wieder gebrauchen können! Das wäre ja gelacht — ein Mann wie ich! Mit Energie geht alles! Ohne meinen starken Willen hätte ich es in meinem Leben zu nichts gebracht. Haltet mich nicht zu lange hin, sonst stehe ich ohne eure Genehmigung auf und laufe euch davon."

Die Ärzte wandten sich ab. Noch war er nicht imstande, die volle Wahrheit zu ertragen.

Herr Dörrbaum wußte auch nicht, daß er in jener Nacht des Grauens den größten Teil seines Besitzes eingebüßt hatte. In seiner Vorstellung war der Schaden gering und mußte schnellstens behoben werden können.

„Wann gedenkt ihr zu heiraten?" fragte er Hertrich. „Lange genug habt ihr gezögert. Ich werde nicht zur Ruhe kommen, bis ich Ricarda ganz in deiner Obhut weiß."

„Jetzt wäre es noch verfrüht, Herr Dörrbaum."

„Was, verfrüht?" brauste er auf. „Worauf wartet ihr noch? Und was heißt hier: Herr Dörrbaum! Ich denke, ich werde dein Schwiegervater?" Er wartete keine Entgegnung ab, sondern fuhr fort: „Kannst du nicht einmal mit dem Chefarzt sprechen? Ich weiß nicht, warum die mich hier festhalten. Mir geht es doch wieder ganz ordentlich — noch ein bißchen steif im Rücken, aber das wird sich geben, sobald ich meine Beine wieder gebrauchen kann. Deine Arbeit in Ehren, aber es ist doch nur eine halbe Sache, wenn der Chef nicht da ist. Ich muß unbedingt wieder nach der Fabrik sehen! Kriegswichtige Aufträge!"

Vorsichtig begann Hertrich, ihn auf den Ernst seiner Verletzung hinzuweisen. „Bedenke doch, Vater, es ist ein Wunder, daß du überhaupt mit dem Leben davongekommen bist. Du hast wirklich Ursache, Gott zu danken."

Da fuhr er hoch: „Jetzt bist du aber gefälligst still! Mein Prokurist und mein Schwiegersohn magst du sein, aber mein Seelsorger auf keinen Fall. Wenn deine zukünftige Frau solche Bedürfnisse hat, meinetwegen, aber laß mich damit in Ruhe! Ein für alle Mal, das kannst du dir merken."

Hertrich schwieg. Jeder Widerspruch hätte den Kranken nur noch mehr gereizt. Gottes Stunde mußte kommen. Noch schien sie nicht da zu sein.

Nur den Pfarrersleuten Fröhlich hatten Günther und Ricarda bisher anvertraut, daß sie Brautleute waren. Günther meinte ihnen Offenheit schuldig zu sein, nachdem er des öfteren ins Pfarrhaus kam. Auch Anna machte sich ihre eigenen Gedanken. Aber sie fragte nicht. Was sie wissen sollte, würde ihr Fräulein Ricarda zur Zeit schon sagen. Eigentlich würde sie es bedauern, wenn es mit dem Pfarrerssohn und Ricarda nichts werden sollte. Die beiden hätten doch ein nettes Paar abgegeben! Allerdings, gesetzter und männlicher war der Prokurist schon. Na, sie ging es nichts an.

Eines Sonntagnachmittags schritten Günther und Ricarda an wogenden Kornfeldern vorbei, dem nahen Wald zu, der das Albdorf von drei Seiten umgab.

Vor einigen Tagen hatte Ricarda einen Brief erhalten, der sie und Günther tief bewegte. Durch ihn wurden sie aufs neue zu einer Entscheidung gedrängt.

Käthe hatte geschrieben: „Ich liege im Krankenhaus und bin sehr elend. Mein Mann ist überglücklich über unseren kleinen Sohn. Er ahnt nicht, vielleicht will er es auch nicht wahrhaben, daß ich nicht mehr gesund werde. Ich aber fühle es deutlich. Unseren Jungen weiß ich gut versorgt. Wenn er nur eine liebevolle Mutter bekommt, nachdem ich nicht mehr da bin! Meine Schwiegermutter wird darauf bestehen, daß ihr Sohn so schnell als möglich wieder heiratet. Es wird ja auch richtig sein, denn der Hof braucht eine Bäuerin, vor allem aber das Kind eine Mutter. Für mich war das alles zu schwer. Ich will mich auch nicht sträuben gegen das, was Gott für mich bestimmt hat. Der Gedanke, daß ich meine Eltern in der anderen Welt wiedersehen darf, macht mich sogar froh. Wenn nur die Sorge um Friedhelma nicht wäre. Liebes Fräulein Dörrbaum, ich bitte Sie, erfüllen Sie einer todkranken Mutter den Wunsch, der vielleicht ihr letzter sein wird: Nehmen Sie sich meines Kindes auch weiter an! Schenken Sie ihm eine bleibende Heimat! Lassen Sie es nicht zu, daß es von einer Pflegestelle zur anderen geschoben wird! Übernehmen Sie Mutterstelle an Friedhelma! Gott wird es Ihnen lohnen. Ich kann nicht ruhig sterben, bis ich weiß, daß mein Kind eine bleibende Heimat gefunden hat."

„Ich persönlich weiß, was ich zu antworten habe", sagte Ricarda, „aber nachdem wir jetzt..."

„Sprich ruhig weiter", ermutigte sie Günther, der wohl empfand, wie sie mit sich kämpfte, recht zum Ausdruck zu bringen, was sie bewegte.

„... nachdem wir jetzt doch zusammengehören", nun war es gesagt, und dankbar über dieses Zugeständnis griff Günther nach ihrer Hand, die sie ihm auch nicht mehr entzog. Hand in Hand gingen sie weiter. Ricarda fuhr fort: „Friedhelma wird dann ja nicht nur mein, sondern auch dein Kind sein. Obgleich du bisher nichts dagegen eingewendet hast, daß ich die Kleine zu mir genommen habe, muß ich doch nun auch deine Zustimmung haben, sie zu behalten. Darüber wollte ich heute mit dir sprechen."

Günther antwortete nicht gleich. Es war ihm klar, daß diese Entscheidung überlegt und von allen Seiten beleuchtet sein wollte.

Am Waldrand setzten sie sich. Wohltuende Stille, nur durch Vogelgezwitscher und Summen von Insekten unterbrochen, umgab sie auch hier. Schlanke Gräser wiegten sich vor ihnen im leichten Sommerwind. Die Wiesen standen vor dem zweiten Schnitt. Grillen zirpten im Gras.

Eine Weile schwiegen sie. Dann begann Günther: „Daß zwischen uns von vornherein unbedingte Offenheit herrschen muß, ist gewiß unnötig zu betonen. Wir wollen uns vornehmen, Ricarda, in allen Fragen stets die Ansicht des anderen anzuhören und zu respektieren, auch wenn wir sie nicht teilen könnten. Du verstehst sicher, daß es für mich nicht ganz einfach ist, ein Kind des Mannes in meinem Hause zu haben und großzuziehen, dem meine Frau einmal in Liebe zugetan war. Aber selbst, wenn ich das überwinden könnte — und ich bin dazu bereit, weil ich dich liebhabe und dir vertraue —: ist es dir klar, welche Schwierigkeiten entstehen können, wenn dein ehemaliger Freund aus dem Krieg zurückkehrt und erfährt, daß Friedhelma seine Tochter ist? Vielleicht hat er rechtlich keinen Anspruch auf das Kind, weil er sich nicht zu seiner Vaterschaft bekannt hat. Wie aber, wenn es ihn reut und wenn nun doch väterliche Gefühle in ihm wach werden? Du hast dich nun an das Kind gewöhnt, hast es liebgewonnen. Wie wird dir sein, wenn er es von dir fordert? Und wenn er es nicht täte — ja, wenn er es nicht erfahren würde, daß es sein Kind ist? Dürfen wir es ihm verheimlichen? Dürfen wir es ihm, der als Vater erstes Anrecht auf das Kind hat, entziehen? Weiter: Haben wir ein Recht, Friedhelma von ihrem Vater fernzuhalten? Hat sie nicht einen Anspruch darauf, ihren Vater kennenzulernen, vor allem, wenn die Mutter tot ist? Wird sie, wenn sie erfährt, daß wir nicht ihre rechten Eltern sind, nicht dem Zuge ihres Blutes folgen müssen und dem Vater zustreben? Selbst wenn wir sie adoptieren würden — das aber wäre nach dem Gesetz erst dann möglich, wenn wir ein gewisses Alter erreicht und selber keine Kinder haben —, könnte sie es von anderen erfahren, daß sie nicht unser eigenes Kind ist, und wissen wollen, wem sie ihr Dasein zu verdanken hat. Ricarda, das alles will überlegt sein! Ganz abgesehen davon, daß nur wenige Verständnis dafür aufbringen werden, daß du ausgerechnet dieses Kind zu deinem eigenen machst."

Angesichts dieser Fülle von Fragen wurde es Ricarda bange ums Herz. Doch Friedhelma zu verlieren — nein, das ging über ihre Kraft.

Aber Günther war noch nicht am Ende seiner Ausführungen: „Und dann die Großeltern! Glaubst du, daß es auf die Dauer möglich ist, mit ihnen in einer Stadt, ja Haus an Haus zu leben, ohne daß sie erfahren, daß Friedhelma ihr Enkelkind ist? Werden sie es nicht als einen Eingriff in ihre ureigensten Rechte betrachten, wenn wir ihnen das Kind vorenthalten? Gewiß, heute wissen sie noch nichts von seinem Dasein; aber dürfen wir es ihnen verschweigen?"

Ricarda hatte ihm zugehört, ohne ihn zu unterbrechen. Jetzt antwortete sie: „Günther, als ich damals in den Schwarzwald fuhr, tat ich es nicht mit dem Vorhaben, Friedhelma zu holen. Ich ertrug einfach den Gedanken nicht, daß dieses Kind von seinem Vater ignoriert wird. Vielleicht lebte auch im Unterbewußtsein der Wunsch, das Mädchen zu sehen, das solchen Einfluß auf Daniel gehabt hatte. Du hast vorhin gesagt, daß volle Offenheit zwischen uns herrschen müsse, darum muß ich auch erwähnen, daß ich mich irgendwie schuldig fühlte Daniel gegenüber. Er hatte mich um mein Jawort gebeten, bevor er in den Krieg zog. Ich hatte es ihm aber nicht gegeben — ich konnte es einfach noch nicht. Nun machte ich mir Vorwürfe, weil ich dachte, daß meine Zusage ihm vielleicht doch hätte zur Bewahrung dienen können."

„Gibst du dich nicht einer Selbsttäuschung hin, Ricarda? Ohne mir ein Urteil über Daniel anmaßen zu wollen, muß ich dir doch sagen, daß ich der Überzeugung bin: es war gut, daß du ihm dein Wort nicht gegeben hast. Noch schmerzlicher hätte sein Fehltritt dich getroffen. Auch ohne deine Zusage mußte er wissen, daß du bereit warst, auf ihn zu warten, und er hätte dir dies nicht antun dürfen. So wie ich es sehe, hätte dein Versprechen ihn nicht davor bewahrt, dir die Treue zu brechen, die er dir, wenn er dich wirklich liebte, hätte halten müssen. Du darfst dir selbst keine Schuld zusprechen, wo sie nicht besteht."

Ricarda spürte, wie es ihm ein Anliegen war, das Bild des Jugendfreundes, das unter Umständen noch immer in ihrem Herzen Raum hatte, auszulöschen, und sie begriff es von seinem Standpunkt aus. Ruhig legte sie ihre Hand auf die seine. „Günther, bei allem, was mich vorher mit Daniel verband, hätte ich nicht mehr seine Frau werden können, aber auslöschen konnte ich die Vergangenheit doch nicht, und irgendwie fühlte ich mich schuldig. Aus diesem Empfinden heraus bin ich in den Schwarzwald gefahren. Ich mußte einfach, Günther! Ob du es verstehst, wenn ich dir sage, daß es mich beruhigte, als ich erkannte, daß Käthe kein oberflächliches Mädchen war? Es ist mir selbst unverständlich: einesteils hätte ich nun nicht mehr seine Frau werden können, zum anderen beruhigte es mich, daß er sich nicht mit einer Dirne eingelassen hatte, mit einer, die für alle da war. Ich kann es dir nicht richtig erklären, Günther, aber so war es."

Sie kennt ihr eigenes Herz nicht genügend, dachte dieser, hütete sich jedoch, es auszusprechen. Ricarda sollte nicht meinen, er mißtraue ihr. War sie wirklich los von Daniel?

Und wieder erriet sie seine Gedanken. Traurigkeit, daß er an ihr zweifeln könne, erfüllte sie. Und sie wiederholte, wie schon einmal: „Hab keine Sorge, Günther, du hast mein Wort!"

Dein Wort! wiederholte er in seinem Innern. Aber was bedeutet es mir, wenn dein Herz nicht dahintersteht? Dann aber meinte er wieder, sie sagen zu hören: Kann nicht aus Achtung Liebe werden?

Nie hätte er gedacht, daß ihm das Warten so schwerfallen würde. Wenn Daniel nur nicht wieder zurückkehren würde! Im gleichen Augenblick erschrak er vor diesem Gedanken und schämte sich seiner.

Ricarda fuhr fort: „Könnte es nicht mein Auftrag sein, mich dieses Kindes anzunehmen? Es ist doch seltsam, daß seine Mutter gerade mich darum bat und daß es vielleicht ihre letzte Bitte an mich ist, Friedhelma zu behalten und zu erziehen!"

„Würde sie es wohl getan haben, wenn sie gewußt hätte, daß du Daniel kennst und in welchem Verhältnis du zu ihm standest?"

Ricarda senkte den Kopf, damit er ihre Tränen nicht sah. „Warum machst du es mir so schwer?" fragte sie leise.

„Verzeih mir, Ricarda! Es ist nicht recht, wenn ich jetzt an mich und meine Gefühle denke. Einen Menschen lieben, heißt, sich bemühen, die Dinge mit seinen Augen zu sehen und seine Gedanken in sein eigenes Empfinden zu übertragen. Ich will es lernen. Hab Geduld mit mir!"

Dankbar blickte sie zu ihm auf. „Günther, ich will deine Bedenken in meinem Herzen bewegen. Auch mir ist es bis jetzt nicht klar, wie es mit Friedhelma weitergehen soll. Eins glaube ich jedoch zu wissen: ich darf sie jetzt nicht aus den Händen geben. — Günther" — ihre Stimme wurde leiser — „Liane hat mich gelehrt, über alle Unklarheiten mit Gott zu reden. Wollen wir das nicht hier und jetzt gemeinsam tun?"

Zwei Menschen, die von einer gemeinsamen Not, aber auch von göttlicher Wegweisung und Lebensführung wußten, falteten die Hände unter freiem Himmel, am Rande des wogenden Kornfeldes, eingehüllt in friedvolle Stille und in das Wissen seiner Nähe, und baten Gott um seine Führung.

Als Günther am Abend dieses Tages das kleine Albdorf verließ, verabschiedete er sich von Ricarda mit den Worten: „Schreibe an Friedhelmas Mutter, daß ihr Kind bei uns eine Heimat finden und, will's Gott, behalten soll."

Frau Zierkorn stand am Fenster ihres Wohnzimmers und blickte in den Garten, der das Pfarrhaus umgab. Von diesem Platz aus konnte sie die Straßenfront übersehen. Sie mußte Gewißheit haben. Bereits vor einer Stunde war ein junges Paar mit ihrem Mann, der ausnahmsweise die Haustür selbst geöffnet hatte, im Studierzimmer verschwunden. Sie hatte die beiden nur ganz flüchtig von hinten gesehen. Aber sie hätte eine Wette eingehen mögen, daß das Mädchen Ricarda Dörrbaum war. Frau Zierkorn hatte nicht etwa gelauscht. Das wäre unter ihrer Würde gewesen, aber niemand konnte sie daran hindern, ein paarmal langsam am Studierzimmer vorbeizugehen. Der Stimme nach war es niemand anderes als die Tochter des Nachbarn. Wer aber war der Mann, und warum war er mit Ricarda gekommen? Nun stand sie schon eine ganze Weile am Fenster. Sie mußte Gewißheit haben. Die Bäume und Sträucher waren kahl. Durch nichts wurde der Ausblick verwehrt. Jeden Tag konnte der erste Schnee kommen.

Bedrückend wirkte dieser trübe Novembertag, der keinen Raum auch nur für den kleinsten Sonnenstrahl zu haben schien. War nicht das ganze Leben recht freudlos geworden? Da hatte man nun eine Familie gegründet, Kinder in die Welt gesetzt, ihnen eine gute Ausbildung zuteil werden lassen, für ihre Zukunft geplant und gesorgt. Dann kam dieser grauenhafte Krieg und machte alles zunichte. Von Daniel noch immer keine Nachricht! Ob Briefe verlorengegangen waren? Ihr Mann hatte kürzlich an den Kommandeur geschrieben. Nun mußte doch dessen Antwort das unerträgliche Dunkel lüften.

David war verwundet worden. Nicht schlimm, hatte er

geschrieben. Die Mutter solle sich keine Sorgen machen und jetzt ihr Gottvertrauen beweisen. Das war eigentlich allerhand von ihm, und sie konnte sich des Eindrucks nicht erwehren, daß ein klein wenig Hohn aus diesen Worten sprach. Er hatte wahrhaftig nicht nötig, sie an ihr Gottvertrauen zu erinnern.

Jonathan schrieb wohl ziemlich regelmäßig, aber nur immer kurz und seltsam ernst. Er hatte sich eine Malaria zugezogen, an der er schon einige Male im Lazarett gelegen war. „Sie hat mir das Leben gerettet", hatte er in seinem letzten Brief bemerkt. „In der Zeit, da ich hier liege, sind die meisten meiner Kameraden gefallen. Hätte die Krankheit mich nicht wieder niedergeworfen, wäre ich bestimmt auch unter ihnen." Schrecklich, nur daran zu denken!

Magdalene hatte ihre Ausbildung als Säuglingspflegerin hinter sich. Sie konnte es nicht erwarten, bis sie in das Diakonissenmutterhaus eintreten durfte. Hätte die Mutter allein zu bestimmen gehabt, wäre Magdalene jetzt zu Hause. Schließlich wurde sie auch nicht jünger und hätte die Tochter zur Entlastung im Haushalt gut gebrauchen können. Als ob Magdalene nicht genügend Gelegenheit gehabt hätte, in der Gemeinde ihres Vaters für Gott zu arbeiten, wie sie es nannte! Natürlich hatte sie Verständnis dafür. War sie doch als junges Mädchen in einer Zeit der Erweckung selbst von einer solchen Begeisterungswoge ergriffen gewesen. Sie hatte sich damals bereit erklärt, zu den Zulukaffern oder sonstwohin als Missionarin oder Krankenschwester zu gehen. Aber dann war Karl gekommen und hatte sie zur Frau begehrt. Und rückblickend glaubte sie zu erkennen, daß sie doch besser daran getan hatte, zu heiraten, obgleich es bei ihren vier Kindern manches Mal auch nicht viel anders zugegangen war als bei den Zulukaffern. Wenn sie sich nicht so durchzusetzen gewußt hätte! Und schließlich war es ja auch ein Dienst für Gott, daß sie ihm ihren erstgeborenen Sohn als Pfarrer weihte. Er würde ihn und auch die beiden anderen doch hoffentlich gesund heimkehren lassen. Frau Zierkorn faltete die Hände und schickte einen Seufzer zum Himmel empor. Gott mußte doch ein Einsehen haben, nachdem sie ihm bewiesen hatte, wie wichtig es ihr war, daß alle ihre Kinder gottesfürchtige, fromme Menschen würden. Hatte sie nicht allen einen biblischen Namen gegeben? Eigenartig, daß ihr heute diese Gedanken nicht besonders überzeugend schienen wie vor Jahren, als sie mit ihrem Mann über die Namen ihrer Kinder diskutiert oder gar gestritten hatte. Wenn sie nur an die Entwicklung ihrer Zwillingssöhne dachte! Ob sie sich heute ebenso entscheiden würde?

Da hörte sie die Türe gehen. Vorsichtig schob sie die Gardine zur Seite, um besser sehen zu können. Trotz des unguten Wetters geleitete ihr Mann die beiden Besucher bis zur Gartentüre. Natürlich, wieder ohne Mantel! Aber sie würde es ihm schon sagen! Wer hatte die Scherereien, wenn er sich mit einer Lungenentzündung zu Bett legen mußte? Doch niemand anders als sie.

Tatsächlich, es war Ricarda Dörrbaum, und der Mann an ihrer Seite war der Prokurist der Lederfabrik ihres Vaters. Na, na, na, das war ziemlich eindeutig. Am liebsten wäre sie jetzt gleich zu ihrem Mann geeilt, um zu erfahren, aus welchem Grund die beiden gekommen waren. Aber da war Karl eigen. Wenn sie nicht ganz diplomatisch vorging, erfuhr sie überhaupt nichts. Und was das Beichtgeheimnis anbelangte, war er völlig unbestechlich. Das war ja wohl auch richtig.

Seufzend setzte sich Frau Zierkorn an ihren Nähtisch. Ach ja, man hatte es nicht leicht! Dieses Mal aber erschien es ihrem Mann wichtig, sie an dem soeben Erlebten teilnehmen zu lassen. Er kam ins Wohnzimmer und stellte sich eine Weile ans Fenster, ihr den Rücken zuwendend. Bis in die Fingerspitzen kribbelte es sie vor Neugierde, aber sie beherrschte sich. Jedes ungeschickte Wort konnte ihm den

Mund verschließen, und dann würde es lange dauern, bis sie erfuhr, was sie so brennend zu wissen wünschte. Schließlich wandte sich der Pfarrer ihr zu.

„Ricarda und der Prokurist ihres Vaters waren eben bei mir."

„So?"

„Sie wollen zu Weihnachten heiraten."

„Was?" — Klirrend fiel die Schere zu Boden. „Das ist doch nicht möglich!"

„Warum soll das nicht möglich sein?"

„Weil sie mir damals, als ich ihre Mutter besuchte, selbst gesagt hat, daß sie nicht vorhabe, zu heiraten."

„Das mag ihr Entschluß damals gewesen sein. Aber die Umstände werden sie jetzt dazu zwingen. Ihr Vater ist seit der schweren Rückgratverletzung gelähmt. Die Fabrik ist zum Teil zerstört und muß wiederaufgebaut werden. Dann ist die kranke Mutter da."

„Du meinst, die süchtige..."

„Nenne es, wie du willst, jedenfalls kann ich mir nicht denken, wie Ricarda mit all dem allein fertig werden soll."

„Ich will dir einmal etwas sagen", fuhr jetzt Frau Zierkorn hoch. Mit ihrer Selbstbeherrschung war es vorbei. „Deine Argumente sind recht und gut, aber ich betrachte die Ricarda einfach als ein wetterwendisches Ding, das nicht weiß, was es will. Erst will man Daniel heiraten, dann will man ledig bleiben, weil man ein Kinderheim eröffnen will, jetzt wird man wohl die armen Kinder wieder abschieben, weil man sich in den Kopf gesetzt hat, doch zu heiraten. Aber so, genau so habe ich sie eingeschätzt. Bei der ganzen Sache freut mich nur, daß ich nun keine Sorge mehr wegen unseres Jungen haben muß. Selbst wenn Daniel mit dem Gedanken umgegangen sein sollte, sie zu heiraten, wird er schon damit fertig werden, daß sie ihm nicht treu geblieben ist."

„Maria! — Was redest du da! Daniel hat es genau gewußt, daß du nicht damit einverstanden gewesen wärest.

Aus diesem Grunde wird er auch nicht davon gesprochen haben, sich mit Ricarda zu verloben. Ich selbst bedaure es jedenfalls, daß es so gekommen ist. Ich hätte Ricarda gerne als meine Schwiegertochter gehabt."

„Weil du blind bist! Eine Frau sieht da weiter. Übrigens hat er sich längst nichts mehr aus ihr gemacht. Sie hat es mir ja damals gestanden, daß Daniel ihr schon lange nicht mehr geschrieben hat."

„Ich bedaure es aufrichtig, daß es so gekommen ist."

Frau Zierkorn ging nicht weiter darauf ein. Mit einem befreienden Seufzer schloß sie dieses Kapitel ab. Sie würde schon dafür sorgen, daß er die richtige Frau bekam. Aber nun interessierte sie etwas anderes.

„Wer ist denn eigentlich dieser Prokurist? Ich habe ihn noch nie in unserer Gemeinde gesehen."

„Er gehört einer anderen Kirche an."

„Ach, dann ist er wohl katholisch?"

„Nein, er ist Methodist."

„Auch das noch! — Na, das war ja ebenfalls vorauszusehen, daß Ricarda mit ihrem Zug zum Schwärmerischen sich einer Sekte zuwenden würde."

Ärgerlich unterbrach ihr Mann sie. „Was redest du da für ein ungereimtes Zeug! Die Methodisten sind nie eine Sekte gewesen. Sie verkünden die reine, biblische Lehre. Vielleicht wissen sie mehr von der klaren, persönlichen Entscheidung wie viele innerhalb unserer Kirche."

„Nun hör aber auf! Du bist ja ein schöner Vertreter deiner Kirche. Und jetzt sollst du die beiden wohl noch trauen?"

„Ricarda hätte es gerne gehabt, und da uns glaubensmäßig nichts trennt, wäre ich dazu auch bereit gewesen. Nachdem ich aber hörte, daß Herr Hertrich ein tätiges Mitglied der Methodistengemeinde ist, die Männerstunde und den Jugendbund leitet und auch sonst den Prediger manches Mal vertritt, habe ich ihnen geraten, sich in der Methodistenkirche trauen zu lassen. Die Frau gehört schließlich dahin, wo der Mann ist."

„So, dann kehrt die Ricarda also ihrer Heimatkirche den Rücken?"

Ärgerlich ging Pfarrer Zierkorn zur Türe und öffnete sie. „Es hat keinen Zweck, mit dir jetzt weiter zu reden. Deine Neigung, Negatives bei anderen zu suchen, ist mir unbegreiflich, besonders bei Ricarda, die mir in der Gemeindearbeit sehr fehlen wird. Was muß eigentlich noch geschehen, daß du milder gestimmt wirst?"

Milde konnte man sein Türschließen allerdings auch nicht nennen. Kurze Zeit später verließ er das Haus, ohne zu sagen, wohin er gehe und wann er wiederkomme. Er wußte selbst nicht, wohin er seine Schritte lenkte. Er brauchte jetzt einfach Bewegung in der frischen Luft. Immer wieder gab es Augenblicke in seiner Ehe, in denen er sich trotz allem, was ihn mit Maria verband und was an Gemeinsamem zu verzeichnen war, schrecklich einsam vorkam. Gerade dann, wenn ihn etwas stark bewegte und er das Bedürfnis gehabt hätte, mit einem Menschen gleicher innerer Ausrichtung die ihn beschäftigenden Probleme zu besprechen, spürte er, daß er allein war. Nichts gegen seine Frau! Sie war eine besorgte Mutter, stand dem Haushalt gewissenhaft vor und hielt peinliche Ordnung. Herb, um nicht zu sagen hart, jedoch war ihr Urteil allen gegenüber, in deren Wohnungen und Leben nach ihrer Auffassung nicht ebenfalls genaueste Ordnung herrschte. Sie kannte kein vorsichtiges Prüfen und Abwägen ihrer Worte, sie vermochte sich nicht in die Lage eines anderen zu versetzen. Von einer einmal gefaßten Meinung ließ sie sich in keiner Weise abbringen. Es fehlen ihr die Augen der Liebe, dachte ihr Mann oft und war ehrlich bekümmert über dieser Erkenntnis, denn er liebte Maria.

Sie waren nun bald fünfundzwanzig Jahre verheiratet. Im kommenden Frühjahr würden sie, so Gott wollte, ihre silberne Hochzeit feiern. Bei sich selbst konnte er manche Wandlung während dieser Zeit konstatieren. Wie lässig hatte er in den ersten Jahren seiner Ehe oft über sein Amt gedacht! Es hatte ihm zugesagt, daß er neben dem Bürgermeister gewissermaßen als Ortsoberhaupt geachtet wurde. Er war ein guter Redner gewesen, dem der Dienst auf der Kanzel nicht schwerfiel. Man hatte ihn auch gern gesehen in den Gemeinden. Er hatte jede Anerkennung als selbstverständlich hingenommen und es gar nicht anders erwartet, bis ihm mit den Jahren klargeworden war, daß er in Gefahr stand, in eine gewisse Routine hineinzugeraten. Daß er darob erschrak, war gut.

Pfarrer Zierkorn hatte sich damals, vielleicht zum ersten Mal, gefragt: Wer bin ich eigentlich? Und es war ihm aufgegangen, daß es eben nicht genügte, Theologie studiert zu haben und ein einigermaßen guter Redner, davon von seiner Gemeinde geachtet zu sein. Was aber fehlte ihm? Er mußte feststellen, daß bei ihm ein Stillstand eingetreten war, eine Selbstzufriedenheit, ein Sattsein, das im Grunde genommen eine Täuschung war. Alles, was lebenspendend sein sollte, mußte wachsen; was aber wachsen sollte, mußte gepflegt werden. Er erschrak über sich selbst, besonders in den letzten Jahren, als seine Kinder heranwuchsen, und es ihm klar wurde: Du kannst ihnen nur geben, was du selbst besitzest. Ebenso ist es mit deiner Gemeinde. Irgend etwas stimmte doch nicht, wenn er nach zwanzig Jahren nichts anderes zu sagen wußte, als am Anfang seiner Laufbahn als Pfarrer? Daß er im Reden gewandter und im Umgang mit den Menschen beweglicher geworden war, bedeutete im Grunde nichts. Stand er selbst zu dem, was er verkündete? Ging die Botschaft erst durch ihn hindurch, ehe er wagte, sie weiterzugeben?

Pfarrer Zierkorn hatte in der Zeit dieser in ihm gewaltsam aufbrechenden Erkenntnisse versucht, mit seiner Frau darüber zu reden, weil es ihn innerlich drängte, sie an dem teilnehmen zu lassen, was ihm wie eine Offenbarung und wie das Eindringen in die Geheimnisse Gottes vorgekommen war. Aber sie hatte ihn nicht verstanden: „Ich weiß gar nicht, was du willst", hatte sie gesagt, „wenn du nicht ein echter Christ gewesen wärest, hättest du dich doch nicht in deiner Jugend entschlossen, Pfarrer zu werden. Du kommst aus einem christlichen Hause, du bist getauft. Was fehlt dir also noch?"

„Du verstehst mich nicht", hatte er geantwortet. Er hatte es aufgegeben, mit ihr über das zu reden, was ihn je länger desto mehr bewegte. Und doch hatte sich damals in seinem Innern bereits etwas zu verändern begonnen, für ihn fast unmerklich, für die Ernsthaften seiner Gemeinde jedoch unverkennbar. Seine Predigt war nicht mehr altgewohnte Routine, sondern sie zeugte von einer erlebten Kraft, die auch nach den Zuhörern griff und ihre Herzen bewegte. „Was geht in unserem Pfarrer vor?" Ihm selbst kam es zum Bewußtsein, als ihm verzagte Menschen, denen der Krieg Söhne, Gatten oder Besitz geraubt hatte, in seinem Studierzimmer gegenübersaßen. Da wurde ihm klar, daß er sie nicht mit leeren Redensarten abspeisen durfte, und wären sie noch so fromm verbrämt. Er fing ernsthaft an, zu forschen, ob der Trost oder die Ermutigung, die er ihnen zu geben sich bemühte, nur Theorie waren oder von ihm selbst geglaubt und erprobt. Nach seiner langjährigen Praxis als Seelsorger war er heute soweit, zu sagen: Was wissen wir von unserem Nächsten? Hüten wir uns vor einem vorschnellen Urteil. Er wurde milde und fand damit schneller Zugang zum Herzen der Menschen, ohne dabei lässig zu sein und in die Gefahr zu kommen, Gutes böse und Böses gut zu heißen.

Je länger desto mehr erkannte er, daß er die Wahrheiten der Bibel nur dann überzeugend und glaubwürdig weitergeben konnte, wenn er sie selbst erprobt hatte. So war aus dem begabten Theologen und sprachgewandten Kanzelredner ein ernster Gottsucher geworden, der aus der Erkenntnis seines eigenen Versagens und im Wissen um die Unzulänglichkeit seiner Theorien zum erstenmal in seinem Leben seine persönliche Erlösungsbedürftigkeit feststellte. Wie Schuppen fiel es ihm von den Augen, als er sah, daß er bis dahin ein blinder Blindenleiter gewesen war. Wie oft hatte er Matthäus 15, 14 gelesen, ohne sich damit in Zusammenhang zu bringen. Das war nun alles anders geworden. Nicht, daß er sich eingebildet hätte, nun fertig zu sein; nein, es kam ihm vielmehr vor, als befinde er sich erst auf den Anfangsstufen der Gotteserkenntnis, besonders, wenn es ihm schwer wurde, seinen Alltag zu meistern, zum Beispiel im Zusammenleben mit Maria, deren Art er heute viel weniger gelassen hinnehmen konnte als früher. Wie gern hätte er über das, was in ihm vorging, mit ihr gesprochen. Aber gerade jetzt schien es unmöglich. Immer häufiger kam es vor, daß er ein Gespräch mit ihr einfach abbrach und sich zurückzog oder wie jetzt einen stillen Weg machte, um sich zu fassen und nicht heftig und ungerecht ihr gegenüber zu werden. Dabei war es ihm klar, daß sie sich in dieser Notzeit eher hätten enger aneinanderschließen müssen.

Als er nach einer Stunde nach Hause zurückkehrte, kam ihm seine Frau mit verweinten Augen entgegen. In zitternden Händen hielt sie einen Brief. Laut aufschluchzend sagte sie: „David — unser kleiner David ist im Lazarett gestorben!" Schweigend führte Pfarrer Zierkorn seine Frau zum Sofa, setzte sich neben sie und barg den Kopf der hilflos Weinenden an seine Brust. Jedes Wort war jetzt fehl am Platze. Im gemeinsamen Leid fanden sich ihre Herzen aufs neue. So sehr ihn als Vater die Nachricht vom Tode des jüngsten Sohnes traf, so empfand er jetzt in nie vorher erkannter Deutlichkeit die Wahrheit des Wortes, das er seiner Gemeinde so oft verkündigt hatte: Notzeiten sind Offenbarungszeiten.

Günther Hertrich war ins Albdorf gekommen, um Ricarda mit Anna und den Kindern nach Hause zu holen. Eine Woche später sollte die Hochzeit sein. Frau Fröhlich hatte noch einmal den Kaffeetisch für alle gedeckt. Der große grüne Kachelofen strömte behagliche Wärme aus. Mit roten Backen waren die Kinder vom Schlittenfahren und Skilaufen nach Hause gekommen. Die seltene Aussicht auf einen Napfkuchen zu Ehren der Scheidenden lockte noch stärker als der Wettstreit mit den sich im Schnee tummelnden Dorfkindern. Mit großer Freude hatte Günther bei seinen Besuchen im kinderreichen Pfarrhaus beobachtet, wie Ricarda sich der fröhlichen, ausgeglichenen Pfarrfrau angeschlossen, ja, wie sie in ihr eine Freundin gefunden hatte.

Während der Kaffeestunde hatte eines der Kinder Ricarda den Vorschlag gemacht, sie solle, wenn sie nun fortziehe, die kleine Friedhelma im Pfarrhaus lassen. Alle hatten das zierliche, kleine Mädchen, das wie ein munteres Vögelchen zwischen der Kinderschar herumzwitscherte, ins Herz geschlossen. „Ja", stimmten die übrigen ein, „Fräulein Dörrbaum, Friedhelma soll bei uns bleiben! Nicht wahr, Mutti, wir behalten sie?"

Lächelnd blickte Frau Fröhlich Ricarda an. „Sie quälen mich tatsächlich schon eine ganze Weile, ich solle dich überreden, die Kleine bei uns zu lassen. Wenn ich wüßte, daß ich dich damit entlaste, wäre ich bereit, den Kindern diesen Wunsch zu erfüllen. Es warten noch genügend Aufgaben deiner. Und wo sieben Kinder satt werden, wird auch ein achtes nicht verkümmern. Aber so wie ich gesehen habe, wirst du dich kaum von dem Kind trennen wollen."

Hertrich übernahm es anstelle Ricardas zu antworten. Es war eine Bestätigung, die nur sie beide verstanden, als er seine Rechte auf Ricardas Hand legte und sich der Pfarrfrau und den Kindern zuwandte: „Wir danken herzlich für das Angebot, aber Friedhelma ist unser Kind und muß natürlich bei uns bleiben. Außerdem wäre es gar nicht gut für Alfred, wenn er ganz allein bei uns wäre. Nicht wahr, Anna?" Diese, die auch mit am Tisch saß, warf ihrem neuen Herrn einen dankerfüllten Blick zu. So durfte also das Kind ihrer Nichte bleiben und sie selbst brauchte das Haus nicht zu verlassen.

Ricarda erwiderte innig den Händedruck Günthers. Seine Worte waren mehr, als sie zu hoffen gewagt hatte. Ob er wußte, wie er sie damit beschenkte? Die Pfarrfrau aber atmete auf. Ihr war der Blick stillen Einvernehmens zwischen den beiden nicht entgangen. An einem Abend, als die Kinder schliefen und ihr Mann zu einem Sterbenden gerufen worden war, hatten die zwei Frauen beieinander gesessen, und Ricarda hatte der Pfarrfrau Einblick gewährt in ihr notvolles Herz. „Ich habe Angst!" hatte Ricarda gesagt. „Ist eine Ehe ohne Liebe zu dem Mann, dem ich ganz angehören soll, nicht Betrug? Begehe ich nicht ein Unrecht an ihm? Wird das Vergangene nicht wieder in mir aufbrechen, wenn Daniel zurückkehrt, und werde ich dann nicht beide in Not stürzen?"

„Bist du sicher, Ricarda", hatte Frau Fröhlich nach einigem Nachdenken fragend entgegnet, „daß diese Jugendfreundschaft, von der du mir erzähltest, wirklich die große Liebe war, die dir Tragkraft verleihen würde, auch die Lasten der Ehe, ohne die es keine Lebensgemeinschaft gibt, zu tragen? Ich meine, wenn es so gewesen wäre, hättest du ihm an jenem Abend vor seiner Einberufung zum Militär dein Jawort ohne Bedenken gegeben. Woher kam das innere Haltegebot, dein Zögern, deine plötzlich über dich herfallende Unsicherheit? Ich kann mir nicht denken, daß Daniel dir in reifer Mannesliebe zugetan war. Sonst hätte er nicht mit Käthe an dir schuldig werden können. So wie ich dich einschätze, hättest du an diesem Treubruch noch viel schwerer getragen. Wenn du dich ihm durch dein Wort verpflichtet hättest, wärst du vielleicht daran zerbrochen. Ihr waret Kindheitsgespielen, später gute Kameraden, eine schöne Freundschaft hat euch miteinander verbunden, die dir viel bedeutete, weil du zu Hause durch den Zustand deiner Mutter manches entbehrtest, zumal der Vater wenig Zeit für dich hatte. Aber eine Lebensgemeinschaft, in der einer im anderen aufgeht, müßte meines Erachtens ein anderes Fundament haben. Ich habe den Eindruck, daß ihr beide einfach noch nicht reif genug waret, dies zu erkennen."

„Du magst recht haben", hatte Ricarda geantwortet. „Aber ist dieses Fundament jetzt vorhanden, bei Günther und mir?"

„Ihr steht bewußt auf gleichem Glaubensboden, ihr könnt miteinander beten. Versuche es dir einmal vorzustellen, wie du empfinden würdest, wenn er nun doch noch eingezogen würde, an die Front müßte und schließlich nicht mehr zurückkäme." Ganz entsetzt hatte Ricarda die Pfarrfrau angeblickt.

„Ich wüßte nicht, was ich tun sollte ohne Günther, denke doch, der Vater, die Fabrik, die schwerleidende Mutter — ach und noch so vieles andere. Ich wäre in der Tat hilflos — aber das genügt doch nicht zu einer Ehe!"

Da hatte Frau Fröhlich den Arm um sie gelegt. „O Ricarda, mir scheint, du kennst dein eigenes Herz noch nicht. Ich meine, wenn du einsiehst, daß Gott dich so geführt hat und du zu dieser Führung im Gehorsam ja sagen kannst, dann erwächst daraus auch das Ja des Herzens zu deinem zukünftigen Mann und aus diesem wiederum die Liebe, die sich eben in deinem Fall anders als in der allgemein üblichen Weise entwickelt. Sie läßt sich ihren Weg nie vorschreiben. Sage ja zu deinem Schicksal, denn es ist der Weg Gottes mit deiner Seele!"

Ricarda war ganz still geworden. Die vor ihr liegende Eheschließung — der Weg Gottes mit ihrer Seele? Wenn sie das bestimmt wüßte, wollte sie nicht länger zögern, dazu ja zu sagen ...

An dieses Gespräch mußte Frau Fröhlich denken, als sie

bei dem Abschiedskaffee saßen. Froh nickte sie Ricarda zu. Sie war davon überzeugt, daß es mit diesen beiden Menschen recht werden würde. —

Nein, so schlicht hatte sich der Fabrikant Dörrbaum die Hochzeit seiner einzigen Tochter nicht vorgestellt. Aber er wollte froh sein, daß es überhaupt soweit gekommen war. Lange genug hatte er befürchtet, Ricarda, die ja nie etwas gegen ihre Überzeugung tat, nicht herumkriegen zu können. Und wahrhaftig, sie hätte sich bestimmt weiterhin dagegen gewehrt, wenn es nicht so schlimm um ihn gestanden hätte. — Trotz seines körperlichen Leidens, mit dem er sich in keiner Weise abzufinden vermochte, lächelte er verschmitzt vor sich hin. Wenn seine Krankheit nach jener Unglücksnacht nur dazu beigetragen hatte, die beiden zusammenzubringen!

Nun waren sie also verheiratet. Heute morgen war die standesamtliche Trauung gewesen, anschließend die kirchliche Trauung in der Methodistenkapelle. Es tat ihm ehrlich leid, um Ricardas willen, daß weder er noch seine Frau daran hatten teilnehmen können. Nein, er wünschte nicht bemitleidet zu werden. Nur noch kurze Zeit, und er würde die ersten Gehversuche machen. Er mußte einfach wieder auf die Beine kommen! Nur gut, daß er so einen tüchtigen und gewissenhaften Schwiegersohn hatte! Der würde die Sache schon deichseln, bis er wieder soweit war. Er dachte nicht daran, das Werk schon jetzt aus den Händen zu geben. Und wenn er wieder laufen konnte, wollte er seiner Ricarda nachträglich ein Fest gestalten, daß der ganzen Stadt Hören und Sehen verging. Dann würde er dem jungen Paar ein Landhaus bauen außerhalb der Stadt. Er würde natürlich die Villa wieder herrichten lassen und hier bleiben. Anna sollte ihn versorgen, denn mit seiner Frau würde ja nicht mehr zu rechnen sein. Anständig überhaupt von Ricardas Schwiegermutter, sie während der ganzen Zeit bei sich zu haben! Anscheinend wollte sie auch nicht mehr fort von dort. Selbstverständlich würde er sie besuchen, sobald er wieder beweglich war. Es war überhaupt ein Wunder, daß sie die Schrecken jener entsetzlichen Nacht überstanden hatte.

Der Mann, der jahrelang sich keine Ruhe gönnte, hatte jetzt viel Zeit. Da ihm bisher niemand gesagt hatte, daß seine Rückgratverletzung ihn für sein ganzes Leben an den Rollstuhl fesseln würde, machte er unablässig Pläne. Mit allem rechnete er, nur nicht damit, in seinem Schaffensdrang stillgelegt zu sein.

Es war eine stille Hochzeit, die Ricarda und Günther erlebten. Günthers ausdrücklicher Wunsch war gewesen, seine junge Frau ganz in Weiß zu sehen. Am liebsten wäre Ricarda im schwarzen Kleid vor den Altar getreten. Liane war tot, der Vater gelähmt, die Mutter so kraftlos, daß sie wohl kaum noch einmal das Bett verlassen würde. Am Tag vor der Hochzeit war die Nachricht gekommen, daß Käthe gestorben sei. Es schien Ricarda, als sei ihr Weg von Gräbern gesäumt.

Freudig überrascht war sie aber doch gewesen, als einige ihrer alten Freunde sie nach der Trauung in der Methodistenkapelle begrüßt hatten. Ruth war erschienen, und Magdalene hatte ihr mit Tränen in den Augen einen Strauß weißer Rosen gebracht — mitten im kalten Winter. Ganz besonders aber freute sie, daß auch Pfarrer Zierkorn an ihrer Trauung teilgenommen hatte. Da wußte sie, daß er ihr nicht zürnte, und sie war froh.

Wohltuend und herzquickend war die Art, wie man sie in dem neuen Kreis aufnahm. Sie hatte gar nicht gewußt, was für eine große Gemeinde die Methodisten hier hatten. Der Chorleiter kam und gratulierte. Er gab seiner Hoffnung Ausdruck, daß Ricarda im Gemischten Chor mitsingen möge. Die Leiterin des Jungmütterkreises freute sich, annehmen zu dürfen, daß sie sich auch bei ihnen einfinden würde. „Frau Hertrich, wir haben gehört, daß Sie zwei angenommene Kinder haben. Da gehören Sie doch zu uns!"

Frau Hertrich! Das war sie nun, Ricarda, geborene Dörrbaum. Es war fast zu viel, was auf sie einstürmte. Aber immer wieder tönte es in ihrem Innern, was die Pfarrfrau im Albdorf zu ihr gesagt hatte: „Es ist der Weg Gottes mit deiner Seele."

Ihre Schwiegermutter nahm Ricarda in die Arme: „Mein liebes, liebes Kind! Fürchte dich nicht! Gott schließt der Zukunft Tore auf, und er weiß den Weg, der vor dir liegt, du brauchst nur zu folgen." Das waren nicht fromme Redensarten, Ricarda spürte es genau. Diese Worte kamen aus dem Munde einer Frau, die schon eine ziemliche Wegstrecke hinter sich hatte, und aus einem Herzen, das Gottes Verheißungen erprobt hatte.

Anna hatte zu Hause in den Räumen der notdürftig wiederhergerichteten Villa ein den Kriegsverhältnissen entsprechendes festliches Mahl bereitet. Es war nur ein kleiner Kreis von Menschen, die mit Günther und Ricarda ihren Festtag begingen. Zu ihrer großen Freude waren auch die Pfarrersleute aus dem Albdorf mit ihren drei ältesten Kindern gekommen. Da sie alle musikalisch waren, wurde gesungen und musiziert. Die Kinder hatten Geige und Blockflöten mitgebracht. Das Klavier war bei dem nächtlichen Angriff glücklicherweise unbeschädigt geblieben. Auch hier machte Frau Fröhlich, die in selbstverständlicher Heiterkeit die Gestaltung des Nachmittags übernahm, ihrem Namen Ehre.

Vor der Hochzeit hatte Ricarda ihren Verlobten gefragt: „Meinst du nicht, daß wir unsere Nachbarn, die uns in der Angriffsnacht so freundlich aufgenommen haben, auch einladen müßten? Wir sind ihnen viel Dank schuldig." Vor seinem erstaunt fragenden Blick errötete sie. „Ist mein Gedanke ungeschickt, Günther? Meinst du wegen — wegen Daniel? Wenn du es nicht willst, lassen wir es natürlich."

Ihr Herz ist ohne Falsch, dachte er und empfand aufs neue, wie die Liebe zu ihr sein ganzes Sein erfüllte. Wie hätte er ihr diese Bitte abschlagen können, die ihm mehr, als sie ahnte, Aufschluß über ihr lauteres Wesen gab?

„Natürlich darfst du Herrn und Frau Pfarrer Zierkorn einladen. Ich habe nichts dagegen."

Hätte Ricarda gewußt, wie Daniels Mutter darauf reagierte, hätte sie es wohl unterlassen. „Solch eine Unverfrorenheit", begehrte diese auf. „Erst macht sie sich an unsern Sohn heran, und nun hat sie keine Hemmungen, uns zu ihrer Hochzeit mit einem anderen einzuladen. Aber ich habe es ja immer gesagt!"

„Maria!" unterbrach sie ihr Mann erregt. „Wie kannst du derart lieblos urteilen?"

„Lieblos?" wiederholte sie. „Habe ich nicht recht?"

„Ich werde auf jeden Fall die Einladung für den Nachmittag annehmen."

„Tue, was du nicht lassen kannst. Mir jedenfalls steht der Sinn nach dem Tode unseres Sohnes nicht nach Festlichkeiten." Sie drückte das Taschentuch vor die Augen und wandte sich ab.

Als Pfarrer Zierkorn beim Abendessen seiner Frau gegenübersaß, konnte er es nicht unterlassen, ihr zu sagen: „Ich habe kaum einmal etwas so Harmonisches erlebt wie diese kleine Hochzeitsfeier heute nachmittag. Allerdings hat Frau Fröhlich in ihrer heiteren, natürlichen Art ein gut Teil dazu beigetragen. Es geht geradezu etwas Mitreißendes von ihr aus. Diese Frau schöpft aus einer geheimnisvollen Kraftquelle. Nein", korrigierte er sich selbst, „das ist nicht richtig ausgedrückt. Sie lebt aus der einen Kraftquelle, die wir wohl zuwenig aufsuchen."

„Karl!" Frau Zierkorn richtete sich in ihrem Sessel auf. „Es ist geradezu geschmacklos, wie du dich und mich dauernd herabsetzt. Ich muß jedoch annehmen, daß du dich nur aus Takt einbeziehst, in Wirklichkeit aber mich allein meinst." Sie begann wieder zu weinen. „Glaube mir, daß ich es je länger desto deutlicher empfinde, wie unzufrieden du mit mir bist! Dabei tue ich wirklich, was ich kann."

Er griff nach ihrer Hand. „Maria, darüber herrscht kein Zweifel. Aber mir scheint manchmal, daß wir beide zuviel tun und zuwenig an uns tun lassen."

Sie sah ihn an, als sei er ein Fremder. „Ich weiß gar nicht, Karl, wie du dich verändert hast."

Der Pfarrer hätte ihr gerne noch etwas über die reizende Braut dieses Tages gesagt, wie es ihn beeindruckt hatte, daß sie auch an diesem ihrem Fest die beiden Pflegekinder nicht vernachlässigte, welch liebliches Bild es gewesen sei, die kleine Friedhelma auf ihrem Schoß, eingehüllt in ihren Brautschleier. Aber es war wohl klüger, zu schweigen, vor allem auch über seine weiteren Gedankengänge, die ihn hatten ahnen lassen, wie beglückend es hätte sein können, sie als seine Schwiegertochter und die Mutter seiner Enkel zu sehen. Aber das war ja nun endgültig vorbei, und auch er mußte einen Schlußstrich ziehen unter diese geheimen Wünsche seines Herzens.

Als alle Gäste die Villa verlassen hatten, schob Günther den Rollstuhl mit seinem Schwiegervater in dessen Zimmer und ließ ihn mit seiner Tochter noch eine Weile allein. „Wenn ich kommen und helfen soll, ihn zu Bett zu bringen, dann rufe mich!" Er vermutete, daß der Vater seiner Tochter an diesem Tag vielleicht noch ein persönliches Wort zu sagen habe. Das tat dieser dann auch in seiner Art.

„Nun bist du also verheiratet, Rica. Na ja — das war heute eine sehr bescheidene Angelegenheit. Aber laß nur gut sein, wir holen das alles nach, wenn der Krieg zu Ende ist. Ich hab schon meine Pläne mit euch beiden. Wenn ich nur erst wieder laufen kann! Einen guten Mann hast du bekommen. Meinem Geschmack nach dürfte er etwas forscher sein, aber zu dir paßt seine Art. Schade, daß Mutter heute nicht dabei sein konnte! Und nun weißt du ja, was ich von euch beiden erwarte. Schaff mir so schnell wie möglich die beiden fremden Kinder aus dem Haus! Ich will spätestens im nächsten Jahr meinen ersten Enkel auf dem Arm tragen!"

Ricarda öffnete die Tür und rief: „Bitte, Günther, willst du mir jetzt helfen, Vater zu Bett zu bringen!"

Zu Günther gewand, führte dieser das Gespräch fort ohne Rücksicht darauf, wie peinlich es seiner Tochter sein mußte. „Ich habe eben zu deiner Frau gesagt, daß ich jetzt genug habe von fremden Kindern in meinem Hause, jetzt sorgt ihr..."

„Vater!" bittend sah Ricarda ihn an.

„Na ja, du brauchst deswegen nicht rot zu werden, jetzt, wo ihr..."

„Ich glaube, der Vater benötigt noch ein Glas frisches Wasser für die Nacht. Hole es ihm doch bitte, Ricarda."

Dörrbaum begehrte auf. „Na hör mal, Günther, noch lasse ich mir nicht das Wort in meinem eigenen Hause verbieten."

„Das ist gar nicht meine Absicht, du kannst gern weitersprechen, aber du kennst deine Tochter und weißt, wie sie solches Reden empfindet."

„Mir ist schleierhaft, von wem sie diese lächerliche Empfindlichkeit hat. Von mir jedenfalls nicht!"

„Ja, das glaube ich auch!"

„Werd' nicht frech, mein lieber Schwiegersohn, aber schließlich kann es mir gleichgültig sein. Du bist ja nun mit dieser Mimose verheiratet. Ich werde mich nicht in eure Intimitäten einmischen."

„Wäre auch nicht angebracht, Vater. Liegst du gut so?"

„Für den Anfang geht's. Nun geh zu deiner Zierpuppe und richte ihr aus, wenigstens Gutenacht könne sie zu ihrem alten Vater doch noch sagen. Anzügliche Redensarten werde sie nicht mehr zu hören bekommen, wenigstens heute nicht."

Die Kinder schliefen, der Vater war versorgt. Das junge

Paar saß im Wohnzimmer beisammen und überdachte noch einmal den heutigen Tag, seinen Festtag. Es würde doch diese Nacht kein Fliegeralarm kommen! Aber man mußte ja immer darauf gefaßt sein.

„Mimose" hat er gesagt, dachte Günther. Sein Blick ruhte auf seiner jungen Frau, die eben in einem Buch, einem Hochzeitsgeschenk, blätterte. — Ja, das ist sie wirklich, eine Mimose — und hat doch schon so viel geleistet und ertragen! Er legte den Arm um sie. „Du bist müde, Ricarda! Anna hat dein Stübchen, das jetzt als Gastzimmer gilt, gerichtet. Wenn du möchtest, darfst du gerne wieder dort schlafen." Sie hob die Augen zu ihm und verstand. Wieder röteten sich ihre Wangen. Dann schlang sie beide Arme um seinen Hals. „Nein, wir gehören jetzt zusammen, Günther."

Kurz darauf beugten sich beide über die Bettchen der schlafenden Kinder, die im Zimmer neben ihnen dem neuen Tag entgegenschlummerten, und Günther wiederholte: „Wir gehören jetzt zusammen."

1945! Kriegsende! — Ob es auch Frieden werden würde? Das Ende eines Krieges bedeutet noch längst nicht den Beginn des Friedens. Erregt wurden die Gemüter hin und her gerissen zwischen Angst und Freude, Hoffnung und Bangen. Kam jetzt die Vergeltung der Siegermächte? Fahnen, die man vorher stolz geschwenkt und mit denen man die Häuser siegesgewiß geschmückt hatte, verschwanden in größter Eile von der Bildfläche. Das Bild des Mannes, der noch bis wenige Tage vor dem schmählichen Ende den unbedingten Sieg verkündet und dessen Leben nun in Selbstmord geendet hatte, wurde hastig aus den Wohnungen, Schulsälen und allen öffentlichen Gebäuden entfernt, verbrannt oder sonstwie vernichtet. An seine Stelle hängte manch einer ein längst verstaubtes Christusbild, das er aus der Rumpelkammer hervorgeholt hatte, oder einen gebrannten Hausspruch aus Urgroßvaters Zeiten an die Wand: „Ich aber und mein Haus wollen dem Herrn dienen!" — War das nun wieder die Parole? Auf alle Fälle erschien es gut, daß man diese Wahrzeichen seiner einstigen Frömmigkeit nicht vernichtet hatte. Auch die Kirchen füllten sich wieder. Sicher waren es viele, die es ernst meinten, und manch einer fand den Weg zur Reue und Buße, nachdem er vorher mit dem breiten Strom geschwommen war, der es eines deutschen Menschen unwürdig hielt, seine Knie zu beugen.

Kriegsende! Frieden? Ein Aufatmen ging trotz allem durch die Lande. Keine angsterfüllten Fliegernächte mehr. Wie lange war es her, daß man ungestört und ruhig hatte schlafen können! Man durfte seine Kinder wieder unbesorgt auf die Straße lassen, ohne wegen der feindlichen Tiefflieger von einem Schrecken in den anderen gejagt zu werden. Und vor allem, die Männer, Söhne und Brüder würden bald heimkehren. Aber in all das Aufatmen und die erwartungsvolle Freude senkte sich wie der kalte Hauch des Todes die Gewißheit, daß Tausende und aber Tausende nie mehr zurückkommen würden.

Und nun sprach man laut und von Entsetzen geschüttelt von dem, was nur ein geringer Prozentsatz der deutschen Menschen wirklich gewußt, andere geahnt und ängstlich flüsternd weitergegeben hatten, was viele aber in der Tat jetzt zum erstenmal vernahmen: von den Greueln, die an den Juden, an den Geisteskranken und an den Menschen in den Konzentrationslagern geschehen waren.

Kriegsende! Frieden? Konnte nach alledem wirklich Frieden werden?

Es fehlte nicht an Ausschreitungen. Nicht weit von der Fabrik wohnte eine junge Frau, deren Mann erst vor kurzem in russische Gefangenschaft geraten war. Bis dahin hatte man ihr nichts nachsagen können. Sie war in Dörrbaums Lederwarenfabrik dienstverpflichtet gewesen, erschien stets pünktlich zur Arbeit und verrichtete diese gewissenhaft. Jetzt hieß es, sie sei krank. Aber in der ganzen Straße sprach man davon, daß sie ein Absteigequartier für die in der Stadt einquartierten Soldaten der Siegermächte unterhielt. Kreischen und Schreien, lautes Singen und widerliches Gelächter, das die halbe Nacht die Einwohner der umliegenden Häuser störte, gaben Anlaß zu Empörung.

Ein weiteres Kennzeichen jener aller Ordnung enthobenen Zeit waren die von Flüchtlingen überfluteten Landstraßen. Von den Nachfolgenden gedrängt und weitergeschoben, wälzte sich dieser Elendsstrom ziellos vorwärts. Nicht selten wurden Kinder in Straßengräben geboren, und Kranke und Greise hauchten dort ihr Leben aus. In Flüchtlingslagern sammelten sich Tausende von Heimatlosen, in den Baracken Kopf an Kopf liegend, Männer und Frauen, Kinder und alte Leute, Gesunde und Kranke, bis sie endlich, oft erst nach Monaten, eine Bleibe fanden.

Deutsche Männer, die noch in den letzten Tagen des Krieges auf heimatlichem Boden gefangengenommen worden waren, wurden auf Lastwagen zusammengepfercht, von Negern und anderen Soldaten der Besatzungsmächte bewacht, durch die Ortschaften zu den Sammellagern transportiert. Weinende Frauen standen an den Straßen und warfen ihnen Brot und andere Lebensmittel zu, dabei an ihre eigenen Männer denkend, deren Heimkehr sie sehnsüchtig erwarteten. So sah der Frieden aus?

Hin und her geworfen zwischen Entsetzen und Sensationsgier, Angst und Erlebnishunger war die Jugend, die man zum völkischen Bewußtsein erzogen und an den unbedingten Sieg glauben gelehrt hatte. Nun fielen alle ihnen anerzogenen Ideale wie ein Kartenhaus zusammen. Wo man den Kindern gar einen bis dahin unbekannten oder lange entbehrten Leckerbissen gab, etwa ein Stück Schokolade oder eine Südfrucht, da hörte jedes Nationalgefühl auf, man schloß mit dem bisherigen Feind Freundschaft und war freudig überrascht, daß auch dieser ein Mensch war. Kirchenaustritte wurden rückgängig gemacht. Bei vielen geschah es aus Berechnung, bei anderen aus Überzeugung. Viele lernten in jener Zeit fluchen, andere beten, wie es in solch umwälzenden, ereignisschweren Zeiten immer ist.

Deswegen stand die Sonne nicht still, und es hörten nicht auf Frühling und Sommer, Herbst und Winter. Das Leben ging weiter, und die Arbeit mußte getan werden. Wie überall, so bestellten auch die Frauen im kleinen Albdorf ihre Äcker, warteten dabei schmerzlich auf die Rückkehr ihrer Männer und Söhne — oder auch nicht, weil es kein Warten mehr gab.

Frau Fröhlich hatte einen Brief von Ricarda bekommen.

„Es geht mir den Verhältnissen entsprechend gut. Ich fange an, zu glauben, daß Du recht hattest, als Du mir sagtest, es sei Gottes Weg mit meiner Seele. Was täte ich ohne Günther? Er ist unermüdlich tätig, die Fabrik wiederaufzubauen, aber es werden Jahre vergehen, ehe der alte Stand wieder erreicht ist, wenn überhaupt. Aber wir haben unser Auskommen und sind dankbar. Günther ist unendlich besorgt um mich.

Mit Vater ist es sehr schwierig. Nach wie vor ist er überzeugt, daß er wieder gehen lernen wird. Dabei ist nach Aussagen der Ärzte nicht damit zu rechnen. Wenn ich auch nur den leisesten Versuch mache, ihm zu helfen, sich in diese Schickung zu fügen, wird er böse. So lassen wir ihn gewähren und umgeben ihn mit viel Liebe. Ich bewundere Günthers Geduld. Vater ist oft ungerecht ihm gegenüber und verlangt Unmögliches.

Mutter liegt im Sterben. Sie begehrt nicht mehr, nach Hause zu kommen, und ich bin froh darüber. Wie sollte ich es alles schaffen neben all den anderen Pflichten? Anna nimmt mir ab, was sie nur kann, aber es ist fast zuviel für sie. Nachdem wir keinen Gärtner und sonst überhaupt keinen Angestellten mehr für das Haus und den Garten haben, erliegt sie manchmal beinahe der Arbeit. Hin und wieder, wenn diese uns über dem Kopf zusammenschlägt, schickt uns Günther einen Arbeiter oder ein Mädchen aus der Fabrik.

Ich gehe täglich, wenn ich es irgend einrichten kann, zu meiner Mutter. Sie hat sich ganz Frau Hertrich angeschlossen, die sich schwesterlich ihrer annimmt und sie rührend pflegt. Denke, Mutter wehrt sich nicht dagegen, daß sie jeden Morgen und Abend ein paar Verse aus der Bibel vorliest und mit ihr betet. Ach, vielleicht wird es doch noch so, wie Liane es kurz vor ihrem Tode aussprach: ‚Bei Gott ist kein Ding unmöglich. Er kann auch deiner Mutter noch dazu verhelfen, ihn anzunehmen.'

Auch den Kindern geht es gut. Alfred ist manchmal Friedhelma gegenüber ein rücksichtsloser kleiner Draufgänger, und sie läßt sich von ihm tyrannisieren, wenn ich ihm nicht wehre. Aber ich sage mir oft: Was hat der kleine Kerl in seiner kurzen Lebenszeit nicht schon alles durchmachen müssen! Der Vater gefallen, die Mutter in der Schreckensnacht ums Leben gekommen, die unruhigen Fliegernächte, in denen man die Kinder aus tiefem Schlaf reißen und in den Luftschutzkeller mitnehmen mußte, die Ernährung oft ungenügend. Muß sich das nicht an den Kindern auswirken? Ich frage mich manchmal: Was für Männer und Frauen wird das geben, die aus dieser schlimmen Zeit hervorgehen?

Friedhelma gedeiht zu unserer Freude. Sie hängt sehr an meinem Mann. Manchmal muß ich sie prüfend anschauen, und es ist mir nicht klar, wem sie mehr gleicht: ihrer unglücklichen Mutter oder Daniel? Sie hat jedenfalls seine Augen, auch das Grübchen am Kinn ist von ihm.

Wir haben aufgehört, uns darüber den Kopf zu zerbrechen, ob und wann wir Daniel sagen müssen, daß sie seine Tochter ist. Auch darf man auf die Dauer den Großeltern, unseren Pfarrersleuten, dieses liebliche Enkelkind wohl nicht vorenthalten. Aber wir sind zu dem Entschluß gekommen, uns auch in dieser Sache führen zu lassen.

Obgleich jetzt schon viele Soldaten zurückgekehrt sind, ist Daniel noch nicht nach Hause gekommen. Seine Mutter sieht elend aus vor lauter Gram um ihn. Wie sehr wünschte ich ihr und ihrem Mann, daß sie nicht noch einen zweiten Sohn hergeben mußten, nachdem einer der Zwillinge im Lazarett gestorben ist. Zwar beginnt mein Herz immer wieder heftig zu klopfen, wenn ich mir vorstelle, daß Daniel zurückkommt und erfährt, daß ich verheiratet bin. Nicht, weil ich unsicher geworden wäre. Aber irgendwie bange ich doch vor der ersten Begegnung mit ihm. Kannst Du das verstehen?

Wenn ich mir vorstelle, daß die Welt noch einmal heimgesucht werden sollte von einem so grauenvollen Krieg, wie es dieser war, oder gar von einem noch schlimmeren, dann ist es mir, als sei es nicht recht, Kinder zu haben, Söhne, die auch wieder in den Kampf ziehen müssen, und Töchter, die so Entsetzliches wie manche Mädchen und Frauen beim Einbruch der feindlichen Truppen erleben müssen, daß sie wünschten, nie geboren zu sein.

Aber ich weiß, Du bist anderer Meinung. Du hast es viel mehr als ich gelernt, das Wort der Bibel zur Tat werden zu lassen: ‚Wirf dein Anliegen auf den Herrn, er wird dich versorgen!' Ja, ich will es glauben, daß er auch unsere Kinder versorgt.

Grüße alle die Deinen und sei Du selbst von Herzen gegrüßt von   Deiner Ricarda

N. S. Die Zeit in Eurem Dorf und in der fröhlichen Hausgemeinschaft des Pfarrhauses, das seinem Namen Ehre macht, wird mir unvergeßlich bleiben, und wenn mir manchmal die Last meines Alltags zu schwer werden will, denke ich an Deine Albfrauen, die hinter ihrem Pflug hergingen, die Äcker bestellten und die Kinder großzogen, ohne ihre Männer. Ich sehe sie mit ihren von schwerer Arbeit gezeichneten, früh gealterten Gesichtern in der Kirche sitzen, die schwieligen Hände zum Gebet gefaltet und die Häupter gesenkt. Ich habe viel von ihnen gelernt."

Je länger desto unleidlicher wurde Frau Zierkorn. Manchmal hatte ihr Mann Angst um ihren Gemütszustand. Daß noch immer keine Nachricht über das Ergehen Daniels vorhanden war, brachte sie beinahe um den Verstand. Auf das Schreiben des Pfarrers an den Kompaniechef war die Nachricht gekommen, daß man ihn als vermißt anzusehen habe.

„Ich weiß, daß er lebt!" behauptete Frau Zierkorn. „Das fühlt eine Mutter. Wenn er nur nicht in der Gefangenschaft stirbt wie viele andere." Daß Jonathan noch nicht heimgekehrt war, schien ihr längst nicht so viel auszumachen wie die Ungewißheit über ihren Lieblingssohn Daniel. Pfarrer Zierkorn hatte nicht soviel Zeit, sich Grübeleien über das Schicksal der Söhne hinzugeben wie sie. Die Arbeit häufte sich derart, daß er nicht zur Ruhe kam, und die Zeit stellte ihn vor gänzlich neue Probleme. Riet er jedoch seiner Frau, sich abzulenken, indem sie etwa eine Kriegerwitwe in der Nachbarschaft oder einen Kranken besuche, so wehrte sie sich heftig dagegen: „Wie kann ich andere trösten und aufrichten, wo ich selbst am Ende bin?" Manchmal kam es ihm vor, als pflege sie ihren Schmerz.

Er selbst benötigte viel Weisheit, um all den bei ihm Hilfesuchenden mit Rat und Tat zur Seite zu stehen. Dabei erschrak er oft vor dem Wissen um seine eigene Hilflosigkeit all diesen Problemen gegenüber. Er war nicht der einzige, dem es so ging. Im Pfarrerkonvent besprachen es die Kollegen miteinander. Manch einer von ihnen lernte in dieser Zeit sein Amt von einer völlig neuen Schau zu sehen.

Einer von ihnen hatte berichtet, ein junger Heimkehrer sei schon am ersten Tag, nachdem er aus der Gefangenschaft nach Hause gekommen war, völlig verstört zu ihm gekommen.

„Ich habe meiner Frau nichts von meiner Entlassung mitgeteilt, weil ich sie überraschen wollte. Wenn ich nicht an mein Kind, an meine kleine Tochter dächte, würde ich keinen Augenblick zögern, mir das Leben zu nehmen. Was soll ich noch hier? Über unserem Hochzeitsbild an der Wand meines Wohnzimmers hängt die Photographie des Negerfreundes meiner Frau. Neben ihrem Ehering trägt sie den Ring ihres schwarzen Geliebten. Herr Pfarrer", er keuchte, „und in dieser Atmosphäre wächst meine kleine Sibylle auf. Ich habe sie mitgenommen, so wie sie ging und stand. Draußen im Vorzimmer sitzt sie. Herr Pfarrer, nennen Sie mir einen Platz, wo ich das Kind unterbringen kann, bis ich meine Verhältnisse geordnet habe. Zu dieser Frau, die sich Mutter nennt und die im gleichen Zimmer, in dem das Kinderbettchen steht, die Nacht mit ihrem Freund zugebracht hat, kann und will ich das Kind nicht zurückkehren lassen. Wo aber soll ich hin mit ihm? Ich habe bereits im Kinderheim der Kreisstadt angefragt. Es ist überbelegt. Ich selbst werde schon einen Unterschlupf finden — ich werfe meine Frau samt ihrem Neger aus der Wohnung. Aber Sibylle, was wird aus dem Kind?"

Der Pfarrer hatte weiter berichtet, wie es ihm möglich gewesen sei, die Kleine vorübergehend bei einer alten Frau unterzubringen, daß dies aber kein Dauerzustand sein könne. Er habe sich Mühe gegeben, den aufgebrachten Mann zu beruhigen, habe von Verirrungen der Frau gesprochen und versucht, ihr Verhalten, wenn auch nicht zu verteidigen, so doch zu erklären. Wie schwer ist es auch für die jungen Frauen in der Heimat gewesen, zu warten, in Ungewißheit zu warten, allein zu sein, sich nach Liebe zu sehnen ... Da habe der Mann ihm ins Gesicht gelacht. „Und dann muß ausgerechnet so einer kommen, die Sehnsucht meiner Frau zu stillen. Pfui Teufel — ausgespuckt habe ich vor ihr und sie angeschrien: ,Dafür haben wir unser Leben eingesetzt und in der Hölle der Front und Gefangenschaft ausgehalten!

— Nein, ich will sie nicht mehr sehen, sonst passiert noch ein Unglück!"

Dann war der Pfarrer mit dem Aufgebrachten ins Vorzimmer gegangen, wo ein verschüchtertes kleines Mädchen saß, das den Vater nicht kannte, sich vor dem rasenden Mann fürchtete und sich nach seiner Mutter sehnte.

Pfarrer Zierkorn hatte nicht loskommen können von dem, was sein Kollege da berichtet hatte. Plötzlich war ihm der Gedanke an Ricarda gekommen. Ob sie nicht bereit war, zu den beiden fremden Kindern auch noch ein drittes zu nehmen? Wenigstens so lange, bis sich die familiären Verhältnisse wieder geklärt hatten?

Einen Augenblick hatte er erwogen, mit seiner Frau darüber zu sprechen; das verwarf er jedoch gleich wieder. Kurz entschlossen machte er einen Besuch bei Ricarda. Teilnahmsvoll hörte sie sich das Schicksal des Heimkehrers und seiner Familie an. Einesteils freute sie sich des Vertrauens, das ihr der Pfarrer entgegenbrachte — ja, sie hätte am liebsten auch gleich zugesagt, denn das kleine, so plötzlich heimatlos gewordene Mädchen tat ihr in der Seele leid. Was konnten die Kinder für die Schuld ihrer Eltern? Aber sie mußte zumindest erst einmal mit Günther sprechen. Schon jetzt wußte sie, was er sagen würde: „Ricarda, das ist zuviel für dich. Denke daran, wie sehr deines Vaters Pflege dich beansprucht. Deine Gesundheit ist zart und der Tod deiner Mutter ist nicht spurlos an dir vorübergegangen."

Frau Dörrbaum war gestorben. Still und friedlich war sie in den Armen von Frau Hertrich eingeschlafen. Ein einziges Mal hatte sie ihrer Tochter noch Einblick gewährt in ihre Gedankenwelt. Wochenlang war sie verwirrt gewesen, aber dann plötzlich hatte sich der Schleier vor ihrem armen Geist noch einmal gelüftet. Mit unsagbar traurigem Blick hatte sie die Tochter, die sich über sie beugte, angesehen: „Ricarda — jetzt, wo ich es erkenne, ist es zu spät! Ein völlig nutzloses Leben liegt hinter mir. Nichts, nichts habe ich mit hinüberzubringen." Sie hatte der Tochter ihre abgezehrten Hände entgegengestreckt: „Sie sind leer!"

Tiefbewegt hatte Ricarda sich über die Mutter gebeugt: „Nein, Mama — es ist nicht zu spät. Gottlob, du darfst auf Erbarmen rechnen, auch wenn du mit leeren Händen kommst. Gottes Hände sind nach dir ausgestreckt, du darfst sie erfassen, und damit sind sie nicht mehr leer."

Das war vor drei Wochen gewesen, und nun stand Pfarrer Zierkorn vor Ricarda mit einer neuen Aufgabe. „Herr Pfarrer, ich will mit meinem Mann sprechen und gebe Ihnen so bald als möglich Bescheid."

Und dann war es so gekommen, wie Ricarda es vorausgesehen hatte. Günther hatte Bedenken geäußert. „Ricarda, meinst du wirklich, du müßtest dir noch mehr aufbürden? Ich sorge mich um dich."

„Es ist doch nur vorübergehend, Günther. Denke doch, das arme Kind! Überlege einmal, was für Bilder es in sich aufgenommen hat, einmal durch die Haltlosigkeit der Mutter, dann durch die Szenen zwischen den Eltern. So etwas geht nicht spurlos an einem kleinen Seelchen vorüber. Laß uns die Kleine wenigstens so lange nehmen, bis sich die Verhältnisse geklärt haben. Im Kinderzimmer hat ein drittes Bettchen noch gut Platz."

Aber Günther ließ sich nicht ohne weiteres umstimmen. „Wir haben doch in der Zeitung von der Frau gelesen, die ein Heim für Flüchtlingskinder eröffnet hat. Laß uns dort anfragen. Vielleicht tut sich da eine Türe auf."

Sie scheuten nicht die Mühe der Fahrt. In einem ehemaligen Kloster hatten über hundert Kinder, die zum Teil auf der Straße aufgelesen wurden, eine neue Heimat gefunden. Erschütternde Bilder! Hohlwangige Kinder mit wissenden Augen in alten Gesichtern. Etliche hatten die Eltern auf der Flucht verloren, andere waren Zeuge der Erschießung ihrer Väter und der Verschleppung, sogar der Vergewaltigung ihrer Mutter gewesen. Irgendwie waren sie mit dem

Flüchtlingsstrom vom Osten hierher in den Süden Deutschlands gekommen.

Die Heimleiterin bat Günther und Ricarda in ihr Zimmer und gab ihnen Einblick in die Schicksale mancher Kinder. Da wurde den beiden weh ums Herz, als sie sahen, wie unsagbar groß die Kindernot in diesen Tagen war.

„Gerne würde ich auch die Kleine, von der Sie mir berichten, aufnehmen", sagte sie abschließend, „aber erstens haben wir auch nicht das geringste Plätzchen mehr frei — alle vorhandenen Notbetten sind bereits aufgestellt. Und wenn ich noch Platz hätte, gehörte er einem völlig heimatlosen Kind, deren es noch unendlich viele gibt."

Günther und Ricarda erhoben sich. „Wir danken Ihnen für die Zeit, die Sie uns schenkten und möchten nur wünschen, daß Gott Ihnen Kraft und Weisheit für Ihr schweres Amt schenken möge", sagte Hertrich. „Nach alledem, was wir hier hörten und sahen, werden wir die kleine Sibylle so lange nehmen, bis sich die Verhältnisse bei ihren Eltern geklärt haben."

Beim Hinausgehen vermochte Ricarda nur still seine Hand zu drücken. „O Günther, ich wußte ja, daß du mich verstehen würdest!"

So kam also das dritte Kind in die Villa. Herr Dörrbaum schimpfte und zeterte, daß es nur so eine Art hatte, aber er ließ es zu, daß der Junge und Friedhelma auf ihm herumkletterten und hell aufjauchzten, wenn der Großvater, wie sie ihn nannten, seinen Fahrstuhl, mit dem er sich im Zimmer bewegen konnte, mitsamt ihnen zum Fahren brachte. Bald gehörte auch Sibylle dazu. Ricarda hatte ihm die Geschichte des kleinen Mädchens erzählt und hatte es über sich ergehen lassen müssen, daß er ohne Rücksicht auf ihre Gefühle die Mutter der Kleinen mit den schmeichelhaftesten Namen bedachte.

Obgleich er die Arbeit seines Schwiegersohnes dauernd kritisierte und an allem, was er tat, herumnörgelte, war er doch im geheimen stolz auf ihn. Planmäßig ging Günther ans Werk, die Trümmer der Fabrik wegzuräumen, Pläne für den Wiederaufbau derselben und auch der Villa zu entwerfen — für die Zeit, da die Ausführung seines Vorhabens wieder möglich sein würde.

Daneben fand er auch weiterhin Zeit, seinen Dienst in der Gemeinde zu verrichten. Ricarda aber erkannte mit Dank und Freude, wie von Tag zu Tag mehr sich Achtung in Liebe verwandelte.

Die Burg war zum Heimkehrerlager erwählt worden. Wie alle paar Tage, war auch heute ein neuer Transport angekommen. Wer die ausgezehrten, kahlgeschorenen Männer in ihren grauen, viel zu weiten Drillichanzügen sah, entsetzte sich. Das sollten ehemalige deutsche Soldaten sein? Was hatte der Krieg und die Gefangenschaft aus ihnen gemacht? Junge Männer wirkten wie Greise, solche im besten Mannesalter waren zum Skelett abgemagert, konnten sich nicht mehr allein auf den Füßen halten, mußten gestützt und geführt werden. Andere wieder hatten aufgeschwemmte Bäuche und geschwollene Füße, daß sie keine Stiefel mehr tragen konnten. Wasser! Viele hatten Lumpen um ihre Füße gewickelt. Aus stumpfen, glanzlosen Augen blickten sie teilnahmslos um sich. So also sah die Heimkehr aus, so der Frieden!

Wie — da draußen vor der Burg spielten Kinder im Frühlingssonnenschein? Kirchenglocken läuteten? War etwa heute Sonntag? Töricht, danach zu fragen — war ja doch alles gleichgültig. Dort lief ein junges Paar, geradezu anständig gekleidet, Arm in Arm, lachend und sich verliebte Blicke zuwerfend. Ja, gab es denn so etwas noch? Wie lange war denn der Krieg schon zu Ende? Wochen, Monate, Jahre? Alles gleichgültig!

Der Gong ertönte. „Essen fassen!" — Duft von Gulasch, gekochten Kartoffeln und Weißkraut. Lässige Handbewegung! Man vertrug ja ein richtiges Essen gar nicht mehr. Kaum hatte man die Ruhr hinter sich gebracht, so daß man transportfähig gewesen war. Endlich, nach langem, bangem Warten. Und wie lange mußte man wohl hier wieder herumliegen? Ach, es war ja alles —

„Mensch, stier nich so vor dich hin. Nimm deinen Freßnapf und komm! Scheint endlich mal wieder 'n jenießbarer Fraß zu sein. Mensch, kiek mal, Rotekreuz-Schwestern, knusprige Dinger. Det et so wat überhaupt noch jibt!"

„Halt doch deine blöde Klappe!" Einige schlangen gierig das Essen hinunter. Schallendes Gelächter! Da war doch tatsächlich einer, der die Hände über seinem Blechnapf faltete.

„Lacht nicht so blöd! Der hat wenigstens noch etwas mit hinübergerettet ins neue Leben. Was bringen wir denn mit? Verlauste, ausgemergelte Körper und 'nen Sack voll Hoffnungslosigkeit. Wie unsre Frauen sich freuen werden, uns in dem Zustand wiederzusehen!"

„Ich höre immer Frauen — das einzige, was mich noch reizt!"

„Mensch — da kommt ein Gesangverein. Oder ist es die Heilsarmee? Die wollen uns wohl willkommen heißen? Ick wer' verrückt!"

„So 'n Quatsch — so 'ne Geschmacklosigkeit!"

Tatsächlich war der Chor einer Kirchengemeinde gekommen, um die Heimkehrer durch seine Lieder zu begrüßen. Einer der Männer mit den geschorenen Köpfen schrie auf wie ein verwundetes Tier und hielt sich die Ohren zu, als der Chor zu singen begonnen hatte. Andere wandten sich ab, um ihre Tränen nicht zu zeigen, wieder andere lachten höhnisch. „Was soll dies Getue? Wir wollen heim zu unseren Frauen und Kindern! Sind drei, vier Jahre Gefangenschaft nicht genug nach den vorangegangenen Fronterlebnissen?" Da war einer, der sich mühsam am Stock zu der Gruppe hinbewegte, sich neben die Sänger stellte und mit einstimmte in ihr Lied. Sein von Not und Hunger gezeichnetes Gesicht hatte ein geradezu verklärtes Aussehen. Kopfschüttelnd stellten es seine Kameraden fest. „Der ist übergeschnappt! Religiöser Wahnsinn, kommt oft vor als Folge von Hungererscheinungen!"

Das Lied war beendet. Jetzt lösten sich drei, vier aus der Gruppe der Heimkehrer und traten zu den Sängern. Sie reichten dem Chorleiter die Hand. „Wir danken Ihnen! Wir verstehen, was Sie uns sagen wollten – aber wir – wir können es nach all dem Erlebten nicht so ausdrücken. Es ist einfach alles zuviel."

Der Dirigent, ein Mann in mittlerem Alter, mit nur einem Arm, wandte sich jetzt an die Heimkehrer: „Kameraden, ich darf euch so nennen, denn erst vor einem Vierteljahr kam auch ich aus der Gefangenschaft nach Hause. Es ist uns ein Bedürfnis, euch zu begrüßen. Wir haben uns das zur Aufgabe gemacht und kommen immer wieder, wenn wir vom Eintreffen eines neuen Heimkehrertransports hören. Willkommen in der Heimat! Ich weiß, ihr findet euch noch nicht zurecht. Alles scheint fremd, vieles beinahe feindlich. Manche unter euch müssen sich erst wieder ein Zuhause schaffen; da sind andere, die überhaupt nicht wissen, wo sie ihre Frauen und Kinder suchen sollen. Kameraden, ich möchte euch zurufen: Verzagt nicht! Fangt in Gottes Namen wieder an! Es wird manche Enttäuschungen geben, auch zu Hause wird vieles anders sein, als ihr erwartet. Aber fangt in Gottes Namen neu an! Ich hab's auch getan, und weil ich weiß, wie schwer es unter Umständen sein kann, darum möchte ich euch ermutigen. Seht, schon beginnt man in unseren zerstörten Städten die Trümmer wegzuschaffen. Es wird allerdings viele Jahre dauern, bis die Städte wieder aufgebaut sind. Wenn wir in Gottes Namen wiederanfangen, wird er es uns gelingen lassen. Habt Mut, habt Gottvertrauen! – Und nun singen wir euch noch ein Lied."

Es war merkwürdig: Die Heimkehrer waren still geworden. Irgend etwas in der Art dieses Mannes ließ sie aufhorchen. Was er sagte, klang nicht wie leeres Geschwätz, es zwang ihnen auf jeden Fall Achtung ab.

Unter denen, die immer noch auf ihre Entlassung warteten, obgleich sie schon seit Tagen auf der Burg waren, befand sich auch Daniel Zierkorn. Der noch nicht Dreißigjährige wirkte fast wie ein Fünfziger.

Wieder einmal saßen sie zusammen, die einen Karten spielend, die anderen stumpf vor sich hinbrütend — unter ihnen auch Daniel.

„Worauf freust du dich am meisten, wenn du heimkommst?" warf plötzlich einer die Frage ganz unvermittelt in die Runde.

„Freuen?" Sekundenlanges Besinnen. „Mensch, blöde Frage! Auf meine Frau natürlich!" Er mochte es gar nicht zweideutig gemeint haben, aber die meisten von ihnen faßten es so auf — nein, nur unverkennbar eindeutig natürlich. Und schon folgten anzügliche Redensarten, schamlos, gierig!

„Freuen!?" Die paar Besinnlichen begannen von ihren Häusern und Gärten zu reden, andere wieder zählten auf, was für lukullische Gerichte sie sich von ihren Frauen zubereiten lassen würden — einige holten abgegriffene und verschmutzte Photographien hervor. „Hier — meine Frau, meine Kinder! Ob sie mich noch kennen werden?"

„Du weißt wenigstens, wo sie sind! Ich habe schon seit mehr als einem Jahr nichts von ihnen gehört. Wer weiß, ob sie noch leben? Pforzheim soll ja fast dem Erdboden gleichgemacht sein."

Dann wieder ein Aufstöhnen: „Wie lange halten sie uns denn hier noch fest? Ich hab' so genug von allem, ganz gleich, was auf mich warten mag — ich will jetzt einfach raus — will tun und lassen können, was ich mag. Es ekelt mich alles an."

Jetzt mischte sich einer ein, der bis dahin nur zugehört hatte. „Komm, reiß dich noch ein bißchen zusammen! Hast du so lange durchgehalten, geht es jetzt auch noch. Es kann sich ja nur noch um Tage handeln. Die sind selber froh, wenn sie uns weiterreichen können."

„Weiterreichen! Nach Hause will ich!"

„Das sollst du ja auch. Wir alle können doch wirklich Gott danken, daß wir noch am Leben sind nach alledem, was hinter uns liegt."

Erstaunte, fragende, sogar feindliche Blicke!

„Du gehörst wohl zu den Frommen?"

„Verschon uns mit deinen heiligen Redensarten!"

„Sag mal, Mensch, hat dich deine Frömmigkeit vielleicht davor bewahrt, daß du in Gefangenschaft gekommen bist?"

Sie bombardierten ihn geradezu mit herausfordernden, anzüglichen Fragen und Redensarten. „Dein lieber Gott war wohl während des Krieges auf Urlaub, was? Sonst hätte er dieses Kriegsgemetzel wohl nicht zugelassen, he?"

„Ihr macht euch völlig falsche Vorstellungen von Gott. Er hätte den Krieg wohl verhüten können, aber wenn der Mensch klüger sein will als Gott, dann läßt er ihn eben in sein Unglück rennen. So war das schon beim Turmbau zu Babel. Die Geschichte werdet ihr wohl noch kennen."

Daniel Zierkorn, der sich bis dahin völlig aus dem Gespräch herausgehalten hatte, erhob sich mühsam von dem Platz an der Mauer, an die gelehnt er in der Abendsonne Wärme gesucht hatte. Langsam ging er auf den Mann zu, der sich als einziger in dieser Runde zu Gott bekannt hatte.

„Wilfred? – Tatsächlich, du bist's. Ich hätte dich fast nicht mehr erkannt!"

„Daniel, du? – Wie lange haben wir uns nicht gesehen! Wann bist du hierhergekommen?"

„Vor einer Woche. Und du?"

„Erst vorgestern! Dann wirst du wohl bald nach Hause entlassen werden?" Daniel antwortete zum Erstaunen des anderen mit einer müden Handbewegung.

Nun schaltete sich einer der Gesprächspartner ein. „Könnt

ihr eure Wiedersehenszeremonie nicht auf später verlegen? Ich hätte den frommen Kameraden gern einiges gefragt."

Sie rückten erwartungsvoll zusammen. Jede noch so kleine Abwechslung im Einerlei der hier so langsam dahinschleichenden Tage war willkommen. Mal hören, was für ein Wortduell sich zwischen den Zweien entspann.

„Wir reden später weiter!" Wilfred freute sich, seinen Freund Daniel so unvermutet getroffen zu haben. Aber jetzt ging dies Gespräch vor. Vielleicht war es eine der ungesuchten Gelegenheiten, deren Wichtigkeit man nicht unterschätten durfte. Wie oft hatte er das erlebt. Und nun würde er ja durch Daniel Verstärkung bekommen.

„Also, was wolltest du mich fragen?"

„Sag mal, Junge, du siehst nicht gerade aus wie 'n Schwachkopp, sag mal ganz ehrlich: Glaubst du wirklich noch an so was wie 'n lieben Gott und 'n Schutzengelchen und so 'ne Kindermärchen?"

Fest sah Wilfred ihn an. „Ich weiß nicht, was du dir dabei für Vorstellungen machst, wenn du von Gott und den Engeln redest. Ich sage dir: ich wüßte nicht, wie ich ohne meinen Glauben an Gott und an seinen Sohn, Jesus Christus, die hinter mir liegenden Jahre ertragen hätte. Ganz gewiß lebte ich nicht mehr, wenn Gott seine Engel nicht gesandt hätte, mich in den vielerlei Gefahren zu beschützen."

„Ach — und die anderen, die ins Gras beißen mußten, die von den Granaten zerrissen wurden, denen hat er wohl kein Engelchen geschickt? Mensch, daß ich nicht lache! Für so dumm hätte ich dich gar nicht gehalten, deinem Aussehen nach."

Es ging hin und her — auch andere machten ihre Einwände. Die meisten von ihnen voller Spott, andere zumindest verneinend und zweifelnd. Zum großen Erstaunen Wilfreds stand Daniel plötzlich auf, ohne sich auch nur mit einem Wort an dem Gespräch beteiligt zu haben, und ging davon, quer über den Burgplatz, wo er sich an der anderen Seite der Mauer in der Sonne niederließ.

„Es ist nicht ganz einfach, euch hier in wenigen Minuten klarzumachen, was in meinem Leben das Resultat ernsten Gottsuchens und fleißigen Lesens in der Bibel ist."

„Ach, dann bist du wohl Bibelforscher oder gehörst zu den Zeugen Jehovas?"

„Mensch, das ist doch alles dasselbe."

„Nein, ich gehöre zur evangelischen Kirche. Aber das ist meines Erachtens gar nicht das Wesentliche."

„Sondern?"

„Daß ich den Weg zu Gott gefunden habe und zu ihm gehöre. Und das kann ich nur durch Jesus Christus."

„Das eben verstehe ich nicht. An einen Gott, an ein höheres Wesen glaube ich schließlich auch, aber warum soll ich da auch noch diesen Jesus brauchen?"

„Du sagst, du glaubst schließlich auch. Das klingt nicht sehr überzeugend."

„Nennst du dich Christ?"

„Na ja — ein Heide bin ich jedenfalls nicht."

„Du kannst nicht Christ sein und die Notwendigkeit der Verbindung mit Jesus Christus leugnen."

„Mensch, hört doch auf zu fachsimpeln! Jeder soll nach seiner Fasson selig werden."

„Das gerade ist nicht möglich."

„Biste etwa 'n Pfarrer?"

„Nein, im Augenblick bin ich noch gar nichts. Ich wurde gleich nach dem Abitur eingezogen und wollte Lehrer werden."

„Im übrigen seid ihr Frommen euch ja selber nicht einig. Wenn ich nur daran denke, in wieviel Vereine ihr aufgesplittert seid. Evangelische, Katholische, Baptisten, Methodisten, Pfingstler — und wie alle die Gruppen und Grüppchen heißen. Da kenne sich einer aus! Ein Zeichen von Zusammengehörigkeit ist es auf jeden Fall nicht."

„Ich verstehe, daß ihr so redet." Wilfred warf einen fragenden Blick hinüber zu Daniel. Warum ließ er ihn hier im Stich? Wie nötig wäre ein klares Zeugnis jetzt gewesen.

„Die vielen kleinen Gruppen und Gemeinschaften sind eine ernste Frage an unsere Kirche", fuhr er fort. „Sie hat ganz sicher auf vielen Gebieten versagt. Aber letztlich kommt es auf etwas ganz anderes an, und im Wissen darum finden sich alle ernsten Christen, ganz gleich, zu welcher Gruppe sie gehören. Es geht um Jesus Christus, von dem die Bibel sagt: In keinem andern ist das Heil, ist auch kein andrer Name den Menschen gegeben, darin wir sollen selig werden. — Seht, das habe ich an der Front erlebt. Da war ich mit einem Katholiken zusammen. Er las, wenn wir gerade eine Ruhepause hatten, in seinem Gebetbuch, ich in meinem Neuen Testament, aber beide wußten wir, daß wir ohne Christus verlorene Sünder waren, und in diesem Wissen fanden und verstanden wir uns. Die äußere Zugehörigkeit zu verschiedenen Kirchen spielte da keine Rolle."

„Mensch, deine Begabung steht eindeutig fest, für dich kommt als Beruf nur der eines Seelenbetreuers in Frage!"

Schallendes Gelächter. Aber es war kein ungutes, spöttisches Lachen. Es sollte vielleicht nur verbergen, daß die zum Teil am Nullpunkt ihres Lebens angekommenen Männer in ihren Drillichjacken, mit den kahlgeschorenen Köpfen und mit ihren in tiefen Höhlen liegenden Augen sich im Grunde doch nach etwas Besserem sehnten, als was ihnen das Leben bisher geboten hatte und was sie vor sich sahen.

Später gesellte sich Wilfred zu Daniel. „Schade, daß du nicht geblieben bist! Ich hätte Verstärkung gebraucht."

„Wobei?"

„Na, bei dem Gespräch. Es wird dir an der Front und in der Gefangenschaft gewiß nicht anders ergangen sein als mir. Wir waren immer in der Minderheit gegenüber den anderen."

„Wer ‚wir'? Von wem sprichst du eigentlich?"

„Von uns Christen, die wir es ernst nehmen."

„Ach so!" Daniel Zierkorn hob die Schultern und antwortete nicht.

„Du als angehender Pfarrer hättest ihnen vorhin wahrscheinlich klarer sagen können, um was es geht."

Ohne den ehemaligen Freund anzusehen, erwiderte Daniel: „Ich werde nicht Pfarrer."

„Wie? — Das kann doch nicht dein Ernst sein? Ich meine dich noch zu hören, als sei es erst gestern gewesen, du weißt doch — an dem letzten Abend bevor du eingezogen wurdest, bei Ricarda. Wie waren wir alle erfüllt von dem, was wir erlebt hatten! Und du warst einer der Eifrigsten unter uns."

„Was wir meinten, erlebt zu haben!" korrigierte Daniel den Kameraden. „Im Krieg draußen war Schluß mit diesen schwärmerischen Ideen."

„Merkwürdig!" Wilfred schüttelte den Kopf. „Ich habe gerade das Gegenteil erlebt. Je schlimmer es draußen war, desto froher war ich an dem Halt, den ich in Christus gefunden hatte, und desto inniger schloß ich mich ihm an. Die Verbindung mit ihm war das einzig Sinnvolle in diesen Jahren. Und wenn auch nur in geringer Zahl, immer wieder fand ich unter den Kameraden solche, die aus denselben Quellen schöpften. Wir ermutigten und bestärkten uns gegenseitig. Auch in der Gefangenschaft war es so. Da haben wir einen regelrechten Bibel- und Gebetskreis gebildet. Was ich nie vorher für möglich gehalten habe: auf diese Weise wurde mir die schwere Zeit der Gefangenschaft zur Reifezeit. Es kommt ja immer darauf an, was wir aus einer solchen Zeit machen. Hast du nicht auch solche Erlebnisse gehabt?"

Müde und resigniert schüttelte Daniel den Kopf. „Nein, für mich war die Gefangenschaft die Hölle. Mein Glaube hat sich als ein Trugbild erwiesen. Er konnte mir keine Kraft vermitteln."

„Ich begreife das nicht, Daniel. Da muß sich doch irgend etwas zwischen Gott und dich gestellt haben, vielleicht irgendeine Untreue. Gott bleibt sich immer gleich — da mußt du irgendwie versagt haben."

„Versagst du nie?"

„Doch, Daniel, das wollte ich damit nicht sagen. Aber wo wir unsere Schuld einsehen und bereuen, da wird sie nicht zur trennenden Mauer zwischen uns und Gott, denn er ist barmherzig und vergibt. Mir kommt es vor, als seist du Gott aus der Schule gelaufen. Aber du kannst doch zurückkommen und neu anfangen."

„Da gibt es kein Zurück mehr."

„Wie schrecklich, Daniel! Was sagt denn deine — deine Braut dazu, Rica? Oder habt ihr inzwischen bereits Kriegstrauung gehabt?"

„Zwischen uns ist längst alles aus."

„Das tut mir aber leid! Es war gewiß zuviel, was auf dich einstürmte. Du mußt jetzt erst einmal zur Ruhe kommen. Jedenfalls freue ich mich, daß wir uns hier nach langer Zeit wiedergefunden haben." Er reichte ihm die Hand. „Laß uns wie einst gute Freunde sein, Daniel, und wenn ich etwas für dich tun kann, du sollst wissen: ich bin für dich da! Zwar weiß auch ich noch nicht, wie es mit mir weitergeht. Wir stehen ja alle vor einem Nichts. Aber Gott kann auch daraus einen Neuanfang werden lassen, daran zweifle ich keinen Augenblick."

Daniel ergriff wohl die ihm dargebotene Hand; aber er antwortete nicht.

Nur langsam und zögernd näherte sich Daniel Zierkorn dem Pfarrhaus, seinem Elternhaus. Seltsam, nur mit gemischten Gefühlen hatte er ans Heimkommen gedacht, wenngleich es auch bei ihm nicht anders gewesen war wie bei seinen Kameraden im Gefangenenlager. Wie hätte man die endlos lange Zeit überhaupt ertragen und überleben sollen, wenn nicht im Gedanken an die Heimat und an das Nachhausekommen! Dennoch hatte sich zu dieser Hoffnung je länger desto mehr die Angst gesellt. Was sollte werden? — Wie würden die Eltern, besonders aber die Mutter seinen Entschluß, nicht Theologie zu studieren, hinnehmen? Und dann die Sache mit dem Kind! In den vergangenen Monaten war es ihm klargeworden, daß er darüber nicht einfach hinweggehen könne. Aber wie sich alles gestalten würde und was er zu unternehmen hatte, das war ihm völlig unklar.

Vom Heimkehrerlager aus hatte er an den Vater geschrieben und ihn gebeten, ihm Kleider und Wäsche zu schicken, gleichzeitig sich aber ausbedungen, daß man von einem Besuch dort Abstand nehme. Er ertrug jetzt einfach keine sentimentalen Wiedersehensszenen, die bei der Mutter bestimmt nicht ausbleiben würden, zumal in Gegenwart der Kameraden, unter denen solche waren, die alles, auch die Tränen einer Mutter, mit ihren Glossen versehen würden, selbst wenn sie dabei noch vorhandene weiche Gefühle verleugnen müßten.

Nein, Daniel wollte nicht einmal am Bahnhof abgeholt werden. Allein würde er den Weg nach Hause einschlagen. Und nun stellte er verwundert fest, daß es auch ihn packte. Die alte, liebe Heimatstadt derart verwüstet und zerstört, fast nicht wiederzuerkennen! Wohl hatte man bereits mächtig gearbeitet. Trümmer waren fortgeräumt worden, da und dort begann man schon wieder zu bauen. Aber wenn nicht altvertraute Bilder Mahnzeichen gewesen wären und Erinnerungen an gewesene Zeiten wachgerufen hätten, kaum hätte er sich zurechtgefunden. Gott sei Dank, die Kirche schien unversehrt geblieben zu sein. Wie in alter Zeit grüßte ihn der schlanke Turm. Und der Märchenbrunnen im kleinen Park dort drüben, tatsächlich, er stand auch noch am alten Platz. Wie oft war er hier mit den Brüdern und Ricarda gewesen und hatte die kleine Freundin vor den zudringlichen

Wasserstrahlen beschützt, die von den übermütigen Buben als Geschosse benutzt wurden. Ricarda! — Wie mochte es ihr gehen? Der Gedanke an ein Wiedersehen mit ihr ließ trotz allem sein Herz schneller schlagen.

Da war auch schon die Gartenstraße. Die Kastanien standen in voller Blüte und hatten, als wollten sie Daniel grüßen, ihre roten und weißen Frühlingskerzen aufgesteckt, ganz so wie früher. Über der Friedhofsmauer hingen, als wäre das Leben ein einziges Fest, wie einst die gelben Dolden des Goldregens. Stark duftete der Flieder, und die Jasminsträucher standen ihm nicht nach. Tief atmete Daniel den ganzen Reichtum des Frühlings ein, der ihn zur Heimkehr unermeßlich beschenkte.

Nun stockte Daniels Fuß. Von der Querstraße aus war früher das stattliche Gebäude der Lederfabrik Dörrbaum zu sehen gewesen. Lange hatte ihn keine Post mehr erreicht. Er wußte also nicht, daß Ricardas Vater schwer betroffen worden war. — Und nun trat zwischen den Bäumen des Gartens die Villa hervor. Er erschrak. Nur zur Hälfte stand sie noch, obgleich auch hier, das war deutlich zu sehen, bereits wieder Aufräumungs- und Neubauarbeiten im Gange waren. Heiß durchfuhr es ihn. Ricarda würde doch noch am Leben sein? Schrecklich, wenn ihr etwas zugestoßen sein sollte. Und wenn hundertmal zwischen ihnen nichts mehr bestand, sie war und blieb doch die Gespielin seiner Kindheit und der gute Engel seiner Jugendjahre. O Ricarda, wie konnte ich dir das antun! Doch hinweg mit allen sentimentalen Anwandlungen! Es war vorbei, unwiederbringlich vorbei.

Helles Kinderlachen drang an sein Ohr. Im Garten der Villa schaukelte ein kleines Mädchen. In einem hellblauen Kleidchen saß es auf dem alten Schaukelbrett. Seine braunen Locken, die ihm weit über die Schultern hingen, flogen im Wind — immer höher, immer höher ging es. Dem Heimkehrenden wollte es beinahe angst und bange werden um das Kind. Es fehlte nicht viel, so hätte er ihm zugerufen: Paß auf, daß du nicht herunterfällst! Aber was ging ihn das fremde Kind an? Nun hatte es den näherkommenden Mann entdeckt. Es lachte ihm entgegen und winkte ihm mit einer Hand zu. Welch ein Unverstand! Nun konnte er nicht anders. Er rief dem kleinen Ding zu: „Halte dich fest, sonst fällst du herunter!" Aber das kleine Mädchen lachte, schaukelte weiter. Es sah aus, als wolle es auf ihn zufliegen. Eigenartig, sein erstes Wort auf heimatlichem Boden galt einem fremden Kind!

Sein Schritt wurde zögernder. Das Pfarrhaus! Gott sei Dank, es schien unversehrt zu sein! Unversehens öffnete sich die Gartentüre, und heraus trat sein Vater, der am Fenster stehend auf Daniel gewartet und ihn gesehen hatte. Ungewollt kam Daniel der Vergleich: Wie beim verlorenen Sohn: „... und da er noch ferne von dannen war, sah ihn sein Vater." Zum erstenmal seit langer Zeit empfand Daniel ein Gefühl der Geborgenheit. Nun war er wirklich nach Hause gekommen.

„Mein Junge!" Mehr sagte der Vater nicht. Fest umschlossen seine Arme den Heimgekehrten, auf dessen Gesicht deutlich die Spuren ausgestandener Schreckenszeiten zu lesen waren. Nur der Durchgang durch die Hölle konnte den Ausdruck eines Antlitzes derart verändern.

Kaum hatten die beiden das Haus betreten, erschien die Mutter in der Türe des Wohnzimmers. Schreckhaft weiteten sich ihre Augen, als könne sie nicht fassen, was sie vor sich sah. Das sollte ihr Ältester sein? Dieser hagere, gebeugte Mann, der nur weniger als drei Jahrzehnte gelebt hatte und nun zu Tode erschöpft und völlig kraftlos aussah!

Laut aufweinend barg sie das Gesicht in ihren Händen. „Daniel — Daniel, was mußt du durchgemacht haben!" Der Sohn war über das Aussehen der Mutter ebenso erschrocken. Wie war sie gealtert und wie vergrämt sah sie aus! Schwer fiel es ihm in diesem Augenblick aufs Herz: Wie wird sie den Schlag ertragen, den ich ihr nun versetzen muß!

Er trat zu ihr, legte den Arm um ihre Schulter und zog sie an sich. „Mutter, nun bin ich wieder da, und wir müssen ganz neu anfangen und miteinander wahrscheinlich viel Geduld haben." Sie vermochte vor lauter Weinen kein Wort zu erwidern.

Der Vater machte der augenblicklichen Bekümmernis ein Ende. „Maria, du willst sicher etwas zu essen richten. Ich führe Daniel inzwischen auf sein Zimmer. Was er jetzt vor allem braucht, ist Ruhe."

Tief auf atmete Daniel, als er sich in dem kleinen Raum umsah, der so viele Kindheits- und Jugenderinnerungen barg. Alles war hier noch wie früher, als sei die Zeit stillgestanden. Unfaßlich, dabei schien eine Ewigkeit vergangen, seitdem er hier gewesen war, eine endlose Zeit mit unendlichen Qualen.

Die beiden Männer standen sich gegenüber, einer im Antlitz des anderen forschend. Der Vater legte seinem Ältesten beide Hände auf die Schultern. „Jetzt sollst du nichts als ausruhen, zu dir selber zurückfinden. Wir haben Zeit, Daniel, und wenn Mutter dich drängen will, bleibe ruhig und gelassen! Sie hat viel gelitten um dich. Oft fürchtete ich, sie würde daran zerbrechen."

„Und was wißt ihr von den Zwillingen?"

„Jonathan liegt im Tropengenesungsheim schon längere Zeit. Er hat sich nicht nur eine schwere Malaria, sondern auch noch ein Nierenleiden zugezogen. Ich habe ihn besucht und mich trotz allem an ihm gefreut. Er ist sehr gereift."

„Und David?"

„David ist tot. Er starb nach einer Verwundung im Lazarett."

Schwer ließ sich Daniel auf einen Stuhl fallen. Der Vater erschrak vor dem Ausdruck seiner Augen. Immer wieder schüttelte Daniel den Kopf. Er konnte es nicht fassen.

„David — unser kleiner David? Er hatte das Leben noch vor sich! — Hätte ich doch an seiner Statt gehen können!"

Bekümmert verließ Pfarrer Zierkorn das Zimmer seines Ältesten. Deutlich empfand er: in Daniel war etwas zerbrochen. Nicht nur das Kriegserleben hatte diese Veränderung seines Wesens herbeigeführt, da mußte noch etwas anderes sein, mit dem er nicht fertig wurde. Aber es war ihm klar, man mußte ihm Zeit lassen. Hoffentlich würde Maria warten können.

Über die Heimkehr Daniels aber hatte sich ein Schatten gelegt — trotz des befreienden Gefühls, das sich seiner bemächtigte, als er den Vater gesehen, und trotz des Geheimnisvollen, das nach ihm gegriffen hatte, im Wissen darum, wieder zu Hause zu sein. David war tot!

Länger als acht Tage hielt Frau Zierkorn es nicht aus. Sie betrat das Studierzimmer ihres Mannes.

„Karl — so kann es doch mit Daniel nicht weitergehen. Er sitzt herum, stiert vor sich hin und redet kein Wort über seine Zukunftspläne."

„Laß ihm Zeit, Maria!"

„Zeit lassen! Meine Güte, ist denn nicht bereits genug Zeit verflossen? Denke doch an die Jahre des Studiums. Wie alt soll er denn werden, bis er seine Examen hinter sich bringt und ordiniert wird?"

„Hast du den Eindruck, daß Daniel in der jetzigen Verfassung überhaupt in der Lage ist, sich irgendeinem Studium zu widmen?"

„Von irgendeinem kann ja wohl nicht die Rede sein. Hast du ihn denn noch nicht darauf angesprochen?"

„Nein, Maria, das habe ich nicht und das werde ich auch vorerst nicht tun. Dich aber möchte ich herzlich bitten, ihm seine Ruhe zu lassen. Die braucht er jetzt nötiger als alles andere. Ich habe den Eindruck, als sei der Junge krank an Leib und Seele."

„Du wirst nicht leugnen können, daß er zu mir, seiner Mutter, immer ein besonders gutes Verhältnis gehabt hat. Ich sehe nicht, warum ich da nicht mit ihm über seine Zukunft sprechen sollte."

„Kannst du wieder nicht warten, Maria? Habe ich dir nicht von den verschiedenen Fällen erzählt, die mir in den vergangenen Wochen und Monaten begegnet sind? — Sie kommen alle irgendwie angeschlagen zurück, die Heimkehrer. Gewiß, es sind mir auch solche begegnet, bei denen man den Eindruck hat, daß sie innerlich gereift sind und daß die hinter ihnen liegenden Erlebnisse sie in die Tiefe geführt haben, daß Notzeiten ihnen zu Offenbarungszeiten wurden."

„Bei Daniel ist doch alles klar. Er findet sein Elternhaus, wie er es verlassen hat. Er setzt sich an den gedeckten Tisch und muß sich um nichts sorgen. Daß er Pfarrer wird, stand von jeher fest. Ich will ihm gerne noch eine Zeit der Erholung einräumen, und es soll wahrhaftig an nichts fehlen. Vom eigenen Munde will ich es mir absparen, damit er wieder zu Kräften kommt. Aber er soll wieder werden, wie er früher war. Manchmal kommt er mir geradezu fremd vor."

„Er ist ein Mann geworden."

„Deswegen bleibt er doch mein Sohn."

„Maria, gib acht, daß du nicht einem großen Selbstbetrug erliegst. Du sprichst von ihm und meinst dich selbst und die Erfüllung deiner eigenen Wünsche. Verschütte dir nicht, was erst wieder wachsen und werden muß! Daniel ist kein Kind mehr, über das du Bestimmungsrecht hättest."

Empört stand sie auf. „Es ist niederträchtig von dir, daß du das, was aus meinem besorgten Mutterherzen kommt, Egoismus nennst. Ist es nicht genug, daß wir unseren Jüngsten verloren haben?"

Kurze Zeit später. Der sommerlich warme Tag lockte ins Freie. „Ich habe den Tisch draußen im Garten gedeckt", rief die Pfarrfrau aus der Küche. „Bitte, Daniel, sage dem Vater, er möchte zum Essen kommen."

Nach einer Weile saß er noch immer über das Buch gebeugt, in dem er gerade las.

„Daniel, ich hatte dich doch gebeten, Vater zu Tisch zu rufen."

„Inzwischen bist du selbst schon dreimal am Studierzimmer vorbeigegangen. Wie hast du es eigentlich gemacht, als ich nicht zu Hause war?"

Frau Zierkorn überhörte absichtlich den gereizten Ton in Daniels Worten. Aber eine Art war das nicht, wie er ihr antwortete. Schließlich war sie immer noch die Mutter.

Man saß beim Essen. Ob Daniel nicht merkte, wie sie sich bemüht hatte, es liebevoll und schmackhaft zu bereiten? Kein Wort verlor er darüber, daß sie sein Lieblingsgericht gekocht hatte. Wo es doch heute noch immer schwer war, manche Lebensmittel zu bekommen!

Aus dem Nachbargarten vernahm man Lachen und Rufen von Kinderstimmen. Bis dahin hatte Daniel noch in keiner Weise Bezug auf Ricarda und ihre Eltern genommen.

„Wem gehören die Kinder, die man immer in Dörrbaums Garten herumspringen sieht?" fragte er unvermittelt. Der Pfarrer versuchte durch einen Blick seine Frau zu warnen, aber sie schien nichts zu merken, auch nicht seinen gelinden Stoß mit dem Fuß unter dem Tisch. Auf diesen Augenblick hatte sie schon lange gewartet.

„Das sind die Kinder von Ricarda Dörrbaum. Das heißt, ihre eigenen sind es nicht. So lange ist sie ja noch nicht verheiratet."

Daniel legte Messer und Gabel neben den Teller. „Ricarda ist verheiratet?"

„Ja, mit dem Prokuristen aus der Fabrik ihres Vaters."

Nun war es gesagt. Der Pfarrer bemühte sich, den Schlag, den diese Nachricht seinem Sohn versetzt haben mußte, durch eine Erklärung zu mildern.

„Ricardas Tante, Fräulein Liane, die Gelähmte, du hast sie ja gekannt, starb in der Nacht des furchtbaren Angriffs auf unsere Stadt. Herr Dörrbaum selbst wurde schwer verletzt, als er beim Brand der Fabrik von stürzenden Balken mitgerissen ward. Niemand glaubte, daß er es überstehen würde. Seitdem ist er gelähmt und kann sich nur im Rollstuhl fortbewegen. Auch seine Frau ist gestorben. Ricarda hat unsagbar viel durchgemacht. Mir wurde gesagt, Herr Dörrbaum habe, als man meinte, daß es mit ihm zum Sterben gehe, seine Tochter inständig gebeten, dem Werben seines Prokuristen, des Herrn Hertrich, Gehör zu schenken. Und so haben sie geheiratet. Er gehört zu den Methodisten und macht mir einen guten Eindruck. Er scheint ein entschiedener Christ zu sein."

Frau Zierkorn fuhr fort: „Ja, und bevor sie heiratete, haben wir alle gemeint, sie eröffne ein Kinderheim. Sechs, sieben oder gar noch mehr Kinder hat sie schon betreut. Aber dann hat es ihr offenbar doch besser gefallen, zu heiraten. Und nun sind noch drei Pflegekinder bei ihr geblieben: das Kind der Nichte Annas, dann ein kleines Mädchen von einer Unverheirateten, die von dem Mann im Stich gelassen wurde, und nun auch noch die kleine Tochter eines Heimkehrers, dessen Frau sich mit einem Neger eingelassen hat und, wie wir jetzt erfahren, von diesem ein Kind erwartet. Mir ist unbegreiflich, daß Herr Hertrich duldet, daß sie auch weiterhin diese Kinder behält. Aber starrköpfig ist sie mir ja schon immer vorgekommen, die Ricarda Dörrbaum. Warum hörst du denn auf zu essen, Daniel, wo ich dir doch dein Lieblingsgericht gekocht habe?"

Ohne zu antworten erhob sich Daniel und ging mit müden Schritten ins Haus, auf sein Zimmer.

Betroffen blickten die Eltern ihm nach. Auch sie mochten nicht mehr weiteressen. Nach einigen Augenblicken betretenen Schweigens wandte Pfarrer Zierkorn sich an seine Frau: „Mußte das nun sein?"

„Einmal hätte er es doch erfahren müssen, daß sie verheiratet und für ihn nichts mehr zu hoffen ist."

„Aber nicht jetzt und nicht auf diese Weise."

Sie brach in heftiges Weinen aus. „Gibt es denn überhaupt noch etwas, was ich dir recht mache? Ist es nicht schwer genug für mich als Mutter, zu sehen, wie mein Sohn sich verändert hat und den Weg zu mir nicht mehr findet?"

„Ich fürchte, wir werden noch Schwereres erleben. Nur meine ich, wir müßten uns und unsere eigenen Wünsche und Gefühle jetzt hintenan stellen." Er legte seine Hand auf die Rechte seiner weinenden Frau. „Maria, es wird die Schule Gottes sein, durch die hindurch wir müssen, und wir tun gut daran, die Lektionen, die er uns aufgibt, zu lernen."

In dieser Nacht lagen beide Eltern schlaflos. Die Unruhe, die aufs neue über Daniel gekommen war, schien sich auf sie zu übertragen. Nicht genug, daß er sich Nacht für Nacht im Traum an der Front befand, das Grauen des Nahkampfes erlebte, das Schreien der Verwundeten, das Stöhnen der Sterbenden. Nacht für Nacht erlebte er auch die Schrecken der Gefangenschaft, den Kampf zwischen Hoffnung und Verzweiflung. Dann aber war doch immer wieder ein Erwachen gefolgt, das ihm bewies, daß die schrecklichen Erlebnisse nicht mehr Wirklichkeit, sondern Traumgebilde waren. Das Emporsteigen des neuen Morgens, angekündigt durch das Zwitschern der Vögel in den Bäumen des Gartens, war ihm tröstlich gewesen. Ganz gleich, wie sich auch sein weiterer Weg gestalten würde, er war jetzt doch zu Hause. Nun aber hatte etwas Neues nach ihm gegriffen. Er versuchte, es abzuschütteln, damit fertig zu werden, aber es war wie ein Gewicht, das ihn in die Tiefe zog. Ricarda verheiratet! Aber hatte er nicht damit rechnen müssen? Hatte nicht er selbst das Band zerschnitten, das sie von früher Kindheit an verknüpfte? Er versuchte, sich vor sich selbst Rechenschaft zu geben. Hatte er etwa im Unterbewußtsein doch darauf gehofft, daß sie auf ihn warte, auch nachdem er ihr sein

Geständnis abgelegt hatte? War er nicht ihrer im Grunde sicher gewesen, trotz allem? Stunde um Stunde fielen die Glockenschläge vom nahen Kirchturm in die Nacht. Sie hatten nichts Tröstliches mehr, sie riefen nur schmerzhaft Erinnerungen wach an eine Zeit, wo noch alles gut, klar und wahr gewesen. Daniel sehnte sich nach dem Schlaf, der wenigstens für ein paar Stunden Vergessen bringen würde. Aber er blieb ihm fern! Eine gähnende Leere tat sich vor ihm auf. Er war nach Hause gekommen und befand sich doch in der Fremde, denn zu Hause, das war ihm jetzt klar wie nie zuvor — zu Hause, das bedeutete Ricarda.

Wie hatte es nur dahin kommen können, daß er sich dieses Kleinod verscherzte? Plötzlich aber wandte sich sein Gedankengang. War sie nicht die eigentliche Ursache, daß alles fehlgegangen war? Warum hatte sie ihm nicht an jenem Abend vor seiner Einberufung ihr Wort gegeben, um das er sie bat? Mit ihm hätte er sich ihr verpflichtet gefühlt, und die Sache mit Käthe wäre nie vorgekommen. Jetzt war es ihm klar: sie hatte ihn nie wirklich geliebt! — Daniel warf die Decke zurück. Es hielt ihn nicht mehr im Bett. Auf und ab ging er. War nicht das ganze Leben Betrug?

Dann aber schämte er sich seiner Regungen. Nein, Ricarda, die Gefährtin seiner Jugendjahre, war keines Betrugs, keiner Unaufrichtigkeit fähig. Hatte sie nicht damals gesagt: Mein Wort könnte dir zur Fessel werden, die du gerne los sein würdest? Er war in jener Stunde empört gewesen, aber mit unübersehbarer Klarheit kam es in dieser Nacht über ihn: nicht sie, er selbst hatte versagt.

Wieder einige Zeit später. Daniel hatte vom Fenster seines Zimmers aus die Mutter fortgehen sehen. Es fiel ihm ein, daß sie davon gesprochen hatte, Magdalene besuchen zu wollen. So war also der Vater allein, und er mußte nicht befürchten, durch die Mutter in seinem Vorhaben gestört zu werden.

Leise öffnete er die Türe des Studierzimmers. „Vater, hast du Zeit für mich? Ich möchte mit dir reden."

„Aber natürlich, Daniel! Komm, wir setzen uns hier in die Sessel! Wir sind jetzt ganz ungestört."

Eine ganze Weile saß Daniel da, den Kopf in die Hände gestützt. Es fiel ihm sichtlich schwer, den Anfang zu finden. Aber der Vater hatte Zeit zu warten. Schließlich begann Daniel.

„Du wirst erschrecken, aber einmal mußt du es ja wissen: ich kann nicht Pfarrer werden. Bitte, versuche nicht, mich umzustimmen, und vor allem, bewege Mutter, mich nicht zu quälen, indem sie mich zu überreden sucht. Mein Entschluß steht unumstößlich fest. Ich kann und will nicht mehr Theologie studieren. Ich habe mir das alles lange überlegt, nicht nur einmal, nein, immer wieder, und nachdem ich mich nun zum Reden entschließen konnte, sollst du auch alles wissen. Ich bin an meinem Glauben irre geworden und habe mich von Gott losgesagt."

Er hielt inne und hob den Blick zum Vater, wohl wissend, wie ihn diese Eröffnung treffen mußte. Dieser aber blieb völlig gelassen, wenigstens nach außen hin. Erst nach einer Weile des Nachdenkens antwortete er: „Daß du sagst, du habest dich von Gott losgesagt, beweist, daß du noch immer an sein Dasein glaubst. Das festzustellen, scheint mir wichtig. Du siehst also in ihm deinen Gegner. Weiter: du bist an deinem Glauben irre geworden! Dann hattest du wahrscheinlich nicht den richtigen."

„Es ist der, den ihr mich lehrtet."

„Dann liegt es sicher zum Teil an uns. Vielleicht hätten wir euch Kindern den Glauben besser vorleben müssen."

„Vater!" Beinahe erschrocken rief Daniel es aus. „Das fehlte noch, daß du dich anklagst, wo ich versagte."

„Demnach erkennst du, daß nicht Gott, sondern du selbst versagt hast."

Daniel stützte aufs neue den Kopf in die Hände. „Ich

habe einfach erkannt, daß alles, was ich zu besitzen meinte, eine Fata Morgana war. Es blieb nichts übrig, als es darauf ankam."

„Ich verstehe, mein Junge, daß du in dieser inneren Verfassung nicht daran denken magst, Pfarrer zu werden. Was wir nicht selbst besitzen, können wir anderen auch nicht geben."

„Das ist nicht der einzige Grund, Vater." Wohltuend empfand Daniel, daß der Vater in keiner Weise drängte. Eine ganze Weile waren das Ticken der Uhr auf dem Schreibtisch und das Summen einer Fliege, die um die Lampe kreiste, das einzige Geräusch im Raum.

Schließlich begann Daniel aufs neue: „Ich habe ein Kind, eine Tochter. Ich bin nicht nur an Ricarda, zu der ich von meiner Liebe gesprochen und der ich Treue gelobt hatte, schuldig geworden, sondern auch an einem Mädchen, dem ich zwar nie die Ehe versprochen, dem ich aber die Ehre genommen habe. Und das Schlimmste von allem ist, daß ich zu feige war, mich weiter um das Mädchen zu kümmern. Ich habe ihm nie mehr geschrieben und nie nach dem Kind gefragt. Durch einen meiner Kameraden erfuhr ich, daß ich eine Tochter habe. Verstehst du nun, Vater, daß ich niemals anderen predigen könnte, nachdem ich auf der ganzen Linie versagt habe?"

Nun geschah es, daß Pfarrer Zierkorn von sich selbst zu sprechen begann und zunächst mit keinem Wort auf das einging, was ihm sein Sohn soeben anvertraut hatte.

„Daniel, ich glaube, es müssen für einen jeden von uns Zeiten kommen, wo wir an uns selbst irre werden. Auch ich habe das durchmachen müssen. Jahrelang war ich sehr zufrieden mit mir. Ich lebte in einer Selbstsicherheit, vor der ich heute erschrecke. Du weißt, es fiel mir nie schwer, meine Gedanken in Worten auszudrücken, auch auf der Kanzel. Der Weihrauch der Anerkennung, den mir viele meiner Zuhörer zollten, umnebelte mich — bis ich eines Tages mit

Erschrecken feststellte, daß ein innerer Stillstand bei mir eingetreten und daß es zu einem Leerlauf gekommen war. Ich erkannte: wo kein Wachstum festzustellen ist, fehlt das wahre Leben. Ich lebte meinem Wissen, meinen Theorien, meinem Studium, aber in mir war kein Leben aus Gott. Ich kann mir vorstellen, daß manche meiner ernsten und treuen Kirchenbesucher und Gemeindeglieder das längst erkannt hatten. Vielleicht habe ich es ihren Gebeten zu verdanken, daß auch ich es endlich mit Erschrecken wahrnahm. Sieh, Daniel, da gingen mir die Augen dafür auf, daß ich erst einmal ein verlorener Sünder sein oder besser gesagt, mich als solchen erkennen mußte, bevor ich ein tüchtiger Pfarrer werden konnte; denn daß ich ein Sünder war, daran besteht kein Zweifel. Aber dies muß man einsehen. Nun wurde es mir klar, daß ich der Gnade bedürftig und daß all mein Bemühen, der Gemeinde zu imponieren, eine elende Komödie war. Steine hatte ich bis dahin anstelle von Brot gegeben. Was wußte ich selbst von Sündenvergebung?

Dies alles sage ich nicht, weil ich Pfarrer bin — jeder von uns muß es durchmachen, sonst kommt er überhaupt nicht in ein Verhältnis zu Gott. Und es ist auch keineswegs so, daß ich im Wissen um diese Dinge vollkommen geworden bin. Aber ich strebe nach dem vorgesteckten Ziel — und — Daniel, bitte betrachte das nun nicht als fromme Phrase, es wäre geschmacklos, dir, der du aus dem Fronterleben kommst, mit einer solchen aufzuwarten — ich habe erkannt, daß ich einen Heiland brauche und täglich von der Vergebung lebe. Ich komme nur in dem Maß in meinem Leben weiter, als ich bereit bin, darin Ordnung zu schaffen, und weil ich von Natur stolzer, selbstsicherer und ungebeugter Mensch dazu gar nicht imstande bin, benötige ich Jesus Christus. Wo ich ihn den Herrn meines Lebens sein lasse, wird es recht. In seinem Licht erkenne ich die Menge meiner Schuld und damit meine Abhängigkeit von ihm. Sieh, Daniel, auch die Situation, in der wir jetzt stehen, nach dem verlorenen Krieg! Furchtbares ist an den Juden, an den Geisteskranken und an den vielen, die in den Konzentrationslagern waren, geschehen. Wenn wir uns auch vor uns selbst zu rechtfertigen suchen, wir hätten nichts davon gewußt oder unmittelbar damit nichts zu tun gehabt — ist nicht schon der Wille, sich rechtfertigen zu wollen, neue Schuld? Haben wir, habe ich genug gebetet, daß Gott eingreifen möge? Schuld, wohin ich blicke, damit aber das Wissen: Ich brauche einen, der mir hilft, der mir jeden Tag neu vergibt, und unter dessen Führung in mir doch noch etwas Neues werden kann."

Daniel hatte beim Reden des Vaters den Kopf gehoben und sah ihn an, als sähe er ihn zum erstenmal. Er begriff das alles nicht. Anstatt daß er sich zu dem äußerte, was Daniel ihm anvertraut hatte, sprach er von seiner eigenen Schuld.

„Aber was hat das alles mit mir zu tun und mit dem, was ich dir gestanden habe?" fragte er, als der Vater schwieg.

„Wir sind allzumal Sünder und mangeln des Ruhms, den wir bei Gott haben sollten", antwortete dieser. „Dabei ist es nicht in erster Linie wichtig, zu fragen, was wir getan haben, sondern was wir tun wollen, um das Geschehen wiedergutzumachen. In jedem Fall aber sind Selbsterkenntnis, Reue und Buße erste Schritte, und wo wir zu diesen bereit sind, nimmt Gott unsere ganze verfahrene Angelegenheit selbst in die Hände und bringt sie zurecht."

„In meinem Fall ist nichts mehr zurechtzubringen."

„Sage das nicht, Daniel."

„Die Frau, die ich liebe und die mir wie kein anderer Mensch helfen könnte, aus den Trümmern meines Lebens etwas aufzubauen, gehört einem anderen, ist also für mich unerreichbar."

„Damit mußt du fertig werden, Daniel — aber ich meine, du müßtest an einem anderen Ende anfangen aufzubauen."

„Und das wäre?"

„Du hast ein Mädchen zu deiner Frau gemacht, ohne bereit zu sein, für sie zu sorgen, sie zu schützen, ihr Heimat zu bieten. Und sie hat ein Kind von dir, das Anspruch auf seinen Vater, auf ein Familienleben hat. Hier liegt dein erstes Aufgabengebiet, deine Pflicht. Hier bist du schuldig geworden. Hier mußt du gutmachen."

„Ich habe Käthe nie versprochen, sie zu heiraten."

„Daniel, ich weiß, wie man in manchen Kreisen darüber urteilt, und ich bin mir auch dessen bewußt, daß viele deiner Kriegskameraden eine völlige andere Auffassung als ich haben. Aber ich sage dir: Du bist nicht nur an Ricarda schuldig geworden, indem du dich mit diesem Mädchen einließest, du wurdest auch an diesem schuldig, weil du von ihm fordertest, was es dir nur in der Ehe hätte gewähren dürfen. Daß du dich aber nicht um dein hilfloses Kind kümmerst, ist das schlimmste von allem. Du hörst von mir keine Vorwürfe wegen des Vergangenen, es ist nicht ungeschehen zu machen, aber ich erkenne keinen anderen Weg für dich, als daß du in Ordnung bringst, was du falsch gemacht hast. Du mußt das Mädchen heiraten und deinem Kind eine Heimat bieten."

Daniel sprang erregt auf. „Womit denn, Vater? Ich habe keinen Beruf, keine Existenz, kein Heim, das ich ihnen bieten könnte."

„Und wenn du mit ihnen in eine Dachkammer ziehst und dein Brot als Hilfsarbeiter verdienst! Daniel — höre mich an: Du hast dich von Gott losgesagt, weil du wußtest, daß dein Tun vor seinen Augen Schuld war. Weil du dich aber nicht zu dieser Schuld stellen wolltest, schien es dir einfacher, zu behaupten, dein Glaube habe sich nicht bewährt. Ich aber sage dir: Du hast dich nicht bewährt! Mein Sohn — du magst hundertmal sagen, du habest dich von Gott losgesagt, er hat sich nicht von dir losgesagt! Er geht dir nach, er tritt dir in den Weg, er hat dich aus tausend Gefahren des Krieges errettet, um dir Gelegenheit zu geben, Ordnung in deinem Leben zu schaffen, neu anzufangen. Es ist aber nicht möglich, Neues aufzubauen, bevor man nicht die Trümmer hinweggeräumt hat. Gehe zurück bis zu der Stelle, wo du Gott verlassen hast, und mache ihn nicht länger verantwortlich für etwas, was du selbst zu entscheiden hattest. Gott wartet an dem Platz auf dich, wo du ihn losließest."

„Ich kann nicht, Vater — ich kann nicht. Ich sehe nicht einmal für mich allein einen gangbaren Weg. Wie könnte ich zwei Menschenleben an mich ketten, denen ich nichts, aber auch gar nichts zu bieten habe, die ich nur in noch größeres Elend stürzen würde."

„Das alles hättest du früher bedenken sollen. Es gibt keinen anderen Weg für dich, Daniel."

„Ich liebe Käthe ja gar nicht."

„Nun erhob sich der Vater. Groß und achtunggebietend stand er vor seinem Sohn. „Und doch nahmst du ihr, was nur ein Geschenk der Liebe sein soll und was verpflichtend ist für die Zukunft. Willst du die Achtung vor dir selbst verlieren?"

In Daniel erhoben sich Trotz und Widerspruch. „Geschenk der Liebe! — Man merkt, daß du nicht im Krieg warst und überhaupt das Leben nicht kennst! Wie wäre das auch möglich? In einem weltabgelegenen Elternhaus bist du behütet aufgewachsen. Als unerfahrener Mensch gingst du ins Studium. Deine Art als Student war es nicht, die Zeit zu vergeuden. Den jungen, unverdorbenen Vikar himmelten die Mädchen und deren Mütter an. Das schmeichelte dir. Früh hast du geheiratet. Was weißt du von solchen Versuchungen, von schlechten Einflüssen minderwertiger Kameraden? Was weißt du von den Gefühlen, die über einen kommen, im Gedanken daran, daß man vielleicht schon morgen von einer Kugel tödlich getroffen wird? Kein Wunder, wenn einer meint, er müsse vorher noch ein Stück Leben an sich reißen. Da begegnet ihm ein nettes Mädel. Was fragt er danach, ob es recht ist oder nicht, wenn es nur eine Frau ist! Das hat doch nichts mit Liebe zu tun! Natürlich ist man nicht nur mit solchen Gedanken in den Krieg gezogen. Aber daß einem alle Ideale zerbröckeln, sich in ein Nichts auflösen, dafür sorgen schon die Kameraden mit ihren dreckigen Witzen. Nichts ist ihnen heilig, und oft sind die Verheirateten die Schlimmsten: ‚Was, du hast noch kein Mädel in deinen Armen gehabt?' Sie drücken sich natürlich in ihrer Weise aus. Und sie bringen es wahrhaftig fertig, daß du dir selbst rückständig vorkommst, daß du dich tatsächlich vor ihnen genierst, auf diesem Gebiet noch keine Erfahrung zu haben. Und so wirfst du deine überholten Ideen über den Haufen und machst mit. Du flüchtest aus Heimweh, Verzweiflung, Angst und Sinnlosigkeit des Lebens in die Arme eines Mädchens. Aber mit Liebe, Vater — mit Liebe hat das nichts zu tun."

Erschöpft ließ Daniel sich in den Sessel fallen. Eine ganze Weile war es gewesen, als spräche er nur zu sich selbst.

Zuerst hatte der Vater Mühe gehabt, sich zu beherrschen. Was fiel dem Sohn ein, in dieser herausfordernden Art mit ihm zu reden? In geradezu empörender Weise wagte er ein Urteil über ihn und sein Leben zu fällen. Dann aber erfüllte grenzenloses Erbarmen des Vaters Herz. „Armer Junge! Du warst in dir selbst viel zuwenig gefestigt, um all dem begegnen zu können, was über dich hereinbrach." Aber hatte er, der Vater, ihn mit der nötigen Ausrüstung hinausziehen lassen? Hätte er nicht um die Gefahren, die auf den jungen Menschen zukamen, wissen und ihn davor warnen müssen, anders als er es getan hatte? Er hatte ihn wohl in der Pubertätszeit aufgeklärt, hatte ihm gesagt, was ein Junge wissen muß, wenn er aus dem Kindheitsalter herauskommt, das übrige hatte seine Frau getan. Aber es wäre seine Pflicht gewesen, von Mann zu Mann mit ihm zu reden. War er sich überhaupt über die innere Verfassung seines Sohnes klar gewesen, als dieser sich in die Reihen solcher eingliedern mußte, denen nichts heilig war, die eine Frau nur als Objekt ihrer Leidenschaft und Triebhaftigkeit betrachteten? Aber es waren doch bestimmt auch andere unter den Kameraden Daniels gewesen. Warum hat er sich nicht diesen angeschlossen? Schweigend stand Pfarrer Zierkorn eine Weile am Fenster und blickte hinaus in den Garten, ohne jedoch irgend etwas von dem Blühen und Wachsen dort wahrzunehmen. Dann wandte er sich wieder seinem Sohn zu.

„Nein, Daniel, nein und noch einmal nein! So ist es nicht, wie du es schilderst. Es ist stets dasselbe, ob im Krieg oder im Frieden. Immer wieder werden wir vor die Wahl zwischen gut und böse gestellt, immer wieder werden uns Menschen beeinflussen, Unrecht zu tun. Andererseits wird es immer solche geben, die sich aus der Masse heraushalten und den Mut haben, gegen den Strom zu schwimmen. Aber willst du mir nicht von dem Mädchen erzählen, dem du damals begegnet bist und das einen solchen Eindruck auf dich machte, daß du darüber Ricarda vergaßest?"

„So war es ja gar nicht, Vater. Ich wollte Ricarda nicht verlieren."

„Meintest du wirklich, ein Mädchen wie sie hätte deine Handlungsweise einfach hingenommen, ohne sich zutiefst verletzt zu fühlen durch deine Untreue?"

„Ich war in einem Zustand, der schlecht zu beschreiben ist. Käthe war gut zu mir. Sie half mir in ihrer stillen, freundlichen Art über das gräßliche Heimweh hinweg, über die Sinnlosigkeit mancher Stunden. Ich sagte es ja schon, ich war weit davon entfernt, ein Held zu sein, ich fürchtete mich vor der Front, vor allem, was der grauenvolle Krieg mit sich brachte, und flüchtete zu ihr."

„Wo hast du sie eigentlich kennengelernt?"

Ohne daß Daniel es merkte, führte der Vater ihn zurück in jene Zeit der für ihn umwälzenden Erlebnisse und der Begegnung mit diesem Mädchen. Indem er ihn ruhig und behutsam fragte, gelang es ihm, ihn zum Reden zu bringen, und in diesem Rückwärtsblättern im Buch der Erinnerung sah Daniel manches klarer und deutlicher als zuvor. Als Daniel mit stockenden Worten das Mädchen Käthe vor den Augen des Vaters erstehen ließ, meinte dieser zu erkennen, daß es sich niemals um ein verkommenes Mädchen gehandelt haben konnte. Das erleichterte ihm das Herz. Es wurde ihm klar, daß dieses schlichte Landkind ihm etwas hätte bedeuten können, hätte sich Daniel nicht an Ricarda gebunden gefühlt. Im Grund zerbrach er an seiner Untreue Ricarda gegenüber und gestand sich absichtlich keine weiteren Gefühle Käthe gegenüber ein. Eine Situation, in die sicher schon Tausende geraten waren, in der es eben um die Bewährung gegangen war. Aber dies alles zu erwägen, hatte jetzt wenig Sinn.

„Wenn du meinen Rat willst, Daniel", sagte Pfarrer Zierkorn, „ich habe keinen anderen als den, daß du dich zu diesem Mädchen und deinem Kind bekennen und auf dich nehmen mußt, wozu dich deine Handlungsweise verpflichtet. Erst wenn du dazu bereit bist, kannst du auch zu Gott zurückfinden, der nicht über unbereinigte Schuld hinwegsieht, sondern ein Gott der Ordnung ist."

Daniel erhob sich. „Bitte, sprich du mit Mutter. Ich bin nicht imstande, ihre Vorwürfe zu ertragen. Sage ihr, daß jeder Versuch, mich zum Studium der Theologie zu überreden, zwecklos ist. Das ist aus und vorbei."

„Wenn du dieses Mädchen heiratest und bereit bist, für dein Kind zu sorgen, könnte Gott dir trotz allem einen Dienst zuweisen."

„Ich rechne weder damit noch wünsche ich es."

„Es ist dir doch klar, daß Mutter ein Recht darauf hat, zu erfahren, daß du eine Tochter hast?"

„Wäre ich nur nicht nach Hause gekommen!"

Die Tür schloß sich hinter Daniel, und sein Vater blieb zurück, bekümmert und mit sorgenvollem Herzen.

In der jungen Ehe hatte es bis vor kurzem keine Trübung gegeben. Günther Hertrich hatte mit zunehmendem Glück und großer Dankbarkeit erkannt, wie Ricardas Herz sich ihm immer mehr zuwandte und erschloß. Je länger desto mehr erkannten sie manches Wesensverwandte, und wo sie nach Erziehung und Art verschiedener Meinung waren, da wurden durch ihre innere Einstellung und ihr entschiedenes gemeinsames Ja zum christlichen Leben Brücken geschlagen von Herz zu Herz, auf denen sie sich immer wieder fanden. Beide waren darüber froh.

Seit einiger Zeit jedoch breitete sich ein Schatten über ihrer Ehe aus, der, erst fast unmerklich, dann aber doch spürbar, Kühle verbreitete.

Daniel Zierkorn war aus der Gefangenschaft heimgekehrt. Schon einige Tage weilte er im Pfarrhaus, ohne daß Ricarda oder ihr Mann ihn gesehen hätten. Da war Anna eines Tages gekommen. „Haben Sie schon gehört, Frau Hertrich, daß der Sohn von Pfarrers, der Daniel, zurückgekehrt ist? Er stand am Fenster, als ich zum Einkaufen ging, aber ich hätte ihn kaum wieder erkannt, so elend sieht er aus."

„Nein, ich habe noch nichts davon gehört!" hatte Ricarda ruhig geantwortet, während sie sich umwandte, damit Anna nicht sah, wie ihr das Blut in die Wangen stieg. War es nicht, als griffe eine Hand nach ihrem Herzen? Jetzt war es soweit, jetzt mußte die Auseinandersetzung mit ihm kommen.

Gewiß, Daniel hatte sie damals freigegeben, aber hatte er es wirklich bis zur lezten Konsequenz getan? Hatte sein Herz sich in der Tat losgesagt von ihr? Ach, es war doch schwerer, als sie es sich vorgestellt hatte, so Haus an Haus zu wohnen, nur getrennt durch die Gärten. Wie würde er es aufnehmen, sie verheiratet zu wissen? Konnte sie ihm noch harmlos und unbefangen begegnen?

Und dann das Kind! Friedhelma! Seltsam, der Gedanke an sie beunruhigte sie noch mehr als das erste. Ihr ganzes Herz hing an dem Mädchen. Unvorstellbar, sich von ihm trennen zu müssen. Aber besaß Daniel überhaupt ein Recht an ihm? Bisher hatte er nichts nach seiner Tochter gefragt. Konnte er unter Umständen jetzt einfach kommen und sie für sich beanspruchen? War es nicht ihr gutes Recht, ihm die Kleine vorzuenthalten, nachdem Käthe Daniels Namen nirgends angegeben hatte und somit niemand wußte, daß er der Vater Friedhelmas war? Sie würde Günther um seine Einwilligung bitten, daß sie das Kind adoptierten. Aber waren damit alle Schwierigkeiten aus dem Weg geräumt? Ob Daniel bisher sein Kind anerkannt hatte oder nicht — durfte sie es ihm vorenthalten? Wer weiß, wie er aus dem Krieg zurückgekehrt war! Würde das Wissen um dieses liebliche kleine Geschöpf ihm nicht neuen Lebensmut und Auftrieb geben?

Noch bevor sie verheiratet waren, hatten Günther und Ricarda sich vorgenommen, daß sie keinen Tag beschließen wollten, ohne daß alles geordnet sei, daß sie Ungeklärtes nicht in die Nacht hineinnehmen wollten. Wie kam es nur, daß es ihr nicht möglich war, mit ihrem Mann über das zu sprechen, was sie in diesen Tagen so stark bewegte?

Günther wartete darauf, daß sie es tat. Deutlich bemerkte er die Unruhe, die über sie hergefallen war seit dem Tag, an dem sie erfahren hatte, daß Daniel aus der Gefangenschaft zurückgekehrt war. Er selbst hatte es ganz zufällig gehört, als zwei seiner Angestellten im Büro sich darüber unterhielten, daß auch der Pfarrerssohn wieder zu Hause sei. Sein erster Impuls war gewesen, offen mit Ricarda darüber zu reden. Dann bemerkte er ihre Niedergeschlagenheit und mußte nicht lange nach den Zusammenhängen suchen. Nicht den Bruchteil einer Sekunde zweifelte er an ihr, aber irgendwie empfand er es schmerzlich, daß sie nicht offen zu ihm kam, um sich vom Herzen zu reden, wie sie es sonst mit allem tat, was sie bewegte. Und als Tage um Tage vergingen, ohne daß sie sprach, und als er deutlich merkte, daß und wie sie litt, kränkte es ihn und er empfand es als Mangel an Vertrauen ihm gegenüber.

So lagen sie schweigend nebeneinander, wenn wieder ein Tag vergangen war, und einer litt im Gedanken an den anderen. Beide fanden nicht den Mut anzufangen und von dem zu reden, was sie gleicherweise beschwerte.

Warum hilft er mir nicht, dachte Ricarda, indem er mich nach meinem Kummer fragt? Er muß doch fühlen, wie schwer es für mich ist, mit ihm darüber zu sprechen.

Warum vertraut sie mir nicht ganz selbstverständlich wie sonst auch? fragte sich Günther. Ich kann sie doch nicht dazu auffordern, ohne alte Wunden aufzureißen!

Es fiel kein unschönes, kein gereiztes Wort zwischen ihnen, ja, beide waren bemüht, durch vermehrte Liebesbeweise zu sagen, was sie füreinander empfanden. Günther war morgens oft schon sehr früh in der Fabrik, noch bevor Ricarda mit den Kindern zum Frühstück kam. Dann fand sie neben ihrem Teller eine rote Rose oder sonst eine zarte Aufmerksamkeit. Umgekehrt war es genauso. Ricarda bemühte sich, unausgesprochene Wünsche ihres Mannes zu erraten und zu erfüllen. Aber die Wolke blieb. Senkte sie sich nicht langsam, fast unmerklich, aber doch deutlich spürbar tiefer auf sie herab?

Die Kinder waren unbekümmert und heiter wie sonst auch. Sibylle lebte noch immer bei ihnen. Die Ehe der Eltern war noch nicht geschieden, obgleich Sibylles Mutter einem Mulattenkind das Leben geschenkt hatte. Ihr Negerfreund war inzwischen nach Amerika zurückversetzt worden und kümmerte sich nicht mehr um die Frau, die er in den Wirren des Kriegsendes betört hatte, ebensowenig um sein Kind, das in Deutschland immer ein Fremdling sein würde. Hertrich hatte sich um den Vater Sibylles angenommen und ihm in der Fabrik Arbeit verschafft. Er hatte ihn auch zu einem Männerabend in der Methodistengemeinde eingeladen und erfreut festgestellt, daß Paul Müller zugänglich und aufgeschlossen war. Zwar hatte er sich bisher nicht entschließen können, wieder mit seiner Frau zusammenzuleben, aber er hatte wenigstens die Scheidung noch nicht durchgesetzt. An jedem Sonntagnachmittag holte er seine Tochter aus der Villa, um mit ihr zusammen zu sein. Das Kind hing sehr an dem Vater, kehrte jedoch auch jedesmal gern ins Haus der Pflegeeltern zurück und nannte Ricarda Mama, wie die beiden anderen, Alfred und Friedhelma, es auch taten. Alle drei hingen in großer Liebe auch an Günther Hertrich.

„Der Papa kommt!" Allabendlich war es der gleiche Jubel, wenn sie Günther über den Fabrikhof kommen sahen, und sie stürmten ihm mit großem Geschrei entgegen und hängten sich an ihn.

„Als wären es die eigenen!" stellte Anna, die oft diese Begrüßungsszene vom Küchenfenster aus beobachtete, immer wieder gerührt fest. Es war ihr ganz recht, daß der junge Chef oftmals recht energisch mit Alfred umging, der zeitweise einen Dickkopf besaß.

Heute stand da nicht nur Anna, sondern auch Ricarda hinter den Gardinen ihres Schlafzimmers verborgen, und beobachtete die Kinder, deren fröhliches Geschrei „Der Papa kommt!" sie herbeigerufen hatte.

Plötzlich sah sie, wie Friedhelma auf den Rasen lief, mit beiden Händen in das frisch angelegte Blumenbeet griff und mit einigen unsanft abgerissenen Tulpen ihrem Mann entgegenlief.

„Da, Papa — für dich!" Günther, der die Kleine zu ihrer großen Freude ganz besonders in sein Herz geschlossen hatte, fuhr sie heftig an: „Habe ich dir nicht streng verboten, dort Blumen abzupflücken?" Und ehe das verdutzte Kind wußte, wie ihm geschah, schlug er ihr heftig auf beide Handrücken. „So — damit du es dir in Zukunft merkst, daß du zu gehorchen hast!"

Laut auf weinte das Kind. Noch nie hatte der Papa Friedhelma geschlagen. „Mama, Mama!" Ganz verzweifelt schallte es durch den Garten. Ricarda war zutiefst erschrocken. So hatte sie Günther noch nie gesehen. War es denn so schlimm, was das Kind getan hatte? Am liebsten wäre sie nun wirklich geeilt, um Friedhelmas Tränen an ihrem Herzen zu trocknen. Aber das durfte nicht sein. So schluckte sie an ihren eigenen Tränen und ging raschen Schrittes hinunter in den Garten.

Anklagend und zugleich schutzsuchend wollte die Kleine sich in ihre Arme werfen. Aber Ricarda ließ es nicht zu. Sie faßte das Kind bei der Hand, hob mit der anderen das Gesichtchen der noch immer Weinenden zu sich empor und sagte ruhig: „Nein, Liebling, das war nicht nett von dir! Papa hat es euch Kindern verboten. Und Friedhelma ist jetzt kein so kleines Mädchen mehr, daß sie das nicht verstehen könnte. Komm, wir gehen jetzt und sagen dem Papa: ‚Es tut mir leid!'" Erst widerstrebend, dann aber doch gewillt, den Vater wieder gütig zu stimmen, folgte die Kleine. Günther aber blickte mehr in Ricardas als in das Gesicht des Kindes. Er sah, daß ihre Augen ebenfalls in Tränen schwammen, und es tat ihm weh, sie verletzt zu haben. Er schämte sich seiner Heftigkeit.

Er beugte sich, wie immer, wenn er von der Arbeit kam, zu Ricarda und küßte sie. Dann legte er den Arm um sie und zugleich um das Kind und sagte: „Es ist gut, nun wollen wir es vergessen, und Friedhelma wird es gewiß nicht wieder tun."

Alfred konnte eine gewisse Schadenfreude nicht verbergen. Meist schalt der Vater mit ihm. Heute war auch einmal Friedhelma an der Reihe gewesen.

Sie betraten miteinander das Haus, aber auch die dunkle Wolke ging mit.

Die Schläge der Kirchenuhr wurden Stunde um Stunde sowohl von Daniel als auch von Ricarda und ihrem Mann vernommen. Vergeblich sehnten alle drei sich nach erquikkendem Schlaf. Die Nacht nahm ihren Lauf und vermochte nicht, ihnen Ruhe zu spenden; nur mit dem Unterschied, daß der Einsame sich noch immer gegen sein Schicksal auflehnte und nicht gewillt war, den von seinem Vater gewiesenen Weg zu gehen, während die beiden unter dem litten, was sich ungewollt trennend zwischen ihnen erhoben hatte, und bekümmert einen gangbaren Weg herbeisehnten.

Ricarda hatte das leise Weinen, das in dieser Nacht aus ihrem Herzen emporstieg, eine gute Weile zu unterdrücken vermocht. Nun aber war es doch an Günthers Ohr gedrungen. Nein, so durfte es nicht weitergehen! Er suchte ihre Hand und behielt sie in der seinen.

„Ricarda, wie töricht sind wir doch beide! Nun suchen wir schon seit ein paar Tagen voreinander zu verbergen, was wir doch voneinander wissen und was gemeinsam viel leichter zu tragen wäre. Verzeih mir, daß ich dir nicht besser half. Ich kann verstehen, daß Daniels Rückkehr dir zu schaffen macht."

„Nicht so, wie du vielleicht denkst", erwiderte sie und barg ihr tränennasses Gesicht in seiner Hand. „Mein Herz ist völlig ruhig geworden, denn es gehört dir und ist froh darüber. Aber sieh, Günther, ich kann Daniel nicht einfach wegstreichen aus meinem Leben. Er gehört doch nun einmal dazu, wenn auch ganz anders, als ich es mir einmal vorstellte. Ich sah ihn gestern im Garten, ohne daß er es bemerkte. Sieh, mir ist, als müsse ich zu ihm gehen und ihm sagen: ‚Armer, armer Junge, was hast du durchgemacht! Wie siehst du aus! Alle Freude und alle Hoffnung ist in deinen Augen erloschen. Aber laß mich dir helfen — als deine Schwester, als deine ehemalige Jugendfreundin, die um dich bangt und um deine Zukunft!' So befiehlt es mir mein Herz. Aber ich weiß, daß es beinahe undurchführbar ist. Gewiß grollt er mir, daß ich nicht doch auf ihn gewartet habe, obgleich er mich freigab. Und wie muß es ihm weh tun, wenn er sieht, daß wir beide glücklich sind. Günther, kannst du verstehen, was in mir vorgeht?" Ihr Körper bebte vor heftigem Weinen. „Ich liebe dich! Nie, nie darfst du daran zweifeln! Aber da ist etwas in mir, das mir verbietet, ihn einfach seinem Schicksal zu überlassen. Ich muß mich um ihn kümmern, irgendwie habe ich das Gefühl, daß er mit seinem Leben nicht fertig wird. Er geht unter, wenn sich nicht eine Hand nach ihm ausstreckt, die ihn hält. Wie aber kann ich das? Alles wäre leichter, wenn wir nicht so nah beieinander wohnten. Es ist doch undenkbar, aneinander vorüberzugehen, als kennten wir uns nicht! Günther — siehst du einen Weg? Kannst du mir helfen?"

Seine Antwort war wohl anderer Art, als sie erwartet hatte. Zuerst sagte er eine ganze Weile nichts, dann erwiderte er: „Ricarda, wenn ich die Sache rein menschlich sehe, dann ist in mir etwas, das sich dagegen aufbäumt, daß du dich in dieser Weise um den Mann kümmern willst, der dich einmal zur Frau begehrte. Wenn ich mich aber frage, wie ein Christ sich in solcher Situation zu verhalten hat, dann möchte ich glauben, daß ein gangbarer Weg gefunden werden kann. Ich gebe zu: seitdem ich weiß, daß Daniel zu Hause ist, habe ich etwas in mir niederzuringen. Meine Heftigkeit Friedhelma gegenüber war ein großes Unrecht, weil sie im Grunde nicht dem Kind, sondern seinem Vater galt. Ich schäme mich jetzt ihrer. Aber du sollst wissen, wie es in mir aussieht. Nur unbedingte gegenseitige Offenheit wird uns helfen, klar zu sehen und das Rechte zu tun. — Du sagst, eine Hand müßte sich ausstrecken, ihm zu helfen. Gottes Hand ist nach ihm ausgestreckt, und wenn er es von uns fordert, die unseren zur Hilfe ihm entgegenzuhalten, dann wollen wir uns nicht dagegen wehren. Auch ich will nicht beiseite stehen. Es wird wohl auch darauf ankommen, ob Daniel darauf eingeht."

„Mir ist auch so bange, was mit dem Kind geschehen wird", klagte Ricarda. „Wird er es uns lassen? Er ist immerhin der Vater."

„Aber bisher hat er noch kein Bestimmungsrecht. Ricarda, weißt du noch, wie wir miteinander am Waldrand neben dem wogenden Kornfeld oben auf der Alb saßen? Schon damals bewegten uns dieselben Probleme. Die Zeit ist einige Schritte weitergegangen seit jenem Tag, wir sind dem, was uns damals schon Sorge bereitete, um etliches nähergerückt. Dort falteten wir miteinander die Hände und erbaten uns Weisheit, das Rechte zu tun. Gilt das heute nicht genauso?"

„Doch, Günther, genauso!"

„Also! — Wir wollen und können kein Programm aufstellen, wie wir uns morgen oder übermorgen in dieser oder jener Situation Daniel gegenüber verhalten wollen. Eins muß unumstößlicher Grundsatz sein: Wir wollen handeln, wie es sich für einen Christen geziemt. Der Augenblick wird es uns weisen. Daß wir, du und ich, einander vertrauen können, muß nicht erst bestätigt werden. Noch ist Friedhelma unser Kind, von seiner Mutter dir übergeben. Ihr Vertrauen darf nicht getäuscht werden. Und wenn es soweit ist, daß auch Daniel es erfahren muß, werden wir es wissen. Aber nie mehr, Ricarda, hörst du, nie mehr darf zwischen uns eine unausgesprochene Not stehen. Laß uns gemeinsam, einen Tag nach dem andern, alles, was uns zugedacht ist an Freude und Leid, getrost durchleben, ohne uns wer weiß wie weit im voraus mit ungelösten Problemen zu quälen. Heute wissen wir schon mehr als gestern, und morgen werden wir manches, was jetzt noch unklar vor uns liegt, deutlicher erkennen als heute. Glauben wir nicht daran, geführt zu werden?"

Ricarda war merklich ruhiger geworden bei seinen Worten. „Doch, Günther, daran glauben wir!"

„So sind wir auch verpflichtet, zu vertrauen. Nun aber laß uns schlafen! Ein neuer Tag beginnt bereits, und mit ihm neue Aufgaben."

Ricarda schmiegte sich in den Arm ihres Mannes. „Wie froh bin ich, daß wir endlich darüber gesprochen haben.

Ich weiß jetzt, du wirst mir helfen, wie du es immer getan hast in all den schweren Zeiten, die hinter uns liegen. Ich will lernen, dir zu vertrauen."

Kaum ein Entschluß war Pfarrer Zierkorn so schwergefallen wie der, mit seiner Frau über das zu sprechen, was Daniel ihm anvertraut hatte. Aber es war ihr gutes Recht, es zu erfahren. Gewiß, wenn er so überdachte — was war es denn schon im Vergleich zu den Ereignissen, die Volk und Land in dieser Zeit bewegten? Und doch, es war ein umwälzender Einbruch in die Welt eines Mutterherzens.

„Wollen wir heute im Garten oder im Eßzimmer Kaffee trinken?" fragte Frau Zierkorn am Sonntagnachmittag ihren Mann und wandte sich auch an ihren Sohn. „Daniel, wie möchtest du es am liebsten?" Völlig uninteressiert antwortete er: „Das kannst du halten, wie du willst, ich bin ohnehin nicht zu Hause. Ich gehe fort."

Mit einem klagenden Blick sah die Pfarrfrau ihren Mann an. „Siehst du nun, wie abweisend er immer ist? Dabei tue ich, was ich kann, um es ihm recht zu machen."

„Ich meine, wir trinken im Eßzimmer Kaffee", antwortete dieser, „da ist es kühler." Da Daniel nicht anwesend war, wollte er die Gelegenheit benutzen, um mit Maria zu reden.

„Was soll ich tun, um Daniel umzustimmen?" begann Frau Zierkorn, als sie beieinandersaßen. „Ich zerbreche mir den Kopf, was ich noch unternehmen könnte, um ihn froh und zufrieden zu stimmen. Aber es gelingt mir nicht."

„Gerade das ist verkehrt", nahm ihr Mann das Gespräch auf, „deine fast übertriebene Fürsorge geht ihm auf die Nerven. Du mußt ihm Zeit lassen, sich in seinem Alltag zurechtzufinden."

„Zeit lassen — Zeit lassen!" begehrte sie auf. „So redest du nun schon seitdem er hier ist. Mit keinem Wort berührt er sein Studium. Er muß doch wahrhaftig bald etwas unternehmen."

„Er wird nie Pfarrer werden." Da stand dieses Wort im Raum. Es wirkte wie ein Keulenschlag auf Frau Zierkorn.

Zuerst schien sie nicht recht verstanden zu haben. Ungläubig blickte sie ihren Mann an. „Was hast du gesagt? Daniel wird nicht..."

„Ja, du hast recht verstanden, er hat es mir gesagt, er wird nicht Theologie studieren."

Sie erbleichte, ihre Augen weiteten sich entsetzt, dann sprang sie vom Stuhl auf, so heftig, daß dieser hintenüberkippte. Wie zum Angriff bereit, stand sie vor ihrem Mann. „Das stimmt nicht, das ist nicht wahr! Wie kannst du mit solchen Dingen Scherz treiben?" Aber als sie in sein Gesicht blickte, wußte sie, daß er die Wahrheit gesprochen hatte.

„Daniel hat es mir gesagt, an dem Tag, als du Magda besuchtest. Er kann und will nicht Pfarrer werden", bestätigte er noch einmal. Mit einem Wehlaut sank sie auf das Sofa, bedeckte das Gesicht mit den Händen und weinte fassungslos. „Das tut er mir an? Dafür habe ich ihn erzogen! Das ist das Ziel meines Lebens gewesen! So wagt er es, mit der Tradition zu brechen? Und ich hatte meine ganze Hoffnung auf ihn gesetzt!"

Ich — ich — ich! dachte ihr Mann, aber er sprach es nicht aus, um nicht noch weiteres heraufzubeschwören. Immer denkt sie nur an sich.

„Das darfst du nicht zulassen", fuhr sie fort, sich immer mehr in Erregung steigernd. „Du mußt ihm ins Gewissen reden. Sage ihm, wie sehr er uns mit diesem Entschluß enttäuscht, erinnere ihn daran, wieviel wir für ihn getan haben, um ihm die Ausbildung zu ermöglichen. Sage ihm..."

„Daniel hat ein uneheliches Kind."

Das Wort erstarb auf ihren Lippen. Sie starrte ihren Mann an, als redete er in einer fremden, ihr unverständlichen Sprache. Dann brach sie in ein hysterisches Lachen aus. „Ich glaube, du bist nicht mehr normal — das wird ja immer schöner. Erst wirft Daniel all seine gefaßten Pläne um und nun soll er gar ein uneheliches Kind haben? Das glaube ich einfach nicht. Das hat er dir vielleicht auf die Nase gebunden, weil er eine Begründung sucht dafür, daß er nicht Pfarrer werden will." Und plötzlich verfiel sie wieder in das Gegenteil. Laut auf weinte sie. „Ich unglücklicher Mensch! Was muß ich noch alles mit meinen Kindern erleben? Der Jüngste fällt im Krieg, der andere holt sich eine schwere Krankheit. Die einzige Tochter verläßt das Elternhaus und der, auf den ich meine größten Hoffnungen gesetzt habe, versagt auf der ganzen Linie!"

Dann faßte sie sich. „Liebe Zeit, wie mancher mag in den Kriegsgeschehnissen einen Fehltritt getan haben! Wie viele Kinder mögen heranwachsen, ohne daß man weiß, wer ihre Väter sind! Wer ist überhaupt dieses Mädchen, das den Daniel herumgekriegt hat? Und ist es gewiß, daß das Kind von ihm ist? Wer will das nachweisen können? Will sie ihn gar heiraten? Wenn er ganz sicher ist, daß es sein Kind ist, dann soll er ihr eine Abfindungssumme zahlen!"

„Maria, Maria — was redest du da?" Entsetzt schaute Pfarrer Zierkorn seine Frau an. Wußte sie noch, was sie sprach?

Als Daniel am Abend nach Hause kam, stand der Vater in der Küche, um das Abendessen zu bereiten. Auf seinen fragenden Blick sagte er: „Mutter ist nicht wohl, sie hat sich zu Bett legen müssen." —

Einige Tage später wurde die Säuglingsschwester Magdalene Zierkorn ans Telephon gerufen. Ihr Vater meldete sich. „Magda, meinst du, daß du einige Zeit Urlaub bekommen würdest? Mutter ist seit einigen Tagen krank. Wir haben uns bisher, so gut es ging, selbst geholfen, aber es bleibt mir so viel Arbeit liegen, wenn ich mich auch noch um Haushalt und Kochen kümmern muß. Es wäre mir recht, wenn du kommen könntest."

„Was fehlt denn der Mutter? Hast du schon einen Arzt kommen lassen, Vater?"

„Es ist nichts Organisches. Es scheint mir ein Schwermutsanfall zu sein. Aber sie benötigt liebevolle Pflege und Fürsorge."

„Ich will sofort mit unserer Oberschwester sprechen und rufe so rasch als möglich zurück."

Wie schon so oft, seit er daheim war, hatte Daniel einen ausgedehnten Weg durch den Wald gemacht. Stundenlang war er ziellos umhergelaufen, möglichst auf Wegen, die von Menschen wenig begangen waren. Er wollte niemand begegnen, wollte weder nach seinen Erlebnissen noch nach seinen Plänen gefragt werden. Ihm erschien alles so sinnlos.

Er war am Ende des Waldes angelangt. Sein Blick fiel auf einen ausgehöhlten Baum. Quer über ein klaffendes Loch am Stamm hatte eine Spinne ihr Netz gezogen. Sonnenstrahlen fielen schräg darauf und ließen es eigentümlich erglänzen. Welch ein Kunstwerk! mußte Daniel denken, und es überkam ihn ein Gefühl leiser, hoffnungsvoller Freude, daß sein Auge etwas Derartiges wieder aufnahm. Mehr noch im Unterbewußtsein empfand er, daß sein Herz wieder empfänglich war für solche Kostbarkeiten der Natur. Sinnlos? Gab es wirklich Sinnlosigkeiten in einer Welt, die mit einer Fülle von Formen, Farben und Tönen aufwartete? Und nur sein Dasein sollte keinen Sinn, kein Ziel haben? Plötzlich durchfuhr ihn ein Gedanke, den er aber sofort wieder verwarf: Bitte Gott, daß er dir deine Bestimmung zeige und deinen Weg weise! Lächerlich, nachdem er sich von ihm losgesagt hatte! Wenn er wirklich existierte, würde er sich dafür bedanken, Lückenbüßer zu sein. Unmutig darüber, sich solchen Erwägungen hingegeben zu haben, zerstörte er das kunstvolle Gewebe des Spinnennetzes mit raschem Griff. Im gleichen Augenblick erschrak er vor seinem Tun. Was hatte ihm die kleine Spinne getan, daß er ihr von unerhörter Baukunst zeugendes Werk mutwillig vernichtete?

Da war plötzlich das Stichwort: Baumeister! Das war ein Gedanke! Formen gestalten, Körper berechnen — daran hatte er schon in der Schule Freude gehabt. Ob sich hier nicht eine Türe für ihn auftat? Irgend etwas mußte ja geschehen. Noch einmal warf er einen Blick auf den ausgehöhlten Baumstamm. Irgendwie tat es ihm leid, das Kunstwerk vernichtet zu haben. Dann aber schüttelte er unwillkürlich den Kopf. Höchste Zeit, daß er ein bestimmtes Ziel verfolgte! Gleich heute abend würde er mit dem Vater sprechen und ihm seine Gedanken über die Zukunft vortragen. Er kannte die Architekten und Baumeister in der Stadt und konnte ihm gewiß raten, an wen er sich wenden sollte. Es war seltsam: seit jener Aussprache mit dem Vater hatte sich ein neues Verhältnis zueinander angebahnt. Es wurde nicht darüber gesprochen, aber es war da und wurde von beiden dankbar bejaht.

Daniels Heimweg führte an der Villa vorbei. Bisher war ihm Ricarda nicht begegnet. Einige Male hatte er, verborgen hinter der Gardine am Fenster seines Zimmers stehend, sie im Garten mit den Kindern gesehen. Sie war älter, fraulicher geworden. Aber er vermied es, ihr zu begegnen.

Auch jetzt warf er einen fast scheuen Blick in den Garten des Fabrikanten. Nein, es war niemand zu sehen. Aber jetzt trat ein Mann aus der Villa, eilte mit schnellen Schritten durch den Garten, direkt auf ihn zu.

„Ich habe Sie vom Haus aus gesehen", sagte er, blieb vor ihm stehen und streckte ihm die Hand entgegen. „Ich bin Günther Hertrich, Ricardas Mann. Ich hatte noch nicht Gelegenheit, Sie zu begrüßen. Ricarda hat mir schon viel von Ihnen, ihrem Jugendfreund, erzählt. Mir ist, als kenne ich Sie schon lange. Es wäre nett, wenn Sie uns bald einmal besuchen und einen Abend bei uns zubringen wollten. Wir würden uns freuen, Sie bei uns zu sehen."

Daniel wußte nicht, wie ihm geschah. Mit allem hatte er gerechnet, aber nicht mit diesem. Er war derart überrumpelt worden, daß er gar keine Zeit fand, sich zu besinnen, wie er sich jetzt zu verhalten hatte. Dieser Günther Hertrich war ihm in einer so selbstverständlichen, natürlichen Art begegnet, daß er einfach die ihm dargebotene Hand ergriffen und ein paar Dankesworte gestammelt hatte. Nachher ärgerte er sich über sich selbst. Wie konnte er diesem fremden Menschen nur eine Zusage für morgen abend geben?

Nicht weniger überrascht war Ricarda, als Günther ihr beim Abendessen die Eröffnung machte: „Ich habe Daniel Zierkorn heute auf der Straße angesprochen und ihn für morgen abend eingeladen. Er war sichtlich überrascht, aber er hat zugesagt. Es ist dir doch recht?

„Daniel?" Ricarda legte das Besteck neben den Teller und die Hände in den Schoß. Dann blickte sie ihren Mann einen Augenblick schweigend an. „Du Guter!" sagte sie schließlich, stand auf und schmiegte ihre Wange an die seine. „Das hast du fein gemacht! Damit erleichterst du mir die erste Begegnung mit ihm. Ich danke dir!"

„Schon gut, Ricarda!" Er strich ihr eine Haarsträhne von der Stirn. „Einmal muß doch der Anfang gemacht werden!"

„Der Anfang?" wiederholte sie sinnend und sah ihn fragend an. „Wovon?"

„Von dem, was Gott uns zeigen wird."

„Oh, Günther, ich liebe dich!"

Mindestens dreimal stand Daniel am nächsten Tag im Arbeitszimmer seines Vaters, als dieser abwesend war, und nahm den Hörer des Telephons in die Hand. Ich werde sagen, daß ich nicht komme. Ich lasse mich doch nicht mit Almosen abspeisen. Nein, nie mehr im Leben betrete ich die Villa! Aber dann vermochte er doch nicht abzusagen. Aus den Worten Günther Hertrichs war ihm eine so ehrliche Bereitschaft entgegengekommen, daß es unrecht gewesen wäre, die Einladung abzulehnen. War er es nicht Ricarda und der jahrelangen Freundschaft schuldig, zu kommen? Einmal würden sie sich ja doch begegnen müssen.

„Ich bin heute abend bei Ricarda und ihrem Mann eingeladen", sagte er zum Vater, als dieser von seinen Krankenbesuchen heimgekehrt war.

„Bei Ricarda Dörrbaum — ich meine Hertrich?" fragte dieser, als habe er nicht recht gehört.

„Ja, ihr Mann sprach mich auf der Straße an, begrüßte mich und lud mich ein."

„Das freut mich, Daniel, wirklich, das freut mich sehr. Ich schätze ihn als einen tüchtigen, gewissenhaften Menschen, und —"

„Und einen entschiedenen Christen. Du hast es mir schon einmal gesagt."

Der Vater überhörte bewußt den leichten Ton der Ironie in den Worten Daniels.

„Im übrigen wollte ich dich um einen Rat fragen, Vater."

„Ja?"

„Wie denkst du darüber, wenn ich Architekt oder Baumeister werden würde?"

Rascher, als er wollte, entfuhr dem Vater die Antwort. „Gut, Daniel, sehr gut! Ich könnte mir denken, daß du auf diesem Gebiet allerlei Möglichkeiten hättest." Ein Stein fiel ihm vom Herzen. Zum ersten Mal, seit Daniel hier war, sprach er einen Gedanken aus, der bewies, daß er sich aus der Lethargie löste, in der er bis jetzt befangen war, und eine Zukunft vor sich sah.

„Ich wollte dich bitten, mir einen Architekten zu nennen, an den ich mich wenden könnte, um erst einmal Bedingungen und Werdegang dieses Berufes zu erfahren."

„Ich will darüber nachdenken, Daniel. Vielleicht ist es mir möglich, dir schon morgen einen Weg zu nennen, den du einschlagen kannst. Ich bin gut befreundet mit unserem Stadtbaumeister. Der weiß gewiß Bescheid. Ich freue mich wirklich über deinen Entschluß, Daniel."

„Von einem Entschluß kann man noch nicht reden, aber irgend etwas werde ich wohl unternehmen müssen." Des

Vaters so offen gezeigte Erleichterung war bereits wieder zuviel und löste bei Daniel Widerspruch aus. Aber Pfarrer Zierkorn hoffte trotzdem.

Wenn nur auch seine Frau dafür ansprechbar gewesen wäre! Aber da war völlige Dunkelheit. Seit jenem Tag, als er mit ihr über Daniel geredet hatte, war sie nicht mehr aufgestanden, weinte dauernd, nahm nur die nötigste Nahrung zu sich und verfiel immer mehr in Schwermut. Schlimm waren die Nächte, in denen ihre Unruhe auch ihn nicht zum Schlafen kommen ließ, so daß er ernstlich erwog, sein Bett in einem anderen Zimmer aufzuschlagen.

Magdalene hatte den erbetenen Urlaub bekommen, um die Mutter zu pflegen und den Haushalt zu führen. Auch sie sorgte sich um den Zustand der Mutter. Als sie eines Tages mit dem Vater allein beim Morgenkaffee saß und dieser besorgt feststellte, daß sie übernächtig aussehe, gab sie zu, in der Nacht nur wenig geschlafen zu haben. Die Sorge um Daniel habe ihr zu schaffen gemacht.

„Ist es wahr, Vater, hat Daniel ein uneheliches Kind? Mutter hat es mir gestern abend anvertraut."

„Ja, Magda, er sagte es mir. Du wirst verstehen, daß er nun nicht mehr Pfarrer werden will und kann."

Erschrocken sah Magdalene den Vater an. „Wie schrecklich ist das alles!" Da erinnerte sie sich an Ricardas Worte: „Er muß es dir selber sagen, warum alles zwischen uns aus ist!" Demnach mußte sie davon wissen. Arme Rica, wie muß es dich getroffen haben!

„Daß er nicht mehr Pfarrer wird, ist nicht das schlimmste", fuhr der Vater fort, „er kann Gott auch in jedem anderen Beruf dienen; aber daß er sich von ihm losgesagt hat, das bekümmert mich; und daß er seine Pflicht der Mutter seines Kindes und diesem gegenüber nicht erkennt, das erschüttert mich."

Heute nun hatte der Vater Magdalene gesagt, daß Daniel im Nachbarhaus eingeladen sei.

„Das ist fein!" hatte sie erfreut ausgerufen. „Das sieht Ricarda ganz ähnlich."

„Soviel mir Daniel erzählt hat, ist es Herr Hertrich gewesen, der ihn auf der Straße angesprochen und eingeladen hat."

„Für die Einladung Daniels bin ich wirklich froh. Das wird ihm gut tun. Nun will ich aber schnell nach der Mutter sehen. Ich höre schon wieder ihr lautes Weinen. Ach Vater, ich mache mir ernstlich Sorgen um sie. Gestern hat sie dauernd gejammert: ‚Nun habe ich all meinen Kindern einen biblischen Namen gegeben, und es ist doch umsonst gewesen!' — Was können wir nur tun, um ihr zurechtzuhelfen?"

„Zeit lassen, Magda, Zeit lassen! Gott allein weiß, warum er es zuläßt, daß Mutter durch solche Dunkelheiten gehen muß. Wir wollen glauben, daß es auch um sie eines Tages wieder licht wird."

Anna öffnete Daniel die Türe. Freudig schlug sie die Hände zusammen: „Oh, der junge Herr Zierkorn! Und genau so wie früher — kein bißchen haben Sie sich verändert!"

Er reichte ihr die Hand. „Was Sie da sagen, ist zwar nicht wahr. Einmal bin ich nicht mehr jung, vergessen Sie nicht, daß Kriegsjahre doppelt zählen, bei mir sogar dreifach! Außerdem weiß keiner so gut wie ich selbst, daß ich mich sehr verändert habe, leider nicht zu meinen Gunsten. Aber auch ich freue mich, Sie wiederzusehen, Anna. Wie ich hörte, habt auch ihr Schweres durchgemacht."

Die Tür vom Wohnzimmer öffnete sich, und Ricarda trat in den Vorraum. Beide Hände streckte sie ihm entgegen. „Daniel, wie schön, daß du kommst! Armer Junge! Man sieht dir an, daß du viel Schweres hinter dir hast!" Er fühlte, wie das Blut in seinem Gesicht kam und ging. Da stand sie nun vor ihm, seine Kindheits- und Jugendgespielin, lieblich wie einst und doch voll und ganz zur Frau erblüht. Herrschaft, es war keine Kleinigkeit, ihr zu begegnen! Um den Aufruhr seines Herzens zu verbergen, beantwortete er ihre Worte mit einem erzwungenen Lachen. „Da hättest du eben Anna hören sollen — sie behauptet, ich sähe noch genauso aus wie früher. Aber Rica, wirklich, ich danke dir für deine Einladung. Ich — ich — doch, ich bin gern gekommen."

„Das freut mich, Daniel!" Ganz ungezwungen hängte sie sich bei ihm ein und führte ihn ins Eßzimmer, wo der Tisch bereits gedeckt war und Günther, ans Fenster gelehnt, auf sie wartete. „Wir hoffen, dich jetzt öfters bei uns zu sehen, Daniel, wie in alten Zeiten", sagte Ricarda, und zu ihrem Mann gewandt: „Nicht wahr, Günther?"

Dieser trat zu den beiden. „Willkommen, Herr Zierkorn. Ja, ich schließe mich gern den Worten meiner Frau an. Lassen Sie uns gute Nachbarschaft halten, und — ich meine, nachdem Sie doch sozusagen mit Ricarda aufgewachsen und ihr Freund sind, ist es das allernatürlichste, daß wir beide auch du zueinander sagen." Er streckte ihm die Hand entgegen. „Komm, schlag ein, Daniel!"

Wieder wußte dieser nicht, wie ihm geschah. Er hat mich ein zweites Mal überrumpelt, dachte er. Ist er nun ein Fuchs oder in Wirklichkeit von solch mitreißender Herzlichkeit, wie es den Anschein hat? Zu seiner eigenen Verwunderung aber hörte er sich bereits sagen: „Gern, Günther!" Er erwiderte den Händedruck und ließ sich von Ricarda zu Tisch führen.

Und dann saß man zwanglos beisammen. Ganz wie früher, dachte Daniel, nur daß Ricarda für mich verloren ist. Wie aber ist es möglich, daß ich mich trotzdem bei den beiden heimisch fühle? Sie strahlen irgend etwas aus, was alles Peinliche und Hemmende überwindet. Zum erstenmal seit seiner Heimkehr wurde er froh und in seinem Herzen frei von innerem Aufruhr.

Ricarda aber empfand beglückt, daß die alte Freundschaft

nicht erloschen war. Dabei wurde es ihr klar, daß sie im Grunde nie mehr als Freundschaft für ihn empfunden hatte. Jetzt, wo sie die Frau Hertrichs war, wußte sie, daß die Liebe zwischen Mann und Frau anders war, anders sein mußte. Damals waren sie einfach noch nicht reif gewesen, dies zu erkennen, und Gott hatte ihr in jener Stunde, als Daniel sie um ihr Jawort gebeten hatte, ein inneres Warnungssignal aufgerichtet, um sie vor einer Enttäuschung zu bewahren, vor einem übereilten Schritt, den sie später bereut hätte. Aber Freundin, Schwester durfte sie ihm sein, und schon heute abend sollte er es empfinden, daß sie und auch Günther für ihn dasein und ihn erfreuen wollten. Noch einmal stieg es heiß in ihrem Herzen auf: und Friedhelma? Aber sie wollte sich und ihm den Abend nicht trüben. War das erste Wiedersehen nicht dankenswert schön gewesen? Nun wollte sie es Gott zutrauen, daß er auch alles Weitere in die Hand nahm und ihnen rechte Weisung für ihr Verhalten gab.

Man saß beisammen und sprach über dieses und jenes. Daniel fragte nach dem Ergehen des Herrn Dörrbaum, erkundigte sich nach den Geschehnissen in jener schlimmen Nacht, die so viel Zerstörung in der Stadt angerichtet hatten. Ricarda erzählte ihm vom Tod Lianes und der Mutter und fügte hinzu, als müsse er ganz selbstverständlich teilnehmen an diesem für sie doch wieder so beglückenden Erlebnis: „Und denke dir, Daniel, Mama ist noch in letzter Stunde zum Glauben gekommen!" Wenn er auch mit keinem Wort darauf einging, so wußte sie doch, daß er begriff, was das für sie bedeutete.

Als Günther Daniel nach seinen Zukunftsplänen fragte, sagte dieser, als sei dies eine längst beschlossene Sache: „Ich werde Baumeister."

Beide, sowohl Ricarda als auch Günther, lobten seinen Entschluß. „Nachdem so viele Städte wiederaufgebaut werden müssen, hat dieser Beruf bestimmt eine Zukunft." Es war erstaunlich, wie lebhaft Daniel wurde und angeregt durch die beiden, die im Glück über den guten Verlauf dieses Abends alles mögliche taten, um Daniel Mut für die Zukunft zu machen.

Nur zu schnell verging die Zeit. Es war spät, als Ricarda ihn bat, so wie früher, noch ein Präludium von Bach auf dem Klavier zu spielen. Daniel aber wehrte entschieden ab. „Nein, ich habe seit Jahren kein Instrument mehr angerührt und das Spielen verlernt."

Günther gab Ricarda ein Zeichen, Daniel nicht zu drängen. Dieser erhob sich jetzt. „Ich bin schon länger geblieben, als ich wollte. Es war schön! Es hat mir wohlgetan, bei euch zu sein! Ich danke euch!"

Günther legte ihm die Hand auf die Schulter. „Komm wieder, so oft du magst! Es ist uns eine Freude!" Ricarda fügte nichts hinzu, aber ihre Augen bestätigten die Worte ihres Mannes.

Als beide Daniel zur Haustüre begleiteten, öffnete Ricarda unversehens die Tür zum Kinderzimmer. Sie tat dies nicht aus Berechnung, sondern einem spontan in ihr aufgeflammten Gedanken zufolge.

„Du mußt doch schnell noch" — sie wollte gerade sagen: unsere Kinder sehen, da überkam es sie: Friedhelma ist ja eigentlich sein und nicht unser Kind, und schon wollte sich wieder ein Schatten über die Freude senken, aber dann schob sie ihn bewußt beiseite — „du mußt doch schnell noch die Kinder sehen", sagte sie und hatte, ehe sich Daniel versah, ihn bei der Hand genommen und ins Kinderzimmer gezogen. Nun standen alle bei gedämpftem Licht an den drei weißen Betten. Alfred lag da mit zusammengezogenen Augenbrauen, die Fäuste geballt, als müsse er einen Kampf ausfechten oder irgendwie mit Gewalt seinen Willen durchsetzen. Eine seiner blonden Locken fiel ihm in die Stirn. Sibylle hatte den Daumen im Mund und schien etwas Heiteres zu träumen, denn immer wieder huschte ein Lächeln über ihr Gesicht. Dann standen sie vor Friedhelmas Bett. Ricarda fühlte, wie ihr das Herz bis zum Hals hinauf klopfte. Zum erstenmal sah Daniel sein Kind, seine kleine Tochter, und nun stellte sie die große Ähnlichkeit beider fest. Mußte nicht in seinem Herzen eine Erkenntnis aufbrechen, zugleich ein unabweisbares Mahnen?

Daniel sah die Kleine, die einen abgegriffenen Teddybär fest an ihr Herz drückte. „Das ist doch das Kind, das auf der Schaukel saß und mir zuwinkte, als ich aus dem Heimkehrerlager nach Hause zurückkehrte! Von ihm kam mir der erste Willkommgruß." Günther und Ricarda wagten kaum zu atmen. War jetzt der Augenblick gekommen, da sie das Geheimnis lüften mußten? Ihre Augen begegneten einander, während Daniel sich noch über Friedhelma beugte. Günther gab Ricarda ein Zeichen, zu schweigen. Nein, noch war es nicht soweit!

Sich abwendend fuhr Daniel fort: „Ich habe mich damals gefragt, wie dieses Kind wohl in die Villa gekommen sei, aber dann sah ich auch die anderen, und Mutter hat mir später erzählt, daß du während des Krieges so eine Art Privatkinderheim aufgemacht hast, Rica. Ähnlich sieht dir so etwas schon." Noch einmal reichte Daniel den beiden die Hand. „Lebt wohl, und nochmals schönen Dank für den Abend!"

Die Tür schloß sich hinter ihm zu. Ricarda und ihr Mann saßen noch eine Weile auf der Terrasse, die zum Garten führte. Die Konturen der Bäume traten im Mondschein plastisch hervor, und vom Rosenbeet her strömte ein zarter Duft zu den beiden. Eine Weile sprachen sie nicht. Dann sagte Ricarda: „Es war schön, Günther, und es war gut. Aber wie es mit Friedhelma werden soll, das sehe ich noch nicht."

Auch Günther wußte darauf keine Antwort zu geben, aber zitierte: „‚Gott schließt der Zukunft Tore auf, und ich bin froh. Wär's andern Händen anvertraut, gar auf mich selbst mein Glück gebaut, es wär nicht so!' — Komm, Ricarda, laß uns zur Ruhe gehen! Wo wir noch keinen Weg sehen, hat Gott längst einen geebnet und sieht ihn bereits vom Ende her!"

Zwei Jahre später! Noch sah das Auge Trümmer, wohin es blickte, aber da und dort begannen blutende Wunden zu heilen. Zwar langsam, aber doch spürbar erhob sich ein Volk, indem es, geschlagen wie es war, wieder Lebensmut zeigte, arbeitswillige Hände regte, wenn auch zögernd an seinem Wiederaufbau zu arbeiten begann und an eine neue Zukunft glaubte. Wie diese sich gestalten würde, konnte sich niemand vorstellen, denn man stand unter den Bestimmungen der Siegermächte.
Richard Dörrbaum mußte noch immer im Fahrstuhl gefahren werden. Er grollte mit Gott und den Menschen. Nachdem er in den letzten Jahren Gottes Dasein geleugnet hatte, machte er ihn jetzt für sein Unglück verantwortlich.
Wie gern hätte Ricarda dem Vater gesagt, wie sie diese Schickung ansehe, aber sobald sie auch nur den Versuch machte, ihm ihre Gedanken zu unterbreiten, wehrte er gereizt ab. „Wenn ich auch ein hilfloser Krüppel geworden bin, Ricarda, so habe immer noch ich das Recht, sowohl über die Fabrik als auch über meine eigenen Belange zu bestimmen. Ich lasse mir von dir nichts aufzwingen. Mit deinem lieben Gott werde ich, wenn er überhaupt existiert und wenn ich ihm einmal begegnen sollte, schon fertig werden!"
„Aber Vater!" hatte sie entsetzt gerufen, „das ist frevelhaft! Nicht du wirst mit Gott, aber er wird mit dir fertig werden!"
„Wie du alles so genau wissen willst!" Hohn und Herausforderung sprachen aus seinen Worten.
Ricarda fühlte, daß sie jetzt nicht schweigen durfte. Diese

Worte einfach hinzunehmen, war gleichbedeutend mit Verleugnung. So wagte sie es, ihm zu entgegen: „Vater, was muß eigentlich noch über dich hereinbrechen, ehe du Gottes Handeln an dir verstehst? Hast du dich noch nie gefragt, warum du so hilflos geworden bist?"

„Warum? Blöde Frage! Daran ist der irrsinnige Krieg schuldig. Der Hitler, dem wir Idioten blind vertraut haben, der hat uns ins Unglück geführt."

„Nein, Vater, so ist es nicht. Du siehst es falsch. Gott hätte es ja verhüten können, daß du so unglücklich stürztest und die schweren Balken über dich herfielen. Du hättest aber ebensogut tot sein können."

„Es wäre besser gewesen! Dann säße ich hier nicht als Krüppel und müßte nicht das Gnadenbrot essen."

„Vater!" Schmerzlich berührt rief sie aus. „Wie kannst du so etwas sagen? Ich will nicht annehmen, daß du es im Ernst so meinst. Du würdest mir damit sehr wehe tun, ebenso Günther. Aber laß mich dir sagen, wie ich es sehe. Du hast seit Jahren gesorgt, geschafft, ja geschuftet, um deinen Besitz zu vergrößern und zu sichern, ob Werktag oder Sonntag. Nichts anderes war dir so wichtig, und du hast vergessen, was dir, wie du es mir selbst erzählt hast und es mir durch Liane bestätigt wurde, deine fromme Mutter gesagt hat: An Gottes Segen ist alles gelegen! Sieh, Vater, nicht Härte oder Strafe Gottes ist es, daß du so hilflos geworden bist. Er hat dich in die Stille geführt, damit du Zeit findest, über alles nachzudenken und dich daran erinnerst, daß es noch Wertbeständigeres gibt als irdischen Besitz. Ach, Vater, nutze die Zeit aus, die dir noch gegeben ist. Betrachte sie als eine Gnadengabe und denke daran: Unser letztes Kleid hat keine Taschen. Wir können nichts in die andere Welt mit hinübernehmen."

Vergeblich hatte Herr Dörrbaum versucht, seine Tochter zu unterbrechen. Ruhig, aber ihrer Aufgabe gewiß, hatte sie weitergesprochen, und wenn sein Herz nicht von Stein war, mußte er spüren, wie sie um ihn litt und sich sorgte. Aber er blieb völlig unzugänglich.

„Hör mir auf mit deinen frommen Salbadereien!" schrie er sie an. „Soviel ich mich erinnere, gibt es ein Gebot, das heißt: ‚Du sollst deinen Vater ehren!' Tust du es vielleicht, wenn du dir erlaubst, mir eine Moralpredigt zu halten, du junges, unerfahrenes Ding? He? Fragt ihr überhaupt noch nach meinen Wünschen? Seit Jahren muß ich es mir gefallen lassen, daß fremde Kinder, die uns nicht das geringste angehen, ins Haus geholt werden. Nicht genug mit Alfred und Friedhelma, nein, dann kam auch noch die Sibylle, und seit ein paar Wochen mutet ihr mir auch noch diesen Negerbalg zu. Und all das von meinem Geld! Seid ihr denn ganz und gar verrückt? Aber nein, mit mir darüber zu reden, meine Meinung zu hören, das kommt nicht in Frage. Der Alte ist ja gelähmt, der wird ohnehin demnächst abkratzen. Und so was nennt man Frömmigkeit und christliche Einstellung! Pfui Teufel!"

Ricarda war so entsetzt, daß sie auf diese Anschuldigungen zuerst überhaupt keines Wortes fähig war. Aber schließlich durfte sie hierzu nicht schweigen. Sie zog sich einen Sessel heran und setzte sich zu ihrem Vater.

„Es ist nicht so, wie du meinst", begann sie, bemüht, ruhig zu bleiben, obgleich sie an den aufsteigenden Tränen schlucken mußte. „Daß wir Friedhelma unentgeltlich ins Haus genommen haben, weißt du. Ihre Mutter ist gestorben, und auf die geringe Unterstützung des Jugendamtes verzichten wir. Für Alfred gibt Anna einen Teil ihres Lohnes. Sie ist so dankbar, daß wir das Kind ihrer Nichte großziehen. Es wäre für Friedhelma auch nicht gut, ohne Geschwister aufzuwachsen. Sibylle wird nur noch kurze Zeit bei uns sein, ihre Eltern holen sie bald wieder zu sich. Wir sind ja so froh, daß Herr Müller sich entschlossen hat, seine Frau, von der er sich trennen wollte, wieder zu sich zu nehmen. Menschlich gesehen ist seine verletzte Ehre verständlich, aber er beginnt langsam zu fragen: Wie sieht Gott die Sache an? Günther ist glücklich, daß er regelmäßig zum Männerabend der Methodistengemeinde mitgeht. Es scheint ihm im Worte Gottes eine neue Welt aufzugehen."

„Ach, hör mir auf mit diesen frommen Redensarten! Welch ein vernünftiger Mensch gibt sich noch mit solchen überspannten Ideen ab?"

Unbeirrt fuhr Ricarda fort: „Er ist bereit, seiner Frau zu vergeben und, schon um des Kindes willen, neu mit ihr anzufangen. Allerdings konnte er sich bisher nicht entschließen, die kleine Monika zu sich zu nehmen. Er sagt, er habe zwar nichts gegen das Negerkind, das ja für das Vorausgegangene nicht verantwortlich gemacht werden könne, aber es gehe ihm darum, daß seine Frau durch das Kind nicht von den Leuten schief angesehen werde. Er möchte, daß eine gute Pflegestelle für Monika gefunden werde, möglichst in Amerika, wo ein Negerkind nicht so auffalle wie hier. Die Methodisten haben gute Beziehungen nach Amerika. Unser Pastor will sich bemühen, eine geeignete Pflege- oder Adoptivstelle ausfindig zu machen. Aber überstürzen kann man so etwas natürlich nicht. Und so haben wir uns bereit erklärt, Monika vorerst zu uns zu nehmen. In diesem Fall war Günther die treibende Kraft. Ihm schien es vor allem wichtig, daß Müllers wieder zueinander finden. Vielleicht kommt es doch noch so weit, daß Monika zu ihrer Mutter zurückkehren darf. Sie hängt trotz allem an der Kleinen und leidet unter der Trennung von ihr. Wir müssen uns auch bei diesen Entscheidungen klar von Gott leiten und beraten lassen."

Kopfschüttelnd betrachtete Herr Dörrbaum seine Tochter, so als sei sie ein ihm völlig fremdes Wesen. „Wenn man dich so reden hört, dann könnte man meinen, wir lebten auf zwei verschiedenen Planeten."

„Vater, so etwa ist es auch, und nichts wünschte ich so sehr, daß du in der Welt Gottes heimisch würdest."

In diesem Augenblick wurde die Zimmertür stürmisch geöffnet. Alfred und die beiden Mädchen polterten herein. „Hier bist du, Mama? Wir haben dich überall gesucht. Komm nur schnell, Monika ist aufgewacht und weint."

„So — und ich werde wohl ganz übersehen", beschwerte sich Herr Dörrbaum. Da fielen bereits alle drei über ihn her. „Opa, hast du was für uns? Darf ich deinen Rollstuhl schieben? Darf ich auf deinem Schoß sitzen? Liest du uns heute wieder ein Märchen vor?"

Lächelnd verließ Ricarda das Zimmer. Wie es doch die Kinder verstanden, das oft so mürrische Gesicht des Vaters zu verwandeln! Nachher, wenn sie Monika fertiggemacht hatte, wollte sie die Kleine zu ihm bringen. So wie sie ihn kannte, würde er trotz seines ewigen Polterns Freude an dem kleinen Wesen haben, das ein Vater und eine Mutter in die Welt gesetzt hatten, ohne ihm eine Heimat bieten zu können.

Daniel hatte sich den Bestimmungen gefügt und war Zimmermannslehrling geworden. Es war ihm nicht leichtgefallen, in der Stadt, in der er aufgewachsen war und wo man ihn kannte, auf dem Bau zu arbeiten, Balken zu schleppen, sich anpfeifen zu lassen, aber er wußte, daß ihm nichts anderes übrigblieb, als es hinzunehmen, wollte er später die Schule besuchen.

Durch die Vermittlung des Stadtbaumeisters war er zu Ruths Vater, Herrn Soelig, gekommen, der ein Architekturbüro besaß. Zuerst war dieser reichlich uninteressiert gewesen. Als er aber von seiner Tochter hörte, daß Daniel ein alter Bekannter von ihr und der Sohn des Pfarrers sei, war er zugänglicher geworden und hatte sich in ein Gespräch mit ihm eingelassen. Es müsse seltsam zugehen, hatte er gesagt, wenn der gewählte Beruf keine Zukunftsaussichten hätte. Gewiß, Deutschland habe den Krieg verloren; aber er sehe voraus, daß die Städte, die jetzt durch die Bombenangriffe in Schutt und Asche darniederlägen, schöner als je zuvor wieder erstehen würden und daß es für Architekten und Baumeister Möglichkeiten gäbe. Er ließ sich Daniels Zeugnisse und Schulzeichnungen zeigen und meinte, wenn er gewillt sei, unten anzufangen, dann wäre es schon möglich, daß er seinen Weg machen werde.

Ruth hatte ihn ermutigt: „Mach dir nichts daraus, daß du als Zimmermannslehrling unten anfangen mußt. Das ist nun einmal so. Ich habe keinen Zweifel, daß du es schaffst."

„Ich bin nur schon reichlich alt", hatte er erwidert.

„Geht es dir allein so? Tausende müssen jetzt anfangen, wo sie sonst fertig gewesen wären. Liebe Zeit, du bist doch noch kein Greis, Daniel!"

Sie hatte sich rührend um ihn gekümmert. Immer wieder, wenn er irgendwo auf einem Neubau herumturnte, im Sommer mit entblößtem Oberkörper, braungebrannt, in Schweiß gebadet, oder im Herbst, wenn es schon empfindlich kühl wurde und es etwas kostete, in aller Morgenfrühe im Freien bei Wind und Wetter zu arbeiten, tauchte sie plötzlich auf, rief ihm ein Scherzwort zu oder brachte ihm eine Stärkung. Er wußte es zu schätzen, daß sie ihm auf diese Weise Mut machen und ihn in seinem Vorhaben unterstützen wollte. Mit dem rauhen Ton seiner Arbeitskollegen hatte er sich bald abgefunden, er hob sich nicht viel ab von dem, was er von der Front gewöhnt war. Sie aber nannten ihn spöttisch den Heiligen, weil er sich abseits hielt, etwa bei ihren Saufgelagen anläßlich der Richtfeste oder wenn sie sich in dreckigen Witzen ergingen.

„Der möchte schon", behauptete einmal einer, „aber der darf nicht, weil er ein Pfarrerssohn ist." Daniel warf ihm einen geringschätzigen Blick zu, antwortete aber nicht. Nein, er verspürte kein Bedürfnis, es ihnen gleichzutun, hatte er doch Mühe genug, mit ihnen, die robuster Natur waren, in der Arbeit Schritt zu halten. Ebensowenig wie er eingestimmt hatte in die oft wüsten und zweideutigen Reden mancher seiner Kriegskameraden, so hatte er auch hier nicht Gefallen daran. Froh war er nicht zwischen ihnen. Aber gerade weil sie ihn als den Sohn des Pfarrers kannten, widerstrebte es ihm, als einer angesehen zu werden, der die Auffassung des Elternhauses gewissermaßen als Schutzwehr vor sich hertrug. Er wollte nicht als fromm gelten, weil er nicht fromm war. Dabei kam es ihm von Tag zu Tag mehr zum Bewußtsein, daß ihm etwas Kostbares verlorengegangen war. Die sich in ihm meldende Stimme, daß er das Verlorene wiederfinden könne, überhörte er geflissentlich. Das würde ja bedeuten, sich selbst als schuldig zu bezeichnen. Aber hatte er Gott nicht abgesagt? Und was hieß schon schuldig? Nach dem Gespräch mit dem Vater hatte es ihn allerdings einige Tage umgetrieben. Aber, liebe Zeit, wenn sich nun alle, die Pech gehabt hatten, ihr Leben lang mit Vorwürfen herumschleppen würden! Es war nun einmal so, daß ein Mädchen ein Kind von ihm hatte. Bestimmt war Käthe inzwischen längst verheiratet.

„Und dein Kind?" hieß es in ihm. Er hätte es schon gerne einmal gesehen. Schließlich war es sein eigen Fleisch und Blut. Aber was sollte er mit ihm? Er hatte ja als Lehrling längst nicht so viel Einkommen, daß er es ernähren konnte. Und sollte er ihm vielleicht eingestehen: Ich bin zwar dein Vater, aber ich weiß mit dem besten Willen nicht, wohin mit dir? Meine Mutter, die eine fromme Frau sein will, würde den Verstand verlieren, wenn ich dich nach Hause brächte. Sie scheint mir schon jetzt nicht weit davon. Schließlich ist es eine etwas peinliche Angelegenheit, auch für meinen Vater, wenn da ein kleines Mädchen im Pfarrhaus umherspringt, von dem es heißt: die uneheliche Tochter des Pfarrerssohnes. Und wie mir deine Mutter in der Erinnerung vorschwebt, ich habe sie ja nur flüchtig gekannt, bist du bei ihr besser aufgehoben als bei mir. So werden wir wohl darauf verzichten müssen, uns gegenseitig kennenzulernen.

Geradezu lächerlich: ein gedankliches Zwiegespräch mit einem Kind, mit seinem eigenen Kind, das man nicht kannte und auch nie kennenlernen würde, ob man sich auch in einem Winkel seines Herzens danach sehnte. Unsinn, hinweg mit diesen sentimentalen Anwandlungen! Und Daniel schleppte weiter Balken, saß auf dem Baugerüst und hämmerte drauflos, ohne die mahnende Stimme in sich zum Schweigen bringen zu können.

Eines Abends, als man gerade Feierabend gemacht hatte, stand Ruth Soelig wieder vor dem Neubau, an dem Daniel arbeitete. „Gehst du nach Hause?" fragte sie ihn. „Dann könnten wir ein Stück miteinander gehen."

Er blickte an sich hinunter. „Du siehst, ich bin im Arbeitsanzug."

„Na und?" Sie lachte ihm ins Gesicht. „Wenn mir das etwas ausmachte, hätte ich nicht auf dich gewartet!"

„Das ist nett von dir." Sie schritten nebeneinanderher. „Du, sag mal", begann Ruth ganz unvermittelt, „was ist eigentlich aus deinem Bruder Jonathan geworden? Man erzählt sich so allerlei. Auch er habe auf das Studium verzichtet und ein Handwerk ergriffen. Stimmt es, daß er in der Tischlerlehre ist?"

„Ja, das stimmt. Er hat sich entschlossen, Missionar zu werden. Die Bibel- und Missionsschule aber verlangt, daß die angehenden Missionare zuerst einen handwerklichen Beruf erlernen."

Ungläubig schüttelte Ruth den Kopf. „Jonathan und Missionar! Unbegreiflich! Er war doch ganz anders eingestellt, bevor er in den Krieg mußte!"

„Ja, aber er behauptet, bei dem Versuch, den wahren Dingen auf den Grund zu kommen, im Krieg davon überzeugt worden zu sein, daß die Lehre des Christentums das einzige Fundament sei, auf dem es sich überhaupt zu leben lohne."

Eine Weile schwiegen beide. Dann sagte Ruth: „Seltsam,

Dan, du und ich haben uns losgesagt von diesen schwärmerischen Gedankengängen, die uns eine Zeitlang gefangennahmen, und Jonathan, dem ich es nie zugetraut hätte, schlägt jetzt diese Richtung ein."

Fast ärgerte es Daniel ein wenig, daß Ruth ohne jede Veranlassung diese Feststellung machte: du und ich!

„Woher willst du denn wissen, daß ich mich vom Christentum abgewandt habe?" fragte er.

Ihr Lächeln konnte überlegen genannt werden. „Wissen? — Nun ja, Dan, das merkt man doch deutlich. Du hast dich sehr verändert gegen früher."

„Man ist kein Kind geblieben."

„Es ist nicht nur das. Du bist nicht der Mensch, der verbergen könnte, was in ihm vorgeht, wenigstens nicht vor mir", fügte sie hinzu und überließ es ihm, wie er das auffaßte.

Einen Augenblick maß er sie mit prüfendem Blick, ohne dazu Stellung zu nehmen. Sollte sie etwa beabsichtigen...? Doch sie fragte weiter: „Sag mal, Dan, warum hast du eigentlich Ricarda nicht geheiratet? Es wurde doch allgemein erwartet."

Er ärgerte sich über sich selbst, als er merkte, wie er errötete. Herrschaft noch mal! Er war doch schließlich kein Schuljunge mehr! Müßte er sich ihr neugieriges Fragen, das schon an Dreistigkeit grenzte, nicht verbieten? Er antwortete: „Wir paßten eben nicht mehr zusammen."

„Sie hat wohl Schluß gemacht, weil du nicht mehr Pfarrer werden wolltest?"

„Ich habe Schluß gemacht."

„Ach?"

„Ja — weil ich ein Kind habe, ein uneheliches Kind."

Da hatte er es ausgesprochen, ohne es zu wollen. Was hatte ihn dazu veranlaßt? Im gleichen Augenblick war es ihm klar: Er wollte einmal hören, was eine Frau wie Ruth dazu sagte — eine Frau, die, wie sie vorgab, sich von den christlichen Schwärmereien losgesagt hatte. Und nun wußte er auch, daß er nichts anderes wollte als eine Bestätigung seiner eigenen Ansicht. Aber hatte er seinerzeit nicht an Ricarda geschrieben und in ähnlicher Weise zum Vater gesprochen: Ich bin an beiden, sowohl an Ricarda als auch an Käthe, schuldig geworden? — Daniel, du bist auf der Flucht vor deinem Gewissen, fuhr die Stimme in ihm fort, krampfhaft versuchst du, an etwas festzuhalten, wovon du selbst nicht überzeugt bist, und darum brauchst du eine Bestätigung.

Ruth aber überließ ihn nicht weiter seinen Erwägungen.

„Das sieht Ricarda ähnlich, daß sie da nicht mehr mittat."

„Ich sagte dir schon, ich selber habe Schluß gemacht."

„Na ja, sie hat sich ja bald mit ihrem jetzigen Mann getröstet."

„Und du, wie hättest du dich in solcher Lage benommen?"

„Pah!" Sie machte eine lässige Handbewegung. „Man muß sich frei machen von veralteten Ansichten. Wenn man über ein gewisses Alter hinaus ist, sieht man die Dinge anders."

„Dich würde es also nicht stören, die Frau eines Mannes zu werden, von dem eine andere ein Kind hat?"

„Wenn er mir gefiele!"

„Du sagst nicht: wenn du ihn liebtest!"

„Ach, Dan, Liebe! Ist das nicht ein relativer Begriff? Wenn mir ein Mann zusagt, könnte ich, glaube ich, ohne weiteres darüber hinwegsehen, daß er vor mir eine andere gehabt hat und diese ein Kind von ihm bekam."

„Und würdest du imstande sein, ein solches Kind dann zu dir zu nehmen und es wie dein eigenes zu behandeln?"

„Das ist wieder etwas anderes, Dan. Schließlich gehört das Kind in erster Linie zu seiner Mutter. Und ehrlich gestanden, wenn ich ihm, dem Mann, auch einen Seitensprung verzeihen oder Verständnis dafür aufbringen könnte — ich wollte doch nicht täglich durch das Kind daran erinnert werden."

Warum rede ich eigentlich mit ihr darüber? fragte sich Daniel, als sie schweigend nebeneinander weitergingen. Er begriff sich selbst nicht. Irgend etwas zog ihn bei Ruth an, ebensoviel aber stieß ihn ab.

Plötzlich ergriff sie seine Hand. „Dan, ich würde dich trotz des Kindes heiraten." Unwillkürlich entzog er ihr seine Hand. Um alles in der Welt, wohin hatte dieses Gespräch geführt? Es wurde ihm dunkel vor den Augen, und er faßte nach der Stirn, als wolle er dort etwas wegwischen.

„Ich fürchte, du hast mich falsch verstanden", sagte er schließlich.

„Nein, Dan — ich weiß wohl, nicht du hast mir einen Heiratsantrag gemacht, aber deswegen lasse ich mein Wort doch stehen. Vielleicht denkst du später anders darüber als jetzt, und dann darfst du darauf zurückkommen! Doch hier trennen sich unsere Wege. Leb wohl!"

Schon war sie in eine Seitenstraße eingebogen und winkte ihm lächelnd zurück. Wie benommen ging Daniel weiter. Mit keinem Wort hat sie nach dem Kind und seiner Mutter gefragt!

Seit seinem ersten Besuch in der Villa war Daniel nur selten bei Ricarda gewesen, obgleich sie und ihr Mann ihn immer wieder einluden. Jedesmal brach ein seltsamer Zwiespalt in ihm auf, wenn er dort war. Einesteils fühlte er sich bei den beiden Menschen wohl, die ihm so selbstverständlich und vertrauensvoll entgegenkamen. Er pflegte sonst mit niemand Umgang und verbrachte die Abende meistens in seinem Zimmer über den Büchern im Privatstudium, um möglichst vorzuarbeiten für die immerhin noch lange Ausbildungszeit, die vor ihm lag. Aber wie ihn auf der einen Seite die Besuche bei Hertrichs erquickten und belebten, so beunruhigten sie ihn auch unerklärlicherweise. Jedesmal hatte er das Gefühl, etwas versäumt zu haben. Bestimmt hing das mit Günthers und Ricardas christlicher Einstellung zusammen, über die sie jedoch nicht sprachen, wenn er dort war. Mit keinem Wort hatten sie bisher versucht, ihn zu beeinflussen. Ihr Christsein war einfach das Urelement ihres Lebens. Daniel spürte es auf der ganzen Linie. Er gab ehrlich zu, daß sie ihm etwas voraus hatten. Und wenn er sich innerlich auch immer wieder dagegen sperrte und bei sich selbst behauptete, er könne auch ohnedies ein anständiger Mensch sein, so waren hier doch eine Kraft, ein Licht, eine Freude zu spüren, die er bei Ricarda schon immer bewundert hatte. Sie hatte sich bewährt, ja, sie war reifer geworden. Diese Beobachtung beunruhigte ihn, und er wurde nie das Gefühl einer Schuld ihr gegenüber los. Aus diesem Grund ging er immer seltener hinüber.

Bei seinem zweiten Besuch hatte er Ricarda zunächst allein angetroffen. Da brachte sie das Gespräch auf sein Kind: „Ich will Vergangenes nicht aufrühren, aber du hast mir damals geschrieben, Daniel, daß du eine kleine Tochter habest."

Unruhig hatte er mit der Hand gewehrt. Aber sie hatte trotzdem gewagt, weiterzusprechen. „Drängt es dich nicht, die Verbindung mit dem Kind aufzunehmen, es könnte doch —"

Da war er aufgefahren. „Wenn du damit nicht sofort aufhörst, verlasse ich das Haus und komme nie wieder." Zum Glück war in diesem Augenblick Günther erschienen. Dennoch war auf Ricarda den ganzen Abend eine Last gelegen, trotz allen Bemühens kam es zu keiner ungezwungenen fröhlichen Stimmung mehr. Daniel hatte sich bald verabschiedet.

„Ich bin so unglücklich", hatte Ricarda nachher zu ihrem Mann gesagt. „Wie soll das nur weitergehen? Am liebsten möchte ich zu keinem Menschen sagen, daß Friedhelma nicht unser eigenes Kind ist. Sie zu adoptieren, wäre das beste, zumal es Käthes letzter Wunsch gewesen ist. Aber können wir dies, ohne die Ansicht des Vaters zu hören? Wir dürfen ihn doch nicht einfach übergehen?"

„Es hat keinen Zweck, dich daran zu erinnern, daß ich all diese Schwierigkeiten vorausgesehen und zu dir darüber gesprochen habe", hatte Günther gesagt. „Daß mir inzwischen Friedhelma liebgeworden ist, als wäre sie unser eigenes Kind, das weißt du. Was aber eine Adoption anbelangt, so sind wir, da Daniels Vaterschaft nicht anerkannt ist, vielleicht nicht rechtlich, wohl aber moralisch verpflichtet, seine Meinung darüber zu hören. Es wird wohl nichts anderes übrigbleiben, Ricarda, als mit Daniel ein offenes Wort zu reden. So, wie er bis jetzt zu dem Kind steht, wird er es uns kaum wegnehmen."

„Der Gedanke, daß er es in ein Kinderheim brächte oder in eine Pflegestelle, wäre mir schrecklich."

„Beruhige dich, Rica! Nachdem er mit Käthe nicht verheiratet war und sich bis jetzt nicht zu seiner Vaterschaft bekannte, hat er kein Bestimmungsrecht über das Kind. Aber laß uns nun nicht in den alten Fehler verfallen! Auch Friedhelmas Weg ist vorbestimmt."

Nach diesem Gespräch war Daniel noch ein oder zwei Mal bei Hertrichs gewesen, aber es war zu keinem Gespräch über das Kind mehr gekommen.

Magdalene Zierkorn war noch immer zu Hause. Der Zustand der Mutter hatte zwar eine Wendung zum Besseren genommen, doch war es ihr nicht möglich, den Haushalt zu versorgen. Der Arzt sprach von einem krankhaften Schuldkomplex. Wo sie vorher zeitweise fast unaufhörlich geredet hatte, stets bemüht, ihre Umgebung von der Richtigkeit ihrer Meinung zu überzeugen, da verfiel sie jetzt in ein apathisches Schweigen, das nur durch Äußerungen der Selbstanklage unterbrochen wurde.

„Ich habe alles falsch gemacht! Ich gab vor, an das Wohl

meiner Kinder zu denken, und habe mich selbst gemeint. Selbst Gott habe ich zu betrügen versucht. Indem ich meinen Kindern biblische Namen gab, wollte ich ihm meine Frömmigkeit beweisen, und als meine Kinder nicht fromm waren, versagte ich." Sie fiel von einem Extrem ins andere, und es bedurfte für ihren Mann und Magdalene großer Geduld und Weisheit im Umgang mit ihr.

Seufzend stellte die Tochter ihre Zukunftspläne zurück. Bisher hatte sie gehofft, Missionsschwester zu werden, und nun sah sie nicht einmal einen Weg, der sie ihrem Ziel näherbrachte. Obgleich sie nicht klagte, merkte ihr Vater doch, wie schwer dieser Verzicht sie ankam.

„Du hast gewünscht, Kranken und Hilfsbedürftigen zu dienen, Magda", sagte er. „Den Beruf einer Diakonisse zu wählen, heißt zur Selbstaufgabe bereit zu sein. Das schließt ein, daß die Angehörigen eines Diakonissen-Mutterhauses ohne Widerrede dahin gehen, wohin man sie schickt. Ich weiß, daß dein Hiersein und Mutters Pflege deine Pläne durchkreuzen, aber du hast auf diese Weise die Möglichkeit, zu prüfen, ob du zu solch selbstlosem Dienst und unbedingtem Gehorsam dein Leben lang bereit bist."

Magdalene sann über die Worte des Vaters nach. Dann sagte sie: „Es ist mir klar, daß es meine erste Pflicht ist, jetzt hier zu sein. Wenn Mutter sich nur etwas sagen ließe! Aber es ist so schwer, ihr zu helfen. Sie hält an ihren verbohrten Ideen fest."

„Von verbohrten Ideen sprichst du, Magda. Der Arzt nannte es einen krankhaften Schuldkomplex. Ich aber sage: Mutter ist auf dem Weg der Besserung. Sie beginnt die Dinge zu sehen, wie sie sind, nicht mehr, wie sie selbst sie sehen wollte. Du bist nun in dem Alter, wo ich offen mit dir reden kann. Auch ich habe eine ähnliche Zeit durchlebt. Leicht war es auch für mich nicht, zu erkennen, wieviel ich verkehrt gemacht hatte, und daß meine Hände, die anderen austeilen sollten, im Grunde leer waren. Sieh, Magda, da sind drei Stationen, die ich durchlaufen mußte. Zuerst war ich davon überzeugt, fähig, tüchtig, geschickt, erfolgreich zu sein. Anerkennung, Lob und Zustimmung, die mir entgegengebracht wurden, bestärkten mich darin und ich nahm diese selbstverständlich hin, als kämen sie mir zu. ‚Ich kann!' Von dieser Sicht her betrachtete ich mein Wirken. Und dann vollzog sich in mir eine Wandlung. Natürlich stand ich noch auf der Kanzel, und man nannte meine Predigten gut. Kaum einer aber wußte, wie leer es in mir selber war, als ich begann, mich zu fragen: Was bleibt denn eigentlich übrig von all deinem Tun? Ich erkannte, daß ich von einer Kraft sprach, die ich selbst nicht besaß. Magdalene, vermagst du dir vorzustellen, daß einer, der andere trösten, ermutigen, beraten und ihm helfen soll, der einsamste und unglücklichste Mensch sein kann?"

Beinahe entsetzt blickte die Tochter ihn an. „Davon haben wir alle nichts gewußt, Vater, Mutter nicht und ebensowenig wir Kinder. Und in dieser Einsamkeit haben wir dich allein gelassen!"

„Magda, es muß jeder Mensch einmal zu einer solchen gesegneten Einsamkeit kommen. Doch laß mich weiterreden! Aus dem selbstsicheren ‚Ich kann!' wurde ein erbarmungswürdiges ‚Ich kann nicht!'. Damals glaubte ich, nicht länger Pfarrer sein zu können. Ich erschrak vor meiner Verwegenheit, anderen helfen zu wollen, wo ich doch selber mehr als hilflos war. Du kennst das Wort von den blinden Blindenleitern. Ein solcher war ich jahrelang gewesen."

„Aber nicht doch, Vater. Wie stellst du dich hin?"

„So war es in Wirklichkeit, Magda. Aber Gott sei Dank, es blieb nicht so! Wenn ich nicht wüßte, daß du mich kennst und daher weißt, daß dies nicht fromme Redensarten sind, würde ich nicht zu dir darüber sprechen. Aber du sollst nun auch das Ganze wissen. Wohl hatte ich bis dahin an Christus geglaubt und ihn verkündet; aber daß er überhaupt keine Bedeutung für mich hatte, wenn ich mich nicht als erlösungsbedürftig erkannte, als verlorenen Sünder, das hatte ich nicht begriffen. Darum mußte ich erst in und an mir selbst bankrott werden. Von da an begann ein Neues. Und nun ist dies die dritte Station: Ich vermag alles durch den, der mich mächtig macht, Christus."

Pfarrer Zierkorn schwieg. Er war tief bewegt, und in den Augen seiner Tochter glänzten Tränen. „Dein Vertrauen beschämt mich", antwortete sie.

Nach einer Weile fuhr er fort: „Verstehst du nun, Magdalene, daß ich bei der Mutter nicht von verbohrten Ideen und krankhaftem Schuldkomplex reden mag? Ich bin vielmehr der Meinung, daß sie bei der zweiten Station angelangt ist: ‚Ich kann nicht!' Und das geht nicht ohne gewisse Geburtswehen ab. Ich glaube jedoch felsenfest daran, daß sie auch die dritte Stufe erreicht: ‚Ich vermag alles durch Christus!'"

„Nun sehe ich vieles mit völlig anderen Augen an, Vater. Ich bin dir dankbar, daß du mit mir in dieser Weise gesprochen hast. Es wird mir helfen, Mutter geduldig und liebevoll zu begegnen."

„Denke nie, daß dies eine verlorene Zeit für dich sei, Magdalene. Indem du dich jetzt überwindest und das, was dir schwerfällt, tust, hast du bereits einen Pluspunkt für die nächste Schwierigkeit, die bestimmt nicht auf sich warten läßt. Sieh, wir Eltern können euch Kindern nicht eigene Erfahrungen ersparen, aber wir können euch teilnehmen lassen an dem, was wir erlebt und erkannt haben, und euch damit doch eine gewisse Hilfestellung bieten."

„Man sollte öfters so offen miteinander sprechen, Vater. Daß ich einen Einblick tun durfte in dein Erleben, auch in deine ganz persönlichen Nöte, das hat mir sehr geholfen. Eine große Hilfe ist mir auch, daß ich in letzter Zeit wieder öfters am Abend, wenn die Mutter schlief, zu Ricarda und ihrem Mann gehen konnte. Was sind das doch für prächtige Menschen! Dabei haben sie es nicht leicht mit dem

Vater, und die drei Kinder fordern auch viel Kraft von Ricarda."

„Waren es nicht vier?"

„Doch, aber nun ist Sibylle zu den Eltern zurückgekehrt. Die leben wieder zusammen. Es ist erstaunlich, daß Herr Hertrich für sie eine wenn auch sehr bescheidene Wohnung ausfindig machen konnte. Bei der herrschenden Wohnungsnot ist das bestimmt nicht so einfach gewesen. Nun kann Herr Müller in der Fabrik bleiben. Es soll bis jetzt gut gehen in der Ehe. Allerdings leidet die junge Frau darunter, ihre kleine Monika nicht bei sich haben zu können. Aber dazu kann ihr Mann sich nicht entschließen. Noch nicht. Ich glaube, Hertrichs hoffen immer noch, daß es doch einmal soweit kommt! Ricarda läßt Frau Müller stundenweise im Haushalt helfen, damit sie wenigstens während dieser Zeit ihr kleines Mädchen sieht."

„Es ist schon ein Jammer mit diesen Mischlingen. Die armen Kinder werden sich nie ganz heimisch fühlen bei uns. Solange sie klein sind, mag es gehen, aber die Probleme häufen sich, wenn sie in die Entwicklungsjahre und ins heiratsfähige Alter kommen. Sie sind ja meistens viel früher reif als unsere Kinder. Wenn doch die Frauen vorher bedenken würden, in welche Not sie sich und die armen kleinen Wesen bringen! Wenn diese Müllers jetzt auch wieder zueinander gefunden haben, so wird doch ein Stachel bleiben. Immer, wenn das Kind des Negers in Erscheinung tritt, wird Paul Müller neu daran zu schlucken haben. Er muß schon ein wirklich reifer und beherrschter Mann sein, wenn die Ehe nicht immer wieder durch die Erinnerung an das Vorausgegangene gefährdet werden soll."

„Ja", stimmte Magdalene ihrem Vater zu. „Es ist so viel unnötiges Elend in der Welt. Die Kinder sind die Leidtragenden. Auch im Säuglingsheim habe ich viel Elend gesehen, das aus der Verantwortungslosigkeit der Eltern hervorgegangen ist. Und Vater, da wir jetzt Gelegenheit haben, über diese Probleme zu reden, will ich dir auch sagen, daß mich der Gedanke an Daniels Kind immer wieder beunruhigt. Müßten nicht wir uns darum kümmern?"

Pfarrer Zierkorn seufzte tief. „Magda, das Wort ist mir aus der Seele gesprochen. Aber was können wir tun? Ich habe immer wieder versucht, auf Daniel einzuwirken, aber hier verschließt er sich mir völlig. Ich habe ihn gebeten, mir den Namen und den Wohnort des Mädchens zu nennen. Ich würde sie aufsuchen. Es belastet mich, zu denken, daß mein eigener Sohn ein Kind hat, um das er sich nicht kümmert, das vielleicht sogar in jammervollen Verhältnissen lebt. Aber er geht auf nichts ein und hüllt sich in abweisendes Schweigen."

„Und doch meine ich, er könne nicht völlig ablehnend und verantwortungslos empfinden. Warum hat er denn überhaupt zu dir davon gesprochen? Er hätte dir das Dasein des Kindes doch verschweigen können! Es laufen genug Kinder herum, um die sich kein Vater kümmert. Daß er dir die Sache bekannte, zeigt doch, daß er sich damit beschäftigt und nicht darüber zur Ruhe kommt."

„Er sagte mir, daß es für ihn eine Torheit sei, auch nur zu erwägen, daß er für das Kind zu sorgen habe, solange er noch von uns abhängig sei."

„Und wenn wir das Kind zu uns nähmen?"

„Auch diese Möglichkeit habe ich schon erwogen. Aber müßte nicht in erster Linie Mutter diesem Entschluß zustimmen? In ihrem jetzigen Zustand wäre sie allerdings nicht imstande, die Pflege und Betreuung des Kindes zu übernehmen. Aber selbst wenn sie wieder hergestellt sein sollte, müßte ihr Herz ja einen solchen Schritt gutheißen. Bisher hat sie noch nie nach Daniels kleiner Tochter gefragt."

„Ach Vater, wie schrecklich ist das alles! So werden auch wir schuldig an dem Kind, das unerwünscht in die Welt gesetzt wurde. Im Grunde gehört es doch zu uns."

Erschüttert blickte Magdalene auf den Vater, der den Kopf in die Hände gestützt vor sich hinstarrte, sichtlich beschwert durch das Besprochene. Sie trat zu ihm und legte den Arm um seine Schulter. „Vater, Gott muß uns zeigen, was wir in dieser Sache zu tun haben. Auf meine Bereitschaft, zu helfen, kannst du rechnen."

„Ich danke dir, Magda!" Pfarrer Zierkorn erhob sich. „Ja, Kind, das weiß ich. Und ich bin froh dafür. In der Tat, die Dinge sehen anders aus, wenn sie uns selbst betreffen. Vielleicht müssen wir dies mit Daniel durchmachen, damit wir milder über andere urteilen. Wie oft mögen wir schuldig geworden sein, indem wir über Menschen, deren Handlungsweise wir nicht verstanden, den Stab gebrochen haben."

Daniel war im Architekturbüro Soelig angestellt. Er hatte sein Examen gut bestanden. Die Ausbildungszeit mit der vorausgegangenen Lehre als Zimmermann war nicht leicht gewesen. Sie hatte große Anforderungen an Daniel gestellt. Nun war er froh, es geschafft zu haben. Daß er gleich eine so gute Stellung erhalten hatte, bezeichnete er als unerhörten Glücksfall. Allerdings war es ihm klar, daß er es in erster Linie Ruth zu verdanken hatte, die sich bei ihrem Vater für ihn eingesetzt hatte. Manchmal schien es ihm, daß sie einen bestimmten Zweck mit ihrer Fürsorge um ihn verfolgte. Zuweilen war ihm dieser Gedanke äußerst unsympathisch und lästig, dann wieder gab er sich ihm in kaltblütiger Berechnung hin. Ruth war die einzige Tochter ihres Vaters. Sie hatte noch einen älteren Bruder, aber bisher war von ihm nie die Rede. Er war mongoloid. Früher hatte Daniel einmal von dieser Schwachsinnsform flüchtig gehört, sich aber nie darum gekümmert. Jetzt begegnete ihm im Hause seines Chefs ein solch bedauernswertes Geschöpf, ein Mann, bereits dreißig Jahre alt, aber hilflos und unsicher wie ein Kind. Herr Soelig hätte ihn am liebsten in der Schwachsinnigenanstalt belassen, in der er als Kind einige Jahre untergebracht war. Dort hatte er auch die Schule besucht, vermochte jedoch nicht viel mehr als seinen Namen zu schreiben. Frau Soelig hatte darauf bestanden, den Sohn im Elternhaus zu behalten, behandelte und verzärtelte ihn wie einen kleinen Jungen und schien ihm weit mehr zugetan zu sein als der zur Herrschsucht neigenden Tochter.

Daß es Herrn Soelig ein Anliegen war, sein gutgehendes Architekturbüro einmal in die Hände eines tüchtigen Nachfolgers zu geben, war Daniel begreiflich. Er glaubte nicht, daß Ruth in ihrem Bemühen, ihn dafür zu gewinnen, etwa im Sinne des Vaters beziehungsweise des Geschäftes spekulierte — schon in früheren Jahren hatte sie sich ja um seine Gunst bemüht. Sie hatte nie einen Hehl daraus gemacht, daß er ihr sympathisch war. Damals aber hatte Daniel im Wissen um Ricarda keinen Gedanken an sie verschwendet. Jetzt aber befand er sich in einer völlig anderen Situation. Obgleich die Eindrücke des schrecklichen Krieges nie in seiner Erinnerung ausgelöscht werden konnten, so begannen sie doch zu verblassen. Sie wurden von neu auf ihn zukommenden Gedanken um Gegenwart und Zukunft verdrängt. Schließlich mußte er sich ja eine Existenz aufbauen. Warum sollte er jetzt nicht wie Ruth berechnend vorgehen?

Schon einige Male hatte er einen Anlauf genommen, um mit der Tochter seines Chefs zu sprechen und sie an das Gespräch an jenem Abend zu erinnern, als sie ihn von der Baustelle abgeholt hatte. Er glaubte keinen Augenblick daran zweifeln zu müssen, daß ihre Ansicht auch jetzt noch die gleiche war. „Ich würde dich trotz des Kindes heiraten", hatte sie damals gesagt. Da war es wieder, was sich immer aufs neue zwischen ihn und seine Pläne wie ein Schatten stellte: das Kind, seine Tochter. Ach, wie sie ihn alle falsch beurteilten, sein Vater, Ricarda, Magdalene, die durch die

Eltern natürlich auch unterrichtet war. Aber in keinem Fall hatte er sich auf ein Gespräch darüber eingelassen. Einige Male war er sogar richtig grob geworden. Er hatte sich jegliche Einmischung in diese seine eigene Angelegenheit verbeten. Wer wollte es ihm überhaupt beweisen, daß es sein Kind war? Wer oder was konnte ihn daran hindern, die Vaterschaft zu leugnen, wenn die Sache je aufgerollt werden sollte?

Wenn er jedoch mit seinen Gedanken so weit gekommen war, überfiel ihn Scham vor sich selbst. Nein, nicht einmal in Gedanken durfte er Käthe dies antun. Sie war keine wohlfeile Dirne gewesen. Sie hatte sich ihm hingegeben, weil sie ihn liebte und wahrscheinlich hoffte, daß er sie heiraten würde. Das Mädchen, das sie zur Welt gebracht hatte, war sein Kind. Und wenn er ehrlich war, mußte er vor sich selbst zugeben, daß eine Bindung zu ihm vorhanden war.

Er würde Ruth Soelig bitten, seine Frau zu werden. Vorher aber mußte er Gewißheit haben, wo Käthe war und wie es ihr und dem Kind ging. Ruth wußte ja nun von dessen Dasein, und nachdem seine Verhältnisse sich jetzt zu klären begannen, würde es ihm in Bälde möglich sein, für das Kind zu zahlen. Dann sollte ihn niemand mehr an seine Pflicht erinnern müssen.

Ein trüber Herbstsonntag. Die noch gestern im Sonnenschein aufflammenden Farben an Sträuchern und Bäumen schienen erloschen zu sein. Ein kalter Wind fegte über die Stoppelfelder und jagte die tief herabhängenden Wolken.

Daniel hatte die Hände in den Taschen und schritt eilig aus, als könne er so seinen eigenen Gedanken entfliehen, die ihm immer wieder die Sinnlosigkeit seines Unternehmens klarmachen wollten. Was hatte sein Vorhaben für einen Zweck? Würde er über Käthe nicht neue Not bringen? Würde sie oder, wenn sie vielleicht inzwischen verheiratet war, ihr Mann ihn nicht mit Vorwürfen überschütten, daß er sich bis dahin nicht um das Kind gekümmert hatte? Und würde Käthe, wenn sie noch ledig sein sollte, sich nicht doch Hoffnung machen, wenn er plötzlich auftauchte? Er mußte sie ein zweites Mal enttäuschen. Was kam ihn eigentlich an, jetzt nach Jahren diese alte Geschichte neu aufzugreifen, jetzt, da er im Begriff war, sich seine Zukunft zu bauen? —

Aber da war etwas in ihm, stärker als alle Gegenargumente. Er mußte einfach! Sein ehemaliger Kriegskamerad wußte nur, daß Käthe auf einen großen Hof im Nachbardorf gekommen sei. Ihre Tante, die verwitwete Wirtin, habe den Gasthof verpachtet, nachdem sie sich wieder verheiratet und mit ihrem Mann in die Stadt gezogen sei.

Nun war Daniel auf dem Weg zum Bauernhof. Die kleine, zierliche Käthe eine Bäuerin? Vorstellen konnte er sich das nicht. Aber was wußte er im Grunde überhaupt von ihr? Ein Hund schlug an, als er sich dem großen Gehöft näherte, und unterbrach die sonntägliche Stille, die sich über ihm breitete. Ein prächtiges Fachwerkgebäude mit blanken Fensterscheiben, vor denen rote Geranien leuchteten. Der große Hof, der das Gebäude und die Stallungen von drei Seiten umgab, war sauber gefegt. Ein Blick in die offene Stalltüre ließ ihn auch da peinliche Ordnung und Sauberkeit feststellen. Ein wohlhabender Bauer mußte dem Ganzen vorstehen. Das Bellen des Hundes rief dessen Mutter aus dem Wohnhaus. Im schwarzen Kleid trat sie achtunggebietend, hoch aufgerichtet vor die offene Tür. Fragend und mit kühlem Blick musterte sie den Fremden, der sich ihr näherte.

„Ich bin Daniel Zierkorn und möchte die — die junge Frau sprechen. Ich bin ein ehemaliger Bekannter von ihr."

Die alte Bäuerin machte keine Anstalten, ihn hereinzubitten. Sie musterte Daniel von Kopf bis zu Fuß. Dann sagte sie mehr abweisend als entgegenkommend: „Mein

Sohn ist mit seiner Frau in der Kirche!" Keine Aufforderung, einzutreten und auf sie zu warten oder wenigstens in der großen Diele, die ebenfalls peinlich sauber gehalten und mit einem prachtvollen Herbststrauß in einer Bodenvase geschmückt war, Platz zu nehmen.

Sie mißtraut mir, dachte Daniel. Hat sie nicht recht? „So werde ich hier draußen auf sie warten", sagte er. Ohne ein Wort zu erwidern, schloß die Bäuerin die Tür und drehte den Schlüssel hörbar herum.

Arme Käthe, dachte Daniel und wandte dem Haus den Rücken. Wenn das deine Schwiegermutter ist, dann hast du nichts zu lachen. Hoffentlich ist dein Mann nicht von derselben Art.

Er mochte eine halbe Stunde gewartet haben, als er ein junges Paar vom Dorf herkommen sah. Beide waren hochgewachsen, schlank und dunkel. Ungläubig blickte Daniel ihnen entgegen. Das war doch niemals Käthe! Er hatte sie so völlig anders im Gedächtnis. Klein, zierlich, hellblond! Nein, niemals — das war eine andere Frau. Unsicher ging er den beiden entgegen. Der Jungbauer blieb auf seine Anrede stehen, während seine Frau eilig dem Hause zuging, als dürfe sie keine Minute versäumen.

Aufs neue nannte Daniel seinen Namen. „Ich suche Käthe Mangold und — und ihre Tochter."

Nun zeigte sich auch auf dem Gesicht des Mannes kühle Ablehnung. Ob er vermutete, den Vater des ersten Kindes seiner ehemaligen Frau vor sich zu sehen? „Käthe lebt nicht mehr. Sie starb schon im zweiten Jahr unserer Ehe", gab er knapp zur Antwort.

Daniel erbleichte. „Käthe ist tot? Und — und das Kind — ihre Tochter?"

Der Bauer, schon zum Weitergehen gewendet, hielt noch einmal inne. „Wer sind Sie eigentlich und was wollten Sie von Käthe?"

Es blieb Daniel nichts anderes übrig, als Farbe zu bekennen. Er war ja gekommen, um sich nach seinem Kind zu erkundigen.

„Ich war mit Käthe während meiner Rekrutenzeit befreundet. Ich bin der Vater ihres Kindes."

„Was geht das mich an? Wenn Sie sich jetzt endlich darauf besinnen, daß Sie der Käthe und dem Kind gegenüber Pflichten zu erfüllen haben, dann sind Sie reichlich spät dran. Was Sie an der Käthe verschuldet haben, können Sie jedenfalls nicht mehr gutmachen. Und das Kind —"

„Wo ist es?"

„Das kann ich Ihnen nicht sagen. Da werden Sie sich wohl an das Jugendamt wenden müssen. Die werden sich freuen, Sie zu sehen. Käthe war ja viel zu anständig, um Sie ‚reinzureißen'." Damit drehte der Bauer Daniel endgültig den Rücken.

„So hören Sie doch", rief dieser und meinte, unbedingt noch Genaueres von ihm erfahren zu müssen. Aber der Mann ging weiter. Über seinen Rücken hinweg rief er: „Ich will mit der Sache nichts zu tun haben!"

Es hatte zu regnen begonnen. Die Stimme des Windes ließ langgezogene Klagetöne vernehmen. Die Kronen der Bäume bewegten sich in heftigem Rhythmus. Krächzend flogen einige Raben über abgeerntete Äcker.

Auf dem Dorffriedhof schritt ein einsamer Mann durch die Gräberreihen. Endlich hatte er gefunden, was er suchte. Hier stand ihr Name auf einem schlichten Stein: Käthe Möbius geborene Mangold. Ja, das war sie, die ihm Liebe und Vertrauen geschenkt hatte. Geschenkt? Hatte er es nicht gefordert oder sie mit seinem Klagen und Jammern dazu gebracht, sich ihm zu schenken? Nein, hier an ihrem Grab war er keines Selbstbetrugs fähig. Käthe hatte ihn geliebt, und er hatte von ihr begehrt und genommen, wozu ihn nur seine Gegenliebe berechtigt hätte, und erst dann, wenn er ihr auch die Geborgenheit und Fürsorge hätte bieten können, auf die sie Anspruch hatte.

Wieder wollte Mutlosigkeit über ihn kommen. Was hatte ihm nun die Fahrt in den Schwarzwald eingebracht? Das Wissen um dieses Grab war nur eine neue Belastung. Und wo seine Tochter sich aufhielt, ob sie überhaupt noch lebte, wußte er nun erst recht nicht. Er dachte nicht daran, sich dem Jugendamt zu stellen. Da würde man schließlich die Alimente für die ganze Zeit seit der Geburt des Kindes von ihm fordern. Welchen Zweck hatte es, die Verbindung mit ihm aufzunehmen, nachdem die Mutter nun auch nicht mehr lebte?

Fast möchte ich sie beneiden, dachte Daniel, während er noch einen letzten zaghaften Blick auf das Grab warf. Sie hat alles hinter sich. Die ganze Sinnlosigkeit seines Daseins, die er seit Jahren immer wieder empfand, griff aufs neue nach ihm. Nichts bedeutete ihm in diesem Augenblick der geglückte Neuanfang, das bestandene Examen, die gute Anstellung, die Aussicht, Ruth, die Tochter seines Chefs, zu heiraten.

Was hatte der Vater kürzlich zu ihm gesagt: Gottes Hand greift nach dir! War es ihm nicht an Käthes Grab einen Augenblick in der Tat so gewesen? Unsinn — selbst, wenn er daran glaubte und diese Hand zu ergreifen suchte: Vergangenes wurde dadurch nicht ungeschehen gemacht, kein Toter aus dem Grab geholt. Sein Leben war einfach verpfuscht. Ja, hätte Ricarda ihn damals nicht ohne ihr Jawort in den Krieg ziehen lassen! Wäre sie seine Frau geworden! Hätte er Theologie studieren dürfen!

Selbst in den fahrenden Zug drang das sich immer mehr steigernde Heulen des Sturmes. War es nicht, als verhöhne es ihn? Warum versuchst du dich selbst zu täuschen? Trotz aller Argumente, die du vorbringst, dich zu entlasten, kannst du dir selbst nicht entfliehen. Gib es nur zu, daß du Gott aus der Schule gelaufen bist! Dies einzugestehen, und wenn es nur vor sich selbst gewesen wäre, hätte jedoch bedeutet, sein ganzes Leben neu einzurichten und, wie der Vater ihm gesagt hatte, an dem Punkt wieder anzufangen, wo ihm das kostbarste Gut seines Lebens verlorengegangen war. Das würde auch bedeuten, sich zu seiner Schuld zu stellen und Ordnung zu schaffen. Das aber wollte Daniel nicht, und daher fuhr er durch Regen und Sturm zurück nach Hause, ohne sich darum gekümmert zu haben, wo sein Kind war, wenn er schon an Käthe nichts mehr gutmachen konnte.

War es Zufall, Absicht, Schicksal? Auf dem Bahnhofsplatz stand Ruth. Sie hatte soeben eine Freundin, die bei ihr zu Besuch gewesen war, an den Zug gebracht, dem Daniel gerade entstiegen war.

Daniel sah darin eine Bestätigung seiner Pläne. Sie begrüßten sich. Ruth hakte sich wie selbstverständlich bei Daniel ein. „Gehen wir ein Stück zusammen? Ich hätte Lust auf ein Glas Wein."

Dann saßen sie sich in einem Lokal am Marktplatz gegenüber. Hier fragte Daniel Ruth, ob sie seine Frau werden wolle.

„Die Antwort habe ich dir ja bereits gegeben, bevor du fragtest", sagte sie lachend, um aber plötzlich ernst werdend hinzuzufügen: Ich stelle jedoch eine Bedingung, Dan: das Kind der anderen darfst du nicht mitbringen."

War ihr Blick nicht lauernd auf ihn gerichtet, als er nicht sofort antwortete, sondern wie in tiefem Sinnen vor sich hinstarrte? Wie hätte sie ahnen können, daß er wieder an Käthes Grab stand? — Das Kind der anderen! War es nicht ebenso sein Kind?

„Dan, warum antwortest du mir nicht?"

Er schrak empor. „Es sei, wie du es verlangst!"

Dem stürmischen, naßkalten Herbstwetter folgten noch einige schöne warme Tage. Es schien, als wolle der Sommer sein Regiment keineswegs endgültig niederlegen und kehre noch einmal zurück, um Versäumtes nachzuholen. Im Schein seiner strahlenden Sonne leuchteten die bunten Farben in den Laubwäldern und Gärten auf. Wie solch ein lichtdurchfluteter Tag doch gleich die Stimmung hob!

„Heute nachmittag setzt du dich noch einmal in den Liegestuhl!" sagte Magdalene ermunternd zu ihrer Mutter, die noch immer nicht die Pflege der Tochter entbehren konnte.

Ungläubig schaute Frau Zierkorn durchs Fenster. „Um diese Jahreszeit noch in den Garten? Gestern habe ich bereits die ersten Herbstzeitlosen auf unserer Wiese gesehen."

„Das macht doch nichts, Mutter! Sieh nur, wie die Sonne scheint! Es ist so warm, daß wir das Mittagessen sogar noch auf der Veranda einnehmen können."

„Ach, mach dir doch nicht soviel unnötige Arbeit mit dem Heraus- und Hereintragen des Geschirrs und der Speisen!"

„Das ist doch keine Mühe! Warum sollen wir die schönen Tage nicht ausnutzen? Hast du schon gesehen, wie herrlich die Astern im Garten stehen, und die Pracht der Gladiolen?"

„Ja, ja — aber wie schnell wird alles dahin sein!"

„Darum freuen wir uns daran, solange es möglich ist."

Am frühen Nachmittag lag Frau Zierkorn, mit Kissen und Decken versorgt, im Liegestuhl neben dem Rosenbeet. Ihr Mann machte Krankenbesuche, und Magdalene war in die Stadt gegangen, um Einkäufe zu besorgen. „Ich bin bald wieder zurück", hatte sie beruhigend zu ihrer Mutter gesagt.

Müde hatte diese die Hand gehoben. „Hetze dich nur nicht ab! Ich kann gut ein wenig allein sein."

Sie ist in der Tat milder geworden, dachte Magdalene, als sie sich auf den Weg machte. Vater hat recht gehabt: eine Wandlung vollzieht sich in ihr. Wenn ich sie doch wieder einmal richtig froh sehen dürfte!

Frau Zierkorn hatte die Augen geschlossen. Aber sie schlief nicht. Wenn sie nur der auf sie einstürmenden Gedanken hätte Herr werden können! Die ließen sie Tag und

Nacht nicht los. Wie war doch alles so ganz anders gekommen, als sie es sich gedacht hatte! — David tot! Wenn sie nur wüßte, wie sein Ende gewesen war! Ob er, als er den Tod nahen fühlte, sich nicht doch nach dem einzigen Halt ausgestreckt hatte? Es konnte doch nicht alles vergebens gewesen sein, was die Eltern versucht hatten, an ihm zu tun! Aber wenn sie an seine letzten Worte dachte, bevor er in den Krieg zog! Hatte sie ernstlich genug für ihn gebetet? War sie ihm das Vorbild gewesen, dessen er bedurfte, um auf Gottes Wegen zu wandeln? Oh, diese anklagenden Stimmen in ihr, die sie nicht losließen und ihr ein Versäumnis nach dem anderen wie eine Anklageschrift vor die Augen hielten! Und nun dieser neue Kummer mit Daniel! — Weder sie noch ihr Mann, ebensowenig Magdalene konnten es fassen. Da war er doch vor ein paar Tagen nach Hause gekommen und hatte ohne jegliche Einleitung und Erklärung sie alle vor die vollendete Tatsache gestellt: „Ich habe mich mit Ruth Soelig verlobt."

„Ruth Soelig? — Wer ist denn das?" Ihrem Mann war es dann wieder eingefallen. „Das ist doch die Tochter deines Chefs, eine meiner früheren Konfirmandinnen. Gehörte sie nicht damals auch zu dem Kreis, der immer bei Ricarda Dörrbaum zusammenkam? Aber ich habe sie schon seit Jahren nicht mehr gesehen."

„Ruth Soelig?" hatte sie, die Mutter, ebenfalls gefragt. „Ich weiß überhaupt nichts von ihr. Findest du nicht, Daniel, daß es angebracht gewesen wäre, uns das Mädchen zuerst einmal vorzustellen, bevor du dich mit ihr verlobtest?"

„Ich bin längst mündig", war seine Antwort gewesen. Ihr Mann und sie hatten sich nur stumm angeblickt. Hatte es einen Sinn, aufzubrausen und sich seine Art zu verbitten? Aber mußte man es andererseits schweigend hinnehmen, daß er ihnen ein Mädchen, das man überhaupt nicht kannte, als Schwiegertochter brachte?

Schließlich hatte Daniel sich doch zu einigen erklärenden Worten aufgerafft. „Ruth wollte Lehrerin werden, war aber im Architekturbüro ihres Vaters unentbehrlich. Sie hat noch einen schwachsinnigen Bruder, der vorerst zu Hause lebt, den sie aber später wieder in eine Anstalt bringen will, wo er schon als Kind etliche Jahre zubrachte."

Der Vater erinnerte sich jetzt ebenfalls an diesen.

Daniel hatte weitergesprochen: „Ich werde einmal das Büro meines zukünftigen Schwiegervaters weiterführen. Er ist sehr damit einverstanden, daß wir so bald als möglich heiraten."

Eine ganze Weile hatten beide Eltern kein Wort erwidert. Endlich sagte der Vater: „Du überraschst und befremdest uns allerdings sehr mit dieser Mitteilung. Es wäre zu erwarten gewesen, daß du mit uns das Nötige durchgesprochen hättest, bevor du uns vor die vollendete Tatsache stellst. Ich hoffe, du hast eine Frau gewählt, die die rechte Einstellung zum Leben mitbringt."

„Du wolltest sagen, die ein Christ ist."

Der Vater hatte die gewollte Herausforderung in den Worten Daniels bewußt überhört. Ruhig antwortete er: „Ja, genau das wollte ich sagen!"

Daniel hatte entgegnet: „Ruth und ich haben zwar noch nicht über diese Dinge gesprochen — mit einer Ausnahme, jetzt erinnere ich mich. Es ist schon länger her, da sagte sie mir, daß auch sie durch die Erlebnisse der letzten Jahre über die schwärmerischen Ansichten, denen wir damals huldigten, hinausgewachsen sei. Deswegen muß sie nicht gottlos sein."

„Man ist entweder gottlos oder gottverbunden", war des Vaters Entgegnung gewesen. „Aber eine Frage, Daniel: weiß Ruth Soelig von dem Dasein deines Kindes?"

„Ja, ich habe es ihr gesagt."

„Und? — Wie stellt sie sich dazu?"

„Es ist für sie kein Grund, mich nicht zu heiraten. Übrigens bin ich kürzlich im Schwarzwald gewesen, um nach Käthe, der Mutter des Kindes, zu sehen. Sie hatte sich verheiratet und ist im zweiten Jahr ihrer Ehe gestorben."

„Und das Kind? Wo ist es?"

„Ich weiß es nicht."

„Werdet ihr, wenn ihr verheiratet seid, es zu euch nehmen?"

„Nein. Das hat Ruth zur Bedingung gemacht."

„Das arme Kind!" hatte schmerzlich bewegt die Mutter ausgerufen und damit ihrem Mann bewiesen, daß sich auch hier in ihrer Auffassung eine Änderung vollzogen hatte. Der Vater hatte hinzugefügt: „Daniel, überlege dir diesen Schritt gut! Ob du es wahrhaben willst oder nicht: nachdem die Mutter des Kindes gestorben ist, trägst du als Vater eine noch weit größere Verantwortung deiner Tochter gegenüber."

„Ich bin jetzt finanziell besser gestellt und werde für sie zahlen."

„Das ist nicht alles. Das ist nicht genug!"

Daniel hatte das Gespräch abgebrochen. „Laßt das meine Angelegenheit sein."

Betroffen waren die Eltern zurückgeblieben, von neuer Last bedrückt.

Da lag nun Frau Zierkorn und vermochte sich nicht frei zu machen von dem, was sich wie ein Gewicht an sie hängte und immer wieder für sie zur Selbstanklage wurde. Was habe ich alles in der Erziehung meiner Kinder und auch sonst versäumt?

Immer neu wurden trübe Gedanken in ihr wach, während sie, umgeben von der leuchtenden Pracht dieses Tages, im Garten lag. Noch einmal erlebte sie in Gedanken, wie sie in der Nacht nach dem Tag, an dem Daniel ihnen seine Verlobung mitgeteilt hatte, schlaflos neben ihrem Mann gelegen hatte, der wie sie keine Ruhe fand. Wie in der letzten Zeit schon oft hatte sie sich vor ihm angeklagt und der Schuld an ihren Kindern bezichtigt: „Immer stellte ich meine Person in den Vordergrund und war ehrgeizig. Wenn Daniel jetzt versagt, trifft mich allein die Schuld!"

Pfarrer Zierkorn hatte nach ihrer Hand gegriffen. „Maria, so darfst du es nicht sehen. Es mag sein, daß du Jahre hindurch der Überzeugung lebtest, es richtig zu machen — so ging es ja auch mir. Dann aber kam eine Zeit, wo ich erkannte, daß mein eigenes Wünschen und Wollen, mein Können und Leisten Gott im Wege stand. Ähnliches erlebst du jetzt an dir. Eine solche Erkenntnis führt zur Beugung. Aber Gott richtet uns wieder auf und lehrt uns den neuen Weg einzuschlagen, auf dem wir ihm nicht mehr vorschreiben wollen, was er mit uns und den Unsrigen zu tun hat. Du solltest nun aufhören, dich dauernd anzuklagen, und glauben, was in Kolosser 2, 14 steht. Da heißt es: ‚Getilgt hat er den Schuldbrief, der wider uns war'! Du sagst doch immer, es sei dir, als sähest du eine Anklageschrift vor deinen Augen. Also höre: Er hat getilgt den Schuldbrief, der wider uns war und hat ihn an das Kreuz geheftet. Maria, jahrelang habe ich dieses Evangelium gepredigt, aber erst viel später habe ich es für mich persönlich in Anspruch genommen und geglaubt. Das darfst nun auch du. Nur so kann dein gepeinigtes Herz zur Ruhe kommen. Und was Daniel anbelangt, so müssen wir ihn Gottes Händen übergeben. Gottes Stunde muß auch für ihn kommen. Natürlich ist es schwer, gerade für uns als Pfarrersleute, mit unserem Sohn solches erleben zu müssen; aber vielleicht läßt Gott auch dieses zu, damit wir gedemütigt werden und anderen Eltern, die ähnliches erleben, mehr Verständnis entgegenbringen."

„Und das Kind — Daniels Tochter?" hatte sie das nächtliche Gespräch fortgeführt. „Heute schäme ich mich, daß ich, als er aus dem Krieg zurückkam, so lieblos darüber hinwegging. Ach Karl, das alles lastet schwer auf mir. Mir ist, als könne ich nie mehr zur Ruhe kommen deswegen."

„Denke an den Schuldbrief — an das, was ich dir eben gesagt habe."

Es war ein langes, ernstes und gutes Gespräch gewesen in jener Nacht. Frau Zierkorns Gedanken gingen weiter. An Magdalene dachte sie und an Jonathan. Durch ihr Kranksein waren der Tochter Plan und Wunsch, Diakonisse zu werden, zumindest weit zurückgestellt. Ganz sicher fiel es Magda schwer, hier auszuharren, aber ohne Klage tat sie ihre Pflicht, pflegte sie die Mutter liebevoll und stand dem Haushalt gewissenhaft vor. Auch ihr gegenüber fühlte sie sich schuldig. Hätte sie ihr nicht viel mehr Verständnis entgegenbringen und sie zu dem Dienst, den sie sich erwählt hatte, ermutigen müssen?

Die Wende im Leben Jonathans aber kam ihr geradezu wie ein Wunder vor. War er es nicht gewesen, der sie alle am Tag vor seiner Einberufung in den Kriegsdienst davon hatte überzeugen wollen, daß die anderen Religionen dem Christentum mindestens ebenbürtig, ja sogar überlegen seien? Sie erinnerte sich noch daran, wie erregt sie damals gewesen war. Auch damals hatte ihr Mann sie zu beschwichtigen gesucht: „Laß doch Gottes Stunde für ihn kommen! Meinst du, er sei weniger interessiert an dem Seelenheil unseres Sohnes als wir?"

Und dann war Jonathan aus dem Krieg zurückgekehrt und hatte ganz schlicht und selbstverständlich davon gesprochen, daß er Christus erlebt und erprobt habe und daß es ihn innerlich treibe, denen draußen, die im Heidentum eine Antwort auf ihr Gottsuchen zu finden hofften, diesen einen, der allein selig macht, zu verkünden. Wie wunderbar waren Gottes Wege! Zwar hatte Jonathan bisher nicht die Erfüllung seiner Pläne erlebt. Wohl war er Schüler der Bibelschule geworden, jedoch hatte er, da seine Malariaanfälle immer wieder auftraten, so daß er schon einige Male im Tropengenesungsheim liegen mußte, nicht die Genehmigung bekommen, in die Mission auszureisen. Man hatte ihn aber gebeten, als Lehrer in der Missionsschule tätig zu sein. Und nun durfte er dort helfen, junge Missionare für den Dienst draußen auszubilden. Aber er hoffte dennoch eines Tages soweit zu sein, daß er mit seiner Aussendung rechnen konnte. Beschämt stellte Frau Zierkorn in ihrem Innern fest, daß Gott sie nicht benötigt hatte, einen ihrer Söhne in seinen Dienst zu rufen. Daniel, dem sie es vorschreiben wollte, war eigene Wege gegangen, und Jonathan, dem sie es nie zugetraut hatte, ging aufrecht den Weg seiner Überzeugung, dem vorgesetzten Ziel entgegen. Wie fröhlich und ausgeglichen wirkte er, wenn er zu Besuch nach Hause kam! Nie hätte die Mutter eine solche Wandlung für möglich gehalten.

„So, da bin ich wieder." Magdalene beugte sich über sie. „Ist dir die Zeit lang geworden?"

„Ach nein — ich hatte so viel zu bedenken."

„Hoffentlich war es etwas Erfreuliches."

„Ja, soweit es dich und Jonathan betrifft, Magda, aber im Gedanken an David wird mir das Herz immer unendlich schwer."

„Lasse ihn in Gottes Hand, Mutter."

„Und dann die Sache mit Daniel — seine Verlobung — das Kind —"

In diesem Augenblick fuhren beide erschreckt hoch. Mit Schwung fiel ein großer roter Ball direkt auf Frau Zierkorns Schoß, prallte dort wieder ab und kullerte ins nahe Gebüsch.

Beinahe im gleichen Augenblick ertönte aus dem Nachbargarten eine helle Kinderstimme. „Oh, mein Ball, mein schöner roter Ball! Da — da liegt er! Frau Pfarrer, wirf ihn zurück! Ich stehe hier hinter dem Gartenzaun. Kannst du mich sehen?" An ihrer Stelle antwortete Magdalene: „Nein, Friedhelma, die Frau Pfarrer kann dir deinen Ball nicht zurückwerfen. Ich bin dafür, daß du selbst herüberkommst und ihn dir holst."

„Ja, darf ich? Erlaubt sie es? Alfred hat gesagt, sie mag keine Kinder!"

„Ach Unsinn, woher will er das wissen? Komm du nur!"

Frau Zierkorn wehrte unwillig ab. „Du weißt, ich kann keine Unruhe ertragen. Was soll ich mit dem Mädchen hier! Wirf ihm den Ball zurück!"

„Laß es doch kommen, Mutter. Es ist ein herziges kleines Ding. Es bringt dir ein wenig Abwechslung."

In diesem Augenblick wurde die Gartentüre geöffnet und mit lustigen Sprüngen kam Friedhelma herein. „Da bin ich schon!" sagte sie lachend und reichte beiden wohlerzogen die Hand. „Dich kenn ich ja", sagte sie zu Magdalene, „du warst schon bei uns. Meine Mama sagt Magda zu dir. Und du bist die arme Frau, nicht wahr?" Sie wandte sich jetzt an Frau Zierkorn.

„Wieso nennst du meine Mutter eine arme Frau?" fragte Magdalene nicht ohne Besorgnis, wie die Antwort des Kindes ausfallen würde.

„Meine Mama hat es gesagt", plauderte die Kleine wichtig drauflos.

„Wie kommt sie dazu?" Magdalene merkte deutlich, daß ihre Mutter verärgert war. Hatte sie etwas Törichtes getan, daß sie Friedhelma ermutigte, herüberzukommen?

Die Kleine ließ sich jedoch keineswegs einschüchtern. „Mama hat gesagt, du seist eine arme Frau, weil du schon so lange krank bist und weil du doch einen Sohn im Krieg verloren hast." Frau Zierkorn griff nach dem Taschentuch.

„Du weinst ja", fuhr Friedhelma fort und faßte voller Mitleid nach ihrer Hand. „Was heißt denn verloren? – Im Krieg verloren? Kann man ihn nun nie mehr finden?"

Die Pfarrfrau schüttelte verneinend den Kopf. „Nein – nie, nie mehr kann man ihn finden."

„Aber den verlorenen Sohn hat der Vater doch auch wiedergefunden. Er ist ihm sogar entgegengegangen. Im Kindergottesdienst hat das Fräulein erzählt, daß der Vater ihn zuerst gesehen hat, noch viel früher, als der Sohn ihn entdeckte. Kann dein Mann — das ist doch der Herr Pfarrer, nicht wahr — kann der dem verlorenen Sohn nicht entgegengehen?"

Irgend etwas in der teilnahmsvollen Stimme des Kindes griff Frau Zierkorn ans Herz, so daß ihre Antwort milder ausfiel, als Magdalene erwartet hatte. „Nein, Kind, keiner kann ihm mehr entgegengehen, unser Sohn ist gestorben."

„Ach —? Nein, dann kann er nicht mehr nach Hause kommen. Aber dann ist er gewiß im Himmel. Du hast doch bestimmt mit ihm gebetet, als er noch klein war!"

„O Kind!" Über Frau Zierkorns Wangen liefen Tränen.

„Bitte, weine doch nicht so", fuhr Friedhelma fort. „Sonst muß ich gleich mitweinen. Aber du hast doch noch mehr Kinder. Die Magda ist auch dein Kind, nicht wahr? Oder hast du noch einen Sohn, der dir im Krieg verlorengegangen ist?"

Was kam nur Frau Zierkorn an, daß sie auf diese Frage heftig schluchzend erwiderte: „Ja, Kind, genau so ist es!" Sie erschrak im gleichen Augenblick vor ihren eigenen Worten.

„Ist er auch tot?" forschte die Kleine weiter, entsetzt über soviel Herzeleid. „Da hatte die Mama aber wirklich recht, wenn sie die Frau Pfarrer eine arme Frau nannte."

„Nein, er ist nicht tot!" erwiderte Frau Zierkorn und trocknete sich das tränennasse Gesicht. „Er kann nur nicht den Heimweg finden."

Das schien Friedhelma aber keineswegs ein hoffnungsloser Fall zu sein. „Dann müßt ihr ihm nur entgegengehen", riet sie in tiefer Überzeugung. „Und der Vater muß die Arme ausbreiten und ihn an sein Herz nehmen. Sieh — so!"

Ehe Frau Zierkorn wußte, wie ihr geschah, hatten sich zwei Kinderärmchen um sie gelegt, und eine weiche Wange schmiegte sich an die ihre. „Sieh, so!"

Magdalene war leise ins Haus gegangen. Auch sie war bewegt, als sie vom Küchenfenster aus diese Szene beobachtete. Plötzlich sah sie, wie die Mutter sich aufrichtete und das Kind prüfend anblickte — eine ganze Weile, dann schüttelte sie den Kopf, zog das Kind näher zu sich, als prüfe sie aufs neue seine Gesichtszüge. Schließlich legte sie sich wieder zurück und schloß die Augen.

Friedhelma aber erinnerte sich plötzlich wieder ihres roten Balls. „Jetzt muß ich aber gehen", zwitscherte sie fröhlich. Die Sache vom verlorenen Sohn war mit der Aussicht, daß der Vater diesem schon entgegengehen würde, zu ihrer vollen Zufriedenheit geklärt.

Aus dem Nachbargarten hörte man eine ungeduldige Jungenstimme: „Wo bleibst du denn, Friedhelma? Wenn du jetzt nicht kommst..."

Irgendeine Drohung ließ die Kleine eifrig erwidern: „Ich komme ja schon, Alfred."

„Auf Wiedersehen, Frau Pfarrer! Darf ich wieder einmal zu dir kommen? Es ist ja gar nicht wahr, daß du keine Kinder magst. Ich werd es aber dem Alfred sagen, daß er gelogen hat."

Zu ihrer großen Überraschung erwiderte Frau Zierkorn: „Ja, mein Kind, du darfst mich wieder besuchen."

Von da an stellte sich das kleine Mädchen öfters im Pfarrhaus ein. Hin und wieder brachte es auch seinen älteren Bruder Alfred mit. Als es kalt wurde, scheute sie sich nicht, sehr energisch auf die Klingel zu drücken. Öffnete Magdalene ihr die Türe, so erklärte sie ohne Umschweife, die Frau Pfarrer habe gesagt, sie dürfe wiederkommen; draußen im Garten sei es aber nicht warm genug. Natürlich wurde sie jedesmal freundlich eingelassen.

„Du hast recht gehabt", sagte Magdalene zu ihrem Vater. „Mit Mutter geht eine Veränderung vor sich. Und ich meine, dem Kind von nebenan sei einiges davon zuzuschreiben. Ich habe nie gedacht, daß Mutter auf ein kleines Mädchen noch so eingehen könne. Wenn Friedhelma sich ein paar Tage nicht sehen läßt, fragt sie schon, wo das Kind bleibt."

Friedhelma tat bald, als wenn sie im Pfarrhaus daheim wäre. Sie streckte sogar den Kopf in die Studierstube. „Ich weiß, du bist der Herr Pfarrer. Hast du viel Arbeit? Ich will nur schnell deine Frau Pfarrer besuchen. Sie hat gesagt, sie freut sich, wenn ich komme. Heut hab ich den Alfred nicht mitgebracht. Mama sagt, es sei zuviel für die arme Frau. Sie will sie auch mal besuchen und fragen, ob ich ihr nicht auf die Nerven falle. Aber ich bin hier bei euch noch nie hingefallen. Überhaupt nicht auf die Nerven. Wo habt ihr die denn?"

Schon lange hatte der Pfarrer nicht mehr so herzhaft gelacht. „Ja, geh nur hinein zu meiner Frau", sagte er. „Und deine Mama soll nur auch bald einmal kommen."

Gleich darauf hörte er die Kleine unten drauflosschwätzen. Sie erzählte vom Papa, der so viel Arbeit in der Fabrik habe, vom Großvater, der nicht laufen könne und so viel schimpfe, aber manchmal auch ganz nett sei. Vom kleinen Schwesterlein, der Monika, plauderte sie und: „Denke dir nur, der liebe Gott hat ihr eine schwarze Haut gegeben. Ich möchte keine schwarze Haut. Aber Mama sagt, ein schwarzes Herz sei viel schlimmer. Auch die Negerkinder muß man liebhaben!" Vom Kindergottesdienst berichtete sie und daß sie jetzt beim Daniel seien. „Hast du gewußt, Frau Pfarrer, daß der in die Löwengrube geworfen worden ist? Aber glaubst du, die Löwen hätten ihn zerrissen? Nein, keine Spur! Denke dir, ein Engel hat ihnen die Schnauze zugehalten. Möchtest du mal in einen Löwengraben geworfen werden? Ich lieber nicht. Stell dir mal vor, wenn der Engel nicht zur rechten Zeit käme! Und dann haben wir ein feines Lied von Daniel gelernt. Der war nämlich ein frommer Mann. Denk mal, dreimal jeden Tag hat er gebetet. Soll ich dir mal das Lied vorsingen." Ehe Frau Zierkorn ihre Zustimmung geben konnte, begann sie bereits mit hellem Stimmchen:

> „Fest und treu, wie Daniel war
> nach des Herrn Gebot,
> sei der Kinder Gottes Schar
> in der größten Not.
> Bleibe fest wie Daniel,
> stehst du auch allein!
> Wag es treu vor aller Welt
> Gottes Kind zu sein!"

Ganz leise hatte Pfarrer Zierkorn die Türe seiner Studierstube geöffnet und lauschte tief bewegt. In der Küche stand Magdalene und ließ die Hände sinken. Dieses Kind! Über Frau Zierkorns Gesicht liefen Tränen.

„Warum weinst du jetzt schon wieder?" fragte Friedhelma verwundert. „Das ist doch kein trauriges Lied. Der Daniel ist doch gar nicht von den Löwen gefressen worden!" Da nahm die herbe Frau Friedhelma in ihre Arme. „Oh du Kind!" schluchzte sie, „du Kind! Wenn doch auch zu meinem Daniel noch zur rechten Zeit ein Engel gesandt würde!"

Adventssonntag! Ricarda hatte das ganze Haus festlich geschmückt. Am Spätnachmittag waren sie alle beisammengesessen. Die roten Kerzen am Adventskranz spendeten still ihr Licht. Den Vater hatten sie im Rollstuhl ins Wohnzimmer geschoben. Er hatte zwar von unnötigem Getue geredet. Jedoch als alle übrigen mit einstimmten in die trauten alten Adventslieder, waren auch seine Augen feucht geworden. Dann hatte er in die Tasche gegriffen und jedem der Kinder ein Geldstück gereicht, sogar die kleine Monika hielt in ihrem Fäustchen ein solches. Unwillig hatte Günther den Kopf geschüttelt. Es war ihm nicht sympathisch, daß der Schwiegervater den Kindern immer Geldgeschenke machte. Früh genug würden sie erfahren, welche Macht der Mammon war. Ihre Kinderzeit wünschte er so lange wie möglich davon unberührt und unbeschwert zu wissen.

Was hatte Advent mit Geld zu tun? Aber nach wie vor war der Großvater wie versessen darauf. Nicht oft genug konnte er nach dem Stand der Fabrik fragen. Alle Kontoauszüge wurden nach wie vor von ihm überprüft. Immer häufiger übte er Kritik an der Arbeitsleistung seines Schwiegersohnes und prophezeite den kommenden Bankrott, weil er nicht mehr wie früher an der Spitze des Unternehmens stand. Dabei war es geradezu erstaunlich, was seit dem Kriegsende schon wieder geschehen war. Mußte der Schwiegervater seine Geldgier nun auch in diese stille, kleine Adventsfeierstunde mit den Kindern tragen? Er meinte, keine größere Freude als mit einem Geldgeschenk machen zu können. Ricarda, die Günthers Gedanken las, faßte still nach seiner Hand. Er wußte, was sie ihm sagen wollte: Bleibe ruhig. Diese feierliche Stunde darf durch keinen Mißklang gestört werden.

Als die Kinder zu Bett gebracht waren und Ricarda auch den Vater versorgt hatte, saß sie mit ihrem Mann noch beim Schein der Kerzen im Erker ihres Wohnzimmers.

Trotz der vorweihnachtlichen Freude lag auf ihnen eine Last. Aber längst war es ihnen zu einem inneren Bedürfnis geworden, nichts Ungeklärtes mit in die Nacht hinein zu nehmen. So mußte Ricarda auch jetzt ihrem Herzen Luft machen.

„Günther, Magdalene Zierkorn war vorhin einen Augenblick bei mir. Sie hat mir anvertraut, daß Daniel sich verlobt hat. Daß er sich einmal verheiraten würde, habe ich gehofft, aber nun bin ich doch traurig darüber."

„Wieso?"

„Nicht daß ich gegen Ruth Soelig etwas hätte! Sie kommt aus einem guten Hause und ist ein tüchtiges und begabtes

Mädchen. Früher gehörte sie zu unserem Bibelkreis; aber sie hat alles, was sie damals bejahte, über Bord geworfen. Mit Jesus weiß sie, wie sie selbst mir sagte, nichts mehr anzufangen. Und wenn ich mir vorstelle, daß Daniel, dem wir es ja nun nicht länger verschweigen dürfen, Friedhelma doch eines Tages zu sich nehmen, und daß sie damit Ruth als Mutter bekommen würde, dann, Günther..." Tränen erstickten ihre Stimme. „Ich weiß nicht, wie ich das ertragen sollte."

Auch ihr Mann war betroffen. „Wenn dem so ist, bleibt uns nichts anderes übrig, als Daniel schnellstens die Wahrheit zu sagen. Ob er uns nicht doch das Kind lassen würde?"

Nachdem Ricarda sich etwas gefaßt hatte, fuhr sie fort: „Ich las dieser Tage ein Wort von Otto Riethmüller: ‚Niemand hat auf die Entwicklung eines Menschen tieferen Einfluß als seine Mutter.' Wäre es nicht schrecklich, zu denken, daß Friedhelma eines Tages Ruth zur Mutter bekommt?"

Günther legte den Arm um Ricarda. „Liebe, noch ist es nicht soweit. Aber ich meine, ich gehe in den nächsten Tagen einmal zu Pfarrer Zierkorn, sage ihm alles über Friedhelma und hole mir seinen Rat."

„So sehr ich ihn schätze und verehre — aber ich meine, zuerst müßte es doch Daniel wissen. Das Schlimme ist, daß er, wie Magdalene sagt, bereits im Januar heiraten will. Wer weiß, wie lange wir Friedhelma dann noch behalten dürfen? Ach Günther, mir ist das Herz so schwer, wenn ich daran denke. Damit will ich dich jedoch nicht belasten, denn auch du trägst einen Kummer mit dir herum. Ich sehe es dir an. War mit Vater etwas? Ist er wieder einmal unzufrieden? Oder hast du Ärger in der Fabrik gehabt?"

„Nein, Rica — was Vater anbelangt, so habe ich mich langsam an sein ewiges Nörgeln gewöhnt und versuche, mich nicht darüber aufzuregen, wenn es mir manchmal auch schwerfällt. Ich sorge mich um Müller. Ich war so froh, daß er regelmäßig in die Männerstunde kam. Seit einiger

Zeit vermisse ich ihn dort, außerdem macht er mir bei der Arbeit einen zerfahrenen Eindruck; und als ich ihn kürzlich fragte, ob er nicht mehr an der Männerstunde teilnehmen oder mit seiner Frau zum Abend der jungen Eheleute kommen wolle, sagte er mir: ‚Ich wollte es Ihnen schon lange sagen, daß ich zur Landeskirche gehöre. Da ist es wohl richtiger, wenn ich zu den Veranstaltungen des CVJM gehe.' Du kannst dir denken, daß ich zuerst einmal erstaunt war, denn bis dahin hatte er nie irgendwelche Bedenken geäußert. Natürlich habe ich nicht versucht, ihn etwa umzustimmen. Wenn er nur auch in Wirklichkeit zu den kirchlichen Männerabenden geht und unter dem Wort Gottes bleibt! Aber ich fürchte, daß dies nur ein Vorwand war. Ich habe ihn nun schon ein paarmal mit einer unserer Arbeiterinnen, die einen zweifelhaften Ruf hat, herumstehen und kürzlich auch auf der Straße gehen sehen. Vorgestern kam nun Frau Müller weinend zu mir und sagte, ihr Mann spreche jetzt immer wieder davon, daß er sich scheiden lassen wolle. Dauernd werfe er ihr auch wieder ihr Verhältnis mit dem Neger vor. Letzthin habe er gesagt, sie könne ja mit Monika zusammenleben, Sybille würde er behalten. Dabei hat auch Frau Müller ihn schon einige Male mit dem Mädchen aus der Fabrik gesehen. Gestern habe ich ihn zu mir ins Büro rufen lassen und es ihm auf den Kopf zugesagt. Er hat nicht geleugnet, aber er verschanzte sich hinter der Ausrede, er würde einfach nicht damit fertig, daß ihn seine Frau hintergangen und das Negerkind in die Welt gesetzt habe. Als ich ihm sagte, daß man in keiner Familiengemeinschaft leben könne, ohne einander zu vergeben, und ohne gewillt zu sein, auch einmal nachzugeben, da reagierte er überhaupt nicht. Ich habe sehr ernst mit ihm gesprochen und ihn gebeten, doch ja zu überlegen, was er tue, wenn er Sibylle die Mutter nähme. Vor allem solle er darauf achten, was sein Gewissen ihm sage. Ich weiß nicht, ob es bei ihm ankam, und ich fürchte, daß er im Begriff ist, die gleiche

Schuld auf sich zu laden, die er seiner Frau ständig vorwirft. Dabei habe ich den Eindruck, daß diese ihren Fehltritt ehrlich bereut."

Mit innerer Anteilnahme war Ricarda den Worten Günthers gefolgt. Es bereitete ihr einigen Kummer, als sie sah, daß die Sorgenfalte auf seiner Stirn sich nicht glätten wollte. Er fuhr fort: „Aber es ist nicht nur das. Mit steigender Besorgnis beobachte ich die immer mehr um sich greifende Oberflächlichkeit bei unseren Arbeitern. Ach Ricarda, ich mache mir Sorgen um unser Volk. Nach außen hin Fortschritt, Wiederaufbau, ja, man beginnt von einem Wirtschaftswunder zu sprechen. Unsere zerstörten Städte werden völlig neu und viel schöner aufgebaut als je zuvor. Die wirtschaftlichen Verhältnisse bessern sich sichtbar. Man möchte sich daran freuen, aber irgendwie kann man es nicht, weil man daneben den zunehmenden Hang zum Leichtsinn und zur Genußsucht wahrnimmt. Anstatt daß die Menschen dankbar sind, daß die Verhältnisse sich wieder ordnen, daß man wieder Lebensmittel, Obst, Kaffee, Tee und anderes, was jahrelang nicht zu bekommen war, kaufen kann, werden sie immer anspruchsvoller und genußsüchtiger. Sparen? Wozu denn? Hat uns nicht zweimal eine Geldentwertung alles aus den Händen geschlagen, was wir zu besitzen glaubten? Einer wagte mir doch tatsächlich höhnisch lachend ins Gesicht zu sagen: ‚Lasset uns essen und trinken und fröhlich sein, denn morgen sind wir tot.' Und ein anderer, der dabei stand, fügte grinsend hinzu: ‚Lustig gelebt und selig gestorben, das ist dem Teufel die Rechnung verdorben.' Als ich ihnen dann entgegnete, daß Gott dazu nicht schweigen würde, und sie fragte, ob er durch den Krieg und dessen Folge nicht deutlich genug gesprochen habe, drückten sie mit einer entsprechenden Handbewegung unzweideutig aus, daß derartige Hinweise ihnen überhaupt nichts bedeuten. — Sieh, Ricarda, das alles bekümmert mich sehr. Du weißt ja, daß wir kürzlich die

Allianzwoche hatten. Ich habe mich gefreut über das brüderliche Verhältnis, das zwischen den meisten Pfarrern und uns aus den Gemeinschaften herrschte. Daß auf beiden Seiten der eine oder andere nicht über seine Engherzigkeit, um nicht zu sagen, Engstirnigkeit, hinauskam, erzählte ich dir ja schon. Aber im großen ganzen herrschte eine wirklich brüderliche Atmosphäre. Sehr habe ich mich Pfarrer Zierkorns Ansprache gefreut, der in einem Referat von der Notwendigkeit sprach, das Trennende zu begraben und zu vergessen, und daß wir uns des Gemeinsamen freuen sollten. Auch er sprach mit Besorgnis davon, daß der Besuch in den Kirchen wieder nachließe. Angst und Unsicherheit habe die Menschen damals in die Gotteshäuser getrieben, heute jedoch, wo es ihnen wieder besser ging, träten bereits wieder Oberflächlichkeit und Leichtsinn in erschreckendem Maße in Erscheinung. Viele Menschen hätten vergessen, was sie in den schlimmsten Zeiten während des Krieges und nachher Gott gelobt haben. ‚Wehe uns, wenn wir die Lektionen jener notvollen Tage vergessen!' rief er in die Zuhörerschaft hinein. ‚Gott hat uns noch einmal Gelegenheit zur Buße und Umkehr gegeben. Wer weiß, ob es nicht die letzte ist.' Ich mußte ihm aus vollem Herzen zustimmen."

„Ja, das ist richtig", sagte Ricarda, die ihrem Mann aufmerksam zugehört hatte. Sie war so dankbar, daß er sie an seinen Erlebnissen in dieser Weise teilnehmen ließ, und daß sie dadurch wenigstens am Abend zu manchem wertvollen Gedankenaustausch kamen.

Günther fuhr fort. „Pfarrer Zierkorn sprach auch offen über seine Sorgen im Blick auf unsere Jugend. ‚Sie wollen, daß wir neue Wege einschlagen', sagte er. ‚Viele unserer Ansichten seien veraltet, und manche Methoden könnten von ihnen nicht mehr bejaht werden. Ich frage euch, Brüder!' rief Pfarrer Zierkorn aus, ‚ist der alte Weg in unserer neuen Zeit etwa nicht mehr gangbar? Woran haben wir es fehlen lassen, daß unsere Jugend so kritisch geworden ist? Sind wir ihr nicht die rechten Vorbilder gewesen? Haben wir in unserem Christenleben versagt? Wird es ihr durch uns und unseren Wandel schwerer gemacht, an Christus zu glauben? Ich sage euch: wo wir meinen, die Jugend mit irgendeinem Lockmittel in unsere Kirchen zu bringen, wo wir glauben, Kompromisse schließen zu müssen, um sie zu halten, da werden wir erleben, daß sie uns ganz und gar verlorengeht. Wenn ich auch bereit bin, mich auf neue Methoden zu besinnen, so gibt es doch nur einen einzigen gangbaren Weg für uns und unsere Jugend, und der heißt Jesus Christus. Alles andere ist ein Trugschluß. Brüder, laßt uns diese Komödie nicht mitmachen!' Ich sage dir, Ricarda, es war eine Freude, diesen Mann zu hören, und ich mußte unwillkürlich denken: Ein Sohn, der einen solchen Vater hat, muß irgendwann doch wieder zurechtkommen."

Die Adventslichter waren herabgebrannt. Vom nahen Kirchturm schlug es elf Uhr. Auch in der Villa wurde es still.

Es war am Tag vor Weihnachten. Frühzeitig hatte es zu schneien begonnen. Sorgsam von einer blendendweißen Schneedecke bedeckt, lagen Wiesen und Felder im Sonnenschein, während sich der Schnee in der Stadt zu einem schmutzigen Brei verwandelte. Unschlüssig, ob er eintreten sollte, war Daniel ein paarmal an dem Bäckerladen vorbeigegangen. Er war mit einer bestimmten Absicht hierhergekommen. Auf Umwegen hatte er erfahren, wohin Käthes Tante, die frühere Wirtin des Gasthauses „Zur Schwarzwaldstube", umgezogen war. Sie hatte einen Bäckermeister in der Stadt geheiratet. Nach einigem Suchen hatte er das Geschäft gefunden.

Es war, wie er beobachtete, ein fast pausenloses Kommen und Gehen der Kundschaft. Kein Wunder, heute am Tag vor dem Heiligen Abend. Aber er war gekommen, um Gewißheit zu haben, und er würde ohne sie nicht gehen. Es war seltsam: je näher der Tag seiner Eheschließung kam, desto unruhiger wurde er. In all der Zeit, seitdem er von dem Dasein des Kindes wußte, war es nicht so gewesen. Die sich dann und wann meldende Stimme seines Gewissens hatte er überhört, er hatte einfach nicht darauf reagiert. Nun aber war das völlig anders. Er stand davor, eine Familie zu gründen. Er wünschte sich Kinder. Würde er aber, wenn Ruth ihm Kinder schenkte, nicht immer wieder daran erinnert werden, daß er sich um sein ältestes Kind nicht gekümmert hatte? Käthe war tot. Er hoffte, daß sie wenigstens in der kurzen Zeit ihrer Ehe noch ein wenig Glück genossen hatte. Was er an ihr versäumt hatte, vermochte er nicht mehr gutzumachen. Aber seine Tochter, das Kind, dessen Name er nicht einmal wußte — würde er es je vergessen können? Durfte er es je vergessen?

Und dann war da noch etwas anderes, das ihm von Tag zu Tag mehr zu schaffen machte: die Einstellung Ruths. Irgend etwas in ihm wehrte sich dagegen, daß sie nichts mit dem Kind zu tun haben wolle. Eine Frau war Mutter, oder sie war es nicht — selbst wenn sie nie ein eigenes Kind besaß. Er vermißte bei Ruth diesen Wesenszug, der sich auch in ihrer Haltung gegenüber ihrem schwachsinnigen Bruder äußerte. Kaltblütig bestimmte sie schon jetzt, ihn so bald als möglich, spätestens aber wenn die Mutter nicht mehr da war, für die Dauer seines Lebens in eine Anstalt zu bringen. Mit keinem Gedanken besann sie sich auf ihre Pflicht ihm gegenüber.

Zuerst hatte Daniel in seiner Verbindung mit Ruth eine Chance gesehen, die er sich nicht entgehen lassen durfte. Von Liebe zwischen ihnen war nie die Rede gewesen. Hatte Ruth nicht selber gesagt, Liebe sei ein relativer Begriff? Und wie waren seine Erfahrungen auf diesem Gebiet bisher gewesen? Ricarda! Käthe! In seinem Innern meldete sich eine Stimme: Kannst du dir die Mutter deiner Kinder so vorstellen? Würde sie die gleiche Gesinnung zeigen, wenn sie selbst einem schwachsinnigen Kind das Leben schenken würde? Wer hatte die Gewähr, derartiges nicht zu erleben? Und mit keinem Wort hatte Ruth danach gefragt, wo und wie seine Tochter untergebracht war!

Daniel war unsicher geworden. Er mußte jetzt wissen, wo seine Tochter war, und er wollte sie sehen. Einen Augenblick hatte er erwogen, Ruth mitzunehmen, aber dann hatte er diesen Gedanken wieder verworfen. Zumindest wollte er jetzt für den Unterhalt des Kindes aufkommen und sich, bevor er selbst eine Familie gründete, davon überzeugen, daß das Mädchen keinen Mangel leiden mußte. Hoffentlich wußte Käthes Tante, wo es untergebracht war.

Er paßte einen Augenblick ab, wo nur noch ein Kunde im Laden war, und trat ein.

„Sie wünschen?" Die Bäckersfrau schien ihn nicht mehr zu kennen. Es lagen ja auch einige Jahre zwischen ihrer ersten Begegnung und dem heutigen Tag. Er erinnerte sie an jene Zeit, in der er in dem Gasthaus „Zur Schwarzwaldstube" ein und aus gegangen war. Sie sah ihn prüfend an. Plötzlich erinnerte sie sich. Dann schlug sie die Hände über dem Kopf zusammen. — „Nun sage ich nichts mehr!" rief sie aus. „Sie sind doch der — der — auf Ihren Namen kann ich mich nicht mehr besinnen — aber Sie waren es doch, der die Käthe ins Unglück gebracht hat."

„Ich bitte Sie!" Zorn und Verlegenheit stiegen gleichzeitig in Daniel auf. Schon kamen neue Kunden.

„Kann ich Sie nicht allein sprechen?" fragte er. „Wir können ja schließlich hier nicht..." Er deutete mit dem Kopf auf die Kundschaft.

„Ja, wie denken Sie sich das", fuhr die Frau ungerührt fort, „heut', am Tag vor Weihnachten, wo man vor lauter Arbeit nicht weiß, wo anfangen und wo aufhören,"

„Aber ich muß Sie unbedingt sprechen, und wenn es heute abend nach Geschäftsschluß ist."

„Da können Sie unter Umständen lange warten, bis ich Feierabend habe. Nach Geschäftsschluß habe ich noch eine Menge anderer Arbeiten zu verrichten. Dann kommen Sie lieber schon während der Mittagszeit. Da haben wir eine Stunde den Laden geschlossen."

So stand Daniel wieder auf der Straße. Für einen Augenblick hatte er sich gegen den Gedanken zu wehren: Laß doch die ganze Sache, wie sie ist. Wenn du dich um das Kind hättest kümmern wollen, hätte dies schon viel früher geschehen müssen. Du hast den rechten Augenblick verpaßt! Aber nein — diesmal wollte er sich nicht wieder feige zurückziehen. Jetzt mußte er Gewißheit haben.

Unschlüssig, wohin er sich in der Zwischenzeit wenden sollte, lief er weiter. Die Straßen waren sehr belebt, alle wollten noch rechtzeitig ihre Weihnachtseinkäufe machen. Er mochte nicht an die vor ihm liegenden Festtage denken. Wo sollte er sie zubringen? Zu Hause? Bei Ruth? Es zog ihn weder da noch dorthin. Noch immer war er innerlich hin und her gerissen. Müßte dies nicht anders sein, wenn sein Entschluß, Ruth zu heiraten, der richtige wäre? Aber nun gab es kein Zurück mehr. Und welchen Sinn hatte all dieses Grübeln? Über seinem Leben stand ein Unglücksstern. Was er unternahm, schlug fehl. Daniel war wieder nahe daran, zu resignieren.

Zum Glück war es ein sonniger Wintertag. So war der Aufenthalt im Freien nicht unangenehm. Ohne daß Daniel es wahrnahm, hatte er das Städtchen verlassen und befand sich draußen zwischen Wiesen und Feldern, hinter denen sich der dunkle Tannenwald in winterlicher Schönheit abhob. Wohltuend empfand er die hier herrschende Stille nach der Geschäftigkeit des Straßenbildes. Und doch war auch diese Stille nicht tot und starr. Im Gegenteil — es war ihm plötzlich, als vernehme er in der Einsamkeit hier draußen Stimmen, die er vorher nicht gehört und in den vergangenen Wochen und Monaten geflissentlich überhört hatte.

Während er am Waldrand entlangging und die in dieser Jahreszeit seltenen Sonnenstrahlen auf Gesicht und Händen spürte, meinte er ein Wort zu vernehmen, das ihm irgendwo begegnet war. Er wußte nicht mehr wo — auf einem Kalenderblatt, in einem Buch? Da stand es vor ihm: „Da ich durch dies Schweigen gehe, fühl ich, Gott, wie nah du bist!" Und plötzlich verspürte er in seinem Innern etwas wie Heimweh aufsteigen. Heimweh? Wonach? Über die stille Weite, die ihn umgab, meinte er alte, vertraute Klänge wehen zu hören. Zwiesprache mit Gott! Einst hatte er sie gekannt. Damals war sein Herz friedvoll und froh gewesen. Seitdem er, wie er sagte, sich von Gott losgesagt hatte, kannte er diesen Zustand nicht mehr. In dieser Stunde aber überfiel ihn eine fast schmerzhafte Sehnsucht danach. Denn er erkannte deutlich, daß er Gott aus der Schule gelaufen war. Ach, er hatte es ja schon immer gewußt, nur war er nicht gewillt gewesen, es zuzugeben. Wie hatte doch der Vater gesagt? „Du wirst Gott dort wieder begegnen, wo du ihn verlassen hast."

„Ich will ja für mein Kind sorgen", sagte Daniel halblaut vor sich hin, als müsse er dem, der in diesem großen, ihn umgebenden Schweigen zu ihm sprach, Antwort geben. „Darum bin ich ja hierhergekommen! Aber wie soll dann alles weitergehen? — Ich kann doch jetzt, nach all dem Vorausgegangenen, Ruth nicht im Stich lassen, ohne daß sie, ihr Vater, meine Angehörigen und ich selbst die Achtung vor mir verlieren. Nichts, was ich mir vorgenommen, habe ich bis jetzt durchgeführt. Und soll ich mir die einmalige Chance entgehen lassen, das Geschäft meines Schwiegervaters zu übernehmen und weiterzuführen?"

Aber die Stimme im weiten, stillen Raum war unüberhörbar. Du mußt dich entscheiden! Willst du dein Leben an eine Frau binden, die in kühler Berechnung dir noch das Letzte entreißen will, was dich in einem verborgenen Winkel deines Herzens noch mit dem Vergangenen verbindet und dem du auch diese stille Stunde zu verdanken hast? Das bedeutet, sich lossagen von alledem, was dir in deinem Elternhaus Halt und Geborgenheit gab, was dir in jener glücklichen Zeit, als du mit Ricarda und den Freunden noch forschend und gläubig über der Bibel saßest, Lebensinhalt und Ziel war. — Noch nie warst du so wie jetzt vor ein klares Entweder-Oder gestellt. Nun entscheide dich!

„Ich kann nicht — ich kann nicht — ich gehöre weder auf die eine noch auf die andere Seite. Ich bin weder als Christ noch als Nicht-Christ glücklich. Am besten wäre es, Schluß zu machen!"

Seltsam! Plötzlich stand eine Religionsstunde vor seinem inneren Auge. Der Vater hatte sie gehalten und von Nebukadnezar gesprochen, der von Gott um seiner Überheblichkeit und Selbstsicherheit willen in den Wahnsinn gestoßen wurde. Noch heute erinnerte Daniel sich daran, was es für einen Eindruck auf ihn gemacht hatte, zu lesen: „Nebukadnezar ward verstoßen von den Leuten hinweg, und er aß Gras wie Ochsen, und sein Leib lag unter dem Tau des Himmels, und er ward naß, bis sein Haar wuchs so groß wie Adlersfedern und seine Nägel wie Vogelklauen wurden." — Und ein Aufatmen hatte es damals, als er noch ein Junge war, in ihm gegeben, als er weiterlas: „Nach dieser Zeit hob ich, Nebukadnezar, meine Augen auf gen Himmel und kam wieder zur Vernunft und lobte den Höchsten. Ich pries und ehrte den, der ewiglich lebt, des Gewalt ewig ist und des Reich für und für währt. — All sein Tun ist Wahrheit, und seine Wege sind recht, und wer stolz ist, den kann er demütigen."

Woher kamen ihm jetzt diese Worte, die er vor vielen Jahren gelernt hatte? Kam er sich hier draußen nicht auch vor wie verstoßen „von den Leuten hinweg"? Zu seiner Familie gehörte er nicht mehr, zu Ruth gehörte er im tiefsten Innern ebenfalls nicht, sein Kind war ihm fremd!

„Da kam Nebukadnezar wieder zur Vernunft..." Was

hatte Vernunft mit Glaube zu tun? Das einzige, was ihn jetzt hätte retten und halten können, wäre Liebe, eine starke, unwandelbare Liebe gewesen. Aber die hatte er sich verscherzt — und Ruth hielt nichts davon. Aber er hatte doch ein Kind! — Oh, irrsinniger Kreislauf der Gedanken! Und Gottes Liebe! War sie ihm nicht nachgegangen, trotz allem? — Hatte er sie nicht hier in diesem überwältigenden Schweigen der weiten Winterlandschaft verspürt?

Der dünne Uhrenschlag der Stadtkirche drang an sein Ohr. — Wie lang lief er nun schon hier herum? Er mußte zurück. Die Frau wartete auf ihn.

Dann saß er ihr in dem kleinen Ladenstübchen gegenüber. „Wo bleiben Sie denn so lange?" hatte sie ihn angefahren. „Sie sind mir der Richtige! Einen hier warten zu lassen! Bilden Sie sich nur nicht ein, daß ich mich Ihnen wer weiß wie lang widmen kann. Ich habe auch nicht die geringste Lust dazu, nachdem ich nichts von Ihnen halte, gar nichts — jawohl, schauen Sie mich nur nicht so entgeistert an! Sie sind ein ganz windiger, charakterloser Mensch. Meine arme Nichte, die Käthe", sie begann zu schluchzen, „jawohl, die haben Sie sitzenlassen und sich nicht mehr um sie gekümmert, obgleich sie ein Kind von Ihnen erwartete. Und dabei wollten Sie Pfarrer werden! Aber bei diesem Entschluß sind Sie wohl nicht geblieben, sonst hätte Ihr Gewissen Sie bestimmt längst getrieben, nach Käthe zu sehen. Aber da kommen Sie jetzt zu spät, ob Pfarrer oder nicht. Käthe ist tot!" Erneut heftiges Schluchzen.

„Aber um mein Kind will ich mich kümmern", würgte Daniel schließlich heraus. Kein Wort vermochte er zu seiner Entlastung zu sagen, denn die Frau hatte ja recht. Nie war ihm sein Versagen so klar vor Augen gestanden wie jetzt in dem kleinen Ladenstübchen hinter dem Bäckerladen. Und nun durfte und wollte er die Stunde nicht verpassen.

„Wo ist mein Kind?" fragte er mit klopfendem Herzen.

Die Ladenglocke schepperte. „Ich muß hinaus!" Die Frau erhob sich. „Aber hier", sie zog unter ihrem Schürzenlatz einen Brief hervor. „Den hat mir die Käthe kurz vor ihrem Tod gegeben. ‚Wenn je der Vater meiner Friedhelma einmal nach mir fragen sollte', hat sie gesagt, ‚dann gib ihm diesen Brief! Ich habe ihm geschrieben, wo die Kleine untergebracht ist. Er soll den guten Engel aufsuchen, der an ihr Mutterstelle vertritt.' So hat sie gesagt. Hier, meinetwegen können Sie den Brief hier lesen. Ich muß wieder in den Laden." Und schon war sie fort.

Daniel aber stand mitten in dem kleinen Raum. Welchen Namen hatte sie genannt? Friedhelma? Hieß so nicht das kleine Mädchen von Ricarda? Das kleine Mädchen, das ihm bei seiner Heimkehr von der Schaukel zugewinkt hatte? Ricarda — oh Ricarda! Bist du die Mutter meines Kindes geworden?

„Und nun sing mir noch einmal das Lied von Daniel vor", bat Frau Zierkorn Friedhelma, die wieder einmal bei ihr zu Besuch war. „Ich höre es so gern."

In diesem Augenblick wurde leise die Haustüre geöffnet. Bleich vor Erregung und in tiefer Bewegung trat Ricarda mit Daniel ins Pfarrhaus.

„Wo ist Friedhelma?" fragten sie Magdalene, die erstaunt ihnen entgegengetreten war.

„Bei der Mutter. Aber was ist mit euch beiden?" Beunruhigt blickte sie von einem zum andern.

„Später sage ich dir alles, Magda, es ist einfach wunderbar, es ist unfaßlich! Ich bin so glücklich. Daniel ist vor einer Stunde zu mir gekommen und hat mir gesagt — später, Magda, später!"

Daniel vermochte kein Wort hervorzubringen. Das Herz klopfte ihm so stark, als müsse es seine Brust sprengen. Da begann die Kinderstimme zu singen:

„Bleibe fest wie Daniel, stehst du auch allein!
Wag es treu vor aller Welt, Gottes Kind zu sein!"

Über Ricardas Gesicht liefen Tränen, als sie mit ansah, wie Daniel neben der auf dem Ruhebett liegenden Mutter in die Knie sank und diese mit dem einen Arm und mit dem anderen sein kleines Mädchen umfaßte. Sein ganzer Körper bebte, als er mit erstickter Stimme sagte: „Mutter — Mutter — ich bin heimgekommen!"

Friedhelma wußte nicht, was dies alles zu bedeuten hatte. Die Großmutter aber wiederholte mit einem geradezu verklärten Gesichtsausdruck: „Er ist heimgekommen — er ist endlich heimgekommen."

Ein Kleines war es nicht für Daniel, ausgerechnet am Heiligen Abend zu Ruth zu gehen und ihr mitzuteilen, daß sie nicht seine Frau werden könne.

„Ich habe in die Augen meines Kindes geblickt", sagte er zu ihrer großen Verwunderung. „Und nun ist es mir klargeworden, daß ich einen anderen Kurs einschlagen muß. Verzeih mir, Ruth, daß ich dich enttäusche. Aber ich darf zu all den Fehlern, die ich gemacht habe, nicht noch einen neuen begehen."

Ob es Ruth wirklich so gelassen zumute war, wie sie tat? Einen Augenblick sah sie ihn aus zusammengekniffenen Augen schweigend an. Dann sagte sie: ‚Du warst immer ein Schwärmer und wirst es bleiben. Es mag richtig sein, daß wir nicht zusammenpassen. Du hast zwischen mir und deinem Kind wählen müssen, und die Entscheidung ist gefallen. Es würde mich nicht wundern, wenn du auch wieder zu deinen früheren Auffassungen zurückkehrtest und fromm würdest. Dazu aber bin ich zu nüchtern. Deine Eröffnung ausgerechnet am heutigen Tag ist nicht gerade glücklich — aber es ist besser, wir geben uns keiner weiteren Täuschung hin."

„Du meinst, daß ich zu meinen früheren Überzeugungen zurückkehre", erwiderte Daniel, „daß ich fromm würde. Ruth, so weit bin ich noch nicht. Aber ich gebe zu, daß ein unsagbares Heimweh, eine Sehnsucht nach dem, was ich einst besaß, in mir aufgebrochen ist. Ob ich es je wieder erlange? — Ich weiß es nicht. — So viel ist aber klar: Ich sehe ein, daß ich vieles falsch gemacht habe. Vor allem bin ich an meinem Kind schuldig geworden. Hier muß ich anfangen, gutzumachen."

Kühl und scheinbar unbewegt reichte Ruth ihm die Hand. „So trennen sich unsere Wege wieder. Möge es dir gut gehen! Vielleicht findest du eine Frau, die sich bereiterklärt, deinem Kind Mutter zu sein. Für mich wäre dies keine verlockende Aufgabe gewesen. Darum gebe ich dir mein Wort zurück."

Daniel wandte sich an der Türe noch einmal um. „Warum soll ich es dir nicht sagen, daß Friedhelma bereits eine Mutter gefunden hat? Es ist Ricarda. Ich wußte dies bis vor wenigen Tagen nicht; aber keiner Frau würde ich mein Kind lieber anvertrauen als ihr — wenn sie auch für mich selbst unerreichbar bleibt."

Eine Fortsetzung zu diesem Band

ist unter dem Titel

„... daß Treue auf der Erde wachse"

in unserem Verlag erschienen.